KB063241

THE EXPANSE

익스팬스 : 깨어난 괴물 1

LEVIATHAN WAKES

THE
EXPANSE

익스팬스: 깨어난 괴물 1

LEVIATHAN
WAKES

제임스 S. A. 코리 지음 **최용준** 옮김

아작

일러두기

1. 이 책은 《The Expanse: Leviathan Wakes》를 두 권으로 나누어 옮긴 것입니다.
2. 모든 주석은 옮긴이의 것입니다.

우주선에 대한 백일몽을 꿀 수 있게 용기를 준

제인과 캣에게

차례

프롤로그: 줄리

스코풀라이 호가 나포되고 8일이 지났을 때, 줄리 마오는 마침내 총에 맞을 각오가 되어 있었다.

줄리 마오는 창고용 로커에 갇히고 8일이 지나서야 그럴 결심이 섰다. 무장한 사람들이 줄리를 그곳에 가뒀으며, 결코 상대를 가볍게 보면 안 된다고 판단한 줄리는 처음 이틀 동안 꼼짝도 하지 않았다. 처음 몇 시간 동안, 줄리를 태운 우주선은 추진을 하지 않았고, 그래서 줄리는 벽 그리고 창고 안에 있는 우주복에 부딪히지 않으려고 벽과 우주복을 가볍게 밀면서 창고에 둥둥 떠 있었다. 우주선이 움직이기 시작하자 추진력 덕분에 몸무게가 생겼고, 줄리는 다리가 저릴 때까지 조용히 서 있다가 이윽고 천천히 앉아 태아 같은 자세를 취했다. 오줌이 마려우면 입고 있는 점프슈트에 그냥 누었다. 뜨뜻미지근하고 축축한 간지러움이나 냄새 따위는 아랑곳하지 않았으며, 혹시라도 오줌이 흐른 바닥에 미끄러져 넘어지지나 않을까만 걱정했다. 소리를 낼 수는 없었다. 그

9

랬다가는 그자들이 줄리를 쏴 버릴 터였다.

3일째 되는 날, 줄리는 갈증 때문에 몸을 움직일 수밖에 없었다. 우주선 소음이 사방에서 들려왔다. 반응로와 드라이브가 초저주파로 내는 희미한 으르렁거림. 갑판들 사이의 가압문들이 열리고 닫히며 유압 펌프와 강철 빗장들이 끊임없이 쉿쉿거리고 쿵쿵거리는 소리. 금속 갑판 위를 무겁게 때리며 걷는 육중한 부츠 소리. 줄리는 들려오는 모든 소음이 멀어질 때까지 기다렸다가 우주복을 고리에서 내려 바닥에 내려놓았다. 누군가 다가오는 소리가 들리지는 않는지 주의를 기울이며, 줄리는 천천히 우주복을 분해해 급수통을 꺼냈다. 물은 오래되었고 냄새도 고약했다. 우주복 관리를 오랫동안 하지 않은 게 분명했다. 하지만 줄리는 이틀째 물을 한 모금도 마시지 못했고, 그래서 우주복 저장백에 든 미지근하고 부유물이 섞인 물은 지금까지 먹어본 그 무엇보다 맛있었다. 줄리는 물을 너무 급하게 마시다가 사레들릴까 봐 천천히 마시려 애를 써야 했다.

다시 소변을 보고 싶은 욕구가 들자 줄리는 우주복에서 도뇨관 주머니를 꺼내 그 안에 오줌을 누었다. 두툼한 우주복을 깔고 바닥에 앉자 편안하다는 기분까지 들었고, 그 상태로 줄리는 자신을 잡은 자들의 정체에 대해 생각하기 시작했다. 연합 해군, 해적, 또는 그보다 더 나쁜 상대일 수도 있었다. 그리고 가끔 줄리는 잠이 들었다.

4일째 되는 날, 고립과 허기와 지루함과 오줌을 저장할 곳의 감소 때문에 마침내 줄리는 어쩔 수 없이 그자들과 접촉을 해야 할 상황이 되었다. 고통스러운 비명들이 뭉개져 들려왔다. 근처 어디선가 줄리의 동료들이 맞고 고문당하고 있었다. 만약 줄리가 납치범들의 주의를 끈다면, 그자들은 줄리를 그냥 다른 동료들에게 데려갈 터였다. 그건 괜찮았다. 맞는 것은 견딜 수 있었다. 동료들을 다시 볼 수만 있다면 그 정도는 아무것도 아니었다.

줄리가 갇힌 로커는 안쪽 에어록 문 옆에 있었다. 비록 줄리는 이 우주선의 구조에 대해서 아무것도 알지 못했지만, 비행 시에 그곳은 대개 사람들이 많이 다니지 않았다. 줄리는 뭐라고 말을 해야 할지, 어떻게 자신을 드러내야 할지 생각했다. 그리고 마침내 누군가가 다가오는 소리가 들리자 줄리는 그냥 밖으로 나가고 싶다고 소리를 지르려 했다. 하지만 자신의 목에서 나오는 말라비틀어지고 새된 목소리에 줄리는 깜짝 놀랐다. 줄리는 혀를 움직여 침을 만들고 꿀꺽 삼킨 다음 다시 소리를 내 보았다. 목에서는 또다시 희미하고 꾸르륵거리는 소리만 나왔다.

사람들은 줄리가 있는 창고의 문 바로 밖에 있었다. 누군가의 목소리가 조용히 이야기하고 있었다. 줄리가 문을 두드리려고 주먹을 뒤로 젖히는 순간 그 목소리가 말하는 게 들렸다.

안 돼요, 제발, 안 돼요. 제발 그러지 마세요.

데이브. 우주선의 정비공이었다. 데이브, 옛날 카툰에서 그림들을 잘라 모으고 농담을 백만 개쯤 아는 바로 그 데이브가 작고 갈라진 목소리로 애원하고 있었다.

안 돼요, 제발. 안 돼요. 제발 그러지 마세요. 데이브가 말했다.

안쪽 에어록 문이 열리면서 유압 펌프와 빗장이 찰칵 하는 소리가 났다. 뭔가가 그 안으로 밀쳐지며 둔탁한 소리가 났다. 다시 에어록이 잠기면서 찰칵 하는 소리가 났다. 이어서 쉬익하고 공기가 빠지는 소리.

에어록 작동 과정이 끝났을 때, 줄리의 문밖에 있던 사람들이 다른 곳으로 걸어갔다. 줄리는 이제 더는 문을 두드려 그자들의 주의를 끌고 싶지 않아졌다.

그들은 우주선에 있던 모든 정보를 완전히 지웠다. 내행성 원주민에 의해 감금된다는 건 끔찍한 시나리오였지만, 모두 그 경우 어떻게 해야 하는지를 훈련받았다. 민감한 OPA 자료는 모두 지우고 그 위에 가짜 시간 기록이 찍힌 평범한 일지를 겹쳐 썼다. 너무나 민감한 자료라서 컴퓨터를 믿을 수 없는 건 선장이 직접 파괴했다. 적들이 승선했을 때, 그들은 시치미를 뚝 뗐다.

하지만 그건 아무래도 상관없었다.

침입자들은 화물이나 허가증에 대해 아무 질문도 하지 않았다. 침입자들은 마치 자신들이 주인인 듯 당당하게 들어왔고, 대런 선장은 개처럼 바닥을 굴렀다. 다른 사람들, 즉 마이크, 데이브, 완리는 두 손을 들고 다함께 조용히 이동했다. 해적인지 노예 상인인지 그도 아니면 다른 뭔지 그 정체는 알 수 없었지만, 그자들은 줄리의 집이었던 작은 수송선에서 사람들을 끌고 가더니, 최소한의 도구를 갖춘 우주복조차 주지 않은 채 도킹 튜브를 통과하게 했다. 사람들과 가혹한 진공 사이에는 튜브의 얇은 마일라 충뿐이었다. 그게 찢어지지 않기를 바랄 뿐이었다. 만약 찢어졌다가는 허파와는 안녕이었다.

줄리도 동료들과 함께 갔지만, 침입자 놈들은 줄리에게 손을 대려고, 옷을 벗기려고 했다.

줄리는 저중력에서 5년간 유술 훈련을 받았고, 그들은 무중력 상태의 제한된 공간에 있었다. 줄리는 상대에게 큰 타격을 입혔다. 이긴 것 같다는 생각이 들 무렵, 어디선가 쇠장갑을 낀 주먹이 나타나 줄리의 얼굴을 후려쳤다. 그 뒤로는 기억이 흐릿했다. 그러다 창고용 로커에 갇혔고, '시끄럽게 굴면 그냥 쏴 버려'라는 말이 들렸다. 아무 소리도 내지 않고 있던 나흘 동안, 그자들은 줄리의 친구들을 흠씬 두들겨 팼고, 한 명을 에어록 밖으로 던져버렸다.

6일 뒤, 모든 것이 조용해졌다.

의식과 단편적인 꿈들을 오가며, 줄리는 걷고 말하는 소리, 가압문과 반응로와 드라이브가 내는 초저주파의 으르렁거림이 조금씩 멀어지는 것을 어렴풋이 들었지만 인식할 수 있는 건 그게 전부였다. 드라이브가 멈추자, 중력도 멈추었고, 줄리는 자신의 오래된 보트를 타고 경주하던 꿈에서 깨어났으며, 몸이 공중에 둥둥 떠 있는 걸 깨달았다. 온몸의 근육이 비명을 지르며 저항을 하다가 천천히 긴장을 풀고 있었다.

줄리는 문으로 가 차가운 금속에 귀를 댔다. 섬뜩한 공포가 온몸을 꿰뚫었지만, 이윽고 공기 재생기의 나직한 소리가 들렸다. 우주선에는 여전히 동력과 공기가 있었지만 드라이브는 꺼져 있었고, 문을 열거나 걷거나 말하는 이는 아무도 없었다. 어쩌면 회의 시간인지도 몰랐다. 또는 다른 갑판에서 파티를 하고 있을 수도 있었다. 아니면 심각한 문제를 해결하기 위해 모두가 엔진실에 모여 있을 수도 있었다.

줄리는 귀를 기울이고 기다리며 하루를 보냈다.

7일째 되는 날, 마지막 남은 물 한 모금조차 사라졌다. 지난 24시간 동안, 줄리가 들을 수 있는 범위 안에서는 그 누구도 움직이지 않았다. 줄리는 침이 나올 때까지 우주복에서 떼어낸 플라스틱 탭을 빨아댔다. 그리고 비명을 지르기 시작했다. 줄리는 쉰 목소리로 비명을 질렀다.

아무도 오지 않았다.

8일째 되는 날, 줄리는 총에 맞을 각오가 되어 있었다. 이틀째 물 한 모금 마시지 못했으며, 오물 주머니는 나흘째 가득 차 있었다. 줄리는 어깨를 창고 뒷벽에 대고 두 손으로는 양쪽 벽을 버텼다. 그리고 두 발로 있는 힘껏 문을 찼다. 첫 번째 발길질을 했을 때 다리에서 쥐가 났고, 줄리는 그 때문에 하마터면 기절할 뻔했다. 그러나 기절하지 않고 비명을 질렀다.

'멍청한 년.' 줄리가 속으로 말했다. 줄리는 탈수 상태였다. 여드레 동안 아무런 활동도 않았으니 기능 퇴화가 시작되기에 충분하고도 남았다. 적어도 체조라도 먼저 했어야 했다.

줄리는 뭉친 곳들이 풀릴 때까지 뻣뻣한 근육을 주무르고 체조했고, 도장에 있을 때처럼 정신을 집중했다. 몸을 마음대로 움직일 수 있게 되자 줄리는 다시 발길질을 했다. 그리고 또 했다. 그리고 또 했고, 창고 가장자리를 통해 빛이 보일 때까지 계속 그렇게 했다. 그리고 문이 구부러져 문과 문틀이 닿은 곳은 경첩 세 개와 빗장뿐이 될 때까지 계속 발길질을 했다.

그리고 마지막 발길질에 문이 더 많이 휘어지며 빗장이 걸이에서 빠져나왔고, 문이 덜컹 열렸다.

줄리는 창고에서 뛰쳐나왔다. 두 손을 반쯤 치켜들었고, 상황에 따라 두려워하는 표정이나 겁먹은 표정을 지을 준비가 되어 있었다.

그 층 전체가 텅 비어 있었다. 에어록, 줄리가 지난 여드레를 보냈던 우주복 보관실, 대여섯 개쯤 되는 다른 창고 그 어딜 가봐도 아무도 없었다. 모두가 비어 있었다. 줄리는 EVA(Extra-vehicular Activity, 선외 활동) 키트에서 두개골을 깨뜨리기에 적당한 크기의 자화 파이프 렌치를 꺼냈고, 승무원용 사다리를 타고 아래 갑판으로 내려갔다.

그리고 그 아래 갑판으로, 그리고 다시 그 아래 갑판으로 갔다. 개인 선실들은 깨끗했고 거의 군대 수준으로 정돈되어 있었다. 식당에는 저항의 흔적들이 있었다. 의료 구역, 텅 빔. 어뢰 구역, 아무도 없음. 통신실에는 아무도 없었고 동력이 꺼져 있었으며 잠겨 있었다. 여전히 신호를 보내는 몇몇 센서 일지들에도 스코풀라이 호의 신호는 보이지 않았다. 줄리는 다시 공포가 밀려오며 뱃속이 조여들었다. 갑판에서 갑판으로, 방에서 방으로 다녀보았지만 생명의 흔적은 없었다. 무슨 일인가 일어난 것이다. 방사능 누출. 독가스. 무슨 일인가가 일어나서 철수해야만 한 것이다. 줄리는 자기 혼자서 우주선을 날게 할 수 있을까 생각해보았다.

하지만 만약 그자들이 우주선에서 철수했다면 사람들이 에어록 밖으로 나가는 소리가 들렸어야 했다. 그렇지 않은가?

줄리는 엔진실로 연결되는 마지막 갑판 해치에 도착했고, 해치가 자동으로 열리지 않자 걸음을 멈추었다. 잠금 패널의 붉은빛은 방이 안에서 봉쇄되었다는 뜻이었다. 줄리는 다시금 방사능과 심각한 고장의 가능성을 생각해보았다. 하지만 어느 쪽이든 간에, 왜 안에서 문을 잠근단 말인가? 그리고 줄리는 여기까지 오는 동안 계속해 벽 패널들을 통과해 왔다. 그리고 그 어떤 곳에도 경고 불빛이 없었다. 즉, 방사능 누출이 아니라 뭔가 다른 것이었다.

그곳에는 소요의 흔적이 좀 더 있었다. 피. 어질러진 도구와 용기들. 무슨 일이 일어났든 간에, 여기에서 일어난 것이다. 아니, 여기에서 시작된 것이다. 그리고 잠긴 문 너머에서 끝난 것이다.

기계제작실에서 토치와 지레를 가져와 엔진실로 통하는 해치를 잘라내는 데 두 시간이 걸렸다. 유압 펌프가 고장 난 탓에 손으로 크랭크를 돌려 해치를 열어야만 했다. 따뜻한 바람이 훅하고 불어오며 소독제 냄새가 빠진 병원 냄새를 실어왔다. 구리성의, 욕지기가 나는 냄새였다. 그렇다면 여기는 고문실이었다. 줄리의 친구들이 두들겨 맞은 상태로 또는 조각조각 잘린 채 안에 있을 터였다. 줄리는 렌치를 들어 올리며 적들이 자신을 죽이기 전에 적어도 한 명의 머리통은 박살 낼 준비를 했다. 줄리는 둥둥 떠서 안으로 들어갔다.

엔진실 갑판은 거대했으며 대성당처럼 천장이 둥글었다. 융합 반응로가 중앙 공간 대부분을 차지했다. 반응로에 뭔가 문제가 있었다. 출력 장치와 보호장치와 모니터들이 있으리라 생각했던 곳에 마치 진흙 같은 뭔가가 있었고, 그 진흙층은 반응로 핵위로 흘러가는 듯이 보였다. 줄리는 여전히 한 손에 사다리를 잡고 천천히 그곳으로 떠갔다. 이상한 냄새는 이제 참을 수 없을 정도로 강력해졌다.

반응로 주위의 진흙 더께는 줄리가 이전까지 한 번도 보지 못한 구조로 되어 있었다. 마치 혈관이나 활주로처럼 튜브들이 그 것을 관통하고 있었다. 그 일부는 맥동을 했다. 즉, 진흙이 아니 었다.

살.

그것에서 툭 튀어나온 부분이 줄리를 향해 이동했다. 전체와 비교했을 때, 그것은 발가락 하나, 새끼손가락 하나 정도의 크기 에 불과해 보였다. 그것은 대런 선장의 머리였다.

"도와줘." 그것이 말했다.

1
홀던

　지구와 화성 사이의 국지적 불화가 바야흐로 전쟁으로 이어지려던 150년 전, 소행성대는 광대한 광물 자원으로 이루어졌으나 경제적 타산이 전혀 맞지 않는 머나먼 지평선이었으며, 외행성들은 가장 비현실적인 일을 추구하는 법인 단체들에조차 꿈 그 너머의 장소였다. 이윽고 솔로몬 엡스타인은 자그마한 개조형 융합 드라이브를 만들었고, 3인승 요트 뒤에 설치한 뒤 동력을 켰다. 성능이 좋은 천체망원경으로 보면 그 요트가 광속의 1퍼센트 정도의 속도로 텅 빈 심우주를 향해 날아가는 모습이 아직도 보인다. 인류 역사상 최고이자 가장 긴 장례식인 것이다. 다행히도, 솔로몬 엡스타인은 자기 집 컴퓨터에 설계도를 남겨두었다. 엡스타인 드라이브는 인류에게 별을 가져다주지는 않았지만 대신 행성들을 가져다주었다.
　캔터베리 호는 길이 750미터, 폭 250미터에 대충 소화전을 닮았으며 안이 거의 텅 빈, 개조한 식민지 수송선이었다. 한때 캔터베리 호는 사람, 물자, 설계도, 기계, 환경 돔, 희망으로 가득 차 있었다. 이제 토성의 위성들에는 2천만 명 조금 안 되는 사람들이 살았다. 캔터베리 호는 그 사람들의 조상을 백만 명 가까이 그곳으로 운송했다. 목성의 위성들에는 4천5백만 명이 살았다. 천왕성의 위성 하나에서는 5천 명이 변화를 일으키고 있었다. 그곳은 인류 문명이 가장 멀리까지 뻗어 나간 곳이었다. 적어도 몰몬교도들이 세대 우주선을 완성해 별과 산아제한으로부터의 자유를 향해 나가게 되기 전까지는 말이다.

그리고 소행성대(asteroid belt)가 있었다.

만약 술에 취해 대범해진 OPA 채용원에게 물으면 소행성대에는 1억 명이 산다고 답할 것이다. 내행성 인구 조사원에게 묻는다면 5천만 명에 더 가깝다고 할 것이다. 어느 쪽 말을 믿든, 인구는 엄청났고, 많은 물이 필요했다.

그래서 이제 캔터베리 호 그리고 '맑고 깨끗한 물 회사'에 속한 수십 척의 자매선들은 토성의 인심 좋은 고리에서 소행성대로 얼음덩어리들을 실어왔고, 우주선이 낡아 폐물이 될 때까지 계속 그렇게 할 터였다.

짐 홀던은 그 과정에서 시적 아름다움을 보았다.

"홀던?"

홀던은 격납고 갑판으로 몸을 돌렸다. 기관장인 나오미 나가타가 홀던을 내려다보고 있었다. 나오미는 키가 거의 2미터였고, 검고 곱슬거리는 머리털 뭉치는 뒤로 묶어 꼬리처럼 내렸으며, 흥미로움과 성가심이 뒤섞인 표정을 짓고 있었다. 나오미는 어깨를 으쓱하는 대신, 벨트인들 특유의 버릇대로 두 손을 으쓱했다.

"홀던, 제 말을 듣는 겁니까, 아니면 그냥 창밖을 바라보는 겁니까?"

"문제가 발생했지." 홀던이 말했다. "하지만 너는 정말로 정말로 유능하니까, 돈과 물자가 부족해도 그 문제를 해결할 수 있어."

나오미가 소리 내 웃었다.

"그러니까 제 말을 안 듣고 있었던 거네요." 나오미가 말했다.

"사실은, 그래."

"뭐, 어쨌든 기본적으로 맞는 말입니다. 제가 밀봉재를 교체하기 전까지는 나이트 호의 착륙기어가 대기권에서 제대로 작동하지 못할 겁니다. 그게 문제가 될까요?"

"노친네에게 물어볼게." 홀던이 말했다. "하지만 대기권에서 셔틀을 마지막으로 쓴 게 언제였지?"

"아예 쓴 적 자체가 없었지요. 하지만 법규에 따르면 대기권에서 날 수 있는 셔틀을 적어도 한 척은 보유해야 합니다."

"어이, 보스!" 지구 태생이자 나오미의 조수인 에이모스 버튼이 격실 저편에서 소리쳤다. 에이모스는 대충 둘이 있는 곳을 향해 근육이 우람한 팔을 흔들었다. 에이모스가 보스라 부른 이는 나오미였다. 에이모스는 맥도웰 선장의 우주선에 타고 있었고, 홀던은 부선장이었다. 하지만 에이모스 버튼의 세계에서는 오직 나오미만이 보스였다.

"무슨 일이야?" 나오미가 소리쳤다.

"케이블이 맛이 갔습니다. 제가 예비품을 가져올 동안 이 자식을 제자리에 좀 붙들어주시겠습니까?"

나오미가 홀던을 바라보며 눈으로 '더 할 이야기가 있습니까?'

라고 말했다. 홀던은 야유하는 듯한 경례를 했고, 나오미는 코웃음을 치더니 고개를 설레설레 흔들며 에이모스 쪽으로 걸어갔다. 기름 묻은 작업복을 입은 나오미의 몸은 길고 가늘었다.

지구의 해군에서 7년, 그리고 민간인으로 우주에서 5년을 일한 홀던은 벨트인들의 길고 가늘며 도무지 진짜일 것 같지 않은 골격에 여전히 익숙해지지 못했다. 중력 속에서 보낸 유년시절은 홀던이 사물을 보는 방식을 영원히 결정한 것이다.

중앙 리프트로 간 홀던은 에이드 투쿤보를 보고 싶어져서, 그녀의 웃음과 목소리와 머리에 뿌린 파촐리와 바닐라 향을 느껴보고 싶어져서 항해 갑판으로 가는 버튼 위에 잠시 손가락을 댔지만, 결국은 그 대신 진료소로 가는 버튼을 눌렀다. 즐거움보다는 의무가 먼저였다.

홀던이 들어갔을 때, 의무 담당인 쉐드 가비가 진찰대 위로 몸을 구부린 채 카메론 파즈의 왼팔 그루터기의 괴사 조직을 제거하고 있었다. 한 달 전, 카메론은 1초에 5밀리미터씩 움직이는 30톤짜리 얼음 덩어리에 팔꿈치가 끼었다. 무중력 상태에서 빙산을 자르고 이동하는 위험한 직업에 종사하는 사람들에게는 흔한 부상이었고, 카메론은 이런 일을 하는 사람이면 다 겪는 일이라는 식으로 그 일을 담담히 받아들였다. 홀던은 쉐드의 어깨너머로 몸을 구부리고 죽은 세포 조직에서 의료용 구더기 한 마리를 뽑아내는 장면을 지켜보았다.

"상태는 어때?" 홀던이 물었다.

"꽤 좋아 보입니다." 카메론이 말했다. "아직 신경이 좀 남아 있습니다. 쉐드가 의수를 어떻게 연결할지에 대해 제게 말해줬습니다."

"괴사 조직을 계속 관리할 수 있을 거라고 봅니다. 그리고 카메론이 세레스에 도착하기 전에 너무 많이 낫지 않도록 해야 합니다. 보험 규정을 확인해봤는데, 카메론은 여기에서 충분히 오래 근무했기 때문에 힘 되먹임, 압력과 온도 센서, 미세 모터 소프트웨어를 달 수 있더군요. 전액 보험처리가 가능합니다. 거의 진짜만큼이나 좋을 겁니다. 내행성에는 팔다리를 다시 자라게 하는 새로운 바이오젤이 있지만 그건 우리 의료 보험이 적용 안 됩니다."

"내행성은 좆까라고 하십시오. 마법의 젤리도 좆까라고 하고요. 저는 그 새끼들이 실험실에서 배양한 걸 다느니 소행성대에서 제대로 만든 가짜가 더 좋습니다. 놈들의 그 잘난 팔을 다는 것만으로도 아마 꼴통이 되고 말걸요." 카메론이 말했다. 이윽고 카메론이 덧붙였다. "어, 음, 나쁜 뜻은 아니었습니다, 부선장님."

"나쁘게 받아들이지 않았어. 우리가 너를 치료할 수 있어서 기쁠 뿐이야." 홀던이 말했다.

"부선장님에게 다른 것도 좀 더 말해 드려." 카메론이 짓궂게 웃으며 말했다. 쉐드가 얼굴을 붉혔다.

"에, 의수를 단 다른 사람들로부터 이야기를 들었는데요." 쉐드가 홀던의 시선을 피하며 말했다. "의수에 적응할 동안에는 자위를 할 때 마치 다른 사람이 대신해주는 듯한 느낌이 든다더군요."

아주 잠시 쉐드의 귀가 새빨개졌고 홀던은 쉐드의 말을 음미했다.

"미리 알아서 다행이군." 홀던이 말했다. "그리고 괴사 조직은?"

"약간의 감염이 있습니다." 쉐드가 말했다. "구더기들이 그걸 억제하고 있고, 이 상황에서 염증은 사실상 좋은 역할을 하기 때문에 번지지만 않는다면 너무 열심히 치료하지는 않고 있습니다."

"다음 비행은 할 수 있을까?" 홀던이 물었다.

처음으로 카메론이 얼굴을 찡그렸다. "당연합니다. 그때까지는 준비되어 있을 겁니다. 전 늘 준비가 되어 있습니다. 이건 제 '일'입니다. 부선장님."

"아마도요." 쉐드가 말했다. "의수가 얼마나 잘 붙는가에 달려 있습니다. 다음이 안 되면 그다음에는 할 수 있습니다."

"제길." 카메론이 말했다. "전 한 손으로도 이 배에 탄 멍청이들 절반보다 더 얼음을 잘 다룰 수 있습니다."

"그 역시," 홀던이 웃음을 억누르며 말했다. "알게 되어 다행이군. 계속 치료를 하도록 해."

카메론이 코웃음을 쳤다. 쉐드는 구더기를 또 한 마리 빼냈다. 홀던은 리프트로 돌아갔고, 이번에는 망설이지 않았다.

캔터베리 호의 항해 부서의 내부는 결코 인상적이라 할 수 없었다. 홀던은 처음 해군에 지원했을 때 우주선이면 당연히 벽 크기의 거대한 화면들이 있으리라고 상상했었다. 사실 주력함들에는 그러한 화면들이 있었지만, 주력함에서조차 그런 건 필요보다는 장식에 더 가까웠다. 에이드는 핸드터미널보다 살짝 클 뿐인 화면 두 개 앞에 앉아 있었다. 화면의 모퉁이에는 캔터베리 호의 반응로와 엔진의 효율과 출력이, 오른쪽 화면에는 시스템들이 보고 중인 기본 항해 기록 정보 그래프들이 보였다. 에이드는 귀가 가려지는 커다란 헤드폰을 쓰고 있었고, 그 헤드폰에서는 쿵쿵거리는 희미한 베이스 음이 살짝 새어 나왔다. 만약 캔터베리 호가

23

이상을 감지하면 헤드폰은 곧바로 에이드에게 경보를 보냈다. 시스템에 에러가 생겨도 헤드폰은 에이드에게 경보를 보냈다. 또한 맥도웰 선장이 사령부 갑판을 떠나도 에이드에게 경보를 보냈다. 에이드가 음악을 끄고 선장이 도착했을 때 바쁘게 일하는 척할 수 있도록 말이다. 에이드의 자그마한 향락주의는 홀던이 에이드를 좋아하는 수천 가지 이유 가운데 하나였다. 홀던은 에이드 뒤로 걸어가 귀에서 헤드폰을 가볍게 벗겨내고 말했다. "어이."

에이드가 화면을 톡톡 치며 싱긋 웃더니 헤드폰을 벗어 마치 기계로 된 장신구라도 걸치듯 길고 가는 목에 걸었다.

"제임스 부선장님." 에이드가 과장되게 정중한 태도로 말했고, 목소리는 짙은 나이지리아 악센트 때문에 더욱더 고음으로 들렸다. "뭘 해드릴까요?"

"때맞춰 잘 물어줬어." 홀던이 말했다. "세 번째 교대 시간이 끝났을 때 누군가와 함께 내 선실로 돌아가면 얼마나 좋을까 하고 생각하던 참이었거든. 주방에서 제공하는, 남들과 똑같은 허접스러운 음식으로 로맨틱한 저녁 식사를 가볍게 하고 말이야. 음악도 좀 듣고."

"와인을 약간 마시고," 에이드가 말했다. "규칙도 약간 깨뜨리고. 그걸 생각하니 좋기는 하지만 난 오늘 밤 섹스할 기분이 아닌걸."

"난 섹스에 대해 말한 게 아니었어. 약간의 음식, 대화를 뜻한 거였어."

"난 섹스에 대해 말한 거였는데." 에이드가 말했다.

홀던은 에이드의 의자 옆에 한쪽 무릎을 꿇고 앉았다. 현재 추진이 주는 3분의 1g에서, 이 자세는 더할 나위 없이 편안했다. 에이드의 웃음이 부드러워졌다. 항해 기록이 울렸다. 에이드는 그것을 힐긋 보더니 해제 버튼을 살짝 친 뒤 홀던에게로 몸을 돌렸다.

"에이드, 난 당신이 좋아. 내 말은, 난 당신과 사귀는 게 정말 즐거워." 홀던이 말했다. "왜 우리가 옷을 입은 상태로 가끔 시간을 보내면 안 되는지 이해할 수가 없어."

"홀던, 자기야. 그만, 오케이?"

"뭘 그만해?"

"날 당신 여자친구로 만들려는 시도를 그만하라고. 당신은 멋진 남자야. 엉덩이도 예쁘고, 잠자리에서는 즐거워. 하지만 그게 우리가 약혼했다는 뜻은 아니야."

홀던은 깜짝 놀랐고 자신도 모르게 얼굴을 찡그렸다.

"에이드, 내가 이 관계를 유지하려면 그 이상이 필요해."

"아니, 그렇지 않아." 에이드가 홀던의 손을 잡으며 말했다. "그리고 그렇지 않아도 괜찮아. 당신은 여기서 부선장이고, 나는 잠시 있다 떠날 사람이야. 한 번 또는 두 번 정도는 함께 항해를 하겠지만, 그 뒤에 나는 떠난다고."

"나도 이 우주선에 묶여있는 건 아니야."

에이드의 웃음소리에는 따뜻함과 불신이 반반씩 섞여 있었다.

"캔터베리 호에 얼마나 있었지?"

"5년."

"당신은 떠나지 않을 거야." 에이드가 말했다. "당신은 여기가 편안해."

"편안?" 홀던이 말했다. "캔터베리 호는 1세기는 된 얼음 수송선이야. 여기보다 더 지랄 같은 승무원 일을 찾기도 어려워. 아마 엄청 열심히 노력해야 할걸. 여기에 탄 사람들은 모두 자격 요건 이 한참 미달이거나 아니면 자신들의 마지막 비행에서 일을 아주 엉망으로 망친 자들이라고."

"그리고 당신은 여기가 편안하고." 이제 에이드의 눈은 좀 덜 상냥했다. 에이드는 입술을 깨물었고, 화면을 내려다보다가 고 개를 들었다.

"그 말은 좀 심한데."

"당신 말이 맞아. 내가 심했어." 에이드가 동의했다. "있잖아, 아까도 말했지만 난 오늘 그럴 기분이 아니야. 오늘 내가 심술이 좀 나거든. 그러니까 난 오늘 밤에는 푹 자야 해. 내일 아침이 되 면 훨씬 상냥해질 거야."

"약속해?"

"심지어 당신에게 저녁 식사도 만들어 줄 거야. 사과를 받아 주는 거야?"

홀던은 몸을 앞으로 내밀어 자기 입술을 에이드의 입술에 댔 다. 에이드는 처음에는 정중하게, 이윽고 더 따뜻하게 그 키스를 받아주었다. 에이드는 손가락으로 한순간 홀던의 목을 감쌌다가 이윽고 그를 밀어냈다.

"당신은 키스를 너무나 잘해. 이제 가 봐." 에이드가 말했다. "가서 임무를 수행하세요."

"알았어." 홀던은 말했지만 돌아가지 않았다.

"짐." 에이드가 말했고, 그때 우주선 전체에 통신 시스템이 켜 졌다.

"홀던은 함교로." 맥도웰 선장이 말했고, 통신 속의 목소리는 살짝 뭉개져 울렸다. 홀던은 외설적인 표현을 내뱉었다. 에이드는 소리 내 웃었다. 홀던은 벌떡 일어나 에이드의 뺨에 키스한 뒤 중앙 리프트로 돌아가면서 하필 이럴 때 방해한 맥도웰 선장이 온몸에 부스럼이 나 고생을 하고 사람들 앞에서 망신을 당했으면 좋겠다고 생각했다.

함교는 홀던의 숙소보다 살짝 더 컸으며, 주방의 반도 되지 않았다. 맥도웰 선장의 떨어져 가는 시력과 교정 수술에 대한 총체적 불신 때문에 특별히 준비된 약간 커다란 화면을 빼면 회계 법인의 비밀 회의실이라고 해도 믿길 정도였다. 공기에서는 세척용 아스트린젠트 그리고 누군가가 너무 진하게 우려낸 예르바 마테차 냄새가 났다. 홀던이 다가오자 맥도웰은 앉아 있던 의자에서 몸을 움직였다. 이윽고 선장이 뒤로 몸을 기대며 어깨너머 통신 부서를 가리켰다.

"레베카!" 맥도웰 선장이 날카롭게 말했다. "이 친구에게 설명해주게."

당직 통신 사관인 레베카 바이어스는 상어와 도끼를 합쳐 만든 듯한 인물이었다. 검은 눈동자, 날카로운 이목구비, 너무도 얇아 존재하지도 않는 것 같은 입술. 캔터베리 호에서는, 레베카가 이 직업을 택한 건 전남편을 죽인 일로 고발당하지 않기 위해서라는 소문이 떠돌았다. 홀던은 레베카를 좋아했다.

"응급 신호입니다." 레베카가 말했다. "2시간 전에 수신했습니다. 칼리스토의 응답기가 방금 확인 신호를 보내왔습니다. 진짜입니다."

"아하." 홀던이 말했다. 그리고 이어서 말했다. "젠장. 우리가 가장 가까이에 있는 건가?"

"몇백만 클릭 안쪽으로 유일한 우주선입니다."

"흠, 당연하겠지." 홀던이 말했다.

레베카는 선장 쪽으로 시선을 돌렸다. 맥도웰은 손가락 관절을 꺾었고 자기 화면을 응시했다. 화면에서 나오는 빛이 선장을 기묘한 녹색으로 물들였다.

"신호는 성도에 기록된 비(非)소행성대 소행성 옆에서 나오고 있어." 맥도웰 선장이 말했다.

"정말입니까?" 홀던이 못 믿겠다는 말투로 말했다. "저곳으로 도망친 건가요? 여기 몇백만 킬로미터 안쪽으로는 아무것도 없는데요."

"화장실이 급했나 보지. 우리가 아는 건 저기에 얼간이가 있고, 응급 신호를 보내고 있으며 우리가 가장 가까이에 있다는 것뿐이야. 만약…."

태양계의 법은 무조건적이었다. 우주처럼 생명에 적대적인 환경에서 같은 인간들을 돕고 선의를 베푸는 건 선택의 문제가 아니었다. 응급 신호가 존재하기만 해도, 가장 가까이 있는 우주선은 그곳에 들러 도움을 주어야 했다. 물론 그렇다고 모두가 예외 없이 그 법을 따른다는 뜻은 아니었다.

캔터베리 호는 짐을 가득 싣고 있었다. 백만 톤이 훨씬 넘는 얼음이 지난달 내내 천천히 가속을 해 왔다. 카메론의 팔을 으깨 버렸던 작은 빙산처럼, 이 얼음도 속력을 늦추기란 거의 불가능했다. 설명할 수 없는 통신기 고장 유발, 항해 일지 조작, 위대하신 다윈의 말씀대로 죽을 놈은 죽고 살 놈은 살게 하고 싶은 유혹은 늘 있었다.

하지만 만약 맥도웰이 정말로 그럴 의향이 있었다면 홀던을 부르지 않았을 것이다. 또는 승무원들이 들을 수 있는 곳에서 그러한 제안을 하지 않았을 것이다. 홀던은 지금의 미묘한 상황을 이해했다. 선장은 홀던이 없었더라면 그 신호를 그냥 무시하고 갔을 인물인 척하려는 것이다. 승무원들은 우주선의 이익에 해가 되는 일은 안 하고 싶어 하는 선장을 존경할 터였다. 또한 규칙을 따라야 한다고 주장하는 홀던을 존경할 터였다. 그리고 규칙을 따르든 따르지 않든, 법과 인간의 품위가 요구하는 바 때문에 선장과 홀던 둘 다 미움받는 건 피할 수 없는 일이었다.

"들러야 합니다." 홀던이 말했다. 그리고 다시 힘차게 말했다. "구해낼 재화가 있을 수도 있습니다."

맥도웰이 자기 화면을 톡톡 두드렸다. 콘솔에서 에이드의 목소리가 들려왔다. 마치 같은 방에 있는 것처럼 낮고 따뜻한 목소리였다.

"네, 선장님?"

"이 고물 우주선을 멈추기 전에 먼저 숫자들이 필요해."

"네?"

"CA-2216862 옆에 우리 우주선을 대는 게 얼마나 어렵지?"

"소행성에 들리는 겁니까?"

"자네가 내 명령에 따르고 나면 말해주지, 투쿤보 항해사."

"네, 선장님." 에이드가 말했다. 연속해서 짤깍거리는 소리가 홀던의 귀에 들렸다. "만약 지금 당장 방향을 돌려 이틀 동안 죽어라 달리면 5만 킬로미터 안쪽으로 댈 수 있습니다, 선장님."

"'죽어라 달린다'를 정의해줄 수 있겠나?" 맥도웰이 말했다.

"우리 모두 충격 흡수 소파에 있어야 합니다."

"당연히 그래야겠지." 맥도웰이 한숨을 쉬더니 지저분한 턱수염을 긁적였다. "그리고 그 과정에서 얼음이 움직이며 선체를 때려 망가뜨릴 거고, 우리는 겨우 몇백만 달러 정도만 손해를 보게 되겠지, 운이 좋으면 말이야. 이 일을 하기에 나는 늙었어, 홀던. 정말로 늙었어."

"네, 선장님. 선장님은 늙었습니다. 그리고 저는 늘 선장님의 의자가 맘에 들었습니다." 홀던이 말했다. 맥도웰은 인상을 쓰더니 외설적인 손짓을 해 보였다. 레베카가 소리 내 웃으며 콧방귀를 뀌었다. 맥도웰이 레베카 쪽으로 몸을 돌렸다.

"우리가 간다고 신호기에 메시지를 보내. 그리고 세레스에는 우리가 늦을 거라고 알리고. 홀던, 나이트 호 상태는 어떻지?"

"몇 가지 부속품을 구하기 전에는 대기권을 날 수 없지만, 진공에서 5만 클릭 정도는 문제없을 겁니다."

"확실한가?"

"나오미가 그렇게 말했습니다. 그러면 그건 진실입니다."

맥도웰은 일어나서 키가 거의 2미터 25센티미터에 달하지만 동시에 지구의 십 대 아이보다도 마른 몸을 폈다. 나이, 그리고 중력 우물에서 한 번도 살아본 경험이 없는 걸 고려했을 때, '죽어라 달리는' 것은 이 노인에게 지옥과도 같은 고통이었다. 홀던은 동정심에 마음이 아팠지만, 그런 티를 내 맥도웰을 당황하게 할 생각은 결코 없었다.

"지금부터 중요하니 잘 들어, 짐." 맥도웰이 말했다. 맥도웰은 오직 홀던만이 들을 수 있도록 목소리를 낮춰 말했다. "우리는 규칙에 따라 저기에 들러 구출 시도를 해야 하지만, 너무 노력할 필요는 없어. 내 말 무슨 뜻인지 알겠지."

"들리기만 하자는 거군요." 홀던이 말했고, 맥도웰은 커다랗고 거미 같은 두 손으로 공중을 툭툭 쳤다. 우주복을 입고 있을 때 상대에게 보이기 위해 발달한 벨트인 특유의 수많은 제스처 가운데 하나였다.

"안 갈 순 없어." 선장이 말했다. "하지만 만약 저기에서 뭔가 이상한 걸 발견해도 또다시 영웅 놀이는 하지 마. 그냥 장난감을 꾸려서 집으로 돌아오라고."

"그리고 다음에 오는 우주선에 맡기자?"

"그리고 자네는 안전한 거지." 맥도웰이 말했다. "명령이야. 이해하겠나?"

"이해했습니다." 홀던이 말했다.

짤깍 하면서 우주선 전체에 통신 시스템이 켜졌고, 맥도웰은 승무원들에게 상황을 설명하기 시작했다. 홀던은 갑판들 여기저기에서 신음의 합창이 들려오는 것 같은 상상이 들었다. 홀던은 레베카에게 갔다.

"오케이." 홀던이 말했다. "저 부서진 우주선에 대해 우리가 아는 게 뭐지?"

"경량 화물선. 선적 화성. 모항 에로스, 선명 스코풀라이…."

2
밀러

밀러 형사는 폼코어 의자에 느긋하게 앉아 소녀의 말을 들으면서 갈피를 잡을 수 없는 이야기의 앞뒤를 꿰맞추려 애썼고, 그러면서도 얼굴에는 계속 말하라는 표정과 부드러운 웃음을 동시에 짓고 있었다.

"그리고 갑자기 펑! 방은 칼잡이들의 고함과 욕설로 가득 찼어요." 소녀가 한 손을 흔들며 말했다. "마치 댄스곡 같았어요, 단지 보우미가 '난 절대 절대 아무것도 몰라' 하는 표정을 지은 것만 빼고요. 아시겠죠, 께?(무엇?)"

문가에 서 있던 해브록이 두 번 눈을 끔벅였다. 땅딸막한 그 남자의 얼굴이 짜증으로 꿈틀거렸다. 해브록이 절대로 경사가 될 수 없는 이유였다. 그리고 포커 게임에서 늘 지는 이유이기도 했다.

밀러는 포커를 아주 잘했다.

"나 완전히." 밀러가 말했다. 밀러의 목소리는 안쪽 레벨 거주자 특유의 새된 음색을 띠었다. 밀러는 소녀가 했던 것과 똑같이 한 손으로 나른하게 호를 그렸다. "보우미, 그자는 보지 못했어. 깜빡한 팔."

"좆나 깜빡한 팔이죠, 네." 소녀는 밀러의 말이 마치 복음이라도 된다는 듯이 말했다. 밀러는 고개를 끄덕였고, 마치 짝짓기 춤을 추는 두 마리 새처럼 소녀도 끄덕였다.

임대 구멍은 검은색 얼룩이 들어간 크림색으로 페인트칠한 공간 세 개, 즉 욕실, 부엌, 거실로 이루어져 있었다. 거실에 있는 접이식 침대의 버팀대는 부서졌다가 고치기를 수없이 반복했기 때문에 이제 더는 접히지 않았다. 이곳은 세레스의 회전축 근처에 있어서 세레스의 회전으로부터 그리 큰 중력을 얻을 수 없었다. 공기에서는 오래된 단백질 효모와 버섯이 섞인 맥주 냄새가 났다. 그 지역 특유의 음식 냄새였다. 즉 그게 누구건 간에, 이 침대가 부서질 정도로 소녀와 침대에서 심하게 뒹군 자들은 소녀에게 그 대가로 저녁값도 안 되는 돈만 지급한 것이다. 아니 어쩌면 값을 제대로 치렀을 수도 있지만, 소녀가 그 돈을 헤로인이나 말타, 또는 MCK에 써버렸을 수도 있다.

어느 쪽이 되었든 그건 이 아이의 일이었다.

"그리고, 꿰?" 밀러가 물었다.

"보우미는 공기가 빠져나갈 때처럼 도망갔어요." 소녀가 킥킥거리며 말했다. "좆나 토꼈어요. 켄니스 뚜?(당신 이해해요?)"

"켄. (알겠어.)" 밀러가 말했다.

"이제, 모두 새 칼잡이들이에요. 또 돈을 뜯겠죠. 난 망했어요."

"그리고 보우미는?"

소녀의 시선이 밀러의 신발에서 무릎으로, 중절모자로 천천히 올라갔다. 밀러가 킬킬거렸다. 밀러는 의자를 가볍게 밀었고, 낮은 중력에서 서투르게 일어섰다.

"그자가 나타나고, 내가 요구했던 거, 꿰 시?(뭔지 알지?)" 밀러가 말했다.

"꼬모 노?(안될 건 뭐예요?)" 소녀가 말했다.

바깥 터널은 이미 더럽혀진 곳을 제외하고는 하얀색이었다. 터널 폭은 10미터였으며, 양쪽으로 천천히 오르막이었다. 하얀 LED 조명은 태양 빛을 흉내 내지 않았다. 500미터 정도 떨어진 곳에 누군가가 천연 암석이 드러날 정도로 세게 벽을 들이받았고, 그곳은 여전히 수리되지 않은 채 있었다. 아마도 계속 수리되지 않으리라. 이곳은 회전 중심 근처로 한참 들어온 깊은 구멍이었다. 관광객들은 절대로 이곳에 오지 않았다.

해브록은 걸음마다 너무 높이 튀어 오르며 둘의 카트를 향해 앞장서 갔다. 해브록은 저중력 레벨에 그리 자주 오지 않았으며, 그 때문에 동작이 어색했다. 밀러는 평생을 세레스에서 살았지만, 솔직히 이 높이에서는 코리올리 효과 때문에 밀러 역시 자세가 살짝 불안정했다.

"그래서," 해브록이 목적지 코드를 누르며 말했다. "즐거우셨습니까?"

"무슨 말인지 모르겠군." 밀러가 말했다.

전기 모터가 윙 하는 소리를 내며 살아났고, 카트가 앞으로 쏠리며 터널을 나아갔으며, 흠뻑 젖은 폼 타이어가 희미하게 끽끽거렸다.

"지구인 앞에서 바깥세계 언어로 대화한 것 말입니다." 해브록이 말했다. "저는 반도 못 알아듣겠더군요."

"벨트인들이 지구 사람을 따돌리는 게 아니야." 밀러가 말했다. "가난한 사람들이 배운 사람들을 따돌리는 거지. 그리고 이제 자네가 그 말을 하다니 재밌네."

해브록이 소리 내 웃었다. 해브록은 놀림을 받아도 대수롭지 않게 받아넘겼다. 해브록이 축구며 농구며 정치 같은 팀 스포츠를 잘하는 것도 이 덕분이었다.

밀러는 그런 것에 그리 능하지 않았다.

외행성들과 소행성대의 항구 도시인 세레스는 직경 250킬로미터에 층층이 판 수만 킬로미터의 터널을 자랑으로 여겼다. 세레스가 0.3g를 만들게끔 회전시키는 것은 타이코의 최고 두뇌들에게조차 반 세대의 시간이 걸리는 작업이었고, 지금까지도 타이코의 공학자들은 그 일을 무척 자랑스러워했다. 이제 세레스에는 정착해 사는 사람만 해도 6백만 명 이상이었으며, 매일 1천 대의 우주선이 도킹하며, 이에 따른 유동인구까지 고려하면 최고 7백만 명이 살았다.

소행성대에서는 백금, 철, 티타늄이 났다. 토성에서는 물이, 가니메데와 유로파의 커다란 거울을 이용한 온실에서는 채소와 고기가, 지구와 화성에서는 유기물이 났다. 이오에서는 전기, 레아와 이아페투스의 정제소에서는 헬륨-3가 났다. 인류 역사상 최고의 부와 권력이 세레스를 통과해 갔다. 그리고 그러한 수준의 무역이 있는 곳에는 범죄도 함께 했다. 그리고 범죄가 있는 곳에는 그것을 막기 위한 경찰 병력이 있었다. 밀러와 해브록 같은 이들의 임무는 넓은 경사로를 따라 전기 카트를 타고 다니고, 회전이 주는 가짜 중력이 뒤쪽으로 멀어지는 것을 느끼고, 황금가지 협회에 낼 보호비를 받으러 보우미 채터지가 왔던 날 밤에 무슨 일이 있었는지를 싸구려 셋방에 사는 현란한 외양의 창녀들에게 묻는 것이었다.

세레스 스테이션의 경찰이자 주둔군인 스타 헬릭스 치안대의 본부는 세레스 표면에서 세 번째 레벨에 2평방킬로미터를 차지했고, 바위를 무척이나 높이 파고 들어가 있었기 때문에 밀러는 자기 자리에서 다섯 번째 레벨까지 걸어 올라가면서도 본부를 벗어나지 않을 수 있었다. 해브록이 카트를 반납하는 동안 밀러는 칸막이가 된 자기 자리로 돌아가 소녀와 했던 인터뷰 녹화 내용을 다운로드해 다시 들었다. 밀러가 그 내용을 반쯤 들었을 때 파트너가 뒤에서 요란한 소리를 내며 나타났다.

"뭔가 알아냈습니까?" 해브록이 물었다.

"별로." 밀러가 말했다. "보우미는 소속이 없는 지역 깡패들의 공격을 받았어. 보우미처럼 저급 깡패들은 가끔 자신이 공격을 받는 척하기 위해 사람을 고용하곤 하지. 그리고 용감하게 싸워 이기는 거야. 그러면 명성이 올라가거든. 아까 그 여자가 댄스곡이라고 말한 건 그 뜻이었어. 보우미 뒤를 쫓았던 자들은 그런 수준이었어. 다만 보우미가 닌자처럼 용감하게 싸우는 대신 도망가서 돌아오지 않았지."

"그리고 지금은?"

"그리고 지금은 아무 일도 없어." 밀러가 말했다. "그게 이해가 안 가. 누군가가 황금가지의 수금원을 제거했는데도 아무런 보복이 없어. 그래, 물론 보우미는 끄나풀에 불과해. 하지만….”

“하지만 놈들이 꼬맹이들을 잡아먹기 시작하면 위쪽 놈들에게 가는 돈이 줄겠지요.” 해브록이 말했다. “그렇다면 왜 황금가지는 소위 깡패의 정의를 추구하지 않은 걸까요?”

“난 이 사건이 맘에 안 들어.” 밀러가 말했다.

해브록이 소리 내 웃었다. “벨트인들이란.” 해브록이 말했다. “뭔가 하나가 이상하면 생태계 전체가 붕괴한다고 생각하지요. 만약 황금가지가 너무 약해서 이런 일을 당하고도 가만있는 거라면, 그건 좋은 일입니다. 놈들은 악당이라고요, 알아요?”

“맞는 말이야.” 밀러가 말했다. “하지만 자네가 조직범죄에 대해 뭐라 하든, 적어도 그건 제대로 조직화되어 있단 말이야.”

해브록은 밀러의 책상 옆에 있는 작은 플라스틱 의자에 앉더니 목을 길게 빼고 재생 화면을 지켜보았다.

“오케이.” 해브록이 말했다. “‘깜빡한 팔’이란 건 대체 뭡니까?”

“권투 용어야.” 밀러가 말했다. “보지 못하는 사이에 날아온 주먹에 맞았다는 뜻이야.”

컴퓨터가 울리더니 스피커에서 샤디드 서장의 목소리가 들려왔다.

“밀러? 거기 있나?”

“음.” 해브록이 말했다. “나쁜 징조군요.”

“뭐?” 서장이 날카로운 목소리로 물었다. 그녀는 해브록이 내행성 출신이라는 사실에서 비롯된 편견을 절대로 극복하지 못했다. 밀러는 한 손을 들어 파트너를 조용히 시켰다.

“여기 있습니다, 서장님. 무슨 일이십니까?”

"내 사무실에서 만나지."

"지금 갑니다." 밀러가 말했다.

밀러가 일어섰고, 해브록이 자기 의자에 앉았다. 둘은 말을 하지 않았다. 만약 샤디드 서장이 해브록을 같이 보고 싶었다면 둘 다 불렀으리라는 사실을 두 사람 모두 알았다. 해브록이 경사가 될 수 없는 또 다른 이유였다. 밀러는 해브록 혼자서 동영상을 보며 계층, 스테이션, 출신, 인종을 자세히 분석하게 두고 떠났다. 그것만 해도 엄청난 시간이 걸렸다.

샤디드 서장의 사무실은 부드럽고 여성적인 스타일로 꾸며져 있었다. 벽에는 진짜 천으로 된 태피스트리들이 걸려 있었고, 공기 필터에 끼워둔, 진짜 식료품의 10분의 1 가격 정도 되는 삽입물에서는 커피와 계피 향이 났다. 서장은 유니폼을 편안하게 입고 있었으며, 회사 규칙을 어기고 어깨 정도 길이의 머리털을 묶지 않고 늘어뜨리고 있었다. 만약 밀러가 서장을 설명해보라는 명령을 받았다면 '위장'이란 표현이 딱이라고 했을 것이다. 서장은 의자를 향해 고개를 끄덕였고, 밀러는 의자에 앉았다.

"뭘 알아냈지?" 서장이 물었지만, 시선은 밀러 뒤쪽 벽을 향하고 있었다. 이건 깜짝 퀴즈가 아니었다. 서장은 그냥 대화를 이끌고 있을 뿐이었다.

"황금가지는 소히로의 패거리나 로카 그레이가와 똑같아 보입니다. 여전히 스테이션에 있습니다만… 제 생각에는 뭔가에 정신이 팔린 듯합니다. 사소한 일은 그냥 넘기고 있더군요. 활동하는 깡패들이 적어졌고, 강제하는 일도 줄어들었습니다. 그리고 중간 간부 대여섯 명이 사라졌다는 걸 알아냈습니다."

서장이 그 말에 관심을 보였다.

"살해된 거야?" 서장이 물었다. "OPA 공격인가?"

OPA(Outer Planets Alliance), 즉 외행성 연합의 공격은 세레스 치안대에게 끊임없는 골칫거리였다. OPA에는 알 카포네와 하마스, IRA와 붉은 화성단의 전통이 아직도 살아있었기에, OPA의 도움을 받는 이들은 OPA를 사랑했고, OPA에게 방해가 되는 이들은 OPA를 두려워했다. 부분적으로는 사회 운동 단체이자 부분적으로는 나라를 꿈꾸는 단체이고, 또한 부분적으로는 테러리스트 조직인 OPA에겐 한 단체로서의 양심이라는 것이 전혀 없었다. 해브록이 중력 우물에서 왔다는 이유로, 샤디드 서장은 그를 좋아하지 않았다. 그래도 적어도 같이 일은 했다. 하지만 OPA라면 해브록을 에어록 밖으로 던져버렸을 것이다. 밀러 같은 사람은 두개골에 탄환을 박아 넣어야 할 존재로 여겼을 것이다. 파편이 튀어 도관이 상하지 않도록 플라스틱 탄환을 써서 말이다.

"그렇지는 않다고 생각합니다." 밀러가 말했다. "전쟁의 냄새가 나지는 않습니다. 이건… 솔직히, 서장님, 대체 어찌 돌아가는지를 모르겠습니다. 숫자상으로는 멋집니다. 보호료가 줄어들고, 무허가 도박도 줄었습니다. 쿠퍼와 하리리는 6구역의 미성년 매춘굴을 폐쇄했고, 우리가 본 바로는 현재까지 그곳은 다시 열리지 않았습니다. 몇몇 사람이 약간의 소란을 일으키지만, 그것 빼고는 아주 좋아 보입니다. 그냥 묘한 냄새가 날 뿐입니다."

서장은 고개를 끄덕였지만, 시선은 다시 벽을 향했다. 서장은 처음 관심을 보였을 때만큼이나 빠르게 밀러의 사건에 관심을 잃었다.

"음, 그건 제쳐 둬." 서장이 말했다. "다른 일이 있어. 새로운 계약이야. 자네만. 해브록은 아니고."

밀러가 팔짱을 꼈다.

"새로운 계약이라니," 밀러가 천천히 말했다. "무슨 뜻입니까?"

"스타 헬릭스 치안대가 세레스 치안 업무 말고 별도의 계약을 했으며, 이곳의 책임자인 나는 자네를 그 임무에 할당했다는 뜻이지."

"제가 해고된 겁니까?" 밀러가 물었다.

샤디드 서장은 짜증 나는 표정을 지었다.

"추가 임무야." 서장이 말했다. "지금 하는 세레스 업무는 여전히 하게 될 거야. 이건 단지 추가 업무일 뿐이야…. 이봐, 밀러. 자네와 마찬가지로 나 역시 이 일이 지랄이라고 생각해. 난 자네를 스테이션 일에서 손 떼게 하려는 게 아니야. 주 계약에서 손 떼게 하려는 게 아니라고. 저 아래 지구에 사는 누군가가 주주를 위해 편의를 봐주려는 거야."

"이제 우리가 주주를 위한 편의도 봐주는 겁니까?" 밀러가 물었다.

"자네는 그렇지." 샤디드 서장이 말했다. 부드러움은 사라졌다. 달래는 목소리도 사라졌다. 서장의 눈은 젖은 돌처럼 어두웠다.

"알았습니다, 그럼." 밀러가 말했다. "저는 그러는 거군요."

샤디드 서장이 핸드터미널을 들어 올렸다. 밀러도 더듬더듬 자기 핸드터미널을 꺼냈고, 좁은광선 전송을 받아들였다. 무슨 내용인지는 몰라도, 샤디드 서장은 일반 네트워크가 이 내용에 접근하지 못하게 하려고 그러는 거였다. 'JMAO'라는 이름이 붙은 새로운 파일 트리가 밀러의 화면에 나타났다.

"귀여운 딸이 사라진 사건이지." 샤디드 서장이 말했다. "아리아드네 마오와 줄스-피에르 마오의 딸이."

그 이름을 듣자 떠오르는 게 있었다. 밀러는 손가락 끝으로 자기 핸드터미널의 화면을 눌렀다.

"마오-크비코프스키 무역요?" 밀러가 물었다.

"그래."

밀러가 낮게 휘파람을 불었다.

마오크비크는 비록 소행성대에서 10위 안에 드는 규모의 회사는 아닐지 몰라도 상위 50위 안에는 확실하게 들었다. 원래 그 회사는 금성의 구름 도시들의 엄청난 사업 실패 건을 담당한 법률 회사였다. 마오크비크는 수십 년에 걸친 소송에서 번 돈으로 사업을 다각화하고 확장했으며, 대부분은 행성 간 운송에 투자했다. 이제 그 회사의 스테이션은 고대의 바다를 오가던 원양 여객선 같은 당당한 위엄을 보이며 다른 어디에도 속하지 않은 채 소행성대와 내행성들 사이에 떠 있었다. 밀러가 그 회사에 대해 그만큼이나 많이 안다는 건, 그 회사가 밀러와 같은 사람들을 공공연하게 사고팔 수 있을 정도로 돈이 많다는 뜻이었다.

밀러는 지금 막 팔린 것이다.

"그 부부는 루나에 살아." 샤디드 서장이 말했다. "지구 시민의 모든 권리와 특권을 누리며 말이야. 하지만 여기에서 운송 거래업을 아주 많이 하지."

"그리고 딸을 잃어버렸다는 겁니까?"

"말썽꾸러기야." 서장이 말했다. "대학 진학을 한다고 집을 떠난 뒤 '머나먼 지평선 재단'이라는 그룹에 들어갔어. 학생 운동 단체야."

"OPA 앞잡이단체로군요." 밀러가 말했다.

"공동 연합이야." 샤디드가 정정해주었다. 밀러는 그건 아무래도 상관없었지만 호기심이 살짝 들었다. 만약 OPA가 공격해 오면 샤디드 서장이 어느 쪽 편을 들지 궁금했다. "그 가족은 한동안 그 일에 관심을 껐어. 그 부부에게는 지배 지분을 가진 큰 아이들이 둘이나 더 있었고, 그러니 설사 줄리가 자신을 자유 전사라 부르며 진공 여기저기를 다니고 싶어 한다 해도 사실상 해가 될 건 없었지."

"하지만 이제 딸을 찾고 싶어 하고요." 밀러가 말했다.

"그렇지."

"왜 마음을 바꿨답니까?"

"그 사람들은 우리가 이 일을 하는 데 있어 그 정보는 필요 없다고 생각하더군."

"알았습니다."

"마지막 기록에 따르면 줄리는 타이코 스테이션에 고용되었지만, 여기에 아파트가 있어. 네트워크에서 그 아이가 사는 곳을 찾았고 잠가두었어. 암호는 자네 파일에 들어 있어."

"알았습니다." 밀러가 말했다. "제 계약 내용은 뭡니까?"

"줄리 마오를 찾고, 붙잡아서, 집으로 돌려보내."

"그렇다면 납치로군요." 밀러가 말했다.

"맞아."

밀러는 자기 핸드터미널을 내려다보며 파일들을 열어 넘겨보았지만, 딱히 그 내용을 읽고 있진 않았다. 뱃속이 싸해지면서 뭔가 이상한 느낌이 들었다. 밀러는 세레스 치안대에서 30년 동안 일했고, 처음부터 큰 환상 없이 이 일을 시작했다. 세레스에는 법은 없고 경찰만 존재한다는 농담이 있었다. 밀러의 손은 샤디드 서장의 손만큼이나 더러웠다. 가끔 사람들은 에어록 밖으로 떨어졌다. 어떤 때는 창고에서 증거가 사라졌다. 합리화만 되면 그게 옳다 그르다는 별문제가 되지 않았다. 천체망원경으로 간신히 볼 수 있을 정도로 먼 곳으로부터 식량과 물과 '공기'를 실어오는 바위 돔에 산다면, 어느 정도의 도덕적 타협이 필요했다. 하지만 그런 밀러에게도 납치는 난생처음이었다.

"문제라도 있나, 형사?" 샤디드 서장이 물었다.

"아닙니다, 서장님." 밀러가 말했다. "그 일은 제가 알아서 하겠습니다."

"그 일에 너무 많은 시간을 쓰지는 말고." 서장이 말했다.

"알겠습니다, 서장님. 다른 용건은 없으십니까?"

샤디드 서장의 매서웠던 눈빛이 부드러워졌다. 마치 가면을 쓴 것 같았다. 서장이 싱긋 웃었다.

"자네 파트너와는 다 잘 되어가나?"

"해브록은 파트너로 딱입니다." 밀러가 말했다. "해브록과 함께 있으면 대조가 되어 사람들이 저를 더 좋아하게 되거든요. 좋은 일입니다."

서장의 웃음이 아주 살짝 더 진실된 쪽으로 바뀌었다. 서장과 끈끈한 관계가 되기에는 가벼운 인종주의를 함께 하는 것만 한 게 없었다. 밀러는 정중하게 고개를 끄덕이고 밖으로 나갔다.

밀러의 구멍은 8레벨에 있었고, 정성 들여 조성한 폭 50미터짜리 녹색 공원이 중앙을 가로지르는 폭 100미터짜리 거주 터널에서 살짝 떨어진 곳에 있었다. 주 복도의 둥그런 천장은 매립등으로 조명이 되어 있었으며, 해브록이 지구의 여름 하늘색이라고 밀러에게 확인해준 푸른색으로 칠해져 있었다. 뼈와 근육 하나하나에 무게를 느끼고, 공기를 잡아줄 것은 중력밖에 없는 행성 표면에 산다는 건 실성으로 가는 지름길인 듯했다. 하지만 파란색은 멋졌다.

어떤 이들은 샤디드 서장을 흉내 내서 공기 중에 향을 냈다. 물론 언제나 커피와 계피 향은 아니었다. 해브록의 구멍에서는 빵굽는 냄새가 났다. 어떤 이들은 꽃향기나 세미페로몬을 택했다. 밀러의 전처인 캔디스는 '지구 백합'이라 부르는 향을 좋아했는데, 밀러는 그 냄새를 맡으면 늘 쓰레기 재활용 레벨들이 떠올랐다. 요즘, 밀러는 스테이션 자체 냄새인 희미한 아스트린젠트 냄새가 나도록 그냥 뒀다. 재생된 공기는 수백만 명의 폐를 통과했던 것이었다. 수도꼭지에서 나오는 물은 아주 깨끗하기에 실험실 용도로 쓸 수 있을 정도였지만, 한때는 오줌과 똥과 눈물과 피였으며 다시 그렇게 될 터였다. 세레스에서 생명의 순환 주기는 너무나 짧아서 어디에서 어디로 이어지는지를 손쉽게 볼 수 있었다. 밀러는 그런 게 좋았다.

밀러는 유전자 변형 효모로 만든 세레스 특산인 이끼 위스키를 한 잔 따른 뒤 신발을 벗고 폼 침대에 자리를 잡았다. 아직도 머릿속에서 캔디스가 못마땅해하며 얼굴을 찡그리는 게 보이고 한숨 쉬는 게 들렸다. 밀러는 어깨를 으쓱하며 기억 속의 캔디스에게 사과한 뒤 일로 돌아갔다.

줄리엣 안드로메다 마오. 밀러는 줄리의 경력과 학업 기록을 읽었다. 능력 있는 중형 보트 조종사. 기록에는 맞춤 우주복을 입고 헬멧을 벗고 찍은 열여덟 살 때 사진이 있었다. 루나인다운 마른 체형에 검은 머리를 길게 기르고 예쁘장하게 생긴 아이였다. 줄리는 마치 우주에게서 축복의 키스라도 받은 것처럼 환하게 웃고 있었다. 연결된 내용에는 줄리가 패리시/돈 500K라 부르는 뭔가에서 1등을 했다고 되어 있었다. 밀러는 잠깐 검색을 해보았다. 대단한 부자들만이 우주선을 가지고 참가할 수 있는 경주였다. 줄리는 중형 보트인 고래 호로 이전 기록을 깼으며 2년 동안 기록을 보유했다.

밀러는 위스키를 홀짝이며, 개인 우주선을 타고 여기에 올 수 있을 정도로 부와 권력이 있는 소녀에게 무슨 일이 일어난 걸까 생각했다. 비싼 우주 경주와 손발이 꽁꽁 묶여 포드에 갇힌 채 집으로 보내지는 것 사이엔 큰 차이가 있었다. 아니, 어쩌면 아닐 수도 있었다.

"가엾은 부자 아가씨로군." 밀러가 화면에게 말했다. "불쌍하기도 하지."

밀러는 파일들을 닫고 머리 위 천장을 바라보며 조용하고 진지하게 술을 마셨다. 캔디스가 앉아서 밀러에게 오늘 하루가 어땠는지 묻곤 하던 의자는 텅 비어 있었지만, 밀러는 어쨌든 거기 있는 캔디스를 볼 수 있었다. 이제 밀러에겐 말을 시킬 캔디스가 없었고, 그래서 밀러는 캔디스의 변덕을 더 쉽게 존중할 수 있었다. 캔디스는 외로웠던 것이다. 이제 밀러는 그것을 알 수 있었다. 밀러의 상상 속에서, 캔디스는 눈알을 굴렸다.

한 시간 뒤, 술 덕분에 피가 따뜻해졌고, 밀러는 진짜 쌀과 가짜 콩(먼저 위스키를 충분히 마신 상태라면 효모와 균류를 써서 뭐든지 흉내 낼 수 있었다)이 담긴 그릇을 가열한 뒤 구멍 문을 열고 완만하게 굽은 길을 따라 오가는 이들을 바라보며 저녁 식사를 했다. 두 번째 교대조가 튜브 정거장으로 줄지어 들어왔고, 이윽고 나갔다. 두 구멍 건너에 사는 아이들(여자아이는 여덟 살이었고 남동생은 네 살이었다)이 자기 아버지를 껴안고, 좋아 비명을 지르고, 서로를 이르고, 눈물을 흘렸다. 반사된 빛으로 이글거리는 파란 천장은 변함없고, 정적이었고, 위안이 되었다. 참새 한 마리가 터널을 따라 퍼드덕거리며 날아오더니, 해브록이 밀러에게 장담한 바에 따르면 지구에서는 절대로 불가능한 방식으로 공중을 맴돌았다. 밀러는 참새에게 가짜 콩 한 알을 던졌다.

밀러는 마오 집안의 여자아이를 생각하려고 애써보았지만, 솔직히 말하자면 별로 맘이 쓰이진 않았다. 세레스의 조직화한 범죄 집단들에 무슨 일이 일어나고 있었으며, 밀러는 그 때문에 신경이 바짝 곤두서 있었다.

줄리 마오의 일? 그건 지엽적인 문제였다.

46

3

홀던

고중력 상태에서 거의 이틀에 가까운 시간을 보낸 뒤, 홀던은 무릎과 등과 목이 아팠다. 그리고 머리도 아팠다. 젠장, 발도 아팠다. 홀던이 나이트 호의 승무원 해치로 걸어 들어가는데 나오미가 화물칸에서 사다리를 타고 올라왔다. 나오미는 홀던을 향해 싱긋 웃으며 엄지손가락을 치켜세워 보였다.

"재화 구출용 기구를 장착했습니다." 나오미가 말했다. "반응로는 따뜻해지고 있습니다. 이제 곧 날 준비가 될 겁니다."

"좋아."

"조종사는 구했습니까?" 나오미가 물었다.

"알렉스 카말이 오늘 당번이니 우리랑 함께할 거야. 내가 원한 건 발카였지만. 발카는 알렉스처럼 실력 있는 조종사는 아니어도, 더 조용해서. 지금 내 머리가 지끈거리거든."

"전 알렉스가 좋습니다. 싹싹하잖습니까." 나오미가 말했다.

"'싹싹'하다는 게 무슨 뜻인지 모르겠지만, 만약 그게 알렉스를 뜻한다면 그것만으로도 피곤해져."

홀던은 사다리를 타고 관제실 겸 조종실로 올라가기 시작했다. 비활성화된 벽 패널의 반짝이는 검은 표면에 반사된 나오미의 모습이 홀던의 등을 향해 놀리듯 웃고 있었다. 홀던은 연필처럼 가느다란 벨트인들이 어떻게 고중력 상태로부터 그토록 빨리 회복될 수 있는지 이해할 수가 없었다. 아마도 수십 년간에 걸친 연습과 선택적 번식의 결과일 거라고 홀던은 추측했다.

관제실에서 홀던이 지휘 콘솔에 몸을 묶자 충격 흡수 소파의 물질이 조용히 그의 몸에 맞춰 변했다. 에이드가 마지막 접근을 위해 0.5g로 가속을 하는 동안, 소파의 폼이 홀던의 몸을 편안히 감쌌다. 홀던은 자그맣게 신음했다. 높은 g와 몇백 년의 시간을 견딜 수 있게 플라스틱과 금속으로 만들어진 스위치들이 날카롭게 찰칵 소리를 냈다. 나이트 호는 이글거리며 늘어선 진단표시기에 반응하며 거의 느낄 수 없을 정도로 은은한 기계음을 냈다.

일이 분 뒤, 홀던의 시야에 알렉스 카말의 성기어져 가는 검은 머리털이 나타났고, 뒤이어 둥글고 유쾌하고 우주선 생활을 오랫동안 했으면서도 창백해지지 않은 진갈색 얼굴이 힐긋 보였다. 화성에서 자란 알렉스는 벨트인보다 골격이 더 컸다. 홀던과 비교하면 말랐지만, 그럼에도 점점 늘어가는 뱃살과 허릿살 때문에 비행복의 허리 부분이 꽉 끼었다. 알렉스는 화성 해군으로 복무했지만 이제 군대식 운동을 그만둔 게 분명했다.

"안녕하심까, 부선장님." 알렉스가 느릿느릿 말했다. 홀던은 마리너 계곡에서 온 모든 사람에게서 공통으로 보이는 서부에 대한 애착이 짜증 났다. 지구에서 카우보이가 사라진 지는 100년도 더 되었고, 화성에서는 돔이 아니면 풀이 자라지 않았으며 동물원을 빼면 말 한 마리도 없었다. 마리너 계곡에는 동인도인, 중국인, 그리고 텍사스의 소규모 파견대가 정착했다. 느릿느릿한 말투는 전염성이 있는 듯했다. 이제 그곳 사람들 모두가 그런 식으로 말했다. "오늘 우리 늙다리 군마는 상태가 어떻습니까?"

"지금까지는 멀쩡해. 나는 비행 일정이 필요하고. 에이드가 잠시 뒤…," 홀던이 시간을 확인했다. "40분 뒤에 우주선을 상대적 정지 상태로 들어가게 할 거야. 그러니 빨리 작업해야 해. 나는 나가서 빨리 일을 마쳐서, 캔터베리 호가 녹슬기 전에 어서 다시 세레스로 가게 하고 싶어."

"알았습니다." 알렉스가 말하고는 나이트 호의 조종실로 올라갔다.

홀던의 헤드셋이 짤깍거렸다. 이윽고 나오미의 목소리가 들렸다. "에이모스와 쉐드가 탔습니다. 이제 우리 쪽은 모두 준비됐습니다."

"고마워. 알렉스가 비행에 관련된 숫자들을 알려주길 기다리고 있어, 그리고 나면 우리는 갈 준비가 끝나."

승무원은 필요한 최소인원만 승선했다. 홀던이 지휘를 맡았고, 알렉스가 승무원들을 그곳까지 데려갔다가 데려오는 일을 책임졌다. 혹시라도 있을 생존자는 쉐드가 담당했고, 나오미와 에이모스는 생존자가 없을 경우의 재화구출을 맡았다.

얼마 지나지 않아서 알렉스가 연락을 해왔다. "오케이, 보스. 날아다니는 주전자를 타고 약 4시간 동안 여행을 하게 될 겁니다. 총질량의 약 30%를 쓰겠지만 연료탱크는 꽉 채워졌습니다. 총

임무 수행시간은 11시간입니다."

"알았어. 고마워, 알렉스." 홀던이 말했다.

'날아다니는 주전자'는 반응 질량을 이용해 초고열 증기로 추진력을 얻어 근거리를 비행하는 것을 뜻하는 해군 속어였다. 캔터베리 호에 이렇게 가까운 거리에서 나이트 호의 융합 토치는 위험한 데다가 이렇게 짧은 거리를 오갈 때는 낭비이기도 했다.

토치는 엡스타인 융합 드라이브 이전의 기술이었으며 효율도 훨씬 떨어졌다.

"창고를 떠날 허가를 요청합니다." 홀던이 말했고, 짤깍 하는 소리와 함께 내부 통신과 캔터베리 호 함교 통신이 연결되었다. "홀던입니다. 나이트 호는 비행 준비 완료했습니다."

"좋아, 짐. 그럼 출발해." 맥도웰이 말했다. "에이드가 지금 우주선을 멈출 준비를 하고 있어. 거기 자네들, 조심해. 셔틀은 비싼 데다가 난 늘 나오미를 아주 좋아했다고."

"네, 선장님." 홀던이 말했다. 그리고 내부 통신에 대고 알렉스를 호출했다. "출발해."

홀던은 의자에 등을 기댔고, 캔터베리 호가 마지막으로 방향을 바꾸는 동안 강철과 세라믹이 마치 범선의 나무판자들처럼, 또는 고중력을 겪고 난 지구인의 관절처럼, 요란하고 불길하게 삐걱거리는 소리가 들렸다. 한순간, 홀던은 이 우주선에 동정이 갔다.

물론 진짜로 멈추는 건 아니었다. 우주 공간에서 진짜로 정지하는 건 아무것도 없었다. 단지 다른 물체의 궤도를 돌 뿐이었다. 이제 캔터베리 호는 오랜 시간 회전목마처럼 태양을 공전하는 CA-2216862를 따라가고 있었다.

에이드가 녹색 불빛을 보냈고, 홀던은 격납고 공기를 빼고 문을 열었다. 알렉스는 이들을 데리고 과열된 증기가 만든 하얀 원뿔을 남기며 갑판을 떠났다.

그들은 스코풀라이 호를 찾으러 떠났다.

CA-2216862는 소행성대에서 어슬렁어슬렁 빠져나갔다가 목성의 엄청난 중력에 낚인 500미터 크기의 바위였다. 이 바위는 결국 목성과 소행성대 사이, 우주라는 점을 고려한다 해도 텅 빈 광활한 공간에서 태양 주위를 천천히 돌 궤도를 찾아냈다.

소행성의 작은 중력에 잡혀 이 작은 암석 옆에서 얌전히 자리를 지키고 있는 스코풀라이 호의 모습을 본 홀던은 소름이 쫙 끼쳤다. 설사 모든 기계가 고장 난 상태로 전혀 앞을 보지 못하고 난다 해도 우연히 저렇게 작은 물체를 만날 확률은 극도로 작았다. 직경 100만 킬로미터의 고속도로에서 폭 500미터짜리 방해물을 만난 것이다. 저 우주선이 이곳에 온 건 우연이 아니었다. 홀던은 털이 곤두선 목덜미를 긁적였다.

"알렉스, 2클릭 떨어진 곳에 세워줘." 홀던이 말했다. "나오미, 저 우주선에 대해서 뭔가 알아낸 게 있어?"

"외피 구성이 등록 정보와 일치합니다. 분명히 스코풀라이 호입니다. 전자기파나 적외선을 방출하지 않고 있습니다. 우리가 받은 그 조난 신호뿐입니다. 반응로는 정지한 듯 보입니다. 방사능 누출이 없는 거로 보아 반응로는 일부러 껐으며 손상되지 않은 게 분명합니다." 나오미가 말했다.

홀던은 나이트 호의 스코프에서 얻은 사진들, 그리고 스코풀라이 호의 선체에 쏘았다가 반사된 레이저를 통해 구성한 이미지들을 바라보았다. "옆면에 구멍처럼 보이는 건 뭐지?"

"음," 나오미가 말했다. "레이저 레이더 말로는, 옆면의 구멍이라는군요."

홀던이 인상을 찡그렸다. "알았어. 여기에서 1분 동안 머무르면서 주위를 살피도록 하지. 스코프에 뭔가 보여, 나오미?"

"아니요. 하지만 캔터베리 호의 대형 어레이는 루나에서 꼬마가 돌을 던지는 것까지 잡아낼 수 있습니다. 레베카 말로는 지금 2천만 클릭 안쪽으로는 아무도 없답니다." 나오미가 말했다.

홀던은 복잡한 리듬으로 의자 팔걸이를 두드렸고, 안전띠를 한 채 살짝 몸을 들어 올렸다. 홀던은 더웠으며, 가장 가까이 있는 공기순환 노즐을 잡아 얼굴에 댔다. 증발하는 땀 때문에 두피가 따끔거렸다.

'하지만 만약 저기에서 뭔가 이상한 걸 발견해도 또다시 영웅 놀이는 하지 마. 그냥 장난감을 꾸려서 집으로 돌아오라고.' 그게 홀던이 받은 명령이었다. 홀던은 스코풀라이 호의 이미지를, 옆면에 난 구멍을 바라보았다.

"좋아." 홀던이 말했다. "알렉스, 우리를 4분의 1클릭까지 데려가서 거기에 세워. 우리는 재화 구출기를 타고 표면으로 가겠어. 아, 그리고 계속 토치를 따뜻하게 데워 둬. 만약 저 우주선에 뭔가 고약한 게 숨어 있다면 나는 최대한 빨리 도망갈 거고, 도망칠 동안 그게 뭐가 됐든 내 뒤에 있는 건 싹 태워서 잿더미로 만들고 싶으니까. 알겠지?"

"알았습니다, 보스. 별도의 지시가 있을 때까지 나이트 호는 토끼처럼 뛸 준비를 하고 있겠습니다." 알렉스가 대답했다.

홀던은 혹시 캔터베리 호로 돌아오라는 명령을 알리는 붉은빛이 번쩍이지 않을까 하며 지휘 콘솔을 다시 한 번 살폈다. 모든 빛은 여전히 부드러운 녹색이었다. 홀던은 버클을 풀고 의자에서 튀어나왔다. 한 발로 벽을 민 홀던은 그 추진을 이용해 사다리로 갔고, 가로대를 가볍게 잡으며 거꾸로 내려갔다.

승무원 영역에서는 나오미, 에이모스, 쉐드가 여전히 충격 흡수 소파에 몸을 묶은 채였다. 홀던은 승무원들을 똑바로 보기 위해 사다리를 잡고 몸을 돌렸다. 승무원들은 안전띠를 풀기 시작했다.

"좋아, 상황은 이래. 스코풀라이 호에는 구멍이 났고, 누군가가 이 바위 옆에 띄워놓고 떠났어. 스코프 상에는 아무도 안 보여, 그러니 아마도 한참 전에 그렇게 해놓고 떠났다는 뜻일 거야. 나오미, 네가 재화 구출기를 운전하고, 우리 셋은 거기에 줄로 연결되어 난파선으로 가는 거야. 쉐드, 넌 구출기에 머물러 있어. 우리가 부상자를 발견하지 않는 한 말이야, 별로 발견할 거 같지는 않지만. 나는 에이모스와 우주선 옆에 난 구멍을 통해 안으로 들어가 내부를 살펴보겠어. 만약 저기에서 뭔가 함정 비슷한 것만 보여도, 우리는 구출기를 타고 돌아올 거고, 나오미가 우리를 나이트 호로 데려온 후, 우린 모두 도망치는 거야. 질문 있어?"

에이모스가 두툼한 손을 들었다. "무장을 해야 할 것 같습니다, 부선장님. 해적 같은 게 아직도 저기 숨어 있을 경우를 대비해서요."

홀던이 소리 내 웃었다. "글쎄, 만약 저기에 해적이 남아 있다면, 녀석들의 우주선이 놈들을 태우지 않고 떠났다는 거잖아. 하지만 무장을 해서 네 마음이 편해진다면 가서 총을 가져와."

홀던 자신도 이 덩치 크고 우람한 지구 출신 정비공이 총을 가지고 있는 쪽이 훨씬 마음 든든했지만, 그건 말하지 않는 편이 나았다. 지휘하는 자가 안전을 확신하고 있다는 걸 보여주는 게 나았다.

홀던은 지휘관용 열쇠를 써서 무기고를 열었고, 에이모스는 무중력에서 쓸 수 있게 자체 추진 탄환을 발사하도록 설계된 무반동 대구경 자동총을 골랐다. 구식 금속탄 발사기가 더 믿음직했지만, 무중력 상태에서는 반발에 의한 추진력이 문제가 됐다. CA-2216862 크기의 바위에서는 평범한 권총이라도 탈출 속도를 주기에 충분한 반발력을 냈다.

승무원들은 화물칸으로 떠내려갔고, 그곳에는 달걀 모양에 거미 같은 다리가 달린 것, 즉 나오미가 운전할 기계 우리가 문을 활짝 열고 기다렸다. 네 개의 다리에는 끝부분마다 온갖 절단기와 용접 공구가 설치된 집게발이 달려 있었다. 뒤쪽 한 쌍은 선체를 지탱하기 위해 다른 우주선의 선체나 구조물을 움켜쥘 수 있었으며, 앞의 두 개는 수리를 하거나 구출한 재화를 이동 가능한 크기로 자를 수 있었다.

"모자를 써." 홀던이 말했다. 승무원들은 각자 헬멧을 쓰고 잠금을 여몄다. 다들 각자의 우주복을 점검한 뒤 서로의 우주복을 점검해줬다. 화물칸 문이 열리고 나면 제대로 우주복을 여몄는지 확인해봤자 소용없었다.

나오미가 구출기로 올라가는 동안, 에이모스, 홀던, 쉐드는 자신들의 우주복 줄을 조종실의 금속 우리에 단단히 연결했다. 나오미는 구출기를 점검했고, 이윽고 스위치를 눌러 화물칸 공기를 빼고 문을 열었다. 홀던의 우주복 안쪽의 소리가 희미해지며 공기의 '쉭쉭' 소리와 희미한 전파 잡음만이 들렸다. 공기에서 살짝 병원 냄새가 났다.

나오미가 먼저 출발했다. 나오미는 압축 질소를 이용한 소형 제트를 써서 구출기를 소행성의 표면 쪽으로 움직였고, 승무원들은 3미터 길이의 줄에 매달려 구출기를 따라갔다. 소행성에 접근하는 동안, 홀던은 나이트 호를 뒤돌아보았다. 땅딸막한 회색 쐐기 모양이었고, 넓은 쪽 면 끝부분에 원뿔 모양 드라이브가 박혀 있었다. 우주여행을 위해 인간이 만든 다른 모든 것처럼, 나이트 호 역시 아름다움이 아니라 효율성을 추구하며 설계되었다. 홀던은 그 사실을 생각하면 늘 약간 슬펐다. 제아무리 우주 공간일지라 하더라도 미를 추구할 여유는 있어야만 했다.

홀던이 보기에 나이트 호는 마치 홀던은 가만히 있는데 나이트 호 혼자 홀던에게서 멀어지며 작아지고 또 작아지는 것처럼 보였다. 홀던이 시선을 돌려 소행성을 바라보자 그 환영이 사라졌고, 홀던은 자신들이 소행성을 향해 돌진한다는 사실을 온몸으로 느꼈다. 홀던은 나오미에게 통신 회선을 열었지만, 나오미는 비행하며 콧노래를 부르고 있었으며, 그건 적어도 나오미는 걱정을 하지 않는다는 뜻이었다. 홀던은 아무 말도 하지 않았지만 나오미의 콧노래를 듣기 위해 회선을 계속 열어 두었다.

가까이서 보자 스코풀라이 호는 그렇게 상태가 나빠 보이지 않았다. 옆구리에 터진 구멍을 빼면 아무런 손상도 없었다. 소행성에 충돌한 게 아니란 건 분명했다. 단지 소행성의 미세 중력이 끌어당길 수 있을 정도로 가까이 있었던 것뿐이었다. 소행성으로 다가가는 동안, 홀던은 헬멧으로 사진을 찍어 캔터베리 호로 보냈다.

나오미는 스코폴라이 호의 옆구리에 난 구멍에서 3미터 위쪽에 구출기를 세웠다. 에이모스가 일반 회선을 통해 휘파람을 불었다.

"저건 어뢰가 한 게 아닌데요, 부선장님. 이건 돌파용 폭탄입니다. 가장자리에 금속들이 구부러진 게 보이죠? 저런 건 폭탄이 선체를 직격했을 때 생깁니다." 에이모스가 말했다.

에이모스는 훌륭한 정비공이면서 또한 토성 주위를 도는 빙산을 폭탄으로 깨뜨려 좀 더 다루기 쉬운 조각으로 만드는 전문가였다. 홀던이 에이모스를 나이트 호에 태운 또 다른 이유였다.

"그렇다면," 홀던이 말했다. "여기 스코폴라이 호에 탔던 우리 친구들은 우주선을 세운 뒤 누군가가 선체 외피에 돌파용 폭탄을 설치하고 터뜨려 우주선을 망가뜨리고 공기를 빠져나가게 놔둔 거로군. 이게 말이 된다고 생각하는 사람 있어?"

"아니요." 나오미가 말했다. "말이 안 되죠. 여전히 안으로 들어가고 싶습니까?"

'만약 저기에서 뭔가 이상한 걸 발견해도 또다시 영웅 놀이는 하지 마. 그냥 장난감을 꾸려서 집으로 돌아오라고.'

하지만 뭘 기대했단 말인가? 당연히 스코폴라이 호는 운행 중이지 않았다. 당연히 뭔가 잘못되었다. 뭐든 이상한 점을 보지 못한다면 그게 '수상쩍은' 일이었다.

"에이모스," 홀던이 말했다. "혹시 모르니 그 총을 계속 들고 있어. 나오미, 구멍을 더 크게 만들 수 있겠어? 그리고 주의해. 만약 뭔가 잘못된 것 같으면 우리를 물러서게 해줘."

나오미는 구출기를 더 가까이 이동시켰다. 질소 분출은 추운 날 밤에 보이는 하얀 숨결보다 강하지 않았다. 구출기의 용접기가 살아나 불을 뿜었고, 빨갛게 달아올랐다가 흰색이 되었고, 이윽고 파란색이 되었다. 침묵 속에서 구출기가 벌레처럼 팔들을 펼쳤고, 나오미는 절단 작업을 시작했다. 홀던과 에이모스는 우주선 표면에 내려갔고, 자석 부츠로 몸을 고정했다. 나오미가 선체 일부를 잘라냈을 때, 홀던은 발아래로 진동을 느낄 수 있었다. 잠시 뒤 토치가 꺼졌고, 나오미는 구출기의 소화기를 써서 구멍에 새로 생긴 가장자리를 식혔다. 홀던은 에이모스에게 두 엄지손가락을 치켜세웠고, 아주 천천히 스코풀라이 호 안으로 들어갔다.

돌파용 폭탄은 거의 중앙까지 뚫고 들어갔고, 주방까지 구멍을 내놓았다. 안으로 들어가 부츠로 주방 벽을 그러잡자, 홀던은 부츠 아래로 순간냉동된 음식 조각들이 밟히는 걸 느꼈다. 시체는 보이지 않았다.

"들어와, 에이모스. 아직 승무원은 안 보여." 홀던이 우주복 통신 회선을 통해 말했다.

홀던은 한쪽으로 비켰고, 곧 에이모스가 오른손에는 총을, 왼손에는 강력한 조명을 움켜쥐고 안으로 들어왔다. 하얀 광선이 부서진 주방 벽을 이리저리 가로질렀다.

"어느 쪽을 먼저 볼까요, 부선장님?" 에이모스가 물었다.

홀던은 한 손으로 자기 허벅지를 두드리며 생각했다. "엔진실. 반응로가 왜 꺼졌는지 알고 싶어."

둘은 승무원용 사다리를 통해 선미 쪽으로 갔다. 갑판들 사이의 가압문은 모두 열려 있었는데, 그건 나쁜 신호였다. 그 문들은 평상시에도 닫혀 있어야만 했으며, 만약 공기 손실 경보가 울렸을 때면 더욱더 확실히 닫혀 있어야 했다. 이 문들이 열려 있다는 건 우주선에 공기가 남아 있는 갑판은 없다는 뜻이었다. 그리고 생존자가 없다는 뜻이었다. 놀랄 일은 아니었지만, 그래도 여전히 목표를 이루지 못했다는 좌절감이 들었다. 둘은 작은 우주선을 재빨리 통과해 기계제작실에서 걸음을 멈추었다. 비싼 엔진 부속과 공구들이 제자리에 그대로 있었다.

"강도를 당한 건 아닌 듯하군요." 에이모스가 말했다.

'그럼 뭐란 말이야?' 홀던은 입 밖으로 이 질문을 하지는 않았지만, 어쨌든 그 질문이 둘에게 내려앉았다.

엔진실은 깔끔하고, 차갑고, 죽어 있었다. 에이모스는 10분 이상 반응로 주위를 둥둥 떠다니며 살폈고, 그동안 홀던은 기다렸다.

"누군가 폐쇄 과정을 실행했습니다." 에이모스가 말했다. "반응로는 폭발로 죽은 게 아니라 그 뒤에 꺼진 겁니다. 제가 볼 때 손상된 곳은 없습니다. 말이 안 됩니다. 만약 공격으로 모두가 죽었다면 누가 반응로를 껐을까요? 그리고 만약 공격한 자들이 해적이라면 왜 우주선을 안 가져갔을까요? 이건 아직도 날 수 있습니다."

"그리고 동력을 끊기 전에 우주선 곳곳을 다니며 모든 가압문을 열었지. 공기를 빼냈다고. 내 생각에 놈들은 이 우주선에 숨은 사람이 아무도 없기를 원한 듯해." 홀던이 말했다. "좋아. 이제 관제실로 가서 컴퓨터에서 정보를 빼낼 수 있는지 보자고. 어쩌면 거기에서 뭔가를 알아낼 수 있을지도 몰라."

둘은 둥둥 떠서 승무원용 사다리를 따라 선수로 갔고, 관제실 갑판으로 올라갔다. 그곳 역시 아무런 손상이 없었고 텅 비어 있었다. 홀던은 시체가 없다는 점이 시체가 있는 것보다 더 마음에 걸렸다. 홀던은 주 컴퓨터 콘솔로 떠 가서 혹시 예비 동력으로 컴퓨터가 작동하는지 알아보려고 자판을 몇 개 쳐보았다. 작동하지 않았다.

"에이모스, 컴퓨터를 잘라내서 꺼내. 가지고 갈 거야. 난 통신 회선들을 점검하고, 구조 신호를 보낸 송신기를 찾아보겠어."

에이모스는 컴퓨터 쪽으로 가 도구를 꺼내 컴퓨터 옆 칸막이벽에 끼워 넣기 시작했다. 에이모스는 작업하면서 욕을 잔뜩 섞어 중얼거리기 시작했다. 나오미의 콧노래만큼 듣기 좋지는 않았고, 그래서 홀던은 에이모스와 연결된 통신을 끄고 통신 콘솔로 이동했다. 그곳 역시 우주선의 다른 부분과 마찬가지로 죽어 있었다. 홀던은 우주선의 구조신호 송신기를 발견했다.

그 송신기는 꺼져 있었다. 다른 무언가가 그들을 부른 것이다. 홀던은 인상을 쓰며 뒤로 물러섰다.

홀던은 주위를 훑어보며 뭔가 어울리지 않는 물건을 찾아보았다. 저기, 통신 요원 콘솔 아래 뭔가가 있었다. 다른 어느 것에도 연결되어 있지 않은 작고 검은 상자였다.

홀던의 심장이 잠시 얼어붙었다. 홀던은 에이모스를 호출했다. "네 눈에는 어때, 폭탄 같아?"

에이모스는 홀던을 무시했다. 홀던이 무선 링크를 다시 켰다.

"에이모스, 네 눈에는 어때, 폭탄 같아?" 홀던이 갑판 위에 있는 상자를 가리켰다.

에이모스가 컴퓨터 작업을 멈추고 둥둥 떠서 오더니 갑판에 있는 상자를 집어 들어 살폈고, 에이모스의 그런 서슴없는 행동 때문에 홀던은 숨이 멎을 것만 같았다.

"아니요, 송신기입니다. 보이시죠?" 에이모스는 상자를 홀던 헬멧 앞으로 들어 올렸다. "그냥 테이프로 전지를 붙여 놓은 겁니다. 이게 왜 여기에 있는 걸까요?"

"이게 우리가 따라온 송신기야. 맙소사. 우주선의 응급 신호 송신기는 켜진 적이 없어. 누군가가 저 송신기로 가짜를 만들고 전지를 연결해 놓은 거야." 홀던이 여전히 공포와 싸우면서 조용히 말했다.

"왜 이런 짓을 했을까요, 부선장님? 말이 안 되잖습니까."

"만약 이 송신기가 평범한 송신기가 아니라면 말이 되지." 홀던이 말했다.

"가령?"

"가령 만약 누군가가 이것을 발견했을 때 두 번째 신호가 나가게 되어 있다든가 말이야." 홀던이 말하더니 일반 통신 회선을 켰다. "좋아, 여러분, 뭔가 이상한 걸 발견했고, 우린 여길 나갈 거야. 모두 나이트 호로 돌아가고, 만약 뭔가를 발견하면 아주 조심…."

홀던의 외부 통신 회선이 지지직거리며 살아났고, 맥도웰 선장의 목소리가 홀던의 헬멧을 채웠다. "짐? 우리에게 문제가 생긴 듯해."

4
밀러

밀러가 저녁 식사를 반쯤 했을 때 구멍의 시스템이 찍찍거렸다. 밀러는 들어온 신호를 힐긋 보았다. '청개구리' 술집이었다. 항구에 있는 이 술집은 세레스에 항존하는 100만 명의 외부인에게 서비스를 제공했으며, 지구의 뭄바이에 있는 유명한 술집을 거의 똑같이 복제했고 허가받은 창녀와 합법적 마약만을 취급한다고 광고했다. 밀러는 균류 콩과 배양통에서 기른 쌀을 한 입 더 먹었고, 연결 요청을 받아들일지 말지를 고민했다.

'이럴 일이 있을 거라고 예상해야 했는데.' 밀러가 생각했다.

"무슨 일인데?" 밀러가 물었다.

화면이 꽉하고 열렸다. 부지배인인 하시니였다. 그는 피부가 검고 눈은 얼음색이었다. 얼굴에 서린 냉소에 가까운 표정은 신경 손상 때문이었다. 하시니가 무면허 창녀를 불쌍히 여겨 그릇된 판단을 했을 때 밀러는 하시니에게 편의를 봐주었다. 그 이후, 치안대 형사와 부둣가 술집 지배인은 서로 호의를 주고받았다. 문

명사회의 비공식적 회색 경제였다.

"자네 파트너가 여기에 또 왔어." 방그라 음악의 박자와 통곡 소리 속에서 하시니가 말했다. "오늘 밤 기분이 안 좋은 듯해. 그 친구에게 계속 술을 줘야 해?"

"응." 밀러가 말했다. "그 친구를 계속 기분 좋게 해줘. 그동안 내가… 내게 20분만 시간을 줘."

"그 친구는 기분 좋아지고 싶어 하지를 않는걸. 뭔가 기분 나빠질 건수를 열심히 찾고 있어."

"찾기 어렵게 만들어. 내가 갈게."

하시니는 고개를 끄덕였고, 신경 손상으로 짓다 만듯한 냉소 위로 다시 냉소를 지은 뒤 연결을 끊었다. 밀러는 반쯤 먹은 음식을 보았고, 한숨을 쉬었고, 남은 것을 재활용 처리기에 아무렇게나 밀어 넣었다. 밀러는 깨끗한 셔츠를 입었고, 망설였다. '청개구리'는 밀러가 좋아하는 정도보다 늘 더 따뜻했고, 그래서 재킷을 입기 싫었다. 결국 밀러는 재킷을 입지 않고 발목의 권총집에 작은 플라스틱 피스톨을 넣었다. 권총이 필요한 상황까지 가면 어쨌거나 끝장나는 거였다.

밤의 세레스는 낮의 세레스와 분간할 수 없었다. 처음 스테이션을 열었을 때는 지구의 자전을 본떠 인간에게 익숙한 24시간 주기로 빛을 낮췄다가 밝히자는 제안이 있었다. 그리고 그 제안을 받아들여 4개월을 그렇게 보낸 뒤, 위원회는 더는 그러지 않기로 했다.

근무 중이었다면 밀러는 전기 카트를 타고 넓은 터널로 가서 항구 레벨로 내려갔을 것이다. 근무 중이 아닌데도 그러고 싶은 유혹이 들었지만, 밀러는 마음속 깊이 자리 잡은 미신 때문에 그러지 않기로 했다. 만약 카트를 탄다면 밀러는 경찰 신분으로 그곳에 가는 것이었으며, 거기다 튜브도 잘 운행되고 있었다. 밀러는 가장 가까운 정거장까지 걸어가 시간표를 확인한 뒤, 낮은 돌 벤치에 앉았다. 1분쯤 뒤, 밀러 나이 정도 되는 남자와 기껏해야 세 살쯤 된 소녀가 와서 맞은 편에 앉았다. 소녀의 말은 빨랐으며 제대로 기능하지 않는 밀봉재처럼 아무 의미가 없었지만, 소녀의 아버지는 중얼거리듯 대충 대답을 했고 그럭저럭 적당한 순간에 고개를 끄덕였다.

밀러와 새로 온 남자는 서로 고개를 끄덕여 인사했다. 소녀는 아버지의 소매를 끌어당기며 관심을 요구했다. 밀러는 소녀를 보았다. 검은 눈, 창백한 머리털, 매끄러운 피부. 소녀는 지구 아이라고 오해를 받기에는 이미 너무 컸다. 팔다리가 더 길고 더 가늘었다. 소녀의 피부는 소행성대 아기들 특유의 분홍빛이 돌았다. 근육과 뼈가 튼튼히 자라도록 해주는 약품을 먹은 때문이었다. 밀러는 아이 아버지가 자기 시선을 알아차린 것을 깨달았다. 밀러가 싱긋 웃으며 아이를 향해 고갯짓했다.

"몇 살인가요?" 밀러가 물었다.

"두 살 반입니다." 아버지가 말했다.

"좋은 나이군요."

남자는 어깨를 으쓱했지만 싱긋 웃었다.

"아이는?" 남자가 물었다.

"없습니다." 밀러가 말했다. "하지만 저도 이혼남으로 거듭난 지 두 살 반쯤 됐죠."

둘은 마치 재미있다는 듯이 킥킥거렸다. 밀러의 상상 속에서 캔디스가 팔짱을 끼고 시선을 돌렸다. 기름과 오존 냄새가 나는 부드러운 산들바람이 튜브의 도착을 알렸다. 밀러는 아버지와 아이가 먼저 타게 한 뒤 자신은 다른 칸에 탔다.

튜브 객차는 피난용 통로에 맞게 둥그런 모양이었다. 창은 없었다. 창이 있어 봤자 보이는 풍경이라고는 객차에서 3센티미터 떨어진 곳에서 돌이 콧노래를 부르는 모습뿐이었다. 대신, 널따란 화면이 오락용 피드를 광고하거나 내행성 정치 스캔들에 대한 논평을 하거나, 또는 인생 경험이 풍요로워질, 놓쳐서는 안 될 찬스라며 카지노에서 일주일 치 급료를 날릴 기회를 제공했다. 밀러는 밝고 공허한 색들이 춤추도록 놔두고 내용은 무시했다. 굳이 답을 찾을 생각이 없으면서도 밀러는 마음속으로 자신의 문제를 들고 이리저리 굴려 보았다.

그건 간단한 정신 운동이었다. 판단 없이 사실을 보는 것. 해브록은 지구인이었다. 해브록은 또다시 부둣가 술집으로 가 싸움을 찾고 있었다. 해브록은 밀러의 파트너였다. 계속 나오는 진술, 계속 드러나는 사실, 계속 드러나는 양상. 밀러는 그것들을 적당히 꿰어맞추거나 거기서 뭐가 설명을 만들려 애쓰지 않았다. 그건 모두 나중에 해도 되었다. 지금은 낮의 사건들을 머릿속에서 지우고 당면한 사태에 준비하는 것만으로 충분했다. 목적한 정거장에 튜브가 도착했을 무렵, 밀러는 정신 집중이 되는 느낌이 들었다. 마치 발을 단단히 디디고 걸을 때처럼. 전에 누군가에게 설명할 일이 있을 때 밀러는 그 느낌을 이렇게 말했었다.

'청개구리'는 가짜 뭄바이 기온과 인공 대기오염에 더해 체열

64

로 꽉 차 있었다. 화면에서는 뇌졸중을 유발할 것 같은 빛들이 반짝이고 번쩍였다. 테이블들은 곡선을 이루며 물결쳤고, 백라이트 때문에 그냥 검은색보다 더 검은색으로 보였다. 음악은 박자마다 작은 진동을 보내 공기 중에서 물리적으로 존재하며 움직였다. 스테로이드로 근육을 강화한 경비원들과 나체 여종업원들 사이에 서 있던 하시니가 밀러와 시선을 맞추더니, 뒤쪽을 향해 고갯짓했다.

부둣가 술집을 찾는 이들은 모두 성미가 불같았다. 밀러는 되도록 그 누구와도 부딪히지 않게 조심했다. 꼭 부딪혀야 할 상황이라면 내행성 타입보다는 벨트인을, 남자보다는 여자 쪽을 택할 생각이었다. 밀러는 계속해서 살짝 사과하는 표정을 지었다.

해브록은 두꺼운 한 손으로 주름 무늬 유리잔을 움켜쥐고 혼자 앉아 있었다. 밀러가 옆에 앉자 해브록은 도전을 받아들일 준비를 하고 두 눈을 크게 뜨고 코를 벌름거리며 밀러 쪽으로 몸을 돌렸다. 이윽고 상대를 알아본 해브록이 깜짝 놀랐다. 그리고 얼굴에 무뚝뚝한 부끄러움 같은 것이 드러났다.

"선배." 해브록이 말했다. 바깥 터널이었다면 해브록은 고함을 친 상황이었다. 하지만 여기에서는 밀러가 앉은 곳까지 간신히 목소리가 도달했다. "여긴 웬일입니까?"

"구멍에서 별로 할 일이 없어서 말이야." 밀러가 말했다. "그래서 싸움이나 할까 생각했지."

"싸우기에 좋은 밤이지요." 해브록이 말했다.

맞는 말이었다. 평소에는 내행성 사람들을 상대로 하는 술집에서조차 지구인 또는 화성인의 비율은 열에 하나가 될까 말까였다.

하지만 눈을 가늘게 뜨고 사람들을 살펴보던 밀러는 작고 땅딸막한 남녀들이 3분의 1에 가깝다는 사실을 알았다.

"우주선이 도착했어?" 밀러가 물었다.

"네."

"EMCN?" 밀러가 물었다. 지구-화성 연합 해군(Earth-Mars Coalition Navy)은 토성, 목성, 소행성대의 스테이션들로 가며 종종 세레스를 통과했지만, 밀러는 행성들의 상대 위치에 별로 주의를 기울인 적이 없어 그 궤도들이 어디 있는지도 몰랐다. 해브록은 고개를 저었다.

"사설 치안대가 에로스에서 교대해 나왔습니다." 해브록이 말했다. "프로토젠인 듯합니다." 여종업원이 밀러 쪽에 나타났다. 문신들이 피부 위로 미끄러졌고, 자외선 속에서 치아가 번쩍였다. 비록 주문하지는 않았지만, 밀러는 여종업원이 제공한 음료를 받아들었다. 탄산수였다.

"자네도 알잖아." 밀러는 평소 목소리로 말해도 상대에게 들릴 수 있도록 해브록 쪽으로 몸을 깊숙이 기울이며 말했다. "자네가 놈들 엉덩이를 제아무리 많이 찬다 해도 소용없어. 샤디드는 여전히 자네를 좋아하지 않을 거야."

해브록이 고개를 휙 돌려 밀러를 응시했다. 두 눈에 담긴 분노가 부끄러움과 상처를 간신히 감추었다.

"사실인걸." 밀러가 말했다.

해브록이 비틀거리며 일어나더니 문을 향해 갔다. 해브록은 발을 구르려 해보았지만, 세레스의 회전 중력과 취기 때문에 제대로 하지 못했다. 해브록은 마치 껑충 뛰어오르는 것처럼 보였다.

밀러는 유리잔을 손에 든 채 군중 사이를 미끄러지듯 통과해 해브록 뒤를 따랐고, 자신의 무례한 파트너 때문에 화난 사람들에게 대신 미안한 웃음을 짓고 어깨를 으쓱하며 사람들을 달랬다.

부두 근처 평범한 터널들에는 공기 분사 청소솔과 세척용 아스트린젠트로 결코 제대로 지울 수 없는 검댕과 기름때가 더께를 이루고 있었다. 해브록은 어깨를 구부리고 입을 꼭 다물고 마치 열기를 뿜듯이 분노를 발산하며 걸어나갔다. 하지만 둘의 뒤로 '청개구리'의 문이 닫히자 밀폐가 되면서 마치 누군가 '소리 제거' 버튼을 누른 것처럼 음악이 사라졌다. 이제 가장 위험한 부분은 지난 것이다.

"전 취하지 않았습니다." 해브록이 지나치게 큰 목소리로 말했다.

"취했다고 말하지 않았어."

"그리고 선배," 해브록이 몸을 돌리더니 집게손가락으로 밀러의 가슴을 찌르며 말했다. "선배는 내 보모도 아니고."

"그것도 맞는 말이야."

둘은 250미터 정도를 함께 걸었다. 밝은 LED 간판들이 사람들을 유혹했다. 매춘굴과 사격실, 커피숍, 시 낭송 클럽, 카지노, 격투기장. 공기에서는 오줌과 묵은 음식 같은 냄새가 났다. 해브록은 걸음을 늦추기 시작했고, 귀까지 웅크렸던 어깨를 아래로 내렸다.

"전 테리타운에서 살인 전담반에 있었습니다." 해브록이 말했다. "저는 3년간 L-5에서 풍기 및 미성년자 착취 단속반에 있었습니다. 그게 무슨 뜻인지 상상이 가십니까? 그곳에서는 아이들

밀수출이 있었고, 저는 그걸 막는 세 명 가운데 한 명이었습니다. 저는 유능한 경찰입니다."

"맞아. 자넨 유능해."

"전 아주 유능합니다."

"그렇지."

둘은 국숫집을 지나갔다. 캡슐 호텔을 지나쳤다. 공공 터미널의 화면들에는 공짜 뉴스피드가 나오고 있었다. '포에베 과학 스테이션에 통신 문제 발생. 뉴 안드레아스 K 게임이 4시간 만에 60억 달러의 순이익을 올림. 화성에서 거래 없음, 소행성대 티타늄 계약.' 화면들이 해브록의 두 눈에 이글거렸지만, 해브록은 초점 없는 눈으로 화면들을 보며 지나갔다.

"저는 아주 유능한 경찰입니다." 해브록이 다시 말했다. 이윽고 잠시 뒤에 말했다. "그런데 왜요?"

"자네 때문이 아니야." 밀러가 말했다. "사람들이 자네를 보면 유능한 경찰 드미트리 해브록을 보는 게 아니야. 지구를 보는 거지."

"말도 안 됩니다. 여기 오기 전에 저는 궤도들과 화성에서 8년을 지냈습니다. 제가 지구에서 일한 기간은 아마 전부 합쳐서 6개월 정도일 겁니다."

"지구. 화성. 그 둘은 그리 다르지 않아." 밀러가 말했다.

"화성인을 아무나 잡고 그 말을 한 번 해보시지요." 씁쓸하게 웃으며 해브록이 말했다. "그러면 따끔한 맛을 보게 되실 겁니다."

"그런 뜻이 아니었어…. 봐, 둘 사이에 온갖 차이가 있다는 건

68

나도 잘 알아. 지구는 화성이 더 좋은 함대를 가졌다는 이유로 화성을 미워하지. 화성은 지구가 더 큰 함대를 가졌다는 이유로 지구를 미워하고. 어쩌면 온전한 g에서는 축구를 하기 좋겠지. 어쩌면 더 나쁠 수도 있고. 그건 잘 모르겠어. 어쨌거나 내 말은 태양에서 이렇게 멀리 떨어져 있으면 말이야, 그럼 상관하지 않게 돼. 이 정도 거리에서는 지구와 화성을 엄지손가락 하나로 가릴 수 있다고. 그리고⋯."

"그리고 전 여기 사람이 아니고요." 해브록이 말했다.

둘 뒤의 국숫집 문이 열리더니 회녹색 제복을 입은 벨트인 네 명이 나왔다. 그 가운데 한 명은 소매에 OPA의 갈라진 원 문양이 있었다. 밀러는 긴장했지만, 그 네 명은 둘 쪽으로 오지 않았고, 해브록은 그 사람들을 알아차리지 못했다. 아슬아슬한 순간이었다.

"몰랐던 거 아닙니다." 해브록이 말했다. "스타 헬릭스와 계약을 맺었을 때, 제가 여기 사람들에게 받아들여지려면 노력 꽤나해야 할 거 알고 왔습니다. 하지만 다른 곳과 별 차이 없겠거니 생각했단 말이지요. 아시겠습니까? 어딜 가든 한동안은 놀림감이 되지요. 하지만 제가 그걸 받아들일 수 있다는 걸 사람들이 알게 되면, 그 사람들은 저를 팀의 일원으로 받아들입니다. 하지만 여기는 그렇지 않습니다."

"그렇지 않지." 밀러가 말했다.

해브록이 고개를 젓고, 침을 뱉고, 손에 든 주름 무늬 유리잔을 물끄러미 바라보았다.

"방금 우리는 '청개구리'에서 유리잔을 훔쳐온 듯하군요." 해브록이 말했다.

"또한 우리는 공공 복도에서 밀폐하지 않은 알코올을 가지고 있어." 밀러가 말했다. "뭐, 어쨌든 자네는 말이야. 내 건 탄산수니까."

해브록이 킬킬거렸지만, 그 웃음소리에는 낙담이 배어 있었다. 그리고 다시 입을 열었을 때, 목소리에는 침울함이 가득했다.

"선배는 제가 샤디드와 라마찬드라와 모두에게 잘 보이고 싶은 마음에 여기 와서 내행성인들과 싸움을 벌이려 했던 거라고 생각하죠."

"그런 생각이 들었어."

"틀렸습니다." 해브록이 말했다.

"그렇군." 밀러가 말했다. 밀러는 자신이 틀리지 않았다는 걸 알았다.

해브록이 주름 무늬 유리잔을 들어 올렸다. "이걸 다시 가져다 줄까요?" 해브록이 물었다.

"'고귀한 히아신스'는 어때?" 밀러가 제안했다. "내가 사지."

'고귀한 히아신스'는 세 레벨 위에 있기 때문에 부두 레벨에서부터 그곳까지 걸어서 갈 사람이 거의 없었다. 그리고 경찰용 술집이기도 했다. 대부분은 스타 헬릭스 치안대 소속이었지만, 프로토젠, 핑크워터, 알 아비크와 같은 회사에 속한 소규모 병력 일부도 그곳에서 어울렸다. 밀러는 자기 파트너의 짜증이 가라앉았다고 반 이상 확신했지만, 혹시라도 그 확신이 틀렸을지 모르니 동료들 틈에 있는 게 더 나았다.

'고귀한 히아신스'의 실내 장식은 오롯이 소행성대식이어서,

마치 지금 당장에라도 중력이 사라질 것처럼 구식 우주선의 접이식 탁자와 의자들이 벽과 천장에 고정되어 있었다. 제1세대 공기 재생에서 큰 몫을 차지했던 천년란과 스킨다푸서스가 벽과 독립 기둥들을 장식했다. 음악은 대화를 나눌 수 있을 정도로 조용하면서 동시에 다른 사람들이 대화를 듣지 못할 정도로 컸다. 처음 주인인 자비어 리우는 타이코 출신의 구조 공학자로, 세레스에는 대회전 작업을 하기 위해 왔다가, 세레스가 마음에 들어 정착했다. 이제는 자비어의 손주들이 이 술집을 경영했다. 자비어 3세는 바 뒤에 서서 풍기 및 미성년자 착취 단속 팀 절반쯤과 대화를 나누고 있었다. 밀러는 뒤쪽 탁자로 앞장섰고, 아는 남녀를 지나칠 때마다 고개를 끄덕였다. 밀러는 '청개구리'에서는 언행을 조심하며 남들의 감정을 다치지 않게 하려 마음을 썼지만, 여기서는 무뚝뚝한 모습을 보이기로 했다. 사진을 찍을 때 포즈를 취하는 것과 별다를 것이 없었다.

"그런데," 자비어의 딸 케이트(술집의 4세대였다)가 쟁반에 '청개구리' 술잔을 올려 떠나자 해브록이 말했다. "샤디드가 선배에게 맡긴 특급비밀 조사가 뭡니까? 비천한 지구인은 알면 안 되는 내용입니까?"

"그거 때문에 이러는 거야?" 밀러가 물었다. "아무것도 아니야. 주주 누군가가 자기 딸을 잃어버렸고, 내가 그 딸 행방을 조사해 집으로 돌려보내 주길 원하는 것뿐이야. 터무니없는 사건이야."

"저쪽 친구들에게 더 어울려 보이는군요." 해브록이 풍기 및 미성년자 착취 단속 팀 사람들을 향해 고개를 끄덕였다.

"그 아이는 미성년자가 아니야." 밀러가 말했다. "그리고 납치를 해야 해."

"그리고 선배는 그 일을 잘하고요?"

밀러가 의자에 등을 기댔다. 머리 위의 담쟁이가 흔들렸다. 해브록이 기다렸고, 밀러는 탁자가 방금 회전한 듯한 불편한 느낌이 들었다.

"내 일이야." 밀러가 말했다.

"그렇죠. 하지만 지금 우리는 어른에 관해 이야기하는 겁니다, 안 그래요? 만약 그 여자가 가고 싶어 했다면 돌아가지 않았을 리가 없습니다. 그런데 그 여자 부모는 딸이 원하든 원하지 않든 상관없이 집으로 데려오기 위해 치안대를 고용했지요. 더는 법적으로 강제할 수 있는 일이 아니에요. 아무리 스테이션 치안대라 할지라도 말입니다. 이건 그냥 콩가루 집안 사람들의 힘겨루기에 불과해요."

밀러는 경주용 보트 옆에 서 있던 마른 소녀를 떠올렸다. 그 환한 웃음을 떠올렸다.

"말했잖아, 터무니없는 사건이라고." 밀러가 말했다.

케이트 리우가 쟁반에 지역 특산 맥주와 위스키가 담긴 잔을 가지고 왔다. 밀러는 화제에서 벗어날 수 있어 기뻤다. 맥주는 밀러가 주문한 것이었다. 가볍고 풍미가 있으면서도 아주 살짝 쌉쌀했다. 효모와 발효를 기본으로 한 생태 환경에서는 섬세한 맛이 나도록 양조를 할 수 있었다.

해브록은 위스키를 홀짝였다. 밀러는 그걸 해브록이 더는 소란을 피우지 않기로 했다는 신호로 해석했다. 잃어버린 통제력

72

을 다시 회복하게 하는 데는 동료들과 같이 있는 것만 한 방법이 없었다.

"어이, 밀러, 해브록!" 귀에 익은 목소리가 들렸다. 살인 전담반의 예브게니 코브였다. 밀러는 손을 흔들었고, 대화 주제는 아주 끔찍한 사건을 해결한 살인 전담반 자랑으로 바뀌었다. 석 달에 걸친 수사 끝에 독약의 출처를 알아냈고, 그 결과 죽은 사람의 아내가 보험금을 전액 탔으며, 암시장 창녀는 에로스로 강제 송환되었다.

밤이 끝날 무렵, 해브록은 다른 사람들과 소리 내 웃으며 농담을 주고받았다. 비록 눈을 가늘게 뜨고 힐긋거리거나 미묘한 빈정거림을 날리는 이들이 종종 있었지만, 해브록은 그냥 모르는 체했다.

밀러가 한 잔 더 주문하기 위해 바 쪽으로 가고 있을 때 그의 핸드터미널이 울렸다. 그리고 천천히 바 전체에서 50여 개의 다른 울림이 들렸다. 밀러와 다른 치안대 요원들은 모두 각자의 핸드터미널을 꺼내 들었고, 밀러는 속이 싸해지며 불길한 예감이 들었다.

샤디드 서장이 방송 화면에 나타났다. 서장의 눈은 흐릿했고, 북받친 분노로 가득했다. 서장은 잠에서 일찍 깬 권력 있는 여자의 모습 그 자체였다.

"여러분," 서장이 말했다. "여러분이 지금 무엇을 하고 있던 간에, 당장 그만두고 각자의 위치로 돌아가 긴급 명령에 대비하기 바랍니다. 문제가 생겼습니다.

10분 전, 암호화되지 않은, 서명된 메시지가 대략 토성 방향에서 도착했습니다. 우리는 그게 사실인지 확인하지 못했지만, 서명은 기록에 있는 식별 부호와 일치합니다. 나는 그걸 보류해 두었지만, 그걸 네트워크에 올릴 멍청이가 분명히 있을 거고, 그러면 5분쯤 뒤에는 난장판이 벌어질 겁니다. 만약 여러분 근처에 민간인이 있다면 지금 핸드터미널을 끄십시오. 나머지는 잘 들으십시오. 우리가 처한 상황은 다음과 같습니다."

샤디드가 자기 시스템 인터페이스를 만지며 옆으로 비켰다. 화면이 텅 비었다. 다음 순간, 남자의 얼굴과 어깨가 나타났다. 그 남자는 오렌지색 우주복 차림에 헬멧을 벗고 있었다. 지구인이며, 아마도 30대 초반쯤인 듯했다. 창백한 피부, 푸른 눈, 짧게 깎은 검은 머리털. 그 남자가 입을 열기도 전에, 밀러는 두 눈과 머리를 앞으로 내민 태도로부터 그 남자가 받은 충격과 분노를 알 수 있었다.

"제 이름은," 그 남자가 말했다. "제임스 홀던입니다."

5
홀던

2g에서 10분을 보내고 나자 홀던은 벌써 머리가 지끈거리기 시작했다. 하지만 맥도웰 선장은 홀던 일행에게 급히 돌아오라고 했다. 캔터베리 호는 그 육중한 드라이브를 예열하고 있었다. 홀던은 돌아갈 우주선을 놓치고 싶지 않았다.

"짐? 우리에게 문제가 있는 듯해."
"뭡니까?"
"레베카가 뭔가를 발견했는데, 그게 너무 이상한 거라 내 불알이 다 오그라드는 느낌이야. 우리는 여기서 빠져나가야 해."

"알렉스, 얼마나 걸려?" 10분 뒤 홀던이 세 번째로 물었다.
"한 시간 넘게 걸립니다. 주스를 하시겠습니까?" 알렉스가 물었다.
'주스를 한다'는 건 약물을 쓰지 않은 인간이라면 정신을 잃을

정도로 높은 g로 비행을 한다는 조종사 은어였다. '주스'는 조종
석이 조종사에 주사하는 혼합 약물을 뜻하며, 그 약물은 조종사가
자신의 몸이 500킬로그램이 나가는 동안 의식을 잃지 않고 정신
을 바짝 차릴 수 있도록, 바라건대 뇌졸중이 일어나지 않도록 해
준다. 홀던은 해군에 있을 때 주스를 여러 번 써보았는데 약효가
사라진 뒤 뒤끝이 아주 불쾌했다.

"꼭 해야 하는 게 아니라면 사양하겠어." 홀던이 말했다.

"어떻게 이상하다는 겁니까?"

"레베카, 홀던도 연결해 줘. 짐, 우리가 보는 걸 자네도 봤으면 해."

홀던은 헬멧의 진통제 탭을 혀로 눌렀고, 레베카의 센서 피드
를 다섯 번째로 다시 보았다. 우주의 그 얼룩은 캔터베리 호에서
20만 킬로미터 정도 떨어져 있었다. 캔터베리 호가 그 얼룩을 스
캔하자 데이터들이 계속해 변했고, 흑회색 얼룩의 가장자리가 점
차 따뜻한 색깔로 변했다. 2도가 채 안 되는, 약한 온도 변화였다.
레베카가 그것을 포착한 것 자체가 놀라웠다. 홀던은 다음번 레베
카의 인사고과 평가서에 크게 칭찬하는 말을 적어 레베카가 승진
할 수 있도록 해야겠다고 다짐했다.

"저게 어디서 나타난 거지?" 홀던이 물었다.

"모르겠습니다. 그냥 주위보다 살짝 따뜻한 점입니다." 레베카가
말했다. "저라면 저게 가스 구름이었다고 말했을 겁니다. 레이더 반
사가 전혀 없으니까요. 하지만 여기에는 가스 구름이 있을 리 없습니

다. 제 말은, 가스 구름이 어디서 온단 말입니까."

"짐, 스코풀라이 호를 공격했던 우주선이 스코풀라이 호에 파괴됐을 가능성이 조금이라도 있나? 저게 파괴된 우주선에서 나온 증기 구름일 수 있을까?" 맥도웰이 물었다.

"그렇지 않을 겁니다, 선장님. 스코풀라이 호는 완전 비무장입니다. 스코풀라이 호의 옆구리에 난 구멍은 어뢰가 아닌 돌파용 폭탄 때문에 난 것입니다. 그래서 저는 스코풀라이 호가 저항조차 하지 않았다고 생각합니다. 저곳이 스코풀라이 호가 공기를 토해낸 곳일 수도 있습니다. 하지만…."

"또는 아닐 수도 있지. 집으로 돌아와. 지금 당장."

"나오미, 레이더나 레이저 레이더를 쏘았을 때 반사는 하지 않으면서 천천히 뜨거워지는 게 뭐가 있지? 대충이라도 찍어 봐." 홀던이 말했다.

"흠…." 나오미가 잠시 생각에 잠겼다가 말했다. "센서들에서 나오는 에너지를 흡수한다면 반사를 하지 않지요. 하지만 그게 흡수한 에너지를 누출하면 뜨거워질 수 있겠죠."

홀던의 의자 옆에 있는 센서 콘솔 위의 적외선 모니터가 태양처럼 밝게 빛났다. 알렉스가 일반 통신 회선을 통해 큰소리로 욕을 내뱉었다.

"저거 보입니까?" 알렉스가 말했다.

홀던은 알렉스의 말을 무시하고 맥도웰이 연결된 회선을 열었다.

"선장님, 우리 쪽에서 지금 엄청난 적외선 분출을 감지했습니다." 홀던이 말했다.

길고 긴 몇 초 동안, 아무 대답도 없었다. 마침내 회선을 통해 들리는 맥도웰의 목소리에는 긴장이 배어 있었다. 나이 든 이 선장이 이렇게 두려운 목소리로 말하는 걸 홀던은 평생 처음 들었다.

"짐, 그 따뜻한 점에서 방금 우주선 한 척이 나타났어. 그 우주선은 미친놈처럼 열을 발산하고 있어." 맥도웰이 말했다. "저건 대체 어디서 나타난 거야?"

홀던이 대답을 하려고 하는데 선장의 헤드셋을 통해 레베카의 목소리가 희미하게 들려왔다. "모르겠습니다, 선장님. 하지만 저건 열 이미지보다 크기가 작습니다. 레이더에서는 프리깃함 크기로 나타납니다." 레베카가 말했다.

"어떻게 나타난 건데?" 맥도웰이 말했다. "투명 망토를 벗고? 마법의 웜홀 텔레포테이션이라도 써서?"

"선장님," 홀던이 말했다. "나오미는 우리가 감지한 저 열이 에너지 흡수 물질에서 나오는 거라고 추측했습니다. 스텔스 재질에서요. 그건 저 우주선이 뭔가 꿍꿍이가 있다는 겁니다. 그리고 그 꿍꿍이가 좋지 않다는 뜻이고요."

그 말에 대답이라도 하듯이 홀던의 레이더에 여섯 개의 새로운 물체가 나타났다. 처음에는 이글거리는 노란색이었지만 레이더가 그 가속을 확인하자 즉시 주황색으로 바뀌었다. 캔터베리 호에서 레베카가 외쳤다. "쾌속 물체입니다! 충돌 경로에 고속 이동 물체 여섯 개가 새로 나타났습니다."

"하느님 맙소사, 지금 저 우주선이 우리에게 어뢰를 발사한 건가?"

"그렇습니다, 선장님." 레베카가 말했다.

"충돌까지 시간."

"8분이 좀 안 됩니다, 선장님." 레베카가 대답했다.

맥도웰 선장이 숨죽여 욕을 내뱉었다.

"우린 해적을 만났어, 짐."

"우리 쪽에서는 뭘 해야 합니까?" 홀던이 침착하고 전문가답게 들리려 애쓰며 말했다.

"그냥 무선을 꺼서 내 승무원들이 일할 수 있게 해주면 좋겠군. 자네는 아무리 빨라도 한 시간은 걸려야 도착해. 어뢰는 8분 거리고. 맥도웰 아웃." 선장이 말했고, 통신이 짤깍하고 끊기면서 홀던의 귀에 희미한 정전기 잡음을 남겼다.

이제 여러 명이 동시에 말하는 바람에 일반 통신 회선이 터져 나갈 듯 시끄러워졌다. 알렉스는 주스를 한 뒤 캔터베리 호를 향한 어뢰보다 일찍 도착하자고 주장했다. 나오미는 미사일 방해 전략에 대해 시끄럽게 떠들었다. 에이모스는 스텔스 우주선을 저주한 뒤 도대체 가정 교육을 어떻게 받으면 저딴 우주선에서 승무원질을 하게 되느냐고 말했다. 쉐드만이 유일하게 조용했다.

"모두 조용히!" 홀던이 자신의 헤드셋에 대고 외쳤다. 우주선은 충격의 침묵에 휩싸였다. "알렉스, 우리를 죽이지 않는 범위 안에서 캔터베리 호까지 가장 빨리 갈 수 있는 계획을 짜. 준비되면 내게 알려줘. 나오미, 레베카와 나, 너 이렇게 3방향 통신을 준비해줘. 뭐든 도울 수 있는 걸 도울 거야. 에이모스, 계속 욕을 해도 되지만 마이크는 꺼."

홀던은 기다렸다. 충돌의 순간을 향해 시간은 계속 똑딱똑딱 흘러갔다.

"연결되었습니다." 나오미가 말했다. 홀던은 통신 회선을 통해 확연히 다른 두 개의 배경 소음을 들을 수 있었다.

"레베카, 난 짐이야. 이 회선에 나오미도 연결했어. 우리가 뭘 도울 수 있는지 말해 줘. 나오미는 교란 기술에 대해 말하고 있었지?"

"전 제가 아는 모든 것을 다 하고 있습니다." 레베카가 말했다. 레베카의 목소리는 놀랄 만큼 침착했다. "놈들은 우리를 표적 레이저로 칠해 놓았습니다. 레이저를 흐트러뜨리기 위해 너절한 쓰레기를 방송하고 있지만, 놈들 표적 레이저는 정말로 정말로 성능이 우수합니다. 만약 우리가 조금만 더 가까이에 있었다면 표적 레이저가 우리 선체에 구멍을 냈을 겁니다."

"진짜 쓰레기를 쓰면 어때?" 나오미가 물었다. "눈을 뿌릴 수 있어?"

나오미와 레베카가 이야기하는 동안, 홀던은 에이드에게 개인 회선을 열었다. "어이, 나 짐이야. 내가 알렉스에게 고속 추진 해법을 알아보라고 했어. 그러면 아마도…."

"아마도 미사일이 우리를 날아다니는 벽돌 덩어리로 바꾸기 전에 도착할 거라고? 좋은 생각이네. 해적에게 잡힐 기회를 놓치고 싶지 않다 이거로군." 에이드가 말했다. 홀던은 조롱하는 목소리 뒤에 숨은 공포를 들을 수 있었다.

"에이드, 제발. 나도 할 말이…."

"짐, 어떻게 생각하나요?" 나오미가 다른 회선으로 말했다.

홀던은 욕을 한 뒤 그 사실을 숨기려 다시 말했다. "어, 뭘 말이야?"

"나이트 호를 써서 저 미사일들을 꾀어내는 거요." 나오미가 말했다.

"우리가 그렇게 할 수 있어?" 홀던이 물었다.

"아마도요. 우리 말을 듣고 있던 겁니까?"

"에… 이쪽에 다른 일이 있어서 잠시 한눈을 팔았어. 다시 말해줘 봐." 홀던이 말했다.

"나이트 호를 캔터베리 호가 산란하는 주파수에 맞춘 뒤 우리 통신 어레이도 그걸 방송하는 겁니다. 어쩌면 어뢰들은 우리를 목표물이라고 여길 수도 있습니다." 나오미는 마치 어린애에게 말하듯이 말했다.

"그리고 미사일이 와서 우리를 날려버린다?"

"어뢰가 우리 쪽으로 방향을 트는 동안 우리가 달아날 수 있다고 생각합니다. 그리고 어뢰들을 캔터베리 호에서 충분히 멀리 꾀어내고 나면, 통신 어레이를 끄고 저 소행성 뒤에 숨는 거지요." 나오미가 말했다.

"먹히지 않을 거야." 홀던이 한숨을 쉬며 말했다. "어뢰는 광범위 유도에는 표적 레이저의 산란 신호를 따라가지만, 목표물을 따라가기 위해 망원경 포착도 해. 우리를 살핀 다음에 자신들의 표적이 아니라는 걸 알 거야."

"시도해볼 가치가 없을까요?"

"설사 우리가 그럴 수 있다고 해도 캔터베리 호를 날려버릴 규모의 어뢰면 우리는 진공 속의 먼지가 되고 말 거야."

"좋아요, 그럼." 나오미가 말했다. "다른 방법이 뭐가 있을까요?"

"아무것도. 해군 연구소의 아주 똑똑한 친구들이 우리가 앞으로 8분 안에 생각해낼 모든 것을 이미 다 생각해봤을 거야." 홀던이 말했다.

"그러면 우리는 여기서 뭘 해야 하죠, 짐?" 나오미가 물었다.

"7분." 레베카가 말했다. 레베카의 목소리는 여전히 무서울 정도로 침착했다.

"거기로 가자. 격침되고 난 뒤에 사람들을 구할 수 있을지도 몰라. 피해를 최소화하는 걸 돕자고." 홀던이 말했다. "알렉스, 계획은 짰어?"

"네, 부선장님. 피가 배어 나올 정도로 빠른 단거리 가속입니다. 우리 화염이 캔터베리 호에 구멍을 뚫지 않을 각도의 경로입니다. 록앤롤 시간입니까?" 알렉스가 대답했다.

"그래. 나오미, 그쪽 사람들에게 높은 g에 대비해 안전띠를 하라고 해." 홀던이 말했고, 이윽고 맥도웰 선장에게 회선을 열었다. "선장님, 꽁지에 불나게 달려서 그쪽으로 가겠습니다. 살아남으려 애쓰십시오, 그러면 우리가 나이트 호를 근처에 대고 사람들을 옮겨 태우든지 피해 복구를 돕든지 하겠습니다."

"알았어."

홀던은 에이드에게 다시 회선을 열었다. "에이드, 우리는 급가속으로 빠르게 갈 거야. 그러니 말을 하지는 않겠지만, 나를 위해 이 회선을 열어놔 줘. 알았지? 무슨 일이 일어나는지를 말해 줘. 제길, 콧노래. 콧노래면 좋겠어. 난 그냥 당신이 괜찮다는 걸 알아야겠거든."

"알았어, 짐." 에이드가 말했다. 에이드는 콧노래를 하진 않았지만, 회선을 열어두었다. 홀던은 에이드의 숨소리를 들을 수 있었다.

알렉스가 일반 통신 회선을 통해 카운트다운을 시작했다. 홀던은 충격 흡수 소파의 끈을 확인했고, 손바닥으로 버튼을 눌러 주스를 시작했다. 십여 개의 바늘이 우주복의 박막을 통해 홀던의 등을 찔렀다. 심장이 떨리고 화학물질들이 강철띠처럼 뇌를 꽉 움켜쥐었다. 등골이 서늘해지고 얼굴은 방사선 열상을 입은 것처럼 화끈거렸다. 홀던은 주먹으로 충격 흡수 소파의 팔걸이를 두들겨 댔다. 홀던은 이 부분이 싫었지만, 다음 과정은 더 끔찍했다. 약물들이 신체로 들어가면서 알렉스가 고함을 지르는 게 일반 통신 회선을 통해 들렸다. 아래 갑판들에 있는 다른 이들은 죽음을 피하게 해주지만 죽는 것만큼이나 나쁜 상태를 거쳐 몸을 진정시키는 약물을 받아들이고 있었다.

알렉스가 말했다. "1." 그리고 홀던의 체중은 500킬로그램이 되었다. 홀던의 눈알 무게 때문에 안와 뒤쪽의 신경들이 비명을 질렀다. 홀던의 고환은 허벅지에 눌려 짜부라졌다. 홀던 주위에서, 우주선이 삐걱거리고 신음을 토했다. 아래쪽 갑판들에서 '쿵' 소리가 들려와 불안했지만 홀던의 패널에 붉은빛이 들어오지는 않았다. 나이트 호의 토치 드라이브는 엄청난 추진력을 줄 수 있지만, 엄청난 연료소모율을 대가로 치러야 했다. 하지만 캔터베리 호를 구할 수만 있다면 그건 문제가 아니었다.

귀를 두드리는 맥동 너머로, 홀던은 에이드가 가볍게 숨을 쉬고 키보드를 두드리는 소리를 들을 수 있었다. 홀던은 그 소리를 들으며 잠들고 싶었지만, 주스가 혈관에서 노래하고 불타고 있었다. 홀던의 정신은 그 어느 때보다도 더 말짱했다.

"네, 알겠습니다." 통신 회선 너머로 에이드가 말했다.

홀던은 살짝 시간이 지난 뒤에야 지금 에이드가 맥도웰에게 말하고 있다는 걸 깨달았다. 홀던은 선장이 뭐라 하는지 듣기 위해 소리를 높였다.

"…주 엔진 작동, 최고 출력."

"우리는 짐을 가득 실었습니다, 선장님. 그렇게 출력을 높이면 드라이브가 설치대에서 뜯겨나갈 겁니다."

"에이드 투쿤보," 맥도웰이 말했다. "우리에게는… 4분이 남았어. 자네가 그걸 부순다 해도 물어내라고 하지 않을 테니 걱정하지 마."

"네, 알겠습니다. 주 엔진 작동. 최대 출력으로 맞춤." 에이드가 말했고, 높은 g를 경고하는 클랙슨 소리가 곧 뒤따라 들렸다. 에이드가 안전띠를 매는 동안 좀 더 큰 짤깍소리가 들렸다.

"주 엔진 작동까지 3… 2… 1… 작동." 에이드가 말했다.

캔터베리 호가 너무나도 요란하게 으르렁댔기에 홀던은 통신 볼륨을 낮춰야만 했다. 캔터베리 호는 몇 초 동안 마치 밴시*처럼 울어대고 비명을 질렀으며, 이윽고 요란하게 충돌하는 소리가 들렸다. 홀던은 높은 g때문에 시야 가장자리가 안 보이는 속에서도 애를 써서 외부용 화면을 호출했다. 캔터베리 호는 멀쩡했다.

"에이드, 방금 그거 대체 무슨 소리였나?" 맥도웰이 말했다. 맥도웰의 발음이 분명하지 않았다.

---

* 울음소리로 가족에게 죽을 사람이 있다는 것을 알리는 여자 유령

"드라이브가 버팀대를 찢었습니다. 주 엔진이 꺼졌습니다, 선장님." 에이드는 '이렇게 될 거라고 제가 말하지 않았습니까'라고는 하지 않았다.

"그래서 시간을 얼마나 벌었지?" 맥도웰이 물었다.

"그다지요. 어뢰는 이제 초당 40클릭이며, 점점 가속하고 있습니다. 우리에겐 이제 근거리용 기동 추진기뿐입니다." 에이드가 말했다.

"젠장." 맥도웰이 말했다.

"어뢰들이 우리를 맞출 겁니다, 선장님." 에이드가 말했다.

"짐." 맥도웰이 말했다. 계속 열어두었던 직통 회선에서 갑자기 맥도웰의 목소리가 커졌다. "우리는 침몰하고 있어. 그리고 어떻게 할 방법이 없어. 알아들었으면 두 번 짤각여."

홀던이 자기 무전을 두 번 짤각였다.

"좋아. 이제 우리는 명중된 뒤에 살아남을 방법을 생각해봐야 해. 만약 놈들이 승선하기 전에 우리를 무력화시킬 생각이라면 놈들은 우리 드라이브와 통신 어레이를 없앨 거야. 레베카는 어뢰가 발사된 이후 계속해서 SOS 신호를 보냈지만, 우리가 신호를 멈추게 되더라도 자네가 계속해서 구조 신호를 보내줬으면 좋겠어. 자네가 거기에 있는 걸 놈들이 안다면 우리 모두를 에어록 밖으로 집어 던질 가능성은 줄어들어. 목격자들이 있으니까 말이야." 맥도웰이 말했다.

홀던이 다시 두 번 짤각였다.

"방향을 돌려, 짐. 소행성 뒤에 숨어. 구조를 요청해. 명령이야."

홀던이 두 번 짤각였고 알렉스에게 전면 정지 신호를 보냈다.

홀던의 가슴 위에 앉아 있던 거인이 순식간에 사라지고 무중력이 그 자리를 대신했다. 혈관에 구토 방지 약물이 주입되어 있지 않았다면 그 갑작스러운 변화에 홀던은 토했을 것이다.

"뭡니까?" 알렉스가 말했다.

"새로운 임무야." 주스 때문에 이를 덜덜 떨며 홀던이 말했다. "우리는 도움을 청하고 악당들이 캔터베리 호를 차지했을 때 포로들의 석방을 교섭할 거야. 아까 그 소행성으로 돌아가. 그곳이 우리가 숨을 수 있는 가장 가까운 곳이니까."

"네, 보스." 알렉스가 말했다. 그리고 낮은 목소리로 덧붙였다. "지금 당장 어뢰 한두 발이나 용골에 장착된 레일건을 얻을 수만 있다면 살인도 마다치 않겠습니다."

"무슨 말인지 알아."

"아래층 친구들을 깨울까요?"

"자게 놔둬."

"알았습니다." 알렉스가 말하고 통신을 껐다.

높은 g가 다시 시작되기 전, 홀던은 나이트 호의 SOS 신호를 켰다. 에이드 쪽 회선은 여전히 열려 있었고, 이제 맥도웰의 회선이 꺼졌기 때문에 홀던은 에이드의 숨소리를 다시 들을 수 있었다. 홀던은 소리를 최대한 높였고, 안전띠를 한 상태에서 누워 충격이 시작되길 기다렸다. 알렉스는 홀던을 실망시키지 않았다.

"1분." 에이드가 말했다. 에이드의 목소리는 홀던의 헬멧 스피커에서 찌그러져 들릴 정도로 컸다. 홀던은 소리를 줄이지 않았다. 에이드의 목소리는 어뢰가 명중할 때까지 카운트다운하는 동안에도 놀랄 정도로 침착했다.

"30초."

홀던은 뭔가 말을, 뭔가 위안이 될 만한 말을, 우스꽝스럽고 거짓된 사랑의 맹세라도 하고 싶은 마음이 간절했다. 홀던의 가슴을 밟고 선 거인은 융합 토치의 낮게 으르릉대는 소리를 내며 웃기만 했다.

"10초."

"어뢰가 명중된 다음에는 반응로를 끄고 완전히 파손된 척할 준비를 해. 우리가 자기네에게 위협이 되지 않으면 놈들은 다시 어뢰를 쏘지 않을 거야." 맥도웰 선장이 말했다.

"5." 에이드가 말했다.

"4.

3.

2.

1."

캔터베리 호가 흔들리더니 모니터 화면이 하얗게 변했다. 에이드가 날카롭게 숨을 들이켜는 소리가 들리더니 무선이 끊기면서 그 소리도 중간에서 멈췄다. 정전기 잡음에 홀던은 귀청이 떨어져 나갈 것만 같았다. 홀던은 소리를 줄이고 알렉스에게 무선을 보냈다.

갑자기 추진은 그럭저럭 버틸 만한 2g로 줄었고, 우주선의 모든 센서가 과부하 속에서 번쩍였다. 작은 에어록 현창을 통해 밝은 빛이 쏟아져 들어왔다.

"보고해, 알렉스, 보고해! 무슨 일이지?" 홀던이 외쳤다.

"맙소사. 놈들이 캔터베리 호에 핵폭탄을 쐈습니다. 놈들이 핵으로 공격을 했어요." 알렉스가 말했다. 알렉스의 목소리는 낮고 아연한 상태였다.

"켄테베리 호 상태는? 캔터베리 호 상태를 보고하라고! 여기에서는 센서값을 전혀 읽을 수가 없어. 모두가 백색 잡음뿐이란 말이야!"

침묵이 흘렀다. 이윽고 알렉스가 말했다. "여기에서도 센서에는 아무것도 잡히지 않습니다, 보스. 하지만 저는 캔터베리 호의 상태를 보고할 수 있습니다. 캔터베리 호를 볼 수 있습니다."

"보인다고? 여기에서?"

"네. 캔터베리 호는 올림퍼스 산 크기 정도의 증기 구름이 되었습니다. 파괴되었습니다, 보스. 캔터베리 호는 완전히 사라졌습니다."

'그럴 리가 없어.' 홀던의 마음이 사실을 받아들이기 거부했다. 그런 일은 일어나지 않는다. 해적들은 물 수송선에 핵 공격을 가하지 않는다. 그러면 모두에게 손해다. 이득을 보는 이가 아무도 없다. 그리고 만약 50명을 죽이고 싶다면, 기관총을 들고 레스토랑으로 들어가는 것이 '훨씬 더' 쉽다.

홀던은 외치고 싶었다. 헛소리 말라고 알렉스에게 고함치고 싶었다. 하지만 홀던은 침착해야만 했다. '이제는 내가 선장 역할을 해야 해.'

"좋아, 새로운 임무야, 알렉스. 이제 우리는 살인의 목격자야. 소행성으로 가자. 나는 방송 내용을 준비하겠어. 모두를 깨워. 모두가 알아야 해." 홀던이 말했다. "나는 센서들을 껐다가 다시 켜겠어."

홀던은 센서와 소프트웨어들을 빠짐없이 껐고, 2분을 기다렸다가 천천히 다시 작동시켰다. 손이 떨리고 있었다. 욕지기가 났다. 마치 원격으로 자기 몸을 조종하는 듯한 느낌이 들었으며, 어디까지가 주스 때문이고 어디까지가 충격 때문인지 알 수가 없었다.

센서들이 다시 작동했다. 우주 항로를 나는 다른 우주선들과 마찬가지로, 나이트 호는 복사 에너지에 강했다. 그렇지 않으면 목성의 강력한 복사대 근처 그 어디에도 갈 수 없기 때문이다. 하지만 홀던은 이 우주선의 설계자들이 근처에서 여섯 개의 핵폭탄이 터지는 곳 근처를 지날 경우까지 대비해 설계했을 것 같진 않다고 의심했었다. 홀던 일행은 운이 좋았다. 진공이 전자기 펄스로부터 보호를 해주었겠지만, 그럼에도 급격한 폭발에 동반된 복사 에너지로 인해 우주선의 모든 센서가 타버렸을 수도 있었다.

일단 센서 어레이가 다시 작동하자, 홀던은 캔터베리 호가 있던 공간을 훑었다. 소프트볼보다 큰 건 아무것도 없었다. 홀던은 캔터베리 호를 파괴한 우주선 쪽으로 어레이를 향했다. 그 우주선은 유유히 1g의 가속도로 태양 쪽을 향해 날아가고 있었다. 홀던의 가슴에서 열불이 뻗쳐올랐다.

홀던은 두렵지 않았다. 동맥을 따라 올라온 분노가 관자놀이를 때려댔고, 홀던은 힘줄이 아파져 올 때까지 주먹을 꽉 쥐었다. 홀던은 통신 회선을 손가락으로 휙 밀어 연 뒤 후퇴하는 우주선에 좁은광선을 겨냥했다.

"너희가 누구인지 모르겠지만, 이 메시지는 방금 너희가 가스로 만들어버린 민간 얼음 수송선 캔터베리 호의 파괴를 명령한 자들에게 보내는 내용이다. 그딴 짓을 하고서 그냥 내뺄 수 있을 줄 아느냐. 이 개새끼들아. 너희의 목적이 무엇인지는 상관없다. 하지만 너희는 방금 내 친구 50명을 죽였다. 너희는 그 사람들이 누구인지 알아야만 한다. 나는 그 우주선에 탔다가 죽은 모두의 이름과 사진을 너희에게 보낸다. 너희가 무슨 짓을 했는지 잘 보기 바란다. 네놈들의 정체를 내가 알아낼 동안, 너희가 한 짓을 곰곰이 생각해봐라."

홀던은 방송 회선을 닫고 캔터베리 호의 인적 사항 파일들을 불러내 상대 우주선에 승무원들의 신상 명세를 전송하기 시작했다.

"뭐하는 겁니까?" 나오미가 말했다. 그 목소리는 헬멧 스피커가 아닌 등 뒤에서 들려왔다.

나오미는 홀던의 뒤에서 헬멧을 벗고 서 있었다. 땀 때문에 숱 많은 검은 머리털이 머리와 목에 착 달라붙어 있었다. 표정은 읽을 수 없었다. 홀던이 헬멧을 벗었다.

"캔터베리 호가 진짜 사람이 살던 진짜 장소라는 걸 놈들에게 보여주고 있어. 이름과 가족이 있는 사람들이 말이야." 홀던이 말했다. 주스 때문에 목소리가 생각만큼 단호하지 못했다. "저 우주선에서 명령을 내린 새끼가 인간과 조금이라도 비슷하다면, 살인죄로 재활용 처리기에 넣어지는 그 날 그 순간까지 죽은 사람들의 모습이 머릿속에 떠오르며 계속 괴로웠으면 좋겠어."

"제가 보기엔 놈들이 고마워하는 것 같지 않군요." 나오미가 홀던 뒤에 있는 패널을 가리키며 말했다.

적함은 이제 표적 레이저로 나이트 호를 칠하고 있었다. 홀던이 숨을 멈추었다. 어뢰는 발사되지 않았고, 몇 초 뒤, 스텔스 우주선은 레이저를 끈 뒤 엔진에 불을 뿜으며 높은 g로 가속했다. 홀던 귀에 나오미가 몸서리를 치며 숨을 내뱉는 소리가 들렸다.

"그럼 캔터베리 호가 파괴되었습니까?" 나오미가 물었다.

홀던이 고개를 끄덕였다.

"아, 이런 씨발." 에이모스가 말했다.

에이모스와 쉐드는 승무원용 사다리에 함께 서 있었다. 에이모스는 얼굴이 희고 붉은 반점으로 얼룩덜룩했으며, 커다란 두 손을 움켜쥐었다가 폈다. 쉐드는 2g의 추진 속에서 두 무릎을 꿇으며 갑판에 털썩 내려앉았다. 쉐드는 울지 않았다. 쉐드는 그냥 홀던을 바라보며 말했다. "카메론은 새 팔을 절대로 얻지 못하겠군요." 그리고 두 손으로 머리를 감싸고 머리를 설레설레 저었다.

"속력을 줄여, 알렉스. 이제 빨리 이동할 필요가 없어." 홀던이 통신 회선에 대고 말했다. 우주선은 추진을 천천히 1g로 줄였다.

"이제 어쩌죠, 선장님?" 나오미가 홀던을 뚫어져라 바라보며 말했다. '이제 당신이 책임자입니다. 책임자답게 행동하세요.'

"놈들을 날려 보내는 게 내 첫 번째 선택이지만, 우리에게는 무기가 없으니… 놈들을 따라가자. 놈들이 어디로 가는지 알 때까지 놈들에게서 눈을 떼지 않는 거야. 모두에게 놈들의 존재를 알리자고." 홀던이 대답했다.

"그 계획, 좆나 맘에 듭니다." 에이모스가 큰 소리로 말했다.

"에이모스." 나오미가 어깨너머로 말했다. "쉐드를 아래쪽으로 데려가 소파에 앉혀. 만약 필요하면 잘 수 있도록 뭔가를 주사하고."

"알겠습니다, 보스." 에이모스가 우람한 팔로 쉐드의 허리를 감싸고 아래로 데려갔다.

에이모스가 떠나자 나오미는 홀던에게로 몸을 돌렸다.

"안됩니다, 선장님. 우리는 저 우주선을 쫓아가지 '않을 겁니다'. 우리는 구조요청을 할 거고, 그게 어디든 구조반이 우리에게 가라는 곳으로 갈 겁니다."

"내가 이 우주선의⋯." 홀던이 입을 열었다.

"맞습니다, 이 우주선의 책임자이시죠. 그러니까 제가 부선장이 되고, 선장이 바보 같은 짓을 할 때 그걸 지적하는 게 부선장의 임무입니다. 선장님은 지금 바보입니다. 선장님은 이미 그 방송으로 놈들을 자극해 우리를 죽일 뻔했습니다. 이제 놈들을 쫓아간다고요? 만약 놈들이 일부러 따라잡히면 어쩔 겁니까? 방송으로 또 한 번 감정적 호소를 할 건가요?" 나오미가 홀던에게 다가오며 말했다. "선장님은 남은 우리 선원 네 명을 안전하게 보호해야 합니다. 그게 전부입니다. 우리가 안전하게 되면 그때 혼자서 성전을 벌이든 말든 알아서 하시고요, 선장님."

홀던이 안전띠를 풀고 소파에서 일어났다. 주스의 효과가 떨어지면서 지치고 울렁거렸다. 나오미는 턱을 치켜들고 물러서지 않았다.

"너와 함께 있어 다행이야, 나오미." 홀던이 말했다. "가서 선원들을 살펴봐. 맥도웰 선장이 내게 마지막 명령을 내린 게 있어."

나오미는 혹평하는 듯한 눈으로 홀던을 바라보았다. 홀던은 나오미의 눈에 담긴 불신의 기운을 읽을 수 있었다. 하지만 변명을 하지 않았다. 홀던은 나오미가 판단을 내리기를 기다렸다. 나오미는 홀던에게 고개를 한 번 끄덕이고는 사다리를 타고 아래층 갑판으로 내려갔다.

나오미가 떠나자 홀던은 캔터베리 호와 나이트 호의 모든 센서 데이터들을 포함한 방송자료를 꼼꼼하게 모았다. 알렉스가 조종 실에서 내려와 옆 의자에 무겁게 앉았다.

"있잖습니까, 선장님. 제가 생각을 좀 해봤습니다." 알렉스가 말했다. 알렉스의 목소리는 홀던과 마찬가지로 주스 후유증으로 떨렸다.

홀던은 하던 일에 방해를 받아 짜증을 내며 말했다. "뭘?"

"그 스텔스 우주선 말입니다."

홀던이 하던 일에서 주의를 돌렸다.

"말해봐."

"그러니까, 그런 물건을 보유한 해적은 들어본 적이 없습니다."

"계속해 봐."

"사실, 제가 그런 기술을 본 건 해군에 있을 때가 유일합니다." 알렉스가 말했다. "우리는 에너지 흡수 기능과 내열 처리 기능 이 있는 우주선을 제작하고 있었습니다. 전술보다는 전략적인 무 기에 더 가까웠죠. 구동 중인 드라이브를 숨길 수는 없지만 원하 는 위치에 가서 드라이브를 끄고 폐열을 모두 안으로 갈무리하면 꽤 훌륭하게 모습을 감출 수 있습니다. 외피에 에너지 흡수 기능 을 더하면 레이더나 레이저 레이더, 수동형 센서에 감지되지 않 지요. 게다가 군대가 아니고서는 핵 어뢰를 구하기란 꽤 어려울 겁니다."

"자네 말은, 화성 해군이 한 짓이란 말이야?"

알렉스는 떨리는 숨을 길게 들이켰다.

"만약 '우리'가 그걸 개발하고 있었다면 지구인들도 그랬을 게 분명합니다." 알렉스가 말했다.

둘은 좁은 공간을 사이에 두고 서로를 바라보았다. 알렉스의 말이 의미하는 바는 10g 추진 때보다도 더 무겁게 홀던을 짓눌렀다. 홀던은 우주복의 허벅지 주머니에서 스코폴라이 호에서 가져온 전송기와 전지를 꺼냈다. 홀던은 인장이나 휘장이 있는지 찾으면서 그걸 분해하기 시작했다. 알렉스는 잠시 조용히 있었다. 전송기는 흔히 볼 수 있는 평범한 물건이었다. 태양계 내 어느 우주선의 어느 무선실에서도 나올 수 있는 물건이었다. 전지는 애매한 회색 덩어리였다. 알렉스가 손을 내밀었고, 홀던은 알렉스에게 전지를 건넸다. 알렉스가 회색 플라스틱 뚜껑을 비집어 열더니 한 손으로 금속 전지를 뒤집어 받치고 툭툭 털었다. 알렉스는 한마디 말도 없이 홀던의 얼굴에 전지를 뒤집어 들어 보였다. 전지 아래쪽의 검은 금속에는 'MCRN'으로 시작하는 일련번호가 찍혀 있었다.

'화성 의회 공화국 해군(Martian Congressional Republic Navy)'

무전기는 최대 출력으로 방송할 준비가 되었다. 데이터는 전송될 준비가 되었다. 홀던은 몸을 앞으로 약간 숙이고 카메라 앞에 섰다.

"제 이름은, 제임스 홀던입니다." 홀던이 말했다. "그리고 제가 탔던 우주선인 캔터베리 호는 방금 스텔스 기술을 갖춘 전함과 화성 해군의 일련번호가 찍힌 부품으로 보이는 것에 의해 파괴되었습니다. 이제부터 데이터를 전송합니다."

6
밀러

카트는 터널을 따라 질주했고, 사이렌 소리에 모터의 윙윙거림이 묻혔다. 밀러와 해브록은 시민들의 호기심 어린 눈길과 과열된 베어링 냄새를 뒤로하고 나아갔다. 밀러는 카트가 더 빠르게 가게 하려고 자기 자리에서 몸을 앞으로 숙였다. 둘은 경찰서에서 3레벨, 거리로는 대충 4킬로미터 정도 떨어져 있었다.

"오케이." 해브록이 말했다. "미안합니다. 하지만 여기에서 제가 뭔가 놓친 게 있습니다."

"뭐?" 밀러가 말했다. '뭐라고 헛소리를 하는 거야?'란 뜻이었다. 해브록은 그걸 '뭐를 놓쳤는데?'로 알아들었다.

"물 수송선은 여기에서 수백만 클릭 떨어진 곳에서 증발했습니다. 그런데 왜 우리가 전면 경계 태세인 겁니까? 우리 물탱크는 배급받지 않아도 몇 개월을 버틸 수 있습니다. 다른 수송선들도 많이 있고요. 왜 이게 위기인 겁니까?"

밀러는 고개를 돌려 자기 파트너를 똑바로 바라보았다. 작고 땅딸막한 체구. 어릴 때 온전한 g에서 자란 덕분에 굵은 뼈. 전송된 화면에 나왔던 그 멍청이와 똑같았다. 그들은 이해하지 못했다. 만약 해브록이 이 제임스 홀던이란 자의 위치에 있었다면 역시 똑같이 멍청하고 무책임하고 바보 같은 짓을 저질렀으리라. 숨한 번 쉴 짧은 순간 동안, 둘은 더는 치안요원이 아니었다. 파트너가 아니었다. 둘은 벨트인와 지구인이었다. 밀러는 자신의 눈빛이 달라진 것을 해브록이 깨닫기 전에 시선을 돌렸다.

"그 멍청이 홀던? 그 방송에 나왔던 자?" 밀러가 말했다. "그자는 방금 우리를 대표해서 화성에 전쟁을 선포했어."

카트는 방향을 바꾸며 까닥거렸다. 카트의 내장 컴퓨터가 500미터 앞에서 발생한 교통 상의 작은 문제 때문에 카트를 조정한 것이었다. 해브록은 자세를 고쳐 앉고는 지지대를 움켜잡았다. 둘은 다음 레벨 경사로에 도착했고, 걸어가던 시민들이 둘에게 길을 내주었다.

"자네가 자란 곳은 어쩌면 물이 더러웠을 수도 있지. 하지만 그곳에서는 자네가 쓸 물이 하늘에서 떨어져." 밀러가 말했다. "공기가 더럽긴 해도 문을 제대로 밀봉하지 않는다고 새어 나가지도 않을 거고. 하지만 여기에서는 그렇지 않아."

"하지만 우리는 수송선에 있지 않습니다. 우리는 얼음이 필요 없습니다. 우리는 위협을 받고 있지 않습니다." 해브록이 말했다.

밀러가 한숨을 쉬더니 엄지손가락과 손가락 관절들로 두 눈을 비볐고, 하도 비벼 눈앞에 색색의 허상이 떠다녔다.

"내가 살인 전담반에 있을 때," 밀러가 말했다. "이런 자가 있었어. 루나에서 계약직으로 파견된 부동산 관리 전문가였지. 누군가 그자의 피부 절반을 태우고는 에어록 밖으로 던져버렸어. 조사해보니 그자는 30레벨에 있는 구멍 60개를 관리했지. 불결한 동네였어. 그자는 돈을 아꼈어. 석 달 동안 공기 필터를 교체하지 않은 거야. 공기 재생기 세 대에서 곰팡이가 자랐고. 그 뒤에 우리가 뭘 발견했는지 알아?"

"뭔데요?" 해브록이 말했다.

"아무것도 없어. 우리는 수색을 포기했거든. 누군가는 죽어야 했고, 그자가 바로 그 누군가였어. 그리고 다음에 그 자리를 얻게 된 사람은 일정에 맞춰 환기구 청소를 하고 필터를 교체했지. 소행성대에서는 그런 식으로 일이 진행돼. 누구든 여기에 오는 이는 환경 시스템을 무엇보다 우위에 놓지 않으면 젊을 때 죽었지. 여기에 아직 남아 있는 사람들은 그 시스템을 소중히 여긴 사람들이고."

"선택 효과요?" 해브록이 말했다. "지금 선택 효과를 지지한다고 진심으로 주장하고 있는 겁니까? 그런 개소리를 선배에게 듣게 될 줄은 꿈에도 몰랐네요."

"그게 왜?"

"인종 차별주의자들의 프로파간다용 헛소리니까요." 해브록이 말했다. "그건 환경의 차이가 벨트인들을 너무나도 크게 바꾸었고, 그로 인해 벨트인들이 그냥 빼빼 마르고 강박증이 있는 집단이 아니라 아예 더는 인간이 아니라고 주장하는 겁니다."

"그런 뜻으로 말하는 게 아니야." 밀러가 혹시 자기가 정말로 그런 뜻으로 말한 건 아닐까 생각하며 말했다. "내 말은 단지, 벨트인들은 기본 물자 보급에 문제가 생겼을 때 장기적 안목으로 그 문제를 바라보지 않는다는 거야. 그 물은 우리에게 미래의 공기였고, 추진제였으며 음료였어. 우리는 그 문제에 대해서는 유머 감각이란 게 없다고."

카트가 금속 격자로 된 경사로에 들어섰다. 아래층 레벨이 밑으로 멀어졌다. 해브록은 침묵을 지켰다.

"이 홀던이라는 자는 그게 화성이라 말하지 않았습니다. 그냥 화성 전지를 발견했다고만 했지요. 그런데 선배는 사람들이… 전쟁을 선포할 거라고요?" 해브록이 말했다. "단지 그자가 찍어 보낸 전지 사진들을 근거로요?"

"흥분하기 전에 전후 사정부터 알아보는 사람들은 안 그러겠지."

'적어도 오늘 밤에는 말이야.' 밀러가 생각했다. '일단 전후 사정이 모두 밝혀지면 그때 어떻게 나올진 두고 봐야지.'

경찰서는 2분의 1에서 4분의 3 정도가 차 있었다. 치안요원들은 눈을 가늘게 뜨고 턱을 꽉 다문 채 군데군데 모여 서로에게 고개를 끄덕였다. 풍기단속 경찰 가운데 한 명이 뭔가에 소리 내 웃었지만, 재미있어하는 그의 웃음은 억지스러웠고 공포의 냄새가 났다. 공용 구역을 가로질러 둘의 책상으로 가는 동안, 밀러는 해브록이 바뀐 것을 알아차렸다. 좀 전까지 해브록은 밀러의 반응을 단지 한 명의 과민반응으로 치부했다. 하지만 지금은 방 전체의 사람들이 같은 반응을 보였다. 경찰서 전체가 그랬다. 자신들의 의자에 왔을 무렵, 해브록의 두 눈은 휘둥그레져 있었다.

샤디드 서장이 나왔다. 초췌한 모습은 사라졌다. 머리는 뒤로 묶었고, 제복은 주름 하나 없이 단정했으며, 목소리는 야전 병원의 의사처럼 침착했다. 서장은 가장 가까운 책상을 임시 단상 삼아 올라갔다.

"여러분." 서장이 말했다. "여러분은 전송 자료를 보았어. 질문 있나?"

"그 좆같은 지구인을 무전기 근처에 둔 게 누굽니까?" 누군가가 외쳤다. 밀러는 해브록이 다른 사람들과 함께 소리 내 웃지만, 눈은 웃지 않는 것을 알아차렸다. 샤디드가 인상을 쓰자 사람들이 조용해졌다.

"상황은 이래." 서장이 말했다. "우리가 이 정보를 통제할 방법은 없어. 이 내용은 이미 전역에 방송되었어. 우리 내부 네트워크에는 그 정보를 미러링 하는 사이트가 다섯 곳이 있고, 일반인들이 그 정보를 10분 전부터 알기 시작했다고 가정해야만 해. 이제 우리가 할 일은 폭동을 최소화하고, 부두 주위에 보안을 확실히 하는 거야. 50번과 213번 경찰서 역시 그 일을 도울 거야. 항만청은 내행성에 등록된 우주선들에 모두 출항 허가를 내줬어. 그렇다고 그 우주선들이 이미 모두 떠난 건 아냐. 일단 승무원부터 소집해야 하니까. 하지만 그래도 그 우주선들이 다 떠날 거란 뜻인 건 맞아."

"관공서들은요?" 밀러가 샤디드에게까지 들리도록 큰 소리로 말했다.

"다행히도 그건 우리 문제가 아니야." 샤디드가 말했다. "기간 시설들은 멀쩡해. 폭파 방지용 문은 이미 닫혀 봉쇄되었어. 그쪽은 주 환경 시스템에서 분리되었고, 따라서 우리와 그쪽은 공기마저도 섞여 있지 않아."

"흠, 그건 다행이로군요." 살인 전담반 형사들과 섞여 있던 예브게니가 말했다.

"이제 나쁜 소식이야." 샤디드가 말했다. 밀러는 150명의 경찰들이 숨을 죽이고 조용해지는 걸 느꼈다. "이 스테이션에 우리가 아는 OPA 요원은 모두 80명이야. 모두 합법적으로 고용됐고 여러분도 알다시피 그 사람들은 이런 일이 벌어지기만 기다리고 있었지. 총독은 우리에게 방범 차원에서 그 사람들을 가두는 일은 절대로 하지 말라는 명령을 내렸어. 그 사람들이 뭔가를 저지르기 전에는 누구도 체포해서는 안 돼."

성난 목소리들이 합창하듯 높아졌다.

"그 자식은 자기가 뭐라고 그딴 명령을 한답니까?" 뒤쪽에서 누군가가 외쳤다. 샤디드는 그 말을 상어처럼 낚아챘다.

"우리와 계약해서 이 스테이션을 제대로 돌아가게 보살피라고 한 이가 바로 총독이야." 샤디드가 말했다. "우리는 총독의 지시를 따를 거고."

밀러는 곁눈질로 해브록이 고개를 끄덕이는 모습을 보았다. 밀러는 총독이 소행성대의 독립 문제에 대해 어떻게 생각하는지 궁금했다. 어쩌면 이러한 일이 벌어지기를 기다렸던 이들은 OPA만이 아니었을 수도 있었다. 샤디드는 계속해 자신들이 허락받은 보안 임무를 개괄해 말했다. 밀러는 그 말을 한 귀로 흘려들으며 이 상황 뒤에 놓인 정치에 대해 곰곰이 생각했고, 그래서 샤디드가 자신의 이름을 불렀을 때 하마터면 못 듣고 지나칠 뻔했다.

"밀러는 두 번째 팀을 데리고 부두 레벨로 가서 13구역부터 24구역까지를 맡아. 카사가와는 세 번째 팀, 25구역부터 36구역까지, 나머지도 그런 식으로 하도록. 밀러 팀을 제외하고는 각 팀당 스무 명씩."

"열아홉 명이면 충분합니다." 밀러가 말했고 이윽고 조용히 해브록에게 말했다. "자네는 이 일에서 빠져, 파트너. 총을 가진 지구인이 끼면 일이 오히려 악화될 뿐이야."

"네," 해드록이 말했다. "그렇게 말할 줄 알았습니다."

"좋아." 샤디드가 말했다. "다들 어떻게 하는지는 알 테니, 움직이자고."

밀러는 자신의 폭동 진압팀을 모이게 했다. 모든 얼굴이 낯익었으며, 다들 치안대에서 오랜 세월 동안 함께 일한 이들이었다. 밀러는 마음속으로 그 사람들을 효율성에 따라 거의 기계적으로 나누기 시작했다. 브라운과 젤브피시는 SWAT 경험이 있었고, 따라서 군중을 통제해야 할 때 양 날개를 맡길 수 있었다. 애버포스는 자기 아이가 가니메데에서 마약을 다루다가 체포된 이후 과도한 폭력을 행사해 세 번이나 기사화됐고, 그러니 그녀는 제2안이었다. 애버포스의 분노 조절 문제 해결은 다음으로 미뤄야 했다. 밀러는 경찰서 주위로 다른 팀장들 역시 비슷한 결정을 내리는 소리를 들을 수 있었다.

"좋아." 밀러가 말했다. "장비를 챙기러 가지."

그들은 장비실을 향해 함께 움직였다. 밀러가 걸음을 멈추었다. 해브록이 팔짱을 끼고 자기 책상에 기댄 채 허공을 보고 있었다. 밀러는 해브록에 대한 연민과 초조함 속에서 갈등했다. 팀의 일원이면서 팀의 일원이 아닌 건 고통스러운 일이었다. 한편, 해브록은 소행성대에서 일하기로 계약했을 때 대체 뭘 기대했단 말인가? 해브록은 눈을 들었고 밀러와 시선이 마주쳤다. 둘은 서로에게 고개를 끄덕였다. 밀러가 먼저 눈길을 돌렸다.

장비실은 창고 겸 금고로, 물건의 효율적 수납보다는 공간 절약을 목표로 설계된 곳이었다. LED 매립등이 내는 하얀 빛은 살균된 느낌을 주며 회색 벽을 비추었다. 맨 돌에 목소리와 발걸음 소리 하나하나가 다 반사되었다. 벽에 줄지어 있는 탄약과 소형 화기, 증거품 보관용 봉투와 테스트 패널, 예비용 서버들과 대체용 제복들이 내부 공간 대부분을 채우고 있었다. 폭동 진압 장비는 옆방의 고성능 보안 전자자물쇠로 잠긴 회색 강철 로커들에 들어 있었다. 표준 복장은 고강도 플라스틱 방패, 전기봉, 정강이 보호대, 방탄 가슴막이와 허벅지막이, 강화 안면대가 장착된 헬멧으로 구성되었는데, 이것들만 있으면 몇 안 되는 스테이션 치안요원들이 곧바로 무시무시하고 비인간적인 병력으로 탈바꿈했다.

밀러는 자신의 접근 암호를 찍었다. 잠금장치가 풀렸다. 로커가 열렸다.

"어라." 밀러가 아무렇지 않게 말했다. "좆됐군."

로커들은 비어 있었다. 시체를 담은 관처럼 진압 장비를 얌전히 담고 있어야 할 회색 보관함들이 모두 사라졌다. 방을 가로질러 다른 팀 가운데 하나가 격분해 외치는 소리가 들렸다. 밀러는 자신이 접근 가능한 모든 폭동 제어 로커를 차례로 열어보았다. 모두가 똑같았다. 밀러 옆쪽에서 샤디드가 나타났다. 서장의 얼굴은 분노로 하얗게 질려 있었다.

"플랜 B는 뭡니까?" 밀러가 물었다.

샤디드는 바닥에 침을 뱉더니 두 눈을 감았다. 눈꺼풀 아래 두 눈은 마치 꿈을 꿀 때처럼 움직였다. 두 번 길게 숨을 쉰 샤디드는 눈을 떴다.

"SWAT 로커를 확인해 봐. 각 팀당 두 명이 장비를 갖추기에 충분할 거야."

"저격병을 쓰는 겁니까?" 밀러가 말했다.

"더 나은 수가 있나, 형사?" 샤디드가 마지막 단어를 길게 늘이며 말했다.

밀러는 항복했다는 표시로 두 손을 들어 올렸다. 진압 장비는 겁을 주고 통제를 위한 것이었지만, SWAT 장비는 최대한 효율적으로 죽이기 위해 만들어졌다. 그들의 임무가 이제 막 바뀐 듯했다.

세레스 스테이션에는 날마다 천 대 이상의 우주선이 정박하고, 그러한 왕래가 뜸해지는 경우는 거의 없었다. 왕래가 아예 없는 날은 하루도 없었다. 각 구역은 우주선을 스무 척씩 수용할 수 있으며, 인간과 화물, 수송 밴, 중앙 크레인, 지게차로 붐볐으며, 밀러의 팀은 스무 구역을 책임졌다.

공기에서는 냉각제와 기름 냄새가 났다. 스테이션의 회전 중력은 0.3g를 조금 넘었고, 그로 인해 그 장소에 압박과 위험의 기운이 감돌았다. 밀러는 부두를 좋아하지 않았다. 발아래에 진공이 그토록 가까이 있다는 생각을 하면 초조해졌다. 부두 노동자들과 수송 담당 선원들을 지나면서, 밀러는 인상을 찡그려야 할지 웃어 보여야 할지 알 수가 없었다. 밀러는 사람들에게 겁을 줘

얌전하게 굴게 하려고 여기에 왔지만, 동시에 모든 것을 잘 통제해 사람들을 안심시킬 목적도 있었다. 처음 세 구역 뒤, 밀러는 싱긋 웃기로 했다. 그건 밀러가 좀 더 잘하는 종류의 거짓말이었다.

밀러의 팀이 19구역과 20구역이 연결되는 부분에 도착했을 때 비명이 들렸다. 밀러는 주머니에서 핸드터미널을 꺼내 중앙 감시 네트워크에 연결하고, 보안 카메라 어레이를 불러냈다. 이유를 알아내는 데는 몇 초 정도 걸렸다. 오륙십 명의 폭도들이 터널을 거의 가로지르다시피 하며 양쪽 교통을 막고 있었다. 폭도들은 머리 위로 무기를 흔들고 있었다. 칼과 몽둥이, 그리고 적어도 두 자루의 권총, 주먹들이 공중을 갈랐다. 그리고 군중 한가운데에 웃통을 벗은 거구의 남자가 누군가를 죽도록 패고 있었다.

"시작해볼까." 밀러가 자기 팀에게 구보하라고 손을 흔들며 말했다.

100미터 정도를 더 가서 모퉁이를 돌자 폭력 현장이 나왔다. 웃통을 벗은 남자는 희생자를 때려 뉘였고, 쓰러진 여자의 목을 거세게 짓밟았다. 비스듬히 옆으로 꺾인 머리는 의문의 여지를 남기지 않았다. 밀러는 팀원들에게 속력을 늦춰 걷게 했다. 친구들에 둘러싸인 살인자를 체포하기란 숨차지 않은 상황에서도 쉬운 일이 아니었다.

이제 바닷물에 피가 퍼진 셈이었다. 밀러는 그걸 느낄 수 있었다. 폭도는 방향을 바꿀 터였다. 스테이션으로, 우주선들로. 만약 사람들이 이 혼란에 동참하기 시작한다면… 그건 어떤 방향으로 이어질까? 이곳에서 한 레벨 위쪽, 회전 반대 방향으로 500미터 떨어진 곳에는 내행성인들을 위한 창녀촌이 있었다. 21구역의

세관원은 루나에서 온 여자와 결혼했으며 좀 너무 잦다 싶을 정
도로 그 사실을 자랑해왔다.

밀러는 몸짓으로 저격수들에게 산개하라고 명령을 하면서도
목표물이 너무 많다고 생각했다. 밀러는 총을 쏘지 않을 이유를
찾고 있었다. 여기에서 멈추면 누구도 죽지 않아도 되었다.

밀러의 상상 속에서, 캔디스가 팔짱을 끼고 말했다. '플랜 B
는 뭐야?'

폭도 가장자리에 있던 이들은 밀러가 그곳에 도착하기 한참 전
에 그들을 알아차리고 경계를 했다. 사람들과 위협이 굽이치며 양
쪽으로 갈라졌다. 밀러는 모자에 가볍게 손을 대고 인사했다. 남
녀. 검은 피부, 창백한 피부, 황갈색 피부. 모두가 벨트인들 특유
의 길고 가는 몸집을 지녔고, 모두가 분노해 전쟁을 주장하며 침
팬지처럼 앞뒤 안 가리고 게거품을 물어댔다.

"제가 놈들 몇을 때려누이겠습니다, 팀장님." 겔브피시가 터미
널을 통해 말했다. "놈들에게 신에 대한 공포를 느끼게 해주죠."

"기다려," 화난 폭도들을 향해 싱긋 웃어 보이며 밀러가 말했
다. "기다려."

밀러가 기대했던 얼굴이 앞으로 나왔다. 웃통을 벗은 남자. 덩
치가 큰 그 남자는 두 손이 피범벅이었으며 뺨에도 피가 튀어 있
었다. 폭동의 핵심 인물이었다.

"저자도요?" 겔브피시가 물었고, 밀러는 웃통을 벗은 이가 밀
러와 그 뒤의 제복을 입은 이들을 향해 인상을 찡그리고 있는 동
안에도 작은 적외선 점이 그 남자의 이마에 칠해져 있는 것을 보
았다.

"안 돼." 밀러가 말했다. "그랬다가는 다른 사람들을 자극하기만 할 거야."

"그러면 우리는 어찌해야 합니까?" 브라운이 말했다.

좋은 질문이었다.

"팀장님," 겔브피시가 말했다. "저 덩치는 왼쪽 어깨에 OPA 문신이 있습니다."

"그렇군." 밀러가 말했다. "만약 저자를 쏴야만 하겠다면, 문신부터 쏴."

밀러는 핸드터미널로 로컬 시스템에 접속해 경보를 해제하면서 앞으로 나섰다. 밀러가 말을 하자 목소리가 머리 위 스피커들을 통해 증폭되어 들렸다.

"나는 밀러 형사입니다. 살인 사건의 공범으로 구속되고 싶지 않으면 당장 해산하십시오." 밀러는 터미널로 스피커를 조용히 시킨 뒤 웃통을 벗은 남자에게 말했다. "넌 말고, 덩치, 넌 손가락 하나만 까닥해도 쏴 버리겠어."

군중 속에서 누군가가 렌치를 던졌고, 그 은빛 금속은 공중에서 낮게 아치를 그리며 밀러의 머리로 날아왔다. 밀러가 비켜서려 했지만, 그 전에 손잡이가 밀러의 귀를 강타했다, 머리가 띵하고 울렸고, 목으로 축축한 피가 떨어졌다.

"사격 금지." 밀러가 외쳤다. "사격 금지."

군중은 마치 밀러가 자신들에게 말했다는 듯이 소리 내 웃어 댔다. 멍청이들이었다. 웃통을 벗은 남자가 대담해져 앞으로 성큼성큼 걸어 나왔다. 스테로이드로 허벅지 근육을 너무 팽창시킨 나머지, 그 남자는 뒤뚱거리며 걸었다. 밀러는 터미널의 마이크를 켰다. 군중은 둘이 서로 대립하며 서 있는 모습을 지켜보고 있었지만, 뭔가를 부수지는 않았다. 아직은 폭동이 확산하지 않고 있었다. 아직까지는.

"어이, 친구. 자네 혼자만 힘없는 사람들을 발로 차 죽이는 거야, 아니면 다른 사람도 합류할 수 있는 거야?" 밀러는 대화하는 듯한 목소리로 말했지만, 부두의 스피커를 통해 울렸기 때문에 마치 하느님의 선언처럼 들렸다.

"좆같은 지구 개가 짖어대는 거야?" 웃통을 벗은 남자가 말했다.

"지구?" 밀러가 킬킬거리며 말했다. "네 눈엔 내가 중력 우물에서 자란 것처럼 보이나? 난 이 바위에서 태어났어."

"안쪽 놈들이 널 고용했잖아, 계집년아." 웃통을 벗은 남자가 말했다. "넌 놈들 개야."

"그렇게 생각해?"

"좆나 뚜이. (좆나 진실이지.)" 웃통을 벗은 남자가 말했다. 남자는 흉근을 실룩였다. 밀러가 웃고 싶은 욕망을 억눌렀다.

"그래서 저 불쌍한 놈을 죽이는 게 스테이션에 도움이 된다?" 밀러가 말했다. "소행성대에 도움이 된다? 괜히 미끼가 되지 마. 놈들은 널 가지고 노는 거야. 놈들은 네가 멍청한 폭동꾼처럼 행동하길 바라는 거야. 그래야 이 장소를 폐쇄할 이유가 생기니까."

"슈라우벤 지 지 바이브첸. (계집년이 지랄하고 자빠졌네.)" 웃통을 벗은 남자가 몸을 앞으로 기울이며 소행성대 빈민가 독일어로 말했다.

'좋아. 계집년이라는 말을 두 번이나 들었으면 이만 됐어.' 밀러가 생각했다.

"저 자식 무릎을 날려버려." 밀러가 말했다. 웃통을 벗은 남자의 두 다리가 진홍색 액체 두 줄기를 뿜으며 사라졌고, 그 남자는 비명을 지르며 쓰러졌다. 밀러는 꿈틀거리는 그 남자를 지나 폭도들에게 걸어갔다.

"당신들, 이런 꼴통이 내리는 명령을 듣고 있는 거야?" 밀러가 말했다. "내 말 잘 들어. 무슨 일이 벌어질지 우리 모두 잘 알아. 이제 요란하게 쇼가 시작되는 거야. 알겠어? 놈들이 우리 물을 걸어찼어. 우린 그 답을 잘 알지. 에어록 밖으로 던지는 거야. 안 그래?"

밀러는 사람들의 얼굴에 갑자기 저격수에 대한 공포가 나타나는 걸, 그리고 혼란스러움이 서리는 걸 보았다. 밀러는 사람들에게 생각할 시간을 주지 않고 계속 몰아붙였다. 밀러는 다시 아래쪽 레벨의 전문 용어, 교양과 권위가 있는 언어를 썼다.

"화성이 원하는 게 뭔지 알아? 놈들은 바로 당신들이 이렇게 하길 원해. 놈들은 바로 지금 여기와 같은 상황을 원해. 우리 벨트인들은 자기 스테이션을 망가뜨리려는 정신병자들이라고 보이게 되길 원해. 놈들은 우리가 자기들과 똑같다고 말하고 싶은 거야. 하지만 우리는 그렇지 않아. 우리는 벨트인이야. 그리고 벨트인들은 자신을 소중히 여길 줄 안다고."

밀러는 폭도 가장자리에 있는 이를 골랐다. 웃통을 벗은 남자처럼 근육이 우락부락하지는 않았지만 덩치가 컸다. 그 남자는 팔에 OPA의 갈라진 원 문신이 있었다.

"당신." 밀러가 말했다. "당신은 소행성대를 위해 싸우고 싶어?"

"뚜이." 그 남자가 말했다.

"당신이 그렇다는데 걸겠어. 저자도 그랬어." 밀러가 웃통을 벗은 자를 엄지손가락으로 가리켰다. "하지만 이제 저자는 불구가 됐고, 살인죄로 처벌을 받을 거야. 그러니 우리는 이미 한 명을 잃은 거지. 알겠어? 놈들은 우리끼리 싸우게 하고 있어. 놈들이 그러도록 놔둘 수는 없어. 당신들 모두를 내가 체포하거나 불구로 만들거나 죽여야 한다면, 그 날이 왔을 때 우리는 수가 모자라게 돼. 그리고 그 날은 올 거야. 하지만 지금은 아니야. 무슨 말인지 알겠어?"

OPA 남자는 얼굴을 찡그렸다. 폭도들은 밀러에게서 뒤로 물러나기 시작했다. 밀러는 마치 물을 거슬러 가는 느낌이 들었다. 물이 움직이고 있었다.

"그 날이 오고 있어, 옴브레.(친구.)" OPA 남자가 말했다. "당신은 자신이 어느 편인지 알아?"

협박하는 어조였지만 그 목소리에는 아무런 힘도 실려 있지 않았다. 밀러는 천천히 숨을 들이켰다. 이제 끝난 것이다.

"늘 천사의 편이지." 밀러가 말했다. "다들 일터로 돌아가는 게 어때? 여기 쇼는 끝났고, 우리 모두 할 일이 잔뜩 있어."

기세는 꺾였고, 폭도는 해산했다. 처음에는 가장자리에서부터 한두 명씩 떨어져 나가더니 이윽고 순식간에 모두가 뿔뿔이 흩어졌다. 밀러가 도착하고 5분 뒤, 뭔가 일어났었다는 유일한 흔적은 자신이 흘린 피로 된 웅덩이에서 훌쩍거리는 웃통 벗은 남자와 밀러의 귀에 난 상처, 그리고 50여 명의 선량한 시민들이 에워싸고 지켜보는 가운데 맞아 죽은 여자의 시체뿐이었다. 여자는 키가 작고 화성 수송선 비행복을 입고 있었다.

'단지 한 명만 죽었어. 이 정도면 괜찮은 밤이지.' 밀러가 씁쓸하게 생각했다.

밀러는 쓰러진 남자에게 갔다. OPA 문신은 붉게 얼룩져 있었다. 밀러가 무릎을 꿇고 앉았다.

"어이," 밀러가 말했다. "저 여자가 누군지는 모르겠지만, 넌 저 여자의 살해범으로 체포됐어. 넌 변호사나 조합 대표 없이 신문을 받지는 않을 거야. 하지만 네가 날 보는 눈빛만 마음에 안 들어도 난 널 우주 공간으로 던져버릴 거야. 우리 둘 다 내 말에 합의한 거지?"

남자의 눈빛으로부터, 밀러는 합의가 이루어졌다는 것을 알았다.

7
홀던

홀던은 0.5g에서 커피를 마실 수 있었다. 진짜로 앉아서 코 아래에 머그를 들고 커피 향이 위로 올라오게 했다. 천천히 마셨고, 혀를 데지 않았다. 커피 마시기는 미세 중력에서는 제대로 하기 어려운 행동 가운데 하나였지만, 0.5g에서는 괜찮았다.

그래서 홀던은 나이트 호의 작고 조용한 주방에 앉아서 커피와 중력에 대해 생각하려 안간힘을 썼다. 심지어 평소에는 수다스럽던 알렉스마저 조용했다. 에이모스는 자신의 커다란 권총을 탁자 위에 두고 무시무시할 정도로 집중하며 그 권총을 응시하고 있었다. 쉐드는 잠들어 있었다. 나오미는 주방 저쪽에 앉아 차를 마시며 한쪽 눈으로는 자기 옆에 있는 벽 패널을 계속 바라보았다. 나오미는 그 벽 패널로 관제 정보가 오게 해 두었다.

커피에 집중하는 한, 홀던은 에이드가 마지막으로 공포의 숨을 들이켠 뒤 이글거리는 증기로 바뀐 것에 대해 생각할 필요가 없었다.

알렉스가 입을 열어 홀던을 방해했다. "조만간 어디로 갈지를 결정해야 합니다."

홀던은 고개를 끄덕였고, 커피를 한 모금 홀짝인 뒤 두 눈을 감았다. 홀던의 근육은 튕긴 현처럼 진동했으며, 시야 가장자리는 가상의 광점들로 얼룩져 있었다. 주스 후유증에 따르는 최초 발작이 시작되고 있었으며, 그 발작은 지독할 터였다. 홀던은 고통이 시작되기 전의 이 마지막 몇 분을 즐기고 싶었다.

"알렉스 말이 맞습니다, 짐." 나오미가 말했다. "단순히 큰 원을 그리며 0.5g 상태로 영원히 날 수는 없습니다."

홀던은 눈을 뜨지 않았다. 눈꺼풀 뒤의 어둠은 밝고 활발했고, 살짝 욕지기를 일으켰다.

"영원히 기다리지는 않을 거야." 홀던이 말했다. "50분만 기다리면 토성 스테이션에서 나를 호출해서 자기들 우주선을 어떻게 하라고 말해줄 거야. 나이트 호는 여전히 P&K(Pur'n'Kleen Water Company, 맑고 깨끗한 물 회사)의 소유야. 우리는 여전히 직원이고. 너는 내가 도움을 요청하길 원했고, 난 도움을 요청했어. 이제 우리는 그 도움이 어떤 식일지를 기다리고 있는 거고."

"그러면 토성 스테이션으로 날아가야 하지 않을까요, 보스?" 에이모스가 나오미에게 물었다.

알렉스가 코웃음을 쳤다.

"나이트 호의 엔진으로는 안 돼. 애초에 그럴 연료도 없지만 설사 우리가 거기까지 갈 연료가 있다 할지라도 난 이 깡통에 앞으로 석 달간 앉아 있고 싶지 않아." 알렉스가 말했다. "토성은 아니야. 만약 어딘가에 간다면 소행성대나 목성일 거야. 우리는 정확히 그 둘 사이에 있어."

"전 세레스로 계속 가야 한다는 데 표를 던지겠습니다." 나오미가 말했다. "그곳에 P&K의 지사가 있습니다. 우리는 목성 본부에 아는 이가 아무도 없습니다."

홀던이 눈을 감은 채 고개를 저었다.

"아니, 우리는 토성에서 먼저 연락이 올 때까지 기다릴 거야."

나오미가 성난 소리를 냈다. 아주 작은 소리만 듣고도 그게 누군지 알 수 있다니 재미있다고 홀던은 생각했다. 기침이나 한숨 한 번으로. 아니면 죽기 전 작은 헐떡임으로.

홀던은 자세를 고쳐 앉아 눈을 떴다. 홀던은 마비되기 시작한 두 손으로 커피가 담긴 머그를 탁자에 조심스레 놓았다.

"나는 세레스를 향해 태양 쪽으로 날아가고 싶지 않아. 어뢰를 발사한 우주선이 그 방향으로 향했고, 그자들을 쫓는 게 어떤 건지 네가 지적한 사항을 이미 내 마음속 깊이 새겨놓았으니 말이야. 나오미, 난 목성으로 날아가고 싶지 않아. 우리에게는 한 번 여행할 연료밖에 없고, 그쪽을 향해 한동안 날아가고 나면 우리는 갇힌 것과 다름없게 돼. 우리가 여기에 앉아서 커피를 마시고 있는 건, 내가 결정을 내려야 하고 그러한 결정에 P&K가 발언권을 가지고 있기 때문이야. 그러니 난 그쪽에서 답이 올 때까지 기다렸다가 결정을 할 거야."

홀던은 천천히, 조심스레 일어나 승무원용 사다리 쪽으로 가기 시작했다. "난 주스에서 깨는 최악의 순간이 지날 때까지 몇 분 정도 쓰러져 있겠어. P&K에서 연락이 오면 알려줘."

홀던은 가느다랗고 뒷맛이 빵 곰팡이 같은 진정제를 입에 털어 넣었지만 잠이 오지 않았다. 맥도웰이 자꾸만 홀던의 팔을 잡고 짐이라고 불렀다. 레베카가 소리 내 웃으며 뱃사람처럼 욕을 했다. 카메론은 자신이 얼마나 얼음을 잘 다루는지를 자랑했다.

에이드는 숨을 헐떡였다.

홀던은 캔터베리 호를 타고 세레스와 토성을 아홉 번 왕복했다. 1년에 두 번, 거의 5년간이었다. 승무원들 대부분이 그동안 함께 있었다. 캔터베리 호를 타는 건 막장 인생일지도 모르지만, 그건 달리 갈 곳이 없다는 뜻이었다. 사람들은 그곳에 정착했고, 그 우주선을 자신들의 집으로 삼았다. 해군에서 거의 끊임없이 전근을 계속했던 홀던은 삶이 안정되어 감사함을 느꼈다. 홀던 역시 그곳을 자기 집으로 삼았다. 이제 맥도웰이 무어라 말했지만 홀던은 그 말을 잘 이해할 수 없었다. 캔터베리 호는 전력 추진을 할 때처럼 신음을 토했다.

에이드가 싱긋 웃으며 홀던에게 윙크했다.

다리에 역사상 가장 끔찍한 근육마비가 일어나며 온몸의 근육을 한꺼번에 공격해왔다. 홀던은 고무 마우스가드를 깨물며 비명을 질렀다. 고통이 망각을 가져왔고, 그 망각 덕분에 고통은 오히려 위로가 되었다. 홀던의 정신은 신체의 요구에 압도되어 아무 생각도 할 수 없었다. 행운이든 아니든, 약물이 작용하기 시작했다. 근육의 긴장이 풀어졌다. 신경들이 비명을 멈추었고, 학교에 가기 싫어하는 초등학생처럼 의식이 돌아왔다. 마우스가드를 빼내자 턱이 아팠다. 고무에 잇자국이 나 있었다.

홀던은 선실의 침침한 푸른 조명 아래, 민간 우주선을 파괴하라는 명령에 따르는 자는 도대체 어떤 인간일까 생각에 잠겼다.

해군에 복무하던 시절, 밤에 잠도 못 이룰 정도의 일을 한 적이 몇 번 있었다. 홀던은 자신이 끔찍이도 반대하던 명령에 따랐었다. 하지만 50명이 타고 있는 민간 우주선을 겨냥해 핵미사일 여섯 기를 발사하라고? 홀던이라면 그 명령을 거부했을 것이다. 만약 홀던의 상관이 고집을 부렸다면, 홀던은 그게 불법 명령이라고 선언하고 이제부터 부선장인 자신이 우주선의 지휘를 맡으며 선장을 체포하겠다고 통고했으리라. 총으로 쏘아 쓰러뜨리지 않고는 홀던을 무기 발사 콘솔에서 떼어놓지 못했을 것이다.

하지만 홀던은 명령이라면 무조건 복종하는 사람들을 알았다. 홀던은, 그런 자들은 반사회적 인물이자 동물이며, 남의 우주선을 공격하고 엔진을 뜯어가고 공기를 빼앗는 해적보다 나을 게 없다고 중얼거렸다. 그런 자들은 인간이 아니었다.

하지만 증오를 키우고, 약물 때문에 멍해진 분노를 품어 허무한 위안을 얻으면서도, 홀던은 그자들이 바보라는 생각은 도무지 받아들일 수가 없었다. 머리 한쪽으로는 여전히 궁금증이 남았다. '왜? 얼음 수송선을 파괴해서 얻을 수 있는 게 뭔데? 누가 이득을 본다고? 늘 누군가는 이득을 봐야 하는 거잖아.'

'널 찾아내겠어. 널 찾아내서 끝장을 내겠어. 하지만 그렇게 하기 전에, 먼저 네게 설명을 듣고 말 거야.'

약물의 제2파가 혈관에서 폭발했다. 홀던은 온몸에서 열이 나며 축 늘어졌고, 혈관은 시럽으로 가득 찼다. 알약들이 마침내 홀던의 정신을 앗아가기 직전, 에이드가 싱긋 웃으며 윙크를 했다.

그리고 먼지처럼 날아갔다.

통신기가 울리며 홀던을 찾았다. 나오미의 목소리가 말했다. "짐, P&K의 응답이 마침내 도착했습니다. 그쪽으로 돌려 드릴까요?"

홀던은 그 말을 알아듣기 위해 안간힘을 썼다. 눈을 끔벅거렸다. 간이침대에 뭔가 문제가 있었다. 우주선에 문제가 있었다. 천천히, 기억이 돌아왔다.

"짐?"

"아니." 홀던이 말했다. "관제실에서 함께 보고 싶어. 내가 얼마나 자리를 비웠지?"

"3시간입니다." 나오미가 말했다.

"맙소사. 답을 보내는 데 오래도 걸렸군, 안 그래?"

홀던은 소파에서 일어나 속눈썹에 달라붙은 눈곱을 닦아냈다. 홀던은 자는 동안 흐느꼈다. 홀던은 주스 후유증 때문이라고 스스로에게 말했다. 가슴 깊은 곳의 통증은 연골 조직이 스트레스를 받았기 때문이라고.

'우리에게 답을 주기까지 3시간 동안 당신들은 뭘 한 거지?' 홀던이 궁금해했다.

나오미는 통신실에서 홀던을 기다렸다. 나오미 앞의 화면에는 말을 하던 남자의 얼굴이 정지 상태로 있었다. 낯익어 보이는 얼굴이었다.

"저 사람은 사업 담당 매니저가 아닌데."

"네. 토성 스테이션에 있는 P&K 법률 자문입니다. 물자 유용 일제 단속 뒤 연설을 했던 사람 기억나시죠?" 나오미가 말했다. "'우리에게서 훔치는 건 여러분에게서 훔치는 겁니다.' 그 말을 한 사람입니다."

"변호사란 말이지." 홀던이 인상을 찡그리며 말했다. "그러면 나쁜 소식이겠군."

나오미가 메시지를 재생했다. 변호사가 갑자기 움직였다.

"제임스 홀던, 저는 왈라스 피츠이고, 이 메시지는 토성 스테이션에서 보내는 겁니다. 우리는 당신이 보낸 도움 요청과 사고 보고서를 받았습니다. 우리는 또한 캔터베리 호를 파괴한 게 화성이라고 비난한 당신 방송도 보았습니다. 그건 아무리 좋게 말한다 해도 경솔한 행동이었습니다. 당신의 방송을 받고 5분도 되지 않아 토성 스테이션의 화성 대표가 제 사무실에 왔고, MCR은 자신들의 정부가 해적질했다는 근거 없는 비난에 무척이나 격앙했습니다.

이 문제를 더 조사하고 진짜 범법자들을 찾기 위해, 그리고 여러분을 태우기 위해, MCRN은 목성계에 있던 자신들의 우주선 한 척을 보냈습니다. 그 우주선의 이름은 MCRN 도나저 호입니다. P&K가 여러분에게 내리는 명령은 다음과 같습니다. 여러분은 가능한 최대의 속력으로 목성계로 가야 합니다. 여러분은 MCRN 도나저 호 또는 화성 의회 공화국 해군의 모든 장교가 내리는 명령에 철저하게 협력해야 합니다. 여러분은 MCRN이 캔터베리 호의 파괴에 대해 조사하는 것을 도와야 합니다. 이후 도나저 호나 우리에게 보내는 것을 제외하고는 그 어떤 방송도 '하면 안 됩니다.'

만약 여러분이 회사 그리고 화성 정부가 내리는 이 지시에 따르지 않는다면 여러분이 P&K와 맺은 계약은 소멸하며, 여러분은 P&K의 셔틀을 무단으로 점유한 것으로 간주될 것입니다. 그리고 우리는 법이 허용하는 최대한의 범위에서 여러분을 고소할 것입니다.

왈라스 피츠 아웃."

홀던은 모니터를 향해 인상을 찡그렸고, 이윽고 고개를 설레설레 흔들었다.

"난 화성이 그랬다고 한 적이 없어."

"그 비슷하게 말했는데요." 나오미가 대꾸했다.

"나는 내가 전송한 자료에 의해 뒷받침되지 않거나 사실이 아닌 건 아무 말도 하지 않았어. 그리고 그 자료가 어떤 것인가에 대해 내 생각을 말하지도 않았고."

"그래서," 나오미가 말했다. "이제 우리는 어떻게 하나요?"

"좆까시네." 에이모스가 말했다. "'좆'을 까셔."

주방은 협소했다. 다섯 명이 있으니 불편할 정도로 꽉 찼다. 회색 라미네이트 벽에는 한때 곰팡이가 피었던 곳을 마이크로파와 쇠수세미로 문질러 제거한 밝은색의 나선형 자국들이 나 있었다. 쉐드는 벽에 등을 기대고 앉아 있었고, 나오미는 탁자 너머에 있었다. 알렉스는 문가에 서 있었다. 에이모스는 변호사가 첫 번째 문장을 마치기도 전부터 뒤쪽 벽을 따라 두 걸음을 나아갔다가 몸을 돌려 다시 걸으며 주방을 서성거렸다.

"나도 이 명령이 마음에 들지는 않아. 하지만 본부에서 온 명령이야." 홀던이 주방의 화면을 가리키며 말했다. "여러분을 곤경에 빠뜨리려는 뜻은 없었어."

"문제없습니다, 홀던. 전 아직도 선장님이 옳은 일을 했다고 생각합니다." 쉐드가 한 손으로 축 늘어진 금발을 쓸어올리며 대답했다. "그래서, 화성인들이 우리를 어쩔 거라고 생각합니까?"

"내 생각에 놈들은 홀던이 그게 놈들 짓이 아니라고 무선으로 발표해줄 때까지 우리 발가락을 잘라낼걸." 에이모스가 말했다. "이게 뭡니까? 놈들이 우리를 공격했는데 이제 우리가 놈들에게 '협력'을 해야 한다고요? 놈들은 우리 선장님을 죽였습니다."

"에이모스." 홀던이 말했다.

"미안합니다, 홀던 선장님." 에이모스가 말했다. "하지만 말이 안 되잖습니까. 무슨 일을 이따위로 합니까? 우린 안 할 겁니다. 그렇죠?"

"난 화성 감옥선 속으로 사라지고 싶지 않아." 홀던이 말했다. "내가 보기에 우리에게는 두 가지 선택이 있어. 명령대로 한다. 즉 놈들의 자비에 전적으로 우리를 맡긴다. 또는 달아나서 소행성대까지 가서 숨도록 애써본다."

"저는 소행성대 쪽입니다." 나오미가 팔짱을 끼고 말했다. 에이모스가 한 손을 들어 올리며 찬성을 표했다. 쉐드가 천천히 자기 손을 들어 올렸다.

알렉스가 고개를 저었다.

"저는 도나저 호를 압니다." 알렉스가 말했다. "그건 소행성들 사이를 다니는 소규모 우주선이 아닙니다. 도나저 호는 MCRN 목성 함대의 기함입니다. 전함이며, 우리에겐 불행하게도 25만 톤짜리의 안 좋은 소식입니다. 그런 규모의 우주선에서 근무해봤습니까?"

"아니. 내가 일한 곳은 구축함이 제일 컸어." 홀던이 대답했다.

"저는 본선 함대에 소속되어 밴돈 호에서 근무했습니다. 우리가 어디로 숨어도 그 우주선은 우릴 찾을 수 있습니다. 밴돈 호는 주 엔진이 네 개이고, 엔진 하나만 해도 우리 우주선보다 큽니다. 그 우주선은 높은 g로 오랫동안 운항할 수 있게 설계되었으며, 탑승한 선원 모두 주스에 절어 있습니다. 우리는 도망칠 수 없습니다, 선장님. 그리고 설사 도망친다 해도, 그 우주선의 센서들은 태양계 절반 너머에 있는 골프공을 찾아 어뢰로 쏘아 맞힐 수 있습니다."

"아, 씨발. 선장님." 에이모스가 일어나며 말했다. "화성의 그 가느다란 좆대가리들이 캔터베리 호를 날렸다고요. 적어도 놈들을 고생은 시키자고요."

나오미는 한 손으로 에이모스의 팔뚝을 잡았고, 덩치 큰 정비공은 동작을 멈추고 고개를 젓더니 지리에 앉았다. 주방은 조용해졌다. 홀던은 만약 맥도웰이 이런 명령을 받았다면 그 노인네는 어떻게 했을까 생각했다.

"짐, 이건 선장이 결정할 문제입니다." 나오미가 말했다. 하지만 차가운 눈빛은 다르게 말하고 있었다. '아니요. 선장님은 남은 우리 선원 네 명을 안전하게 보호해야 합니다. 그게 전부입니다.'

홀던은 고개를 끄덕이며 손가락으로 입술을 톡톡 쳤다.

"P&K는 이 문제에서 우리 편을 들어주지 않아. 어쩌면 우리는 도망칠 수 없겠지만, 그렇다고 사라지고 싶은 마음도 없어." 홀던이 말했다. 그리고 이어서 말했다. "내 생각에 우리는 가야 해. 하지만 얌전하게 갈 수는 없어. 명령의 본질에 불복하면서 갈 수도 있는 거잖아?"

나오미는 통신 패널 작업을 끝마쳤다. 무중력 속에서 나오미의 머리털은 마치 검은 구름처럼 그녀 주위에 둥둥 떠 있었다.

"됐습니다, 짐. 모든 출력을 통신 어레이로 몰아넣었습니다. 티타니아까지 크고 선명하게 들릴 겁니다." 나오미가 말했다.

홀던은 한 손으로 땀에 젖은 머리털을 쓸어 올렸다. 무중력에서 그래 봤자 머리털이 사방팔방으로 뻗칠 뿐이었지만, 홀던은 비행복의 지퍼를 끝까지 올리고 녹음 버튼을 눌렀다.

"여기는 제임스 홀던, 캔터베리 호에 타고 있었으며, 지금은 셔틀 나이트 호에 타고 있다. 우리는 누가 캔터베리 호를 파괴했는가를 조사하는 데 협력하고 있으며, 그 협력의 일환으로써 당신네 우주선 MCRN 도나저 호에 타는 것에 동의한다. 우리는 이 협력으로 인해 우리가 감옥에 갇히거나 다치지 않기를 바란다. 그러한 행동은 캔터베리 호가 화성 우주선에 의해 파괴되었다는 의심만 강하게 할 뿐이다. 제임스 홀던 아웃."

홀던이 의자에 등을 기댔다. "나오미, 이걸 방송으로 보내."

"이건 야비한 술책인데요, 보스." 알렉스가 말했다. "이제 우리를 사라지게 하기 꽤 어렵겠어요."

"전 투명한 사회라는 이상적 신념을 믿는답니다, 카말 씨." 홀던이 말했다. 알렉스가 싱긋 웃더니 몸을 밀어 통로를 둥둥 떠갔다. 나오미가 통신 패널을 쳤고, 목 깊숙이에서 작고 만족스러운 소리를 냈다.

"나오미," 홀던이 말했다. 나오미가 돌아섰다. 그녀의 머리털이 나른하게 펄럭였다. 마치 둘이 물에 잠기는 듯한 느낌이 들었다. "만약 상황이 나쁘게 돌아가면, 난 네가…. 네가…."

"선장님을 늑대들에게 던져드리지요." 나오미가 말했다. "모든 걸 선장님 탓으로 돌린 뒤, 다른 승무원들은 토성 스테이션으로 안전하게 돌려보내겠습니다."

"그래." 홀던이 말했다. "영웅 놀이는 하지 말라고."

나오미는 그 말의 아이러니가 하나도 남김없이 모두 전달될 때까지 가만히 침묵을 지켰다.

"그런 생각은 단 한 순간도 해본 적이 없습니다, 선장님." 나오미가 말했다.

"나이트 호. 여기는 테레사 야오 함장입니다." 엄격해 보이는 여자가 통신 화면에서 말했다. "메시지를 받았습니다. 앞으로 일반 방송을 자제해주기 바랍니다. 내 항해사가 항로 정보를 곧 보낼 것입니다. 그 항로를 정확히 따르십시오. 야오 아웃."

알렉스가 소리 내 웃었다.

"저 여자, 선장님 때문에 화가 잔뜩 났군요." 알렉스가 말했다. "항로 정보를 받았습니다. 13일 뒤에 우리를 태울 겁니다. 그동안 저 여자 꽤 안달복달하겠군요."

"13일 뒤면 쇠팔찌를 차고 손톱 밑에 주삿바늘이 찔리겠군." 홀던이 한숨을 뒤고 소파에 몸을 기댔다. "투옥과 고문을 향해 비행을 시작하자고. 전달받은 항로로 가시지요, 카말 씨."

"네, 선장… 어랍쇼?" 알렉스가 말했다.

"문제라도 있어?"

"그게, 전력 추진 전에 주변에 충돌 가능 물체가 있는지 확인을 해보았습니다." 알렉스가 말했다. "그리고 우리 경로에 소행성대 물체가 여섯 개 잡혔습니다."

"소행성대 물체?"

"응답기 신호가 없는 빠른 물체가 레이더에 잡힙니다." 알렉스가 대답했다. "우주선이지만 신호 없이 납니다. 도나저 호가 우리를 태우기 이틀 전에 우리와 만나게 됩니다."

홀던이 화면을 켰다. 여섯 개의 작은 귤색 표시가 붉은색으로 변하고 있었다. 급가속을 한다는 뜻이었다.

"흠." 홀던이 화면에 대고 말했다. "'넌' 또 뭐야?"

8
밀러

"지구와 화성은 소행성대를 침략하며 생존해왔습니다. 우리의 약점은 놈들의 강점입니다." 밀러의 터미널 화면에서 마스크를 쓴 여자가 말했다. 여자 뒤쪽으로는 종이에 그린 듯한, OPA의 갈라진 원이 드리워져 있었다. "놈들을 두려워하지 마십시오. 놈들의 유일한 힘은 여러분의 공포입니다."

"음, 그리고 백여 대쯤 되는 전함이랑." 해브록이 말했다.

"내가 듣기론," 밀러가 말했다. "만약 자네가 손뼉을 치면서 '믿습니다'라고 하면 놈들은 자넬 쏘지 못한다는데."

"언제 한 번 시험해봐야겠군요."

"우리는 일어나야 합니다!" 여자가 말했다. 여자의 목소리는 날카로워졌다. "우리의 운명을 빼앗기기 전에 우리가 그 운명을 취해야만 합니다! 캔터베리 호를 기억하십시오!"

밀러는 화면을 끄고 의자 깊숙이 등을 기댔다. 경찰서는 근무 교대의 물결에 휩싸여 있었고, 이전 근무 시간을 마친 경찰들이

빨리 인수인계를 하기 위해 다음 근무자들을 데리고 들어오면서 여기저기에서 목소리들이 높아졌다. 갓 내린 커피와 담배 연기가 서로 그 향을 겨루었다.

"저런 여자가 열 명도 넘을 걸요." 해브록이 꺼진 터미널 화면 쪽을 끄덕이며 말했다. "하지만 이 여자가 제일 맘에 드네요. 맹세하건대 몇 번은 정말로 입에 거품을 물던데요."

"파일이 몇 개나 더 있지?" 밀러가 묻자 파트너가 어깨를 으쓱했다.

"이삼백 개쯤입니다." 해브록이 말하고 담배를 한 모금 빨았다. 해브록은 끊었던 담배를 다시 피우기 시작했다. "몇 시간마다 새로운 게 생깁니다. 한 군데에서 오는 게 아닙니다. 어떤 때는 전파로 방송을 합니다. 어떤 때는 파일들이 공공 구역에 나타나고요. 올란은 부둣가 술집에서 저런 작은 녹화 자료를 마치 팸플릿처럼 나눠주는 자들을 발견했습니다."

"그래서 체포했대?"

"아니요." 해브록이 마치 별문제 아니라는 식으로 말했다.

자기 멋대로 순교자가 된 제임스 홀던이 그냥 욕이나 해대며 암시에 그치는 대신 자기 승무원들과 함께 화성 해군에서 나온 누군가와 이야기를 하러 갈 것이라고 자랑스레 떠벌린 이후 일주일이 지났다. 캔터베리 호가 파괴된 영상은 사방에 있었고, 그 영상 프레임 하나하나마다 격렬한 논쟁이 벌어졌다. 그 사건을 기록한 항해 일지 파일들은 완벽하게 진짜이거나, 또는 반대로 누군가가 손을 본 게 확실했다. 수송선을 파괴한 어뢰들은 핵폭탄이었다. 또는 해적들의 평범한 공격인데 실수로 드라이브를 파괴했다. 또는 진짜로 캔터베리 호를 파괴한 것이 무엇인지 숨기기 위해 누군가가 옛날 필름을 적당히 짜깁기해 가짜 항해 일지 파일을 만들었다.

공기가 주입되면 다시 타오르는 불처럼, 폭도들은 사흘 동안 생겨났다 없어지기를 반복했다. 행정 사무실들은 다시 문을 열었다. 삼엄한 경계 태세 속이기는 했지만, 다시 문을 열었다. 부두들은 일이 밀렸지만, 다시 따라잡고 있었다. 밀러가 쏘라고 명령을 했던 웃통을 벗은 남자는 스타 헬릭스 구치소 부속병원에서 새로운 무릎을 얻었고, 밀러를 상대로 소송을 냈으며, 자신이 저지른 살인 사건의 재판을 준비했다.

15구역에서는 600평방미터의 질소가 창고에서 사라졌다. 무허가 창녀 한 명이 두드려 맞고 작은 창고에 갇혔다. 그 여자는 자신을 공격한 자들에 대한 증거를 제출하자마자 체포될 터였다. 치안대는 16레벨에서 카메라들을 부수던 아이들을 삽았다. 겉보기에는 모든 게 정상으로 돌아갔다.

단지 겉보기에는 그랬다.

살인 전담반에서 일을 시작했을 때, 밀러가 놀란 일 가운데 하나는 희생자 가족들의 초현실적인 침착함이었다. 방금 아내를, 남편을, 아이를, 연인을 잃은 사람들이었다. 폭력에 의해 방금 삶이 낙인찍힌 이들이었다. 하지만 그 사람들은 침착하게 마실 것을 내오고, 질문에 대답하고, 형사들이 환대받는다는 느낌이 들게 하는 경우가 드물지 않았다. 아무것도 모르는 시민이라면 그 사람들을 완전히 오해하기 십상이었다. 조심스레 자신을 추스르는 방식, 눈에 초점을 맞추는 데 아주 살짝 더 시간이 걸리는 식의 미묘한 차이를 통해서만 밀러는 그 사람들이 입은 상처가 얼마나 큰지를 가늠할 수 있었다.

세레스 스테이션은 조심스레 자신을 추스르고 있었다. 세레스의 눈은 초점을 맞추는 데 아주 살짝 더 시간이 걸렸다. 중산층 사람들, 점포주, 유지보수 노동자, 컴퓨터 기술자들은 하찮은 범죄자들이 그러하듯 튜브에서 밀러를 피하고 있었다. 밀러가 가까이 가면 대화를 멈추었다. 스테이션 내에서는 포위되었다는 기운이 점차 커졌다. 한 달 전까지만 해도, 밀러와 해브록, 코브와 리히터, 그리고 나머지 사람들은 법을 집행하는 든든한 손이었다. 이제는 지구에 본부를 둔 사설 치안업자의 피고용인들이었다.

그 차이는 미묘했지만 깊었다. 그 차이 때문에 밀러는 더 꼿꼿이 등을 펴려고, 자신의 몸을 통해 자신이 벨트인임을 보이려 했다. 자신이 여기 사람임을 보이려 했다. 그러면서 사람들의 호평을 되찾고 싶어졌다. 경고 메시지가 담긴 가상현실 선전물을 나눠주는 사람들을 못 본 척 눈감아주고 싶은 마음마저 드는 듯했다.

현명한 충동이 아니었다.

"우리가 맡은 사건은 뭐지?" 밀러가 물었다.

"동일범의 소행으로 보이는 강도 두 건," 해브록이 말했다. "지난주에 일어났던 부부싸움 건은 종결 보고서를 제출해야 합니다. 나카네시 수입 컨소시엄 근처에서 꽤 큰 폭행 사건이 있었지만 샤디드 서장은 그 사건에 대해 다이슨과 패텔에게 말했고, 그러니 아마도 이미 담당이 정해졌을 겁니다."

"그리고 자네가 원하는 건…."

해브록은 고개를 들더니 자신이 외면하고 있었다는 사실을 숨기기 위해 시선을 돌렸다. 상황이 엉망이 되고 난 뒤로 해브록은 더 자주 이러한 행동을 보였다.

"우리는 정말로 보고서들을 마쳐야만 합니다." 해브록이 말했다. "부부싸움 건뿐만이 아닙니다. 마무리를 제대로 하지 않아서 아직 종결하지 못한 사건이 네다섯 건 있습니다."

"그래." 밀러가 말했다.

폭동 이후, 밀러는 어떤 술집에 가도 해브록의 주문은 끝까지 미루다가 마지막에야 받아주는 것을 보았다. 샤디드 밑의 다른 경찰들이 일부러 밀러에게 와서 '밀러는' 좋은 사람이라고 안심을 시키며 지구인과 함께 일을 해야 하는 부담을 지게 된 밀러에게 무언의 사과를 했다. 그리고 밀러는 해브록 역시 그 광경을 봤다는 걸 알았다.

그 때문에 밀러는 해브록을 보호하고 싶었다. 서류작업과 경찰서 커피의 안전함 속에서 시간을 보내게 하고 싶었다. 자신이 자란 중력 때문에 미움을 받는 게 아닌 척하게 도와주고 싶었다.

이 역시 현명한 충동은 아니었다.

"선배가 맡은 그 지랄 같은 사건은 어찌 되어가나요?" 해브록이 물었다.

"뭐?"

해브록이 폴더를 들어 보였다. 줄리 마오 사건. 납치. 지엽적 문제. 밀러는 고개를 끄덕이고는 두 눈을 문질렀다. 경찰서 앞에서 누군가가 소리쳤다. 누군가 다른 이가 소리 내 웃었다.

"아. 아니." 밀러가 말했다. "건드리지도 않았어."

해브록이 싱긋 웃더니 폴더를 밀러에게 내밀었다. 밀러는 파일을 받아서 펼쳤다. 열여덟 살짜리가 완벽한 치아를 드러내며 밀러에게 싱긋 웃었다.

"사무처리를 모두 자네에게 떠넘기려던 건 아니었는데." 밀러가 말했다.

"어, 이건 선배 탓이 아니에요. 샤디드가 시킨 거죠. 그리고 어쨌든… 그냥 서류작업이니까요. 아무도 죽이지 않죠. 그 때문에 죄책감이 든다면 일이 끝나고 맥주나 한 잔 사세요."

밀러는 자기 책상 모퉁이에 대고 파일 폴더를 툭툭 쳐서 폴더 안 내용물을 안쪽으로 모았다.

"좋아." 밀러가 말했다. "난 이 지랄 같은 일을 좀 해보도록 하지. 점심시간까지는 돌아와서 서장이 좋아할 만할 걸 써볼게."

"전 여기 있겠습니다." 해브록이 말했다. 이윽고 밀러가 일어서자 해브록이 계속 말했다. "마음을 정하기 전엔 얘기하지 않으려 했지만, 다른 곳에서 먼저 듣게 하는 건 더 별로라서 말입니다만…."

"이직하려고?" 밀러가 말했다.

"네. 여기를 경유해 가던 프로토젠 청부업자들 몇과 이야기를 했습니다. 그 사람들 말로는 가니메데 사무실에서 경력직 형사를 구한다더군요. 그리고 제 생각에…." 해브록이 어깨를 으쓱했다.

"생각 잘했어." 밀러가 말했다.

"그냥, 하늘이 보이는 곳에 가고 싶은 겁니다. 돔을 통해 보는 것뿐일지라도 말이죠." 해브록이 말했다. 그리고 경찰업무로 몸에 밴 과장기 섞인 남자다움도 해브록의 목소리에서 그리워하는 기색을 지우지는 못했다.

"생각 잘했어." 밀러가 다시 말했다.

줄리 안드로메다 마오의 구멍은 부두 근처 14층짜리 터널의 아홉 번째 레벨에 있었다. 이곳은 뒤집힌 거대한 V자 모양으로, 위쪽은 거의 500미터였고 아래쪽은 일반적인 튜브 너비 정도였는데, 이 소행성이 가짜 중력을 갖게 되기 한참 전부터 쓰던 십여 개의 반응물질실 가운데 하나를 개조한 것이었다. 이제 그 벽들에는 싸구려 구멍 수천 개가, 각 레벨당 수백 개씩 있었고, 상자갑처럼 작은 집들이 터널 안쪽을 보며 따닥따닥 붙어 있었다. 아이들은 아무것도 아닌 일에 소리를 지르고 웃으면서 계단식 거리에서 놀았다. 회전으로 인해 부드럽게 부는 산들바람 속에서 아래쪽 누군가가 연을 날렸고, 소형 난류 속에서 밝은 마일라 다이아몬드가 방향을 바꾸고 갑자기 덜컥 움직였다. 밀러는 벽에 칠해진 번호와 자기 터미널을 대조했다. '5151-I'. 가엾은 부자 아가씨의 아늑하고 포근한 집이었다.

밀러가 오버라이드 암호를 넣자 더러운 녹색 문의 밀봉이 팍하고 열리며 밀러를 통과시켰다.

구멍은 스테이션의 몸통 속으로 비스듬히 파고 들어가 있었다. 그리고 그 안은 작은 방 세 개로 이루어져 있었다. 앞쪽의 평범한 거실 공간, 그리고 간이침대 하나로 거의 꽉 차버린 침실 하나, 샤워기와 변기와 아주 작은 세면대가 모두 손끝에서 팔꿈치까지 정도의 거리에 설치된 구획 하나. 표준 설계였다. 밀러는 이런 곳을 수천 번은 보아왔다.

밀러는 특별히 뭔가에 시선을 집중하지 않은 채 잠시 서서 공기가 순환되는 쉭쉭 소리에 귀를 기울였다. 왠지 마음이 안정되는 소리였다. 밀러는 판단을 보류한 채 이곳의 인상이 마음속에 형성되길, 그리고 그것을 통해 여기 살았던 젊은 여자의 인상이 형성되기를 기다렸다.

'간소'라는 단어는 이곳을 제대로 표현하지 못했다. 이곳은 간결했다. 그랬다. 장식이라고는 거실 탁자에 놓인, 살짝 멍한 표정을 한 여자의 얼굴 수채화가 담긴 작은 액자 하나, 그리고 침실 간이침대 위에 걸린 카드 크기의 장식 액자 몇 개가 전부였다. 밀러는 몸을 숙여 작은 글자들을 읽었다. 세레스 유술 센터에서 줄리 마오가 보라색 띠로 승급했음을 알리는 공식 수여증. 갈색 띠가 되었음을 알리는 수여증. 2년 간격이었다. 그렇다면 만만치 않은 도장이었다. 밀러는 검은 띠 수여증이 들어갈 벽의 빈 곳에 손가락들을 대보았다. 그곳에는 멋지게 꼬리를 그리며 날아가는 별이라든가 가짜 칼 따위 장식이 없었다. 그냥 자신이 해야 할 일을 했음을 자그맣게 시인하는 게 전부였다. 밀러는 줄리의 그런 태도가 마음에 들었다.

서랍에는 옷이 두 벌 있었다. 하나는 두꺼운 캔버스천과 데님이었고 하나는 실크 스카프와 푸른 리넨이었다. 작업복 하나, 외출복 하나. 밀러가 가진 옷보다도 적었으며, 밀러는 유행을 좇는다고 할 수는 없는 쪽이었다.

양말, 속옷과 함께 OPA의 갈라진 원 문양이 있는 넓은 완장이 하나 있었다. 부와 특권을 버리고 이러한 초라한 곳에서 사는 여자이니 놀랄 일은 아니었다. 냉장고에는 상한 음식이 담긴 주문 포장용 상자 두 개, 지역 맥주 한 병이 있었다.

밀러는 망설이다가 이윽고 맥주를 꺼냈다. 밀러는 탁자 앞에 앉아 구멍의 붙박이 터미널을 불러냈다. 샤디드의 말대로, 줄리의 컴퓨터는 밀러의 암호에 의해 열렸다.

배경화면은 경주용 보트였다. 인터페이스는 작고 알기 쉬운 개인용 아이콘으로 구성되어 있었다. 편지, 오락, 일, 개인. '우아함.' 그 표현이 딱 맞았다. 간소한 게 아니라 우아했다.

밀러는 줄리의 직업 관련 파일들을 재빨리 불러냈고, 거실 전체에 대해 했던 것처럼 마음속으로 개관을 그려보았다. 꼼꼼히 살펴보는 건 나중에 해도 되었다. 일반적으로, 첫인상이 백과사전보다 더 유용하다. 줄리는 몇 종류의 경량 수송선에 대한 훈련용 비디오를 가지고 있었다. 정치에 관한 자료들도 있었지만 뭔가 특별한 느낌이 드는 건 없었다. 소행성대 최초 정착민들 가운데 누군가가 쓴 시집을 스캔한 자료 하나.

밀러는 줄리의 개인 메일함을 열었다. 마치 벨트인처럼 모든 것이 깔끔하게 잘 정리정돈되어 있었다. 받은 메일은 모두가 필터를 거쳐 해당 서브 폴더로 분류되어 있었다. 일, 개인, 방송, 쇼핑. 밀러는 방송 폴더를 열었다. 이삼백 개의 정치 관련 뉴스피드, 토론 그룹 요약, 회보, 선언문들. 여기저기에 읽은 표시가 좀 되어 있었지만, 열심히 본 흔적은 전혀 없었다. 줄리는 대의를 위해서라면 희생을 서슴지 않지만, 선전물을 읽으며 기쁨을 누리는 여자는 아니었다. 밀러는 그 점을 마음에 새겼다.

쇼핑은 거래처와 주고받은 메일들이 잔뜩 있을 뿐이었다. 영수증, 상품 정보, 물건과 서비스 요구. 소행성대의 데이트 주선 센터에 보내는 서비스 취소 메일이 밀러의 시선을 사로잡았다. 밀러는 관련 메일들을 재분류했다. 줄리는 작년 2월에 '낮은 g, 낮은 압력' 데이트 서비스에 가입했다가 그 서비스를 한 번도 사용 않고 6월에 취소했다.

개인 폴더는 좀 더 여러 가지가 섞여 있었다. 대충 육칠십 개의 서브 폴더가 이름별로 분류되어 있었다. 일부는 사샤 로이드-나바로, 에흐렌 마이클스처럼 사람의 이름이었다. 어떤 것은 개인적인 표기였다. 스파링 동호회, OPA.

'말도 안 되는 죄책감 주기용 메일들.'

"흠, 이거 재밌겠는걸." 밀러가 텅 빈 구멍에 대고 말했다.

5년 전부터 시작해서 쉰 개의 메일이 있었으며, 모두가 소행성대와 루나의 마오-크비코프스키 무역 스테이션에서 온 것들이었다. 정치 폴더와 달리, 하나만 빼고 모두 다 읽은 표시가 되어 있었다.

밀러는 맥주 뚜껑을 따고 가장 최근에 온 두 개에 주의를 기울였다. 가장 최근 것은 아직 읽지 않은 상태였고, JPM에게서 온 것이었다. 줄스-피에르 마오의 약자인 듯했다. 그 직전 것은 답신 초고 세 개가 달려있었으며, 그 어느 것도 보내지 않은 상태였다. 발신인은 아리아드네, 즉 어머니였다.

형사가 된다는 건 늘 관음증의 요소와 관련이 있었다. 밀러는 줄리를 한 번도 본 적이 없지만, 그럼에도 이 여자의 사생활을 살피는 건 합법이었다. 줄리가 외롭고 욕실용품이 자기 것뿐이지만 그 점에 떳떳해 한다는 걸 알게 되는 것도 밀러의 합법적인 수사의 일부였다. 설마 밀러가 줄리의 컴퓨터에 저장된 개인 메일을 전부 다 읽는다 해도 그 누구도 불평하지 않을 것이며, 또는 적어도 직업에 어떤 영향을 주지는 않았다. 밀러가 이곳에 들어온 뒤 윤리적으로 가장 문제 될 수 있었던 행동은 줄리의 맥주를 마신 일 정도가 다였다.

그런데도 밀러는 마지막에서 두 번째 메일을 열기 전에 몇 초 정도 망설였다.

화면이 바뀌었다. 더 좋은 성능의 기계였다면 종이 위에 잉크로 쓴 편지와 완전히 똑같아 보였겠지만, 줄리의 싸구려 시스템은 글씨의 얇은 선들이 떨리고 왼쪽 가장자리에서는 희미하게 빛이 새어 나왔다. 필체는 섬세하고 읽기 쉬웠으며, 글자 모양과 선 간격을 변화시킬 수 있는 아주 좋은 서체 소프트웨어를 썼거나 아니면 손으로 작성된 것이었다.

사랑하는 딸에게:

잘 지내고 있으면 좋겠구나. 가끔은 편지도 보내주면 좋겠고. 똑같은 요청을 세 번씩은 해야 내 딸 소식을 들을 수 있는 것 같구나. 지금 네가 하는 이 모험이 자유와 자립을 위해서라는 것은 나도 알지만 그래도 부디 신중하게 행동해주렴.

이번에 연락한 건 너한테 꼭 해야 할 이야기가 있어서야. 네 아버지가 다시 재정 건실화 작업에 들어갔고, 그래서 우리는 고래 호를 팔까 생각 중이란다. 고래 호가 한때 네게 중요했다는 건 나도 알지만 네가 다시 경주하는 일은 없을 것 같거든. 고래 호는 이제 그냥 보관료만 축낼 뿐이고, 그러니 감상에 사로잡혀 계속 가지고 있을 이유가 없을 거 같아.

메일에는 '아리아드네 마오'의 머리글자인 'AM'이 유려하게 서명되어 있었다.

밀러는 내용을 천천히 곱씹어보았다. 왠지, 밀러는 아주 부자부모들은 아이들을 좀 더 교묘하게 괴롭힐 거라고 생각했었다. '우리가 말한 대로 하지 않으면 네 장난감을 버릴 거야. 네가 편지를 쓰지 않으면. 네가 집에 오지 않으면. 네가 우리를 사랑하지 않으면.'

밀러는 첫 번째 미완성 초고를 열었다.

어머니에게, 만약 그게 당신이 자신을 부르는 호칭이라면요:
  제 하루에 또다시 똥 덩어리를 떨어뜨려 주셨으니 뭐라 감사를 해야 할지 모르겠군요. 어쩌면 그렇게 이기적이고 쪼잔하고 유치할 수 있죠? 그런 메일을 보낸 뒤 잠이 오세요? 그 메일을 읽은 제가 잠이 올 거라고 생각하세요?

밀러는 나머지 부분을 대충 읽어 넘겼다. 글의 어조는 한결같았다. 두 번째 초고는 이틀 뒤에 쓴 것이었다. 밀러는 그걸 대충 읽었다.

엄마:
  지난 몇 년 동안 우리가 그토록 소원해져서 유감이에요. 엄마랑 아빠가 힘들어했다는 거 저도 알아요. 두 분을 아프게 하려고 제가 그런 결정을 내린 게 아니라는 것을 알아주셨으면 해요.
  고래 호에 대해서는, 다시 생각해 주셨으면 해요. 고래 호는 제

첫 번째 보트이고 저는

글은 거기에서 멈춰 있었다. 밀러가 의자에 등을 기댔다.
"꿋꿋해야 해, 아가씨." 밀러는 가상의 줄리에게 말했고 마지막 초고를 열었다.

아리아드네:
    맘대로 하세요.
줄리

밀러는 소리 내 웃더니 화면을 향해 병을 들어 올려 축배를 했다. 부모는 줄리의 약점이 어디며 어떻게 공격하면 되는지를 알았고, 줄리는 그 공격을 받아낸 것이다. 만약 밀러가 줄리를 잡게 되어 돌려보내게 된다면 양쪽 모두에게 궂은 날이 되리라. 그들 모두에게.
밀러는 맥주를 마저 마시고 병을 재활용 활송 장치에 떨어뜨린 뒤 마지막 메일을 열었다. 고래 호의 마지막 운명을 알게 될까 봐 두려운 맘이 적지 않았지만, 알아낼 수 있는 최대한으로 알아내는 게 밀러의 일이었다.

줄리에게:
    이건 농담이 아니란다. 이건 네 엄마가 연극 하듯 꾸며댄 이야기가 아니야. 소행성대가 곧 아주 위험한 곳이 되리라는 아주 확실한 정보가 있어. 우리의 견해가 어떻게 다르든 간에 그건 나중

에 해결하자.

안전을 위해 이제 집으로 오렴.

밀러는 얼굴을 찡그렸다. 공기 재생기가 윙윙거렸다. 밖에서는 동네 아이들이 고음으로 시끄럽게 휘파람을 불었다. 밀러는 화면을 톡 쳐서 '말도 안 되는 죄책감 주기용 메일들'의 마지막 메일을 닫았다가 다시 열었다.

그 메일은 제임스 홀던과 캔터베리 호가 화성과 소행성대 사이 전쟁의 공포를 불러오기 2주 전에 루나에서 보낸 것이었다.

이번 지엽적 사건은 흥미로워지고 있었다.

9
홀던

"우주선들이 여전히 응답하지 않습니다." 나오미가 통신 패널에 일련의 키를 찍어 넣으며 말했다.

"응답하리라고는 기대도 안 했어. 하지만 우리가 추적당하는 걸 걱정한다는 사실을 도나저 호에게 보여주고 싶어. 이 시점에서는 조심하는 게 우리에게 좋아." 홀던이 말했다.

나오미가 기지개를 켜자 척추뼈가 잠시 불거졌다. 홀던은 무릎에 놓인 상자에서 단백질바를 하나 꺼내 나오미에게 던졌다.

"먹어 둬."

나오미가 포장을 벗기는 동안, 에이모스가 사다리를 올라와 나오미 옆의 소파에 몸을 던졌다. 에이모스의 작업복은 너무나 더러워 반들거릴 정도였다. 다른 이들과 마찬가지로, 셔틀에 비좁게 처박혀 있던 사흘이라는 시간은 개인위생에 도움이 되지 않았다. 홀던은 손을 들어 올렸고, 혐오감을 느끼면서 기름이 덕지덕지 낀 머리를 긁적였다. 나이트 호는 샤워실을 설치하기에는 너무 작았고, 무중력 세면대는 머리통을 넣기에 너무 작았다. 에이모스는 머리를 완전히 밀어버림으로써 머리 감는 문제를 해결했다. 이제 대머리가 된 에이모스의 정수리 주위에는 아주 짧은 털들만이 둥그렇게 나 있었다. 어찌 된 영문인지, 나오미의 머리털은 윤이 났고 거의 기름기가 없었다. 홀던은 나오미가 어떻게 그렇게 했는지 궁금했다.

"뭔가 먹을 걸 좀 던져 주십시오, 부선장님." 에이모스가 말했다.

"선장님." 나오미가 호칭을 고쳐줬다.

홀던은 에이모스에게도 단백질바를 던져줬다. 에이모스가 공중에서 그걸 낚아채더니 혐오스럽다는 눈으로 포장지를 한참 동안 바라보았다.

"젠장, 보스. 딜도 같아 보이지 않는 음식을 얻을 수만 있다면 제 왼쪽 불알이라도 내놓겠습니다." 에이모스가 말하더니 자기 음식을 나오미의 것에 툭 치며 건배하는 시늉을 했다.

"우리 물 사정에 대해서 말해줘." 홀던이 말했다.

"선체 사이를 온종일 기어 다녔습니다. 조일 수 있는 곳은 모두 다 조였고 조일 수 없는 곳은 에폭시를 발랐습니다. 그러니 물이 새는 곳은 없습니다."

"하지만 결국은 간당간당해질 겁니다, 짐." 나오미가 말했다. "나이트 호의 재처리 시스템은 엉망입니다. 이 우주선을 설계할 때 두 주 동안 다섯 명분의 오물을 음료로 가공하는 경우는 전혀 예상하지 못했으니까요."

"간당간당해지는 건 내가 처리할 수 있어. 우리는 단지 다른 이들의 악취를 참는 법을 배우게 될 거야. 내가 걱정한 건 '형편없이 부족한' 경우였어."

"말이 나왔으니 말인데, 전 제 선반으로 가서 탈취제를 좀 더 뿌리고 오겠습니다." 에이모스가 말했다. "우주선 내장을 온종일 기어 다녔더니 오늘 밤은 제 냄새에 제가 다 잠을 설칠 지경이군요."

에이모스는 단백질바의 마지막 한 입을 삼키고는 마치 맛있었다는 듯이 입맛을 다시더니 소파에서 나와 승무원용 사다리로 향했다. 홀던은 자기 바를 한입 베어 물었다. 기름 먹인 마분지 맛이 났다.

"쉐드는 위에서 뭘 하지?" 홀던이 물었다. "꽤 조용하군."

나오미가 얼굴을 찡그리더니 반쯤 먹은 바를 통신 패널 위에 올려놓았다.

"그 문제로 대화하고 싶었습니다. 쉐드는 잘 버티지 못하고 있어요, 짐. 우리 가운데 쉐드가 가장 힘들어합니다…. 그 사건 때문에요. 선장님과 알렉스는 모두 해군 출신입니다. 해군에서는 동료를 잃었을 때 대처하는 방법을 훈련합니다. 에이모스는 비행 경력이 워낙 길다 보니, 믿기 힘드실 수도 있겠지만, 사실 자신이 탄 우주선이 파괴된 게 이번으로 '세 번째'입니다."

"그리고 당신은 온통 주철과 티타늄으로 이루어져 있고." 홀던이 농담했다.

"온통은 아닙니다. 기껏해야 팔구십 퍼센트죠." 나오미가 반쯤 웃으며 말했다. "하지만 진심으로, 저는 선장님이 쉐드와 이야기를 해야 한다고 생각합니다."

"그리고 무슨 말을 하라고? 난 정신과 의사가 아니야. 이런 경우 해군에서 해주는 연설에는 의무와 명예로운 희생과 스러져간 동료들에 대한 복수에 관한 내용이 담겨 있어. 하지만 동료들이 아무런 이유 없이 살해되었으며 그에 대해 할 수 있는 것이 사실 상 아무것도 없는 상황에서는 효과가 없다고."

"쉐드를 치료하라고 말하지는 않았습니다. 선장님이 쉐드와 대화할 필요가 있다고 말했지요."

홀던이 경례를 하더니 쇼파에 일어났다.

"네, 알겠습니다." 홀던이 말했다. 홀던은 사다리에서 멈춰 섰다. "다시 한 번, 고마워, 나오미. 난 정말로⋯."

"압니다. 가서 선장 역할을 하십시오." 나오미가 말하고 자기 패널 쪽으로 몸을 돌리더니 우주선의 관제실 화면을 불러냈다. "저는 계속해 우리 이웃에게 아는 척을 해보겠습니다."

홀던은 나이트 호의 좁은 병실에서 쉐드를 찾아냈다. 사실 병실이라기보다는 환자용 벽장에 더 가까웠다. 철근으로 보강한 간이침대, 물품 캐비닛, 벽에 설치된 대여섯 개의 장비들을 빼면 자석 다리로 바닥에 붙어있는 걸상 하나 놓을 공간밖에 없었다. 쉐드는 그 의자에 앉아 있었다.

"어이, 친구. 들어가도 되겠어?" 홀던이 물으며 생각했다. '내가 지금 정말로 '어이, 친구'라고 말한 건가?'

쉐드는 어깨를 으쓱하더니 벽 패널에서 재고 일람 화면을 불러내고 온갖 서랍들을 열어 내용물을 물끄러미 바라보았다. 뭔가를 하는 척하는 것이었다.

"이봐, 쉐드. 캔터베리 호 일은 정말로 모두에게 힘든 경험이고 넌…." 홀던이 말했다. 쉐드가 하얀 내용물이 담긴 튜브를 들고 고개를 돌렸다.

"3퍼센트 아세트산 용액입니다. 우리가 이걸 가지고 있는 줄 몰랐습니다. 캔터베리 호에서는 이게 떨어졌지요. GW 때문에 이게 정말로 필요한 사람이 셋이나 있었는데 말이죠. 왜 이걸 나이트 호에 두었을까요. 궁금하네요." 쉐드가 말했다.

"GW?" 홀던이 대답으로 생각할 수 있는 말은 그게 전부였다.

"생식기 사마귀(Genital Warts) 말입니다. 아세트산 용액은 보이는 사마귀는 뭐든 치료할 수 있어요. 태워버리는 거죠. 지독하게 아프기는 하지만 확실히 효과가 있습니다. 이걸 셔틀에 둘 이유가 없어요. 의약품 재고 관리는 늘 엉망이라니까요."

홀던은 말을 하려고 입을 열었지만 뭐라 할 말이 없었고, 그래서 다시 입을 다물었다.

"우리에게는 아세트산 연고가 있습니다." 쉐드가 말했다. 목소리가 점차 날카로워졌다. "하지만 진통제는 없죠. 구조용 셔틀에 어느 게 더 필요하다고 생각하세요? 만약 우리가 그 난파선에서 심각한 GW 환자를 발견했다면 그걸 치료할 장비는 있습니다. 하지만 뼈가 부러진 환자라면? 방법이 없죠. 그냥 참게 하는 수밖에요."

"이봐, 쉐드." 홀던이 중간에 끼어들려 애쓰며 말했다.

"어라, 그리고 이것 좀 보세요. 응고 촉진제도 없습니다. 이게 뭡니까? 구조된 사람이 '출혈'을 시작하면 끝장입니다. 생식기에 빨간 돌기가 나는 건 치료 가능하지만 출혈은 안 된다? 말도 안 됩니다! 제 말은, 캔터베리 호에는 지금 매독 환자가 네 명 있습니다. 교과서에 나오는 가장 오래된 병 가운데 하나지만 아직도 근절하질 못하고 있죠. 전 그 친구들에게 이렇게 말했죠. '토성 스테이션의 창녀들은 근무 중인 얼음 채굴꾼 모두와 섹스를 한다고, 그러니 장갑 끼는 걸 잊으면 안 돼.' 하지만 그 친구들이 제 말을 듣는 줄 아십니까? 그럴 리가요. 그래서 우리는 매독 환자들이 있지만, 시프로플록사신은 부족한 상황인 거죠."

홀던은 턱에 힘이 들어가는 것을 느꼈다. 홀던은 해치 가장자리를 움켜잡고 방안으로 몸을 기울였다.

"캔터베리 호에 있던 사람들은 모두가 죽었어." 홀던이 각 단어를 또렷하고 강하고 잔인하게 발음하며 말했다. "모두가 죽었어. 항생제가 필요한 사람은 아무도 없어. 사마귀 연고가 필요한 사람은 이제 없어."

쉐드는 말을 멈추었고, 마치 복부를 강타당했을 때처럼 온몸의 공기를 토해냈다. 쉐드는 짧고 정확한 동작으로 물품 캐비넷의 서랍들을 닫고 재고 확인 화면을 껐다.

"압니다." 쉐드가 나직한 목소리로 말했다. "전 바보가 아닙니다. 그냥 시간이 좀 필요할 뿐입니다."

"우리 모두가 그래. 하지만 넌 여기 작은 깡통에 틀어박혀 있어. 솔직하게 말할게. 내가 여기 내려온 건 나오미가 널 걱정해서야. 하지만 막상 와보니 나도 너 때문에 걱정되다 못해 죽을 지경이야. 그건 괜찮아. 지금 나는 선장이고, 이게 내 할 일이니 말이야. 하지만 네가 알렉스나 에이모스를 죽도록 걱정시키는 건 두고 볼 수 없어. 우리는 열흘 뒤면 화성 전투함에 잡힐 거고, 의사가 자제력을 잃고 무너지는 지금 같은 상황이 없더라도 이미 충분히 무시무시한 상황이라고."

"저는 의사가 아닙니다. 그냥 의료요원일 뿐입니다." 쉐드가 아주 작은 목소리로 말했다.

"넌 '우리' 의사야. 알았어? 너와 함께 이 우주선을 탄 우리 네 명에게 넌 우리 의사야. 만약 알렉스에게 외상 후 스트레스 증상이 나타나서 그걸 치료할 의사가 필요해지면 그 친구는 널 찾아갈 거야. 만약 네가 여기 틀어박혀 사마귀에 대해 지껄이고 있다면 알렉스는 그냥 조종실로 돌아가서 조종을 아주 엉망으로 하고 말겠지. 울고 싶어? 우리 모두와 함께 그렇게 해. 다 같이 주방에 모여 앉아 술에 취해서 아기처럼 우는 거야. 하지만 안전한 곳에서 모두 함께하도록 해. 더는 여기서 숨어 있지 마."

쉐드가 고개를 끄덕였다.

"그거 해도 됩니까?" 쉐드가 말했다.

"뭘 말이야?" 홀던이 물었다.

"술에 취해서 아기처럼 우는 거요."

"당연하지. 그건 오늘 밤 공식 일정이야. 2000시에 주방에 나타나 보고를 하도록, 쉐드 가비. 잔도 가져오고."

쉐드가 대답을 시작했을 때 일반 통신 회선이 짤깍거리더니 나오미가 말했다. "짐, 관제실로 와주십시오."

홀던이 잠깐 쉐드의 어깨를 잡았고, 이윽고 그곳을 떠났다.

관제실에서 나오미는 통신 화면을 다시 켜놓고 낮은 목소리로 알렉스와 이야기를 나누고 있었다. 조종사는 머리를 설레설레 저으며 인상을 찡그렸다. 나오미의 화면에서 지도가 환히 빛났다.

"무슨 일이야?" 홀던이 물었다.

"좁은광선이 들어오고 있습니다, 짐. 고정이 되었고, 몇 분 전부터 전송되기 시작했습니다." 나오미가 대답했다.

"도나저 호로부터?" 홀던이 생각하기에 레이저 통신 영역 안에 있는 건 화성 전함뿐이었다.

"아니요. 소행성대로부터입니다." 나오미가 말했다. "그리고 세레스나 에로스나 팔라스로부터가 아닙니다. 큰 스테이션 그 어느 곳도 아닙니다."

나오미가 화면의 작은 점을 가리켰다.

"여기에서 오는 겁니다."

"거기는 빈 공간이잖아." 홀던이 말했다.

"아닙니다. 알렉스가 확인했습니다. 그곳은 타이코가 거대한 건설 프로젝트를 진행하는 곳입니다. 자세한 건 별로 없지만 레이더 신호가 꽤 강합니다."

"3AU나 되는 먼 거리에서 쏘았는데도 여전히 똥구멍만 한 크기의 광선을 우리에게 보낼 수 있는 통신 어레이를 가진 뭔가가 저기에 있는 겁니다." 알렉스가 말했다.

"알았어. 우와, 그거 인상적인걸. 그래서 그 우리 똥구멍 크기의 광선이 뭐라고 말하는데?" 홀던이 물었다.

"안 믿으실 겁니다." 나오미가 말하더니 동영상을 재생했다.

화면에 피부가 검고 얼굴 뼈가 굵직한 지구인이 나타났다. 그 남자의 머리는 잿빛이 되어가고 있었으며 나이 든 근육 때문에 목은 새끼줄처럼 주름이 가 있었다. 그 남자가 웃으며 말했다. "안녕하십니까, 제임스 홀던. 제 이름은 프레드 존슨이라고 합니다."

홀던이 일시 정지 버튼을 눌렀다.

"이 사람이 눈에 익어. 이 이름을 우주선 데이터베이스에서 찾아봐." 홀던이 말했다.

나오미는 움직이지 않았다. 단지 어리둥절한 표정으로 물끄러미 홀던을 바라볼 뿐이었다.

"왜?" 홀던이 말했다.

"저 사람은 '프레데릭 존슨'입니다." 나오미가 말했다.

"그런데?"

"프레데릭 루시우스 존슨 대령 말입니다."

아마도 1초 정도 정적이 흘렀다. 하지만 1시간은 흐른 듯한 느낌이었다.

"맙소사." 홀던이 떠올릴 수 있는 말은 그게 전부였다.

화면 속의 남자는 한때 UN군에서 가장 훈장을 많이 받은 이 가운데 한 명이자, 가장 당혹스러운 실패를 하며 군 생활을 마친 이 가운데 한 명이었다. 벨트인들에게, 그 사람은 노팅햄의 지구인 보안관이었다가 로빈 후드로 바뀐 인물이었다. 지구에게, 그 사람은 타락한 영웅이었다.

프레드 존슨은 몇십 년을 주기로 고조되었다가 가라앉기를 반복하는 듯한 지구와 화성 사이 긴장이 한창 높아진 시기에 소행성대 해적들의 수뇌부를 줄줄이 잡아들이면서 명성을 얻기 시작했다. 태양계의 두 거대 권력이 서로를 향해 무력 위협을 가할 때마다 소행성대에선 범죄가 늘어났다. 존슨 대령(당시에는 대위였다)과 세 척의 미사일 프리깃함으로 이루어진 소규모 비행대는 2년 동안 해적선 십여 척과 주요 기지 두 개를 파괴했다. 연합이 다툼을 멈추었을 즈음, 소행성대에서 해적 행위는 실제로 '줄어'

들었고, 프레드 존슨의 이름은 모든 이의 입에 오르내렸다. 프레드 존슨은 진급했고, 연합 해병대를 통솔해 소행성대 치안을 유지하는 임무를 맡았으며, 그곳에서 계속해 훌륭히 일을 해냈다.

앤더슨 스테이션 사건이 있기 전까지는 말이었다.

자그마한 운송 창고인 앤더슨 스테이션은 소행성대에서 주요 항구인 세레스의 거의 정반대 편에 있었으며, 벨트인들 대다수를 포함해 대부분의 사람은 지도에서 그곳을 찾을 수 없었다. 앤더슨 스테이션이 중요한 이유는 오로지 소행성대에서 가장 사람이 적게 사는 지역에 물과 공기를 공급하는 소규모 스테이션이란 게 전부였다. 앤더슨으로부터 공기를 얻는 벨트인들은 100만 명이 채 안 되었다.

스테이션에서 근무하던 연합의 직업 관료 구스타프 마르코니는 이익률을 높여보자는 생각에서 스테이션을 통과하는 화물에 3퍼센트의 수수료를 부과하기로 결정했다. 앤더슨에서 공기를 사는, 벨트인 가운데 5퍼센트가 안 되는 사람들은 하루 벌어 하루 공기를 사는 사람들이었고, 따라서 5만 명 미만의 벨트인들은 한 달에 하루 숨을 쉬지 말아야 할 판이었다. 그 5만 명 가운데 아주 적은 비율의 사람들은 자신들의 재활용 시스템 속에서 그 자그마한 부족함을 보충할 다른 방도가 없었다. 그리고 그 가운데 아주 약간의 비율은 무장봉기가 올바른 방법이라고 여겼다.

이것이 왜 100만 명이 영향을 받았는데도 겨우 170명의 무장한 벨트인들이 스테이션으로 와서 점거하고 마르코니를 에어록 밖으로 던져버렸는가에 대한 이유였다. 그 사람들은 정부에게 스테이션을 거쳐 가는 공기와 물의 가격에 더는 수수료를 붙이지 말

것을 보장해 달라고 요구했다.

연합은 존슨 대령을 보냈다.

앤더슨 스테이션에서 학살이 벌어지는 내내, 벨트인들은 스테이션의 카메라들을 계속 작동시켰고, 찍은 내용을 태양계 전체에 방송했다. 연합 해병대가 복도들을 돌며 아무것도 잃을 것이 없고 그렇기에 항복할 이유가 없는 사람들을 상대로 길고도 소름 끼치는 전투를 벌이는 모습을 모든 사람이 지켜보았다. 연합이 이겼다(그건 기정사실이었다). 하지만 사흘 동안 학살 장면이 방송되었다. 그 비디오의 상징적인 이미지는 전투 장면이 아니라 꺼지기 직전에 스테이션 카메라가 잡은 마지막 모습이었다. 스테이션 관제실에서 존슨 대령이 그곳에서 마지막 저항을 하다 죽은 벨트인들의 시체에 둘러싸인 채, 두 손을 옆에 축 늘어뜨리고 멍한 시선으로 살육 현장을 지켜보는 모습이었다.

UN은 존슨 대령의 사임을 조용히 처리하려 했지만, 대령은 대중에게 너무나도 알려진 인물이었다. 전투 장면 비디오는 몇 주 동안 네트에서 주요 화젯거리였으며, 퇴역한 존슨 대령이 학살에 대해 사과하는 공식 성명을 내고 소행성대와 내행성들 사이의 관계는 적절하지 않으며 더욱 큰 비극을 향해 치닫고 있다는 선언을 한 뒤에야 그 비디오는 네트에서 사라졌다.

4년이라는 세월이 흘러 존슨이 사람들 기억에서 거의 잊히고 인간 살육의 역사에서 각주 정도의 위치를 차지했을 때, 팔라스 식민지에서 반란이 일어났다. 이번에는 정제소 금속 노동자들이 연합 총독을 스테이션 밖으로 내쫓았다. 지난번에는 170명이 반란을 일으킨 작은 스테이션이었지만, 이번의 팔라스는 15만 명 이상이 사는, 소행성대의 커다란 바위였다. 연합이 해병대에게 명령을 내리자 다들 대학살이 일어나리라 예상했다.

그런데 어디선가 갑자기 존슨 대령이 나타나더니 금속 노동자들에게 진정하라고 말했다. 연합 사령관들에게는 스테이션을 평화적으로 넘길 때까지 해병들을 보내지 말라고 했다. 존슨 대령은 정제소의 작업 조건을 개선하기 위해 연합 총독과 1년 이상 협상을 벌였다. 그리고 갑자기, 앤더슨 스테이션의 학살자는 소행성대의 영웅이자 아이콘이 되었다.

그 아이콘이 나이트 호에 개인적으로 메시지를 보내고 있었다.

홀던은 실행 버튼을 눌렀고, 바로 '그' 프레드 존슨이 말했다.

"홀던 씨, 제 생각에 당신은 계략에 걸린 듯합니다. 우선 확실히 해둘 점이 있습니다. 저는 외행성 연합, 즉 OPA의 공식 대표로서 당신에게 이야기하고 있습니다. 당신이 뭐라고 들었는지는 모르겠지만, 우리가 자유를 핑계로 총을 쏘고 싶어 온몸이 근질거리는 카우보이로만 이루어진 건 아닙니다. 저는 지난 10년간 벨트인들 '그 누구도' 총에 맞게 하지 않으면서 더 나은 삶을 살 수 있게 하려 애써왔습니다. 저는 이 생각이 옳다고 아주 굳게 믿으며, 그래서 이곳으로 왔을 때 지구 시민권을 포기했습니다.

제가 이 말을 하는 것은 제 진정성을 알리기 위해서입니다. 저는 태양계에서 가장 전쟁을 원하지 않는 사람일 것이며, OPA 위원회에서 발언권이 셉니다.

들어보셨는지 모르겠지만, 당신 우주선에 일어났던 일로 화성에 복수를 하자며 전쟁의 북소리를 울려대는 방송들이 있습니다. 저는 제가 아는 OPA 소그룹 지도자 모두와 이야기를 해보았지만, 모두 자신은 그런 주장을 한 적이 없다고 했습니다.

누군가가 전쟁을 일으키기 위해서 안간힘을 쓰고 있습니다. 만약 그게 화성이라면, 당신이 그 우주선에 타게 되는 순간부터 화성의 조련자가 시키는 말을 제외하고는 단 한마디도 대중 앞에서 할 수 없게 될 겁니다. 저는 범인이 '화성'이라고 생각하고 싶지 않습니다. 제 생각에 화성은 전쟁에서 아무것도 얻을 게 없습니다. 그래서 저는 설사 도나저 호가 당신을 태운다 할지라도 당신이 이후에 일어날 일들에 여전히 적극적으로 활약할 수 있으면 합니다.

당신에게 키워드를 보냅니다. 다음에 공개적으로 방송할 때, 강요받아 하는 방송이 아니라면 첫 문장에 '도처에'라는 단어를 쓰십시오. 만약 그 단어를 쓰지 않는다면 저는 당신이 강제적인 상황에 놓였다고 가정하겠습니다. 어느 쪽이든 간에, 저는 당신이 소행성대에 동지가 있다는 것을 알았으면 합니다.

당신이 누구인지, 전에 무엇을 했는지 모르지만 이제 당신의 목소리는 중요합니다. 만약 당신이 그 목소리를 상황을 더 낫게 만드는 데 쓰고 싶다면 전 당신이 그렇게 할 수 있도록 최대한 돕겠습니다. 만약 당신이 자유로워진다면 다음 주소로 제게 연락을 주십시오. 아마도 우리는 할 이야기가 많을 것 같습니다.

존슨 아웃."

승무원들은 주방에 앉아서 에이모스가 어디에선가 슬쩍해온 합성 테킬라를 마셨다. 쉐드는 그걸 작은 잔에 따라 얌전하게 홀짝였고, 그때마다 얼굴을 찡그리지 않으려 애썼다. 알렉스와 에이모스는 뱃사람처럼 마셨다. 잔에 손가락 하나 깊이만큼 술을 따르고는 단숨에 입에 털어 넣었다. 알렉스는 마시고 나서 '캬!' 하고 외치는 버릇이 있었다. 에이모스는 술잔을 비울 때마다 다른 욕을 했다. 에이모스는 열한 잔을 마셨고, 매번 다른 욕을 했다.

홀던은 나오미를 물끄러미 바라보았다. 나오미는 잔에 담긴 테킬라를 빙빙 돌리고는 홀던의 눈길을 맞받아쳤다. 홀던은 어떤 유전자적 혼합이 나오미의 용모를 낳았을지 궁금했다. 당연히 아프리카와 남아메리카 유전자가 섞여 있었다. 마지막 이름은 일본 조상이 있다는 걸 암시했지만 유전은 몽고주름으로만 살짝 나타났다. 일반적 기준으로 나오미는 절대로 예쁘지 않았지만, 적당한 각도에서 보면 사실은 꽤 멋졌다.

'젠장. 생각보다 내가 많이 취했군.'

그 생각을 감추기 위해 홀던이 말했다. "그래서…."

"그래서 존슨 대령이 선장님에게 연락을 했지요. 이제 꽤 중요한 인물이 되셨네요, 선장님." 나오미가 대답했다.

에이모스는 과장되게 조심스러운 태도로 잔을 내려놓았다.

"그러지 않아도 그걸 물어보고 싶었습니다, 선장님. 존슨 대령의 제안을 받아들여 소행성대로 그냥 돌아갈 가능성이 있습니까?" 에이모스가 말했다. "선장님은 어떤지 모르겠지만, 앞에는 화성 전함이 있고 꽁무니에는 정체불명의 우주선이 반 다스나 있는 상황입니다. 슬슬 여기가 좆나게 좁다고 느껴지기 시작합니다."

알렉스가 코웃음을 쳤다. "지금 농담해? 도망치려 해봤자 도나저 호가 맘을 먹는 순간 우리는 그대로 잡히고 말아. 도나저 호는 엄청나게 연료를 태워대며 소행성대 우주선들보다 먼저 우리를 잡을 거야. 만약 우리가 소행성대 쪽으로 방향을 바꾸기 시작하면 도나저 호는 그걸 우리가 배신했다는 신호로 받아들일 거고 박살을 낼 거야."

"알렉스의 의견에 동의해." 홀던이 말했다. "우리는 경로를 정했고, 그 경로를 따라갈 거야. 프레드의 연락처를 금방 잃어버리거나 하지는 않을 거고. 말이 나왔으니 말인데, 프레드의 메시지를 지웠어, 나오미?"

"네, 선장님. 우주선 메모리에서 쇠수세미로 완전히 긁어냈습니다. 화성인들은 프레드가 우리에게 이야기한 걸 절대 모를 겁니다."

홀던이 고개를 끄덕이더니 점프슈트 지퍼를 조금 더 내렸다. 술 취한 다섯 명이 있는 주방은 몹시 덥게 느껴지기 시작했다. 나오미는 홀던의 낡은 티셔츠를 보고 한쪽 눈썹을 치켰다. 당황한 홀던이 지퍼를 다시 올렸다.

"전 저 우주선들이 이해가 안 갑니다, 보스." 알렉스가 말했다. "자기들 선체에 핵폭탄을 묶고 가미카제 임무를 수행하는 우주선 여섯 척이면 도나저 호 같은 전함 표면에 움푹한 자국 정도는 낼 수 있을 겁니다. 하지만 그 이상의 피해는 주지 못합니다. 도나저 호가 국지 방어망을 펴고 레일 건을 개방하면 지름 1천 클릭 안쪽으로는 아무것도 들어오지 못합니다. 그러니 도나저 호는 맘만 먹었으면 어뢰로 저 여섯 척을 이미 파괴했을 겁니다. 아직 그렇게 하지 않은 것은 단지 우리와 마찬가지로 도나저 호도 저 우주선들의 정체가 궁금하기 때문입니다."

"놈들은 도나저 호가 우리를 태우기 전에 자신들이 우리를 따라잡을 수 없다는 걸 알아." 홀던이 말했다. "그리고 놈들은 도나저 호와 싸워 이길 수 없어. 그러니 놈들이 뭘 원하는지 모르겠어."

에이모스가 모두의 잔에 마지막 남은 테킬라를 따랐고 자기 잔을 들어 올리며 건배를 청했다.

"니미럴. 알게 되겠죠."

10
밀러

샤디드 서장은 성말라지면 가운뎃손가락 끝으로 엄지손가락을 톡톡 치는 버릇이 있었다. 그 소리는 작고 고양이 발처럼 부드러웠지만, 밀러가 처음으로 그 버릇을 눈치챈 이래 그 소리는 점점 더 커지는 것처럼 느껴졌다. 실은 아주 작은 소리인데도 서장 사무실 전체가 그 소리로 가득 차는 듯한 느낌이었다. "밀러," 서장은 정말이라는 듯이 싱긋 웃으며 말했다. "요즘 우리는 모두 신경이 날카롭게 곤두서 있어. 어려운 시기야."

"네, 서장님." 밀러는 마치 수비수들을 우격다짐으로 뚫고 나가겠다고 결심한 미식축구 풀백처럼 머리를 숙이며 말했다. "하지만 저는 이게 좀 더 자세히 살펴볼 가치가 있을 만큼 중요하다고 생각…."

"주주에게 편의를 봐주는 것뿐이야." 샤디드가 말했다. "그 여자 아버지는 그냥 신경과민이야. 그 사람이 한 말이 화성의 캔터베리 호 폭파에 관한 거라고 생각할 근거가 전혀 없어. 관세는 다시 올라가고 있어. 레드 문 사업 구역 가운데 한 곳에서 광산이 폭발했어. 에로스는 효모 농장에 문제가 생겼고. 소행성대에서는 하루도 빠짐없이 무슨 일인가가 일어나고, 그 때문에 아빠는 자기의 소중하고 작은 꽃송이가 걱정되는 거야."

"네, 서장님. 하지만 시기가⋯."

서장이 손가락을 치는 박자가 빨라졌다. 밀러는 입술을 깨물었다. 가망이 없었다.

"음모론에 빠지지 마." 샤디드가 말했다. "우리가 해결해야 할 진짜 범죄만으로도 이미 차고 넘쳐. 정치, 전쟁, 우리를 망가뜨리려고 내행성 악당들이 펼치는 태양계 규모의 권모술수? 우리가 상관할 바가 아니야. 그냥 자네가 그 아이 행방을 추적 중이라는 보고서를 써서 내게 주면 난 그걸 윗선에 올릴 거고, 우리는 우리 일로 돌아갈 수 있는 거야."

"네, 서장님."

"다른 용건은?"

"없습니다, 서장님."

샤디드는 고개를 끄덕이고 자기 터미널로 주의를 돌렸다. 밀러는 샤디드 책상 구석에서 자기 모자를 집어 들고 밖으로 나왔다. 경찰서 공기 필터 가운데 하나가 주말 사이에 망가졌고, 교체한 필터에서 나는 새 플라스틱과 오존 냄새가 방을 채웠다. 그 냄새를 맡으면 마음이 안정되었다. 밀러는 자기 책상 앞에 앉아 뒤통수에 두 손을 깍지끼고는 머리 위의 조명을 물끄러미 바라보았다. 뱃속이 꼬인 느낌은 사라지지 않았다. 그건 너무 안 좋았다.

"별로 좋지 않았나 보군요?" 해브록이 물었다.

"좋았다고 할 수는 없지."

"서장이 그 일을 도로 가져갔나요?"

밀러가 고개를 저었다. "아니, 아직도 내 일이야. 서장은 그냥 내가 대충 마무리 짓기를 바라."

"최악은 아니지 않습니까. 적어도 무슨 일이 일어났는지는 알아낼 수 있으니까요. 연습하는 셈 치고 일과 후에 잠깐씩 조사하고 다닌다면 말이죠."

"그래." 밀러가 말했다. "연습."

밀러와 해브록의 책상들은 비정상적으로 깨끗했다. 해브록이 자신과 다른 경찰들 사이에 쳐놓았던 서류 장벽은 다 사라졌으며, 밀러는 자기 파트너의 눈과 손으로부터, 해브록 안에 있는 경찰이 다시 터널로 돌아가고 싶어 한다는 것을 알 수 있었다. 하지만 해브록이 이직을 하기 전에 자신을 증명하기 위해서인지 아니면 그냥 머리통 몇 개를 박살 내고 싶어 해서인지는 알 수 없었다. 어쩌면 그 둘은 방식만 다르지 사실은 같은 것일 수도 있었다.

'여기에서 빠져나가기 전에 죽지만 말라고.' 밀러가 생각했다. 그리고 소리 내 말했다. "우리가 맡은 게 뭐지?"

"하드웨어 가게입니다. 3레벨, 8구역에 있습니다." 해브록이 말했다. "물건을 강탈당했다는군요."

밀러는 잠시 앉아서 이 사건이 다른 누군가의 담당인 것 같은 마지못한 느낌을 곱씹었다. 마치 샤디드가 개에게 신선한 고기 한 점을 주더니 다시 사료를 먹으라며 그쪽을 가리키는 것 같은 느낌이었다. 하드웨어 가게 사건을 무시하고 싶은 유혹이 피어올랐고, 한순간 밀러는 그 욕망에 거의 굴복할 뻔했다. 이윽고 밀러는 한숨을 쉬며 두 발로 바닥을 차며 일어났다.

"좋아." 밀러가 말했다. "어서 다시 스테이션을 장사하기 안전한 곳으로 만들어보자고."

"명언이군요." 해브록이 말하고 자기 총을 확인했다. 해브록은 최근 들어 이렇게 총을 확인하는 일이 잦았다.

가게는 엔터테인먼트 대리점이었다. 깨끗한 하얀색 진열대에는 전투 시뮬레이션, 탐험 게임, 섹스 같은 인터렉티브 환경 전용 도구들이 놓여 있었다. 스피커에서는 이슬람교의 기도 시간을 알리는 외침과 오르가슴 사이의 어딘가에 놓인 여자의 목소리가 북소리와 함께 길게 흐느꼈다. 게임 제목의 절반은 힌디어였으며, 중국어와 스페인어 번역이 붙어 있었다. 나머지 절반은 영어였으며 여기엔 힌디어 번역이 붙어 있었다. 점원은 간신히 소년티를 벗었다. 열여섯이나 열일곱 살 정도 되었으며, 무성한 검은 턱수염을 계급장처럼 기르고 있었다.

"뭘 도와드릴까요?" 소년은 거의 경멸에 가까운 멸시의 눈으로 해브록을 보며 말했다. 해브록은 신분증을 꺼냈고, 그러면서 일부러 한참 동안 자기 총이 소년의 눈에 뜨이게 했다.

"우리는…." 밀러가 터미널 화면에 나온 고소장을 힐긋 보았다. "애서 카마마츄와 이야기를 하고 싶은데. 여기 있나?"

매니저는 벨트인치고는 뚱뚱했다. 해브록보다 키가 크고 배 둘레에 지방이 붙어 있었고, 어깨, 팔, 목에는 두툼한 근육이 있었다. 눈을 가늘게 뜨고 보면 겹겹이 쌓인 시간과 실망의 층 아래로 열일곱 살 소년이 보였고, 그 모습은 앞쪽 점원과 아주 비슷해 보였다. 사무실은 세 명이 있기에는 너무 좁았고, 이미 포르노 소프트웨어 상자들이 한참 쌓여 있었다.

"놈들을 잡았습니까?" 매니저가 물었다.

"아니요." 밀러가 말했다. "놈들이 누군지 알아내는 중입니다."

"젠장. 이미 말했잖습니까. 가게 카메라에 놈들 사진이 찍혔고, 그 빌어먹을 새끼 이름도 알려드렸잖아요."

밀러는 자기 터미널을 바라보았다. 용의자의 이름은 마테오 주드였고, 자잘한 범죄기록이 있는 부두 노동자였다.

"당신은 단지 그놈 하나가 문제라고 생각하는군요." 밀러가 말했다. "좋습니다. 그냥 놈을 잡아서 깡통에 처넣겠습니다. 사실, 놈이 누구 밑에서 일하는지까지 우리가 밝혀야 할 이유는 없지요. 뭐 어쨌든 누구도 그게 잘못되었다고 생각하지도 않을 거고요. 이렇게 보호비를 요구하는 무리와 관련된 제 경험상, 수금원이 잡히면 금방 다른 자가 그 자리를 대신하지요. 하지만 이놈이 '모든' 문제의 원인이라고 그렇게나 확신을 하신다면…."

매니저의 일그러진 얼굴은 밀러가 정곡을 찔렀음을 말해주었다. 해브록은 'СИрОТЛИВЫе ДЕВуШКИ'(러시아 어로, 외로운 소녀)라고 찍힌 상자 더미에 몸을 기대며 싱긋 웃었다.

"그자가 원하는 게 뭐였는지 제게 말해주는 게 어떻겠습니까?" 밀러가 말했다.

"이미 지난번에 온 경찰에게 말했습니다." 매니저가 말했다.

"제게 말해주십시오."

"놈은 우리에게 개인 보험을 팔려고 했습니다. 한 달에 100, 지난번 놈과 같은 액수죠."

"지난번?" 해브룩이 말했다. "그럼 이 일이 전에도 일어났단 말입니까?"

"당연하지요." 매니저가 말했다. "모두가 어느 정도는 지급해야 합니다. 아시잖습니까. 장사하려면 내야 하는 돈이지요."

밀러는 얼굴을 찡그리며 터미널을 닫았다. "냉철하시군요. 하지만 그게 장사를 하려면 내야 하는 돈이라면 우리는 여기에 왜 있는 겁니까?"

"왜냐면 전 당신들이… 당신네가 이 새끼들을 잘 통제하는 줄 알았습니다. 로카에게 돈을 내지 않게 되면서 수익이 괜찮아졌습니다. 하지만 이젠 다시 모두 예전으로 돌아갔습니다."

"잠깐만," 밀러가 말했다. "지금 로카 그레이가가 보호비 받는 걸 그만뒀다고 말한 겁니까?"

"네. 여기뿐이 아닙니다. 황금가지에서 제가 아는 놈들 절반 정도가 그냥 자취를 감췄습니다. 한때 우리는 경찰이 놈들을 어떻게 한 거라고 생각했지요. 이제 새로운 놈들이 나타났고, 뭣 같은 옛날 상황이 반복되고 있는 겁니다."

밀러는 목에서 뭔가가 기어오르는 듯한 느낌이 들었다. 밀러는 해브룩을 보았다. 해브룩은 고개를 설레설레 저었다. 해브룩 역시 처음 듣는 이야기였다. 황금가지협회, 소히로의 패거리, 로카 그레이가. 세레스의 조직화된 범죄 집단 모두가 같은 생태학적 붕괴를 겪었으며, 이제 새로운 자들이 그 빈자리를 대신하려 들고 있었다. 기회주의일 수도 있었다. 다른 것일 수도 있었다. 밀러는 그다음 질문을 하고 싶지 않은 마음이 굴뚝같았다. 해브룩은 아마도 밀러를 편집광이라 생각하리라.

"옛날 수금원이 마지막으로 보호비를 뜯어간 지 얼마나 됐습니까?" 밀러가 물었다.

"모르겠습니다. 오래됐습니다."

"화성이 물 수송선을 공격하기 전입니까, 후입니까?"

매니저는 두툼한 팔로 팔짱을 끼더니 두 눈을 가늘게 떴다.

"전입니다." 매니저가 말했다. "아마 한두 달 정도요. 그게 무슨 상관이 있습니까?"

"그냥 시간이 대충 어느 정도 지났는지 감을 잡으려는 겁니다." 밀러가 말했다. "새로 나타난 자. 마테오, 그자는 당신이 새로 들 보험 뒤에 누가 있는지 말하던가요?"

"그걸 알아내는 건 당신 일입니다. 안 그렇습니까?"

매니저의 표정이 어찌나 확 굳어졌던지 밀러는 짤깍 하는 환청을 들었다는 생각마저 들 정도였다. 즉 애셔 카마마큐는 자기를 겁주는 게 누군지 알았다. 매니저는 찍찍거릴 정도의 용기는 있었지만, 누구라고 지목할 정도의 용기는 없었다.

흥미로웠다.

"그렇군요. 말씀해주셔서 감사합니다." 밀러가 일어나며 말했다. "뭔가 알아내게 되면 알려드리겠습니다."

"당신이 사건을 맡아 기쁘군요." 매니저가 밀러의 빈정거림에 빈정거림으로 맞받아치며 말했다.

바깥 터널에서 밀러는 걸음을 멈추었다. 이 일대는 천박함과 고상함이 마찰하는 지역이었다. 한때 그라피티가 있던 곳에는 하얀 칠이 되어 있었다. 자전거를 탄 이들이 이리저리 방향을 바꾸고 구불구불 나아갔고, 윤나는 돌 위로 폼 바퀴가 윙윙거렸다. 밀러는 천장 높이를 바라보며 천천히 걸었고, 마침내 감시 카메라를 찾아냈다. 밀러는 자기 터미널을 꺼내 그 카메라 코드에 일치하는 기록들을 찾아 가게의 정지 화면에 나오는 시간 기록과 상호 참조를 했다. 잠시 밀러는 엄지손가락으로 조종을 했고, 화면 속 사람들이 앞뒤로 빠르게 움직였다. 그리고 마테오가 가게에서 나오고 있었다. 마테오의 얼굴에는 잘난 체하는 웃음이 찌그러진 채 걸려 있었다. 밀러는 영상을 정지시키고 확대했다. 해브록이 어깨너머로 보고는 낮게 휘파람을 불었다.

그자의 완장에 찍힌 OPA의 갈라진 원이 아주 또렷하게 보였다. 밀러가 줄리 마오의 구멍에서 발견한 것과 같은 종류였다.

'어떤 놈들과 어울린 거야, 이 아가씨야?' 밀러가 생각했다. '넌 이 정도로 멍청하지 않잖아. 왜 이런 바보짓을 했어.'

"어이, 파트너." 밀러가 말했다. "지금 한 인터뷰에 대해 보고서를 써주겠어? 나는 하고 싶은 일이 좀 있어. 그렇지만 자네를 데리고 가는 건 그리 현명한 것 같지 않거든. 기분 나쁘게 하려는 뜻은 아니야."

해브록의 두 눈썹이 이마의 머리선까지 올라갔다.

"OPA를 취조하려는 겁니까?"

"그냥 살짝 좀 흔들어보려는 것뿐이야." 밀러가 말했다.

밀러는 OPA의 단골 술집이라 알려진 곳에 치안 청부업자인 자신이 나타나기만 해도 아주 주목을 받을 거라 생각했다. 하지만 막상 가보니, '존 록 젠틀맨스 클럽'의 침침한 빛 속에서 밀러가 알아본 얼굴들 절반은 평범한 시민이었다. 그리고 그 가운데 한 명 이상이 밀러와 마찬가지로 스타 헬릭스에서 일했다. 음악은 순수한 소행성대 것으로, 부드러운 종소리가 치터*와 기타 소리와 어우러졌으며, 가사는 대여섯 개의 언어로 되어 있었다. 밀러는 네 번째 맥주를 마시는 중이었고, 근무 시간은 두 시간 전에 끝났으며, 이제 이 가망 없어 보이는 계획을 포기하려는데, 키가 크고 마른 남자가 바 앞의 밀러 옆에 앉았다. 뺨에 난 여드름 자국이 좀 험악한 인상을 주긴 했지만, 그것만 빼면 금방이라도 웃음을 터뜨릴 듯한 표정이었다. 그날 밤 OPA 완장이라면 이미 몇 번째 보고 있었지만, 이번에는 도전과 권위의 분위기가 풍겼다. 밀러가 고개를 끄덕였다.

"OPA에 대해 묻고 다닌다지." 남자가 말했다. "가입하고 싶어?"

밀러는 싱긋 웃고는 잔을 들어 올렸다. 가타부타 확답을 하지 않겠다는 태도였다.

"만약 그렇다면 당신과 이야기를 해야 하는 건가?" 밀러가 가벼운 목소리로 말했다.

"도와줄 수도 있지."

"그렇다면 다른 몇 가지도 말해줄 수 있겠군." 밀러가 말하며 터미널을 꺼내 탁 소리 나게 가짜 대나무 바 위에 올려놓았다. 화면에 마테오 주드의 사진이 선명하게 빛났다. OPA 남자가 화면을 자기 쪽으로 돌려 제대로 보고는 인상을 썼다.

"난 현실주의자야." 밀러가 말했다. "처키 스네일스가 보호를

---

* 독일의 전통 악기로, 골무로 줄을 뜯어 소리를 낸다.

하고 있었을 때 나는 그자의 부하들과 이야기하는 게 싫지 않았어. 핸드가 그 자리를 넘겨받고, 다시 황금가지협회가 그 뒤를 이었지. 내 일은 사람들이 규칙을 어기는 걸 막는 게 아니라 세레스를 안정되게 유지하는 거야. 내가 무슨 말을 하는지 이해해?"

"이해한다고 할 수 없겠는데." 여드름 자국이 있는 남자가 말했다. 악센트 때문에 남자의 목소리는 밀러의 예상보다 훨씬 지적으로 들렸다. "이 자가 누군데?"

"이름은 마테오 주드. 8구역에서 보호 사업을 시작했어. OPA가 뒤에 있다고 말했지."

"사람들은 온갖 말을 다 하고 다녀, 형사 양반. 당신, 형사지? 하지만 당신은 현실주의를 논하고 있었지."

"만약 OPA가 세레스의 검은돈을 위해 움직이고 있다면, 우리가 서로 이야기를 할 수 있는 쪽이 두루두루 좋은 일이 될 거야. 의사소통 말이야."

남자는 킥킥거리더니 터미널을 밀러 쪽으로 다시 밀었다. 바텐더가 지나가며 눈으로 질문을 했다. 마실 것이 더 필요하냐는 질문이 아니었다. 밀러에게 하는 질문도 아니었다.

"스타 헬릭스에 어느 정도의 부패가 있다는 말을 들었어." 남자가 말했다. "당신의 솔직한 방식에 감명을 받았다는 사실은 인정하겠어. 내가 확실히 말해주지. OPA는 범죄 집단이 아니야."

"정말? 내 실수로군. 하도 사람들을 죽여대길래 나는 OPA가…."

"지금 내게 미끼를 뿌리는군. 우리는 소행성대를 상대로 경제 테러를 저지르는 자들로부터 우리를 지키는 거야. 지구인이나 화성인들로부터 말이야. 우리는 벨트인들을 보호하는 일에 종사해." 남자가 말했다. "심지어 당신도. 형사."

"경제 테러?" 밀러가 말했다. "그건 좀 선동적인 거 같은데."

"그렇게 생각해? 내행성은 우리를 노동력으로 봐. 우리에게 세금을 매기지. 우리에게 뭘 하라고 명령을 내려. 놈들은 자기 법을 강요하고 우리 법은 안정이라는 이름으로 무시해. 작년에는 티타니아로 가는 관세를 두 배로 올렸어. 5천 명이 천왕성 주위를 도는 얼음 공에, 어디로든 가려면 몇 달이 걸리는 그곳에 말이야. 태양이 그냥 밝은 별로만 보이는 곳이야. 그곳 사람들이 그걸 시정해달라고 요구할 처지나 된다고 생각해? 놈들은 소행성대 화물선이 유로파 계약을 따지 못하게 막아. 놈들은 우리가 가니메데에 정박하는 비용을 두 배나 많이 물려. 포에베의 과학 스테이션? 우리는 그곳을 '도는' 것조차 허가받지 못해. 그곳에는 벨트인들이 한 명도 없어. 놈들이 그 기술을 지금으로부터 10년 뒤에 우리에게 팔기 전까지 우리는 놈들이 뭘 하는지도 알 길이 없어."

밀러는 맥주를 홀짝이며 자기 터미널을 향해 고개를 끄덕였다.

"그러니까, 이 자는 당신과 같은 편이 아니다?"

"그래, 아니야."

밀러는 고개를 끄덕이고는 터미널을 주머니에 넣었다. 이상하게도, 밀러는 이 남자를 믿었다. 이 남자는 악당인 척하지 않았다. 허세가 없었다. 세상에 감명을 주려 애쓰는 느낌이 없었다. 아니, 이 남자는 자신감 있고 즐거워했지만, 그 모든 모습 아래로 무척이나 피곤해했다. 밀러는 군인 중에선 이런 유형을 봤지만, 범죄자 중에선 본 적이 없었다.

"한 가지 더." 밀러가 말했다. "사람을 찾고 있어."

"다른 사건?"

"아니, 꼭 그런 건 아니고. 줄리엣 안드로메다 마오. 줄리라고도 불러."

"내가 알아야 하는 이름인가?"

"이 여자는 OPA야." 밀러가 어깨를 으쓱하며 말했다.

"당신은 스타 헬릭스 사람 전부를 알아?" 남자가 말했고, 밀러가 대답을 하지 않자 덧붙였다. "우리는 당신 회사보다 훨씬 더 크다고."

"그럴듯한 지적이군." 밀러가 말했다. "하지만 어디선가 이 여자 이야기가 흘러나오지 않는지 귀를 기울여준다면 고맙겠어."

"당신이 내게 그런 호의를 바랄 위치에 있는 사람인지 모르겠는데."

"해될 거 없잖아."

여드름 자국이 난 남자는 킥킥거리더니 밀러의 어깨에 한 손을 올렸다.

"여기 다시는 오지 마, 형사." 남자가 말하더니 사람들 속으로 걸어갔다.

밀러는 인상을 쓰며 맥주를 한 모금 더 마셨다. 방향을 잘못 짚었다는 불편한 느낌이 마음 한구석에서 들며 조바심이 났다. 밀러는 물 수송선이 파괴되고 소행성대에서 내행성에 대한 공포와 분노가 높아지는 걸 이용해 OPA가 세레스에서 뭔가 계획을 꾸미고 있다고 확신했었다. 하지만 그것과 줄리 마오의 아버지 그리고 그의 의심스러울 정도로 시기가 딱 맞는 불안감 사이에 도대체 어떤 상관관계가 있단 말인가? 또는 그에 앞서 세레스 스테이션의 범죄 혐의자들이 사라진 것과는? 그 일에 대해 생각하는 건 초점이 맞지 않는 비디오를 보는 것과 비슷했다. 뭔가 거의 잡힐 듯했지만 결국은 어디까지나 '거의'였다.

"점이 너무 많아." 밀러가 말했다. "선은 충분하지 않고."

"네?" 바텐더가 말했다.

"아무것도 아닙니다." 밀러가 말했고, 바에 놓인 반쯤 빈 병을 바텐더 쪽으로 밀었다. "고맙습니다."

자기 구멍에서 밀러는 음악을 틀었다. 둘이 젊었던 시절, 숙명론 속에서 희망차진 않았어도 적어도 지금보단 더 기뻤던 시절에 캔디스가 좋아했던 서정적인 찬송이었다. 밀러는 좀 쉴 수 있기를 바라며 빛을 최대 밝기의 절반으로 맞추고 앉았다. 몇 분만이라도 쉰다면 자신이 뭔가 주요한 세부사항을 놓쳤다는 불안 감을 지울 수 있고, 빠진 연결고리가 저절로 떠오를지도 몰랐다.

밀러는 캔디스가 자기 마음속에 나타나 한숨을 쉬고 시무룩한 표정으로 자신을 보아주길 어느 정도 기대했다. 그러나 정신 차려 보니, 밀러는 줄리 마오와 대화를 나누고 있었다. 알코올과 피곤함에 취해 반쯤 잠이 든 상태에서, 밀러는 줄리 마오가 해브록의 책상 앞에 앉아 있는 상상을 했다. 상상 속의 줄리 마오는 실제 나이가 아니었고, 훨씬 어린 때의 나이로 나타났다. 사진에서 웃던 아이의 나이였다. 고래 호로 경주를 해 우승한 그 소녀였다. 밀러는 상상 속에서 줄리에게 질문을 했고, 줄리의 대답은 뜻밖의 것들을 알려주었다. 모든 게 이치에 닿았다. 황금가지협회의 변화나 자신의 납치 의뢰뿐 아니라, 해브록의 전근, 파괴된 얼음 수송선, 밀러 자신의 삶과 일까지 전부. 밀러는 줄리 마오가 소리 내 웃는 꿈을 꾸었고, 지끈거리는 머리와 함께 늦게 잠을 깼다.

해브록이 자기 책상에서 기다리고 있었다. 해브록의 넓고 짧은 지구인 얼굴은 묘하게도 외계인처럼 보였지만 밀러는 그 인상을 털어버리려 애썼다.

"엉망으로 보이는군요." 해브록이 말했다. "어젯밤에 바빴나 보죠?"

"그냥 나이 들어가는 데다가 싸구려 맥주를 마셔서 그래." 밀러가 말했다.

풍기 단속반 가운데 한 명이 자기 파일들이 다시 잠겼다고 화를 내며 뭔가 욕설을 퍼부어댔고, 컴퓨터 기사는 초조한 바퀴벌레처럼 경찰서를 서둘러 가로질러갔다. 해브록이 음울한 표정을 지으며 밀러 쪽으로 몸을 숙였다.

"진지하게 말하는 건데요, 밀러." 해브록이 말했다. "우리는 여전히 파트너고… 솔직히 전 이 바위에서 제 친구는 선배뿐이라고 생각합니다. 절 믿으셔도 됩니다. 뭔가 저에게 말하고 싶은 게 있다면, 하셔도 됩니다."

"그거 좋은걸." 밀러가 말했다. "하지만 난 자네가 무슨 말을 하는지 모르겠어. 지난밤은 엉망이었어."

"OPA가 없었나요?"

"물론 있었지. 자네가 이 스테이션에서 어디로든 죽은 고양이를 한 마리 던지면 아마 OPA 세 명은 맞출 수 있을 거야. 그냥 쓸 만한 정보가 없었을 뿐이야."

해브록이 뒤로 몸을 기댔다. 굳게 다문 입술이 가늘고 창백했다. 밀러는 어깨를 으쓱여 질문을 대신했고, 지구인은 게시판 쪽으로 고개를 끄덕였다. 새로운 살인 사건이 목록 제일 위에 있었다. 새벽 3시, 밀러가 꿈결에서 불완전한 대화를 나누고 있을 때, 누군가가 마테오 주드의 구멍을 열고 들어가 엽총 탄창에 가득 있던 탄도 젤을 그자의 왼쪽 눈에 전부 발사한 것이다.

"흠," 밀러가 말했다. "엉뚱한 쪽을 쑤시고 다녔군."

"어느 쪽이요?" 해브록이 말했다.

"OPA는 범죄 집단을 조종하지 않아." 밀러가 말했다. "그자들은 경찰을 조종해."

11
홀던

도나저 호는 흉측했다.

예전에 홀던은 옛 지구의 바다를 누비던 해군의 사진과 비디오를 본 적이 있었는데, 철의 시대에조차 배에는 뭔가 늘 아름다움이 있었다. 길고 매끈하고, 바람을 향해 몸을 기울인, 고삐로 간신히 통제된 생물처럼 보였다. 도나저 호에는 그런 점이 전혀 없었다. 장거리 전투용 우주선들이 모두 그러하듯, 도나저 호는 '사무실용 고층 건물' 형태로 지어졌다. 각 갑판은 건물의 각 층에 해당하고, 사다리나 엘리베이터가 축을 따라 이동했다. 계속되는 추진은 우주선에 중력을 일으켰다.

하지만 도나저 호는 사실 옆에서 봐도 '사무실 건물' 같아 보였다. 여기저기 되는대로 삐져나온 듯한 둥그스름한 돌출부들이 있는 정방형의 덩어리 모양이었다. 길이는 거의 500미터에 이르렀고 130층 건물 크기였다. 알렉스는 도나저 호의 건조 중량이 25만 톤이라고 말했지만, 그보다 더 무거워 보였다. 홀던은 날렵한 물체들이 공기를 가르며 다니던 시절에 인간의 미적 감각이 참으로 많이 형성되었다고 생각했다. 그런 생각을 한 것이 이번이 처음이 아니었다. 도나저 호는 성간 가스보다 짙은 구역을 이동할 일이 전혀 없었고, 따라서 곡선이나 각도는 공간 낭비였다. 그 결과는 흉측했다.

도나저 호는 또한 무시무시하기도 했다. 나이트 호의 조종실에서 홀던은 알렉스 옆의 자기 자리에 앉아 이쪽 우주선 위치로 경로를 맞추는 거대한 전함을 바라보았다. 전함은 점차 가까이 다가와 마침내 홀던 일행 위에서 정지한 듯 보였다. 도나저 호의 평평하고 검은 복부가 갈라지며 도킹 베이가 열렸고, 그곳을 통해 침침하고 붉은빛이 흘러나왔다. 나이트 호는 계속해 신호음을 울리며 표적 레이저들이 선체를 칠하고 있음을 상기시켰다. 홀던은 국지 방어 대포들이 자신을 겨냥했는지 찾아보았다. 찾을 수 없었다.

알렉스가 말을 하자 그 소리에 홀던은 깜짝 놀랐다.

"알았다, 도나저 호." 조종을 맡은 알렉스가 말했다. "이제 저쪽에서 방향을 통제합니다. 저는 추진력을 줄이고 있습니다."

마지막 남은 무게의 단편이 사라졌다. 두 우주선 모두 분당 수백 킬로미터의 속력으로 움직였지만, 경로를 일치시키고 나니 마치 전혀 움직이지 않는 듯한 느낌이 들었다.

"도킹 허가를 받았습니다, 선장님. 안으로 들어갈까요?"

"이제 와서 도망치기는 늦은 듯해." 홀던이 말했다. 홀던은 알렉스가 뭔가 실수를 해서 도나저 호가 그걸 위협으로 받아들이고 국지 방어 대포들이 테플론 코팅된 쇳덩어리 수만 발을 나이트 호에 퍼붓는 상상을 했다.

"천천히 가, 알렉스." 홀던이 말했다.

"듣자 하니 이런 거 하나만 있으면 행성 하나를 전멸시킬 수 있다더군요." 나오미가 통신 회선을 통해 말했다. 나오미는 갑판 하나 아래에 있는 관제 스테이션에 있었다.

"궤도에 있으면 누구나 행성을 전멸시킬 수 있어." 홀던이 대답했다. "폭탄조차 필요 없어. 그냥 에어록 밖으로 쇳덩어리만 던지면 돼. 그러면 그건… 제길. 뭐든지 죽일 수 있지."

근거리 비행용 로켓이 분사를 함에 따라 살짝 몸이 쏠렸다. 홀던은 이 우주선을 이끄는 게 알렉스라는 걸 알았지만, 그럼에도 도나저 호가 자신들을 삼키고 있다는 느낌에 몸이 떨리는 걸 참을 수가 없었다.

도킹은 거의 한 시간이 걸렸다. 일단 나이트 호가 베이 안으로 들어오자 거대한 조작팔이 나이트 호를 잡아 갑판의 빈 구역에 내려놓았다. 조임쇠들이 우주선을 움켜잡았고, 나이트 호의 선체에서는 금속성 울림이 반복해서 났다. 그 소리를 듣자 홀던은 군대 영창의 자석 자물쇠가 떠올랐다.

화성인들은 한쪽 벽에서 도킹 튜브를 뽑아 늘여 나이트 호의 에어록에 접합시켰다. 홀던은 안쪽 벽으로 승무원들을 모이게 했다.

"총이든 칼이든, 뭐든 간에 무기처럼 보이는 것은 안 돼." 홀던이 말했다. "핸드터미널은 아마도 괜찮을 거야. 하지만 혹시 모르니 꺼 놓도록 해. 만약 압수하겠다고 하면 반항하지 말고 순순히 건네줘. 저자들이 우리를 아주 고분고분하다고 생각하느냐 아니냐에 우리의 생존이 달렸어."

"네." 에이모스가 말했다. "저 썹새끼들이 맥도웰을 죽였는데 '우리'는 고분고분히 행동해야 한다는 거죠…."

알렉스가 뭔가 반응을 보이려 했지만 홀던이 말을 막았다.

"알렉스, 너는 MCRN과 스무 번을 비행했어. 뭔가 우리가 알아야 할 만한 건 없어?"

"말한 내용이 전부입니다, 보스." 알렉스가 대답했다. "명령이 주어졌을 때 '네' 또는 '아닙니다'라고 절도있게 대답해야 합니다. 하사관들은 괜찮지만, 장교들은 유머 제거 훈련을 받았습니다."

홀던은 몇 안 되는 부하들을 바라보며 자기가 모두를 사지로 데려온 건 아니길 바랐다. 홀던은 에어록을 열었고, 무중력 속에서 짧은 도킹 튜브를 둥둥 떠 갔다. 마침내 (평범한 회색 복합물질이었고 얼룩 하나 없이 깨끗한) 에어록에 도착하자, 모두 바닥으로 몸을 밀었다. 자석 부츠가 몸을 잡아 주었다. 에어록이 닫혔고, 몇 초 정도 쉿쉿 소리가 들리더니 더 커다란 방이 열렸고, 그 안에 십여 명이 서 있었다. 홀던은 테레사 야오 함장을 알아보았다. 다른 몇 명도 해군 장교 복장 차림이었다. 함장의 참모 중 일부였다. 하사관 복장을 한 한 명은 얼굴에 조급해하는 표정이 엷게 깔려 있었다. 전투용 장갑복으로 무장한 해병 여섯 명이 소총을 들고 있었다. 소총들은 홀던을 겨냥했으며, 그래서 홀던은 두 손을 들어 올렸다.

"우리는 무장하지 않았습니다." 홀던이 말했고, 위험하지 않아 보이려 애쓰며 싱긋 웃었다.

소총은 내려가지 않았지만 야오 함장이 앞으로 나왔다.

"도나저 호에 승선한 것을 환영합니다." 함장이 말했다. "중사, 이분들을 검사해."

하사관은 홀던 쪽으로 쿵쿵 걸어오더니 민첩하고 전문가다운 솜씨로 모두의 몸을 툭툭 쳐내려 갔다. 하사관은 해병 한 명에게 엄지손가락을 들어 보였다. 소총들이 내려갔고, 홀던은 안도의 한숨을 쉬지 않으려 애를 써야 했다.

"이제 어쩔 겁니까, 함장님?" 홀던이 목소리를 밝게 유지하며 물었다.

야오는 대답을 하기 전에 비난하는 시선으로 몇 초 정도 홀던을 바라보았다. 그녀는 머리털을 뒤로 넘겨 단단히 묶었으며, 회색 머리카락 몇 올이 곧게 흘러 내려와 있었다. 홀던은 야오의 턱과 눈가에서 나이의 흔적을 보았다. 그녀의 굳은 표정은 홀던이 알던 모든 해군 함장의 은근한 오만함을 그대로 담고 있었다. 홀던은 함장이 자신에게서 뭘 볼지 궁금했다. 홀던은 기름으로 떡을 진 자기 머리를 매만지고 싶은 욕구를 간신히 참았다.

"건더슨 하사가 여러분을 방으로 안내할 겁니다." 함장이 말했다. "그리고 곧 다른 사람이 가서 당신들에게서 간단히 보고를 들을 겁니다."

건더슨 하사가 홀던 일행을 이끌고 방으로 향할 때 야오가 갑자기 딱딱해진 목소리로 다시 말했다.

"홀던 씨, 만약 당신을 따라온 저 우주선 여섯 척에 대해 뭔가 아는 게 있다면 지금 말하십시오." 야오가 말했다. "1시간 전, 우리는 저자들에게 2시간 안에 경로를 바꾸라는 최후통첩을 했습니다. 그리고 지금까지 경로를 바꾸지 않았습니다. 1시간 뒤 나는 어뢰 발사 명령을 내릴 겁니다. 만약 저자들이 당신 친구라면 당신은 저자들을 엄청난 고통에서 구해줄 수 있습니다."

홀던은 단호히 고개를 저었다.

"제가 아는 건 당신들이 우리를 맞으러 오기 시작했을 때 저 우주선들이 소행성대에서 나왔다는 게 전부입니다, 함장님." 홀던이 말했다. "저쪽에서는 우리에게 아무 말도 하지 않았습니다. 제가 추측할 수 있는 건, 저 우주선들은 소행성대의 시민들이 걱정되어 무슨 일이 일어나는지 보려고 왔을 거라는 겁니다."

야오가 고개를 끄덕였다. 설마 야오가 홀던의 생각에 동의하지 않았더라도 얼굴에는 그런 표정이 나타나지 않았다.

"이분들을 아래로 데려가, 하사." 야오가 말하더니 등을 돌렸다.

건더슨 하사는 가볍게 휘파람을 부르며 두 개의 문 가운데 하나를 가리켰다. 홀던 일행은 건더슨을 따라 들어갔고, 해병들이 뒤를 따랐다. 도나저 호에 들어온 뒤 처음으로, 홀던은 화성의 주력함을 찬찬히 살펴보았다. 홀던은 UN 해군에 있을 때 전투함에서 근무한 적은 없었지만, 7년 동안 세 번 정도 전투함에 들어가본 경험이 있었다. 하지만 세 번 모두 부두에 있는 것이었고, 대개는 파티에 참여하기 위해서였다. 도나저 호는 어딜 봐도 이제까지 홀던이 근무했던 모든 UN 우주선보다 조금 더 빈틈없이 만들어져 있었다. '화성인들은 우리보다 우주선을 정말 더 잘 만드는군.'

"세상에, 부선장님, 파리가 미끄러질 정도로 깨끗하군요." 홀던 뒤에서 에이모스가 말했다.

"장거리용 우주선에 타면 할 일이 별로 없어, 에이모스." 알렉스가 말했다. "그러니 뭔가 다른 일을 하지 않으면 청소를 하게 되지."

"그러니까, 그래서 내가 수송선에서 일하는 거야." 에이모스가 말했다. "깨끗한 갑판이냐, 아니면 술 취해서 섹스하느냐, 나는 좋고 싫고가 분명하다 이거야."

이들이 미로 같은 복도를 걸어가는 동안 우주선이 약간 진동하기 시작했고, 천천히 중력이 다시 생겼다. 우주선이 추진했다. 홀던은 발뒤꿈치로 부츠의 스위치를 밀어서 자석을 껐다.

이들은 거의 아무도 만나지 못했으며, 마주친 몇 명은 이들에게 거의 눈길도 안 주고 별말 없이 재빨리 움직였다. 우주선 여섯 척이 다가오고 있었기에 승무원들은 모두가 각자의 맡은 위치에 있을 터였다. 야오 함장이 1시간 뒤에 어뢰를 발사하겠다고 말했을 때, 그 목소리에는 위협의 기운이 전혀 없었다. 그건 그냥 단순한 사실의 진술이었다. 이 우주선에 탄 젊은 승무원 대부분에게는 아마도 이번이 처음으로 맞는 실제 전투 상황일 듯했다. 만약 전투가 일어난다면 말이다. 홀던은 전투가 일어나리라고 생각하지 않았다.

홀던은 소행성대 우주선 몇 척이 조용히 다가온다는 이유로 그 우주선들을 파괴할 생각을 하는 야오 함장으로부터 무엇을 유추할 수 있는지 생각해보았다. 그리고 이들은 만약 이유만 있다면 물 수송선을 파괴하는데 전혀 주저함이 없을 거라는 결론을 내렸다.

건더슨은 'OQ117'이라 찍힌 해치 앞으로 홀던 일행을 데려갔다. 건더슨은 자물쇠에 카드를 긁고는 모두에게 안으로 들어가라는 손짓을 했다.

"기대한 것보다 낫군요." 감명받은 목소리로 쉐드가 말했다.

격실은 우주선 표준에 비하면 컸다. 높은 g용 소파 여섯 개, 탁자 하나, 그리고 자석 다리로 갑판에 고정된 의자 네 개가 있었다. 한쪽 칸막이벽에 열린 문 너머로 변기와 싱크대가 있는 좀 더 작은 격실이 보였다. 건더슨과 해병대 대위가 홀던 일행을 따라 안으로 들어왔다.

"여기가 여러분이 한동안 머무를 곳입니다." 하사가 말했다. "벽에는 통신 패널이 있습니다. 켈리 대위님의 부하 두 명이 밖에서 지키고 있을 겁니다. 그 둘을 부르면 여러분이 필요한 건 뭐든지 가져다줄 겁니다."

"뭔가 좀 씹을 만한 건 없습니까?" 에이모스가 말했다.

"곧 보내겠습니다. 호출이 있을 때까지는 여기에 계십시오." 건더슨이 말했다. "켈리 대위님, 뭔가 덧붙여 말씀하실 게 있으십니까?"

해병대 대위는 홀던 일행을 살펴보았다.

"밖에 있는 병사들은 여러분을 보호하기 위해 있는 거지만 만약 여러분이 뭔가 문제를 일으키면 불쾌한 반응을 보일 겁니다." 대위가 말했다. "알아들었습니까?"

"확실히 알아들었습니다, 대위님." 홀던이 말했다. "걱정하지 마십시오. 우리는 당신이 지금까지 맞이해본 가운데 가장 다루기 쉬운 손님일 테니까."

켈리는 마치 진짜로 고맙다는 듯한 표정으로 홀던을 향해 고개를 끄덕였다. 켈리는 불쾌한 일을 전문가답게 처리하고 있었다. 홀던은 켈리의 기분을 알만했다. 또한 홀던은 도전을 받았다고 느꼈을 때 해병들이 얼마나 불쾌하게 행동할 수 있는지도 충분히 잘 알았다.

건더슨이 말했다. "가시는 길에 여기 있는 홀던 씨를 예정된 곳으로 데려가 주시겠습니까, 대위님? 저는 이 사람들에게 준비를 시키겠습니다."

켈리가 고개를 끄덕이더니 홀던의 팔꿈치를 잡았다.

"저와 함께 가시죠." 켈리가 말했다.

"어디로 가는 겁니까, 대위님?"

"당신이 도착하자마자 보고 싶다고 로페즈 대위가 요청했습니다. 저는 당신을 로페즈 대위에게 데려가는 겁니다."

쉐드가 초조한 눈으로 해병대 대위와 홀던을 번갈아 보았다. 나오미가 고개를 끄덕였다. '다들 살아서 다시 만날 수 있을 거야.' 홀던은 속으로 혼잣말을 했다. 심지어 정말 그럴 수 있을 것 같다는 생각마저 들었다.

켈리는 경쾌한 걸음으로 홀던을 이끌고 우주선 안을 걸어갔다. 켈리의 소총은 더는 발사 준비 상태가 아니었고, 또한 어깨에 느슨하게 걸려 있었다. 홀던이 더는 문제를 일으키지 않으리라고 생각했거나 혹은 만약 문제를 일으킨다 해도 쉽게 제압할 수 있다고 생각하는 듯했다.

"로페즈 대위가 누군지 물어봐도 됩니까?"

"당신을 만나고 싶다고 한 사람입니다." 켈리가 말했다.

켈리는 평범한 회색 문앞에 서더니 문을 한 번 두드렸고, 홀던을 데리고 탁자 하나와 불편해 보이는 의자 두 개가 있는 작은 격실로 들어갔다. 거무스름한 머리의 남자가 녹화기를 준비하고 있었다. 그 남자는 의자 쪽을 향해 대충 손짓했다. 홀던이 의자에 앉았다. 의자는 보기보다도 더 불편했다.

"당신은 가도 좋아, 켈리 대위." 홀던이 로페즈라고 생각한 이가 말했다. 켈리는 방을 나가 문을 닫았다.

준비를 끝낸 로페즈는 탁자를 사이에 두고 홀던 맞은편에 앉더니 한 손을 내밀었다. 홀던이 그 손을 잡고 악수했다.

"저는 로페즈 대위입니다. 아마도 켈리에게서 들으셨겠죠. 저는 해군 정보부에서 일하는데, 켈리가 그 말은 하지 않았을 게 거의 확실합니다. 제 일은 비밀이 아닙니다만 해병대에서는 쓸데없는 소리를 하지 말라는 훈련을 단단히 시키거든요."

로페즈가 주머니에 손을 넣더니 하얀 박하사탕이 든 작은 통을 꺼내 사탕 하나를 자기 입에 쏙 넣었다. 로페즈는 홀던에게 하나 먹어보라고 권하지 않았다. 로페즈가 사탕을 빨자 동공이 작은 점으로 수축하였다. 정신집중 약물이었다. 로페즈는 취조 도중 홀던의 얼굴에 보이는 아주 작은 경련까지 놓치지 않을 터였다. 거짓말하기는 꽤 어려워 보였다.

"제임스 R. 홀던 중위, 몬태나 출신." 로페즈가 말했다. 그건 질문이 아니었다.

"네." 어쨌든 홀던이 말했다.

"UNN에서 7년 복무, 장 페이 구축함에서 마지막으로 근무."

"맞습니다."

"파일에 따르면, 당신은 상관을 공격한 죄로 불명예 제대했습니다." 로페즈가 말했다. "꽤 상투적이군요, 홀던. 주먹으로 노인을 때렸다고요? 정말로?"

"아닙니다. 맞추지 못했습니다. 칸막이벽을 치는 바람이 손이 부러졌습니다."

"어쩌다 그런 일이 일어났습니까?"

"상대가 제 생각보다 빨랐습니다." 홀던이 대답했다.

"왜 때리려 한 겁니까?"

"저는 자기혐오를 그 사람에게 투영한 겁니다. 그리고 딱 맞는 대상을 정말로 해하려 하게 된 일은 순전히 운이었고요." 홀던이 말했다.

"그 뒤로 그 일에 대해 생각 좀 해보신 듯하군요." 로페즈가 말했다. 핀 구멍처럼 작은 동공은 홀던의 얼굴에서 한치도 움직이지 않았다. "치료라도 받은 겁니까?"

"캔터베리 호에서 생각할 시간이 많았습니다." 홀던이 대답했다.

로페즈는 캔터베리 호로 화제를 끌고 가려는 뻔한 시도를 무시하고 말했다. "그렇게 생각을 해서 어떤 결론을 내렸습니까?"

"연합은 100년 넘게 여기 사람들 목을 밟고 있습니다. 저는 그 부츠가 되고 싶지 않았습니다."

"그러면 OPA 지지자입니까?" 로페즈는 조금도 표정을 바꾸지 않고 말했다.

"아닙니다, 저는 편을 바꾸지 않았습니다. 저는 행동을 멈추었습니다. 저는 시민권을 포기하지 않았습니다. 저는 몬태나가 좋습니다. 제가 여기 나와 있는 건 비행을 좋아하기 때문이며, 캔터베리 호 같은 소행성대의 고물 우주선만이 저를 고용하기 때문입니다."

로페즈가 처음으로 싱긋 웃었다. "당신은 도가 넘을 정도로 솔직하군요, 홀던 씨."

"그렇습니다."

"화성 전함이 당신 우주선을 파괴했다는 주장을 한 이유는 뭡니까?"

"전 그런 적 없습니다. 저는 그 모든 것을 방송으로 설명했습니다. 그 우주선은 오직 내행성 함대만이 가능한 기술을 썼으며, 저는 우리를 속여 멈추게 한 장치에서 MCRN 하드웨어를 발견했습니다."

"그걸 살펴보고 싶군요."

"언제든지요."

"당신 기록에 따르면, 당신은 가족 협동조합의 유일한 아이로군요." 로페즈는 마치 이제까지 내내 홀던의 과거 얘기만 쭉 하고 있었다는 듯이 말했다.

"네, 아버지 다섯, 어머니 셋입니다."

"아이 한 명에 부모가 너무 많군요." 로페즈가 다시 박하사탕 포장을 천천히 풀며 말했다. 화성에는 공간이 충분했기에 전통적 형태의 가족을 얼마든지 품을 수 있었다.

"성인 여덟 명이 아이를 단 한 명만 가지면 세금 혜택을 받으며 22에이커의 괜찮은 농장을 소유할 수 있었습니다. 지구에는 인구가 3백억 명이 넘습니다. 22에이커면 국립 공원급이죠." 홀던이 말했다. "또한 DNA 혼합은 합법입니다. 여덟 분이 서류상으로만 부모는 아닙니다."

"누가 당신을 임신할지는 어떻게 결정했습니까?"

"엘리스 어머니의 엉덩이가 가장 컸습니다."

로페즈가 두 번째 박하사탕을 입에 털어 넣고 잠시 그것을 빨았다. 로페즈가 다시 말을 하기 전, 갑판이 흔들렸다. 비디오 녹화기가 받침대에서 흔들렸다.

"어뢰를 발사한 겁니까?" 홀던이 말했다. "그 소행성대 우주선들이 경로를 바꾸지 않은 모양이로군요."

"그에 대해 무슨 의견이라도 있습니까, 홀던 씨?"

"그냥 당신들은 소행성대 우주선을 파괴하는 데 꽤 적극적인 듯하군요."

"당신은 약해 보이면 안 되는 상황으로 우리를 몰아넣었습니다. 당신의 비난이 있고 난 뒤, 많은 사람이 우리를 미워하게 되었습니다."

홀던은 어깨를 으쓱했다. 만약 로페즈가 홀던에게서 죄책감이나 후회하는 모습을 찾고 싶은 거라면, 그건 가망이 없었다. 그 소행성대 우주선들은 자신들이 어디로 가는지 알고 있었다. 그 우주선들은 방향을 바꿔 달아나지 않았다. 그럼에도 홀던은 딱 꼬집어 말할 수 없는 뭔가가 마음에 걸렸다.

"그 사람들이 당신들을 증오할 수도 있겠죠." 홀던이 말했다. "하지만 죽을 각오가 된 사람들을 우주선 여섯 척 분량이나 찾는 건 힘든 일입니다. 어쩌면 자기들은 어뢰를 피할 수 있다고 생각하는 걸지도 모르지요."

로페즈는 움직이지 않았다. 정신집중 약물이 온몸에 스며들 때까지 대위는 꼼짝도 하지 않았다.

"우리는…." 로페즈가 입을 열었을 때 전투태세를 알리는 클랙슨이 울렸다. 작은 금속 격실에서 들으니 귀가 먹을 것만 같았다.

"젠장, 상대가 '반격'을 한 겁니까?" 홀던이 물었다.

로페즈가 백일몽에서 깨어난 사람처럼 고개를 저었다. 로페즈는 일어나더니 문가에 있는 통신 버튼을 눌렀다. 곧바로 해병 한 명이 들어왔다.

"홀던 씨를 자기 선실로 데려가." 로페즈가 말하고 급히 방을 나갔다.

해병이 소총 총신으로 복도를 가리켰다. 해병의 얼굴은 딱딱하게 굳어 있었다.

'이거, 뭔가 큰일이 난 거로군.' 홀던이 생각했다.

나오미가 자기 옆의 빈 소파를 손으로 툭툭 치며 싱긋 웃었다.

"손톱 밑에 바늘을 박아넣던가요?" 나오미가 물었다.

"아니, 사실, 해군 정보부 찌질이 치고는 놀랄 만큼 인간적이었어." 홀던이 대답했다. "물론, 그냥 몸 푸는 단계여서 그랬겠지만. 다른 우주선들에 대해 누구든 뭔가 들은 거 없어?"

알렉스가 말했다. "없습니다. 하지만 저 경보는 이 자들이 상대를 갑자기 진지하게 여기기 시작했다는 걸 의미합니다."

"미쳤어." 쉐드가 조용히 말했다. "이런 금속 풍선을 타고 날아다니면서 서로 상대편을 찔러 구멍을 내려 하다니. 진공상태의 저온에 장기간 노출되면 어떤 증상이 나타나는지 본 적 있어? 눈과 피부의 모세혈관이 모두 터져버린다고. 허파 세포가 파괴되어 심각한 폐렴이 생기고, 폐기종 같은 흉터가 생겨. 내 말은, 그냥 죽어버리지 않는다면 말이야."

"와, 그거 좆나 유쾌한 이야기네, 의사 선생. 알려줘서 고마워." 에이모스가 말했다.

우주선이 갑자기 엇박자로, 아주 빠른 리듬을 타고 흔들렸다. 알렉스가 두 눈을 휘둥그레 뜨고 홀던을 보았다.

"저건 국지 방어망을 펼쳐지는 겁니다. 즉 어뢰가 이쪽으로 다가온다는 뜻이지요." 알렉스가 말했다. "안전띠를 꽉 매는 게 좋을 겁니다. 이제부터 이 전함은 급격히 방향을 바꾸기 시작할 겁니다."

홀던을 제외한 나머지는 모두 이미 충격 흡수 소파에서 안전띠를 하고 있었다. 홀던도 안전띠를 여몄다.

"지랄 같군. 여기서 수천 클릭 떨어진 곳에서 진짜 작전이 벌어지는데 우리는 그걸 볼 장비가 없으니." 알렉스가 말했다. "뭔가가 대공 포화망을 뚫고 들어온다 해도 그게 선체를 찢어발기기 전까지는 알 방법이 없잖아."

"어이, 지금은 다 함께 그냥 이 좆같은 상황을 즐기자고." 에이모스가 큰 소리로 말했다.

쉐드의 두 눈이 휘둥그레졌고, 얼굴은 너무나 창백했다. 홀던이 고개를 설레설레 저었다.

"그런 일은 안 일어날 거야." 홀던이 말했다. "이 우주선은 파괴 불가능이야. 상대 우주선들이 누구든 간에 한바탕 소동은 일으킬 수 있지만 그게 전부야."

"죄송합니다, 선장님." 나오미가 말했다. "하지만 저 우주선들의 정체가 뭐든 간에, 이미 파괴되었어야 마땅한데 아직 그러지 않았습니다."

아득한 곳에서 벌어지는 전투 소음이 계속해 들렸다. 종종 어뢰가 발사되며 선체가 흔들렸다. 국지 방어 대포들이 빠르게 움직이며 거의 끊임없이 진동이 계속됐다. 홀던은 귀청이 찢어질 듯한 굉음에 몸이 흔들려 깨고서야 자신이 정신을 잃었었다는 것을 깨달았다. 에이모스와 알렉스가 고함을 치고 있었다. 쉐드가 비명을 지르고 있었다.

"무슨 일이 일어난 거야?" 소음 너머로 홀던이 외쳤다.

"우리가 맞았습니다, 선장님!" 알렉스가 말했다. "어뢰에 맞았습니다!"

중력이 갑자기 줄어들었다. 도나저 호가 엔진을 멈춘 것이다. 혹은 엔진이 파괴된 것이다.

에이모스는 다른 소리를 압도하는 큰소리로 여전히 "씨발, 씨발, 씨발." 하고 고함을 치고 있었다. 하지만 적어도 쉐드는 비명을 멈췄다. 쉐드는 소파에서 두 눈을 휘둥그레 뜨고 물끄러미 허공을 바라보았고, 얼굴이 새하얗게 질렸다. 홀던이 안전띠를 풀고 통신 패널 쪽으로 급히 갔다.

"짐!" 나오미가 외쳤다. "뭐하는 겁니까?"

"상황이 어떻게 돌아가는지 알아야 해" 홀던이 어깨너머로 말했다.

해치 옆 칸막이벽에 도착하자 홀던은 통신 패널 호출 버튼을 다급히 쳤다. 아무 응답이 없었다. 홀던이 버튼을 다시 쳤고, 다음에는 해치를 두드리기 시작했다. 아무도 오지 않았다.

"해병대 새끼들은 다 어디 간 거야?" 홀던이 말했다.

조명이 침침해졌다가 다시 밝아졌다. 그리고 느린 리듬을 타며 침침해졌다 밝아지길 반복했고 또 반복했다.

"가우스 포탑이 발사 중입니다. 씨발. 백병전입니다." 알렉스가 놀라 말했다.

연합 역사상, 주력함에서 백병전이 일어난 적은 한 번도 없었다. 하지만 여기에서 그 일이 일어났다. 전함의 커다란 대포들이 불을 뿜었고, 이는 유도장치 없는 무기들을 쓸 수 있을 정도로 거리가 가깝다는 뜻이었다. 수천이 아니라, 수백 또는 수십 킬로미터 거리라는 뜻이었다. 방법은 모르겠지만, 소행성대 우주선이 도나저 호의 어뢰 공격 속에서 살아남은 것이다.

"나 말고도 이거 정말 좆나 이상하다고 생각하는 사람?" 에이모스가 물었다. 목소리에는 공포의 기운이 배어 있었다.

육중한 해머에 징이 맞고 또 맞을 때처럼 도나저 호가 울리기 시작했다. 반격을 하는 것이다.

쉐드를 죽인 가우스 탄환은 소리조차 내지 않았다. 마치 마법처럼, 방 양쪽에 완벽하게 둥근 원 두 개가 나타났고, 그 두 원을 이은 선이 쉐드의 소파를 가로질렀다. 좀 전까지 의료요원은 그곳에 있었다. 그리고 다음 순간, 후골 위쪽으로 쉐드의 머리가 사라지고 없었다. 동맥을 돌던 피가 흩뿌려지며 빨간 구름을 이루었고 곧 두 개의 가느다란 선으로 바뀌더니 소용돌이치며 공기와 함께 벽에 난 구멍을 빠져나갔다.

12
밀러

30년 동안 밀러는 치안요원 일을 해왔다. 폭력과 죽음은 밀러에게 낯익은 동반자였다. 남자, 여자, 동물, 아이. 한 번은 피를 흘리며 죽어가는 여자의 손을 잡아 준 적도 있었다. 지금까지 밀러는 두 명을 죽였으며, 아직도 눈을 감고 그때 일을 생각하면 죽어가는 얼굴들이 생생히 떠올랐다. 만약 누가 물으면 밀러는 자신이 흔들릴 만한 일은 이제 거의 없다고 대답했을 것이다.

하지만 밀러는 전쟁이 시작되는 걸 한 번도 본 적이 없었다.

'고귀한 히아신스' 라운지는 근무 교대를 마친 사람들로 붐볐다. 치안요원 복장을 한 남녀(대부분은 스타 헬릭스 소속이었지만 더 작은 회사 소속도 몇 있었다)는 일과 후 술을 마시며 피로를 풀거나 아침 뷔페가 차려진 곳으로 가서 커피, 설탕 소스에 절인 쫄깃쫄깃한 균류, 고기 함량은 아마도 1,000분의 1 정도일 소시지를 가져왔다. 밀러는 소시지를 씹으면서 벽에 설치된 모니터를 지켜보았다. 스타 헬릭스의 대외 관계 대표는 진지한 표정과 침착하고 확신에 찬 태도로 앞으로 모든 게 엉망이 될 거라는 설명을 하고 있었다.

"초동수사에 의하면, 그 폭발은 핵 장치를 도킹 스테이션에 연결하려다가 실패해서 난 사고인 듯합니다. 화성 정부의 관료들은 '테러로 추정되는 행동'이라고 언급했으며, 곧 있을 이후의 조사들에 대해서는 언급을 거부했습니다."

"한 건 더 생겼군요." 밀러 뒤에서 해브록이 말했다. "아시겠지만, 결국에는 저기 있는 멍청이들 가운데 하나가 전쟁을 일으킬 겁니다."

밀러가 의자에서 몸을 돌렸고, 옆에 있는 의자를 향해 고갯짓했다. 해브록이 의자에 앉았다.

"그러면 흥미로운 날이 되겠지." 밀러가 말했다. "막 자네에게 전화하려던 참이었어."

"네, 미안합니다." 밀러의 파트너가 말했다. "제가 좀 늦었죠."

"이직 쪽으로 무슨 소식이라도 있어?"

"아니요." 해브록이 말했다. "올림퍼스 산 어딘가의 책상에서 제 서류를 붙잡아 놓고 있는 듯합니다. 선배는 어떻습니까? 그 특별 임무 아가씨에 대해 뭔가 알아냈습니까?"

"아직은." 밀러가 말했다. "있지, 내가 보자고 한 이유는… 내게 며칠 정도 시간이 필요해. 줄리에 대한 단서를 추적하려면 말이야. 하지만 현재 상황이 이렇다 보니 샤디드는 내가 간단한 보고서만 제출하고 찌그러져 있기를 바라."

"하지만 선배는 그걸 무시하고 있고요." 해브록이 말했다. 그건 질문이 아니었다.

"이 사건에 대해 뭔가 느낌이 와."

"그럼 제가 어떻게 도와드리면 되겠습니까?"

"자네가 내 변명을 해줬으면 해."

"제가 무슨 수로요?" 해브록이 물었다. "그냥 선배가 아프다고 사람들에게 얘기해서 될 일이 아니잖습니까. 윗선에선 선배든 누구든 모두의 의료 기록을 들여다볼 수 있다고요."

"내가 술이 곤드레가 되었다고 말해." 밀러가 말했다. "우연히 캔디스와 마주쳤다고 해. 캔디스는 내 전처야."

해브록은 이마를 찡그리며 소시지를 씹었다. 지구인은 천천히 고개를 저었다. 거절의 뜻이 아니라 질문을 위한 전조였다. 밀러는 기다렸다.

"서장이 시킨 일을 하면서도 안 그런 척, 여자에게 버림받고 술 취해 결근하는 거로 보이게 해달라고 하는 겁니까? 이해가 안 됩니다."

밀러는 입술을 핥고 매끄러운 유백색 탁자에 팔꿈치를 대고 몸을 앞으로 숙였다. 누군가가 플라스틱 상판에 문양을 새겨 두었다. 갈라진 원이었다. 그리고 여기는 경찰들이 주로 오는 술집이었다.

"내가 찾는 게 뭔지 나도 잘 몰라." 밀러가 말했다. "수많은 것들이 이리저리 서로 연결되어 있지만, 그 정체는 아직 잘 모르겠어. 좀 더 알게 되기 전까지, 나는 바짝 엎드려 있어야 해. 전처에게 폭주하고 며칠째 술만 마시는 남자? 누구도 그런 사람에게는 주의를 기울이지 않을 거야."

해브록은 다시 고개를 저었다. 이번에는 가벼운 불신이 배인 태도였다. 만약 해브록이 벨트인이었다면 우주복을 입은 상태에서도 상대가 볼 수 있도록 손짓으로 티를 냈을 것이다. 이 역시 해브록이 소행성대에서 자라지 않았기에 결코 깨우칠 수 없는 수백 가지 자질구레한 방식 가운데 하나였다. 벽 모니터는 수수한 제복을 입은 금발 여자의 모습을 보여주기 시작했다. 대외 관계 대표가 화성 해군의 전략적 반응 그리고 증가하는 만행의 배후에 OPA가 있는가에 대해 이야기를 하고 있었다. 대외 관계 대표는, 우주선을 박살 낼 덫을 놓다가 과부하 걸린 융합반응로를 서투르게 다룬 행위를 그렇게 불렀다. 만행이라고.

"저 개소리는 도무지 알아먹지를 못하겠군요." 해브록이 말했고, 잠시 밀러는 해브록이 소행성대 게릴라 행동을 뜻하는 것인지, 화성의 반응을 뜻하는 것인지, 아니면 질문을 던진 것인지 분간하지 못했다. "진심입니다. 지구는 어디에 있습니까? 이 모든 소동이 일어나는 동안 지구에 대해서는 단 한마디도 듣지 못했습니다."

"지구에 대한 이야기가 왜 나와야 하는데?" 밀러가 말했다. "이건 화성과 소행성대 사이에서 벌어지는 일이야."

"그 둘 사이에 큰일이 있었을 때 지구가 빠진 적이 언제 있었습니까?" 해브록이 말하더니 한숨을 쉬었다. "알았습니다. 선배는 너무 술에 취해 출근할 수 없는 겁니다. 애정 생활은 엉망이고요. 선배가 출근하지 못하는 핑계를 대보도록 하지요."

"며칠이면 돼."

"지구 출신 경찰을 죽이기에 지금이 안성맞춤이라고 여겨서 누군가 난사를 하기 전에 돌아오셔야 합니다."

"그렇게 하지." 밀러가 일어나며 말했다. "등 뒤를 조심하라고."

"두말하면 잔소리죠." 해브룩이 말했다.

세레스 유술 센터는 항구 근처에 있었다. 회전 중력이 가장 강한 곳이었다. 그 구멍은 대회전이 있기 전 창고이던 곳을 개조해 만들었다. 실린더는 맨 아래에서 3분의 1쯤 되는, 바닥이 설치된 곳부터 평평해졌다. 온갖 길이의 지팡이, 죽도, 날이 무딘 훈련용 플라스틱 칼들이 둥그런 천장에 걸려 있었다. 한 줄로 늘어선 근력 단련 기계에서 운동하는 남자들이 내뱉는 신음 소리, 뒤쪽에서 여자가 무거운 백을 강타하는 부드러운 타격음이 반질거리는 돌에 메아리쳤다. 가운데 매트에는 세 명의 학생이 서서 낮은 목소리로 이야기하고 있었다.

문 양쪽의 정면 벽은 사진들로 가득했다. 군복을 입은 군인, 대여섯 개 소행성대 회사에서 일하는 치안요원들. 많지는 않았지만 내행성 사람들도 몇 있었다. 시합에 참여해 받은 상패들. 도장의 역사를 작은 글씨로 요약한 인쇄물 하나.

학생 가운데 한 명이 기합을 내지르며 다른 학생과 함께 매트로 쓰러졌다. 계속해 서 있던 이가 박수를 치더니 둘이 일어나는 것을 도왔다. 밀러는 혹시 줄리가 있지 않을까 하는 마음에 벽에 걸린 사진들을 살폈다.

"어떻게 오셨습니까?"

그 남자는 밀러보다 머리 반 개쯤 작았으며 어깨는 거뜬히 두 배는 되었다. 그렇기에 그 남자가 지구인처럼 보여야 마땅했지만, 그 외의 모든 것은 그 남자가 벨트인임을 말해주었다. 창백한 땀으로 인해 피부는 더욱 검어 보였다. 남자의 웃음은 호기심이 어렸으면서 동시에 배불리 먹은 포식자처럼 평온했다. 밀러가 고개를 끄덕였다.

"밀러 형사라고 합니다." 밀러가 말했다. "저는 스테이션 치안대에서 일합니다. 당신 학생 가운데 한 명에 대한 정보를 얻고 싶습니다."

"공식 조사입니까?" 남자가 물었다.

"네." 밀러가 말했다. "그렇습니다."

"그러면 영장이 있겠군요."

밀러가 싱긋 웃었다. 그러자 남자도 싱긋 웃었다.

"영장이 없으면 우리 학생에 대해 아무런 정보도 줄 수 없습니다." 남자가 말했다. "이곳 정책입니다."

"존중합니다." 밀러가 말했다. "아니, 정말입니다. 단지… 이번 조사의 일부분은 다른 경우보다 좀 더 공식적이라고나 할까요. 그 여자에게 문제가 있는 게 아닙니다. 그 여자는 아무 일도 하지 않았습니다. 하지만 루나에 있는 가족이 행방을 알고 싶어 합니다."

"납치로군요." 남자가 팔짱을 끼며 말했다. 평온한 얼굴이 별다른 움직임 없이도 싸늘하게 변했다.

"공식적인 부분은요." 밀러가 말했다. "전 영장을 받아올 수 있으며, 그러면 우리는 모든 과정을 공식 채널을 통해 처리할 수 있지요. 하지만 그러면 전 제 보스에게 보고해야만 합니다. 제 보스가 더 많은 것을 알수록, 제가 알아서 처리할 수 있는 권한이 줄어들지요."

남자는 반응을 보이지 않았다. 남자의 침착함에 밀러는 당황했다. 밀러는 초조해하지 않으려 애썼다. 도장 저 뒤쪽에서 무거운 백을 치던 여자가 한바탕 연타를 날리며 그때마다 기합을 넣었다.

"누굽니까?" 남자가 물었다.

"줄리 마오입니다." 밀러가 말했다. "제 생각에 그 아이에게 문제가 생긴 듯합니다." 부처의 어머니를 찾고 있다고 말했어도 상대의 반응은 매한가지였을 듯했다.

"설사 그렇다 해도 왜 당신이 관심을 보이는 겁니까?"

"그 질문에 대한 답은 저도 모릅니다." 밀러가 말했다. "그냥 그럴 뿐입니다. 만약 원치 않는다면, 돕지 않아도 됩니다."

"그리고 당신은 영장을 가지고 오겠죠. 공식 채널을 통해 일할 거고."

밀러는 모자를 벗고는 길고 가는 손으로 머리를 쓸어 넘기고 다시 모자를 썼다.

"아마도 안 그럴 겁니다." 밀러가 말했다.

"신분증을 보여주십시오." 남자가 말했다. 밀러는 터미널을 꺼내 상대에게 신분을 확인시켜주었다. 남자는 터미널을 돌려주더니 무거운 백들 뒤쪽의 작은 문을 가리켰다. 밀러는 시키는 대로 했다.

사무실은 비좁았다. 작은 라미네이트 책상 하나, 그리고 그 뒤에는 의자를 대신하는 부드러운 공 하나. 술집에서 가져온 듯한 걸상 두 개. 파일 캐비닛 하나, 그리고 수여패와 단증을 만드는 듯한, 오존과 기름 냄새가 풀풀 나는 작은 제조기.

"왜 그 아이 가족이 그 아이를 원하는 겁니까?" 남자가 공 위에 앉으며 말했다. 공은 의자 역할을 했지만, 그 위에 있으려면 계속해 중심을 잡아야 했다. 쉬는 곳이지만 사실상 쉴 수 없는 곳이었다.

"그 사람들은 줄리가 위험에 처했다고 생각합니다. 적어도, 그 사람들은 그렇게 말하고 있고, 전 그 말을 믿지 않을 이유가 없습니다."

"어떤 종류의 위험입니까?"

"모릅니다." 밀러가 말했다. "줄리가 스테이션에 있었다는 건 압니다. 우주선을 타고 타이코로 갔다는 것도 압니다. 하지만 그 뒤로는 아무것도 모릅니다."

"줄리의 가족이 줄리를 자기 스테이션으로 데려가고 싶어 하는 겁니까?"

이 남자는 줄리의 가족이 누군지 알았다. 밀러는 조금도 지체 없이 그 정보를 마음속에 갈무리했다.

"그런 건 아니라고 생각합니다." 밀러가 말했다. "줄리가 가족에게서 받은 마지막 연락은 루나를 통해서였습니다."

"중력 우물 속이라니." 남자는 그게 질병이라도 된다는 듯이 말했다.

"전 그 아이가 누구와 함께 떠났는지를 아는 사람을 찾고 있습니다. 만약 그 아이가 도망 중이라면, 그 아이가 어디로 갔으며 언제 그곳에 도착할지를 알고 싶습니다. 그 아이가 좁은광선이 닿는 곳에 있는지를요."

"전 아무것도 모릅니다." 남자가 말했다.

"제가 물어볼 만한 사람을 아십니까?"

잠시 침묵이 흘렀다.

"어쩌면요. 뭔가 알게 되면 알려드리겠습니다."

"그 아이에 대해 뭔가 더 말해줄 수 있는 건 없습니까?"

"그 아이는 5년 전에 도장을 다니기 시작했습니다. 처음 여기에 왔을 때는… 분노에 차 있었습니다. 자제심이 없었죠."

"그렇지만 나아졌죠." 밀러가 말했다. "갈색띠죠, 그렇죠?"

남자가 눈썹을 치켰다.

"저는 경찰입니다." 밀러가 말했다. "뭔가를 알아내는 게 직업입니다."

"그 아이는 나아졌습니다." 줄리의 선생이 말했다. "그 아이는 공격을 당했습니다. 소행성대에 온 직후예요. 그 아이는 그런 일이 두 번 다시 일어나지 않도록 만전을 기했습니다."

"공격을 당했다니," 남자의 목소리를 분석하며 밀러가 말했다. "강간당했다는 겁니까?"

"물어보지 않았습니다. 하지만 그 아이는 열심히 연습했습니다. 스테이션을 떠나 있을 때조차도요. 사람들이 꾀를 부리면 티가 납니다. 다시 약해지지요. 줄리는 한 번도 그런 적이 없습니다."

"강한 아이군요." 밀러가 말했다. "다행이네요. 줄리에게 친구가 있었나요? 대련을 하는 사람은요?"

"몇 명이요. 다음 질문에 미리 답을 하자면, 제가 아는 한 애인은 없었습니다."

"그거 이상하군요. 그런 아이가."

"그런 아이라니 무슨 뜻입니까?"

"예쁘죠," 밀러가 말했다. "유능하죠. 똑똑하죠. 헌신적이죠. 그런 아이와 사귀고 싶지 않은 사람이 어디 있겠습니까?"

"아마도 적당한 사람을 못 만났나 보죠."

밀러는 남자의 말투가 왠지 마음에 걸렸다. 밀러는 찜찜했지만, 일단은 어깨를 으쓱하며 넘어갔다.

"그 아이는 어떤 일을 했습니까?" 밀러가 물었다.

"경수송선에서 일했습니다. 어떤 물건을 옮겼는지는 저도 모릅니다. 손님이 원하면 뭐든지 옮겨준다는 느낌을 받았습니다."

"그럼 정기선이 아니었나요?"

"제가 받은 느낌은 그랬습니다."

"누구의 우주선에서 일했나요? 특정한 수송선이었나요, 아니면 아무 데서나 닥치는 대로 일했나요? 특정한 회사가 있었나요?"

"뭔가 알게 되면 알려드리겠습니다." 남자가 말했다.

"OPA를 위한 배달이었나요?"

"뭔가 알게 되면," 남자가 말했다. "알려드리겠습니다."

그날 오후의 뉴스는 온통 포에베에 대한 것이었다. 그곳에 있는 과학 스테이션(벨트인들은 도킹조차 허용되지 않는 곳이었다)이 공격을 받은 것이다. 공식 보고에 따르면, 그 기지에 있던 사람들 절반이 죽었으며, 나머지 반은 실종되었다. 자신들의 행동이라 주장하는 이는 아직 나타나지 않았지만, 사람들은 소행성대 단체, 아마도 OPA 또는 다른 누군가가 마침내 사망자를 내는 '만행'을 저지른 것이라고 여겼다. 밀러는 자기 구멍에서 앉아 방송 피드를 보며 술을 마셨다.

점차 악몽이 되어가고 있었다. OPA 해적 방송들은 전쟁을 부르짖었다. 게릴라전이 움트고 있었다. 모든 면에서 그랬다. 화성이 더는 이들을 두고 보지 않을 시간이 다가오고 있었다. 그리고 화성이 행동을 시작하면 지구가 그 뒤를 따르는가 아닌가는 문제가 아니었다. 소행성대에서 최초로 전쟁이 벌어질 터였다. 파국이 닥치고 있었고, 양측 모두 자신들이 얼마나 연약한 존재인지 깨닫지 못한 듯했다. 그리고 그것을 막기 위해 밀러가 할 수 있는 것은 아무것도, 정말로 아무것도 없었다. 심지어 그 과정을 늦출 수조차 없었다.

사진 속 줄리 마오가 밀러를 보고 싱긋 웃었다. 그 뒤에는 보트가 있었다. 유술 센터의 남자는 줄리가 '공격당했다'고 했다. 줄리의 기록에는 그에 대한 언급이 없었다. 노상강도를 당한 걸 수도 있었다. 더 심한 경우였을 수도 있었다. 밀러는 희생자들을 많이 알았으며, 세 가지 유형으로 분류했다. 첫 번째는 아무 일도 일어나지 않은 척하거나 아무 문제 아니라는 듯 행동하는 부류였다. 밀러가 얘기해 본 사람들 가운데 절반을 훨씬 넘은 수가 이 부류에 속했다. 그리고 자신이 겪은 일을 뭐든 자기 맘대로 해도 된다는 허가증 정도로 여기는 이들이 있었다. 그런 이들이 나머지 대부분이었다.

아마도 5퍼센트, 아니면 그보다 적은 수가 자신이 겪은 일을 받아들이고, 교훈을 얻고, 앞으로 나아갔다. 줄리 같은 이들이었다. 강한 사람들이었다.

근무 시간이 끝나고 3시간이 지났을 때 밀러의 문 초인종이 울렸다. 밀러는 생각보다 다리가 후들거리는 것을 느끼며 일어났다. 밀러는 탁자 위의 병 수를 세어 보았다. 생각보다 많았다. 밀러는 문을 먼저 열지 아니면 병들을 재활용 처리기에 먼저 넣을지 사이에서 잠시 망설였다. 초인종이 다시 울렸다. 밀러는 문을 열러 갔다. 어쨌든 만약 스테이션에서 온 누군가라면 밀러가 술 취해 있으리라 예상할 터였다. 실망시킬 이유가 없었다.

낯익은 얼굴이었다. 여드름 자국, 억제된 표정. 술집에서 보았던 OPA 완장. 마테오 주드를 죽인 자였다.

경찰.

"좋은 저녁이군." 밀러가 말했다.

"밀러 형사." 여드름 자국의 남자가 말했다. "우리 관계가 좀 어긋나 있다는 생각을 했지. 다시 시작해볼까 하는데."

"좋지."

"들어가도 되나?"

"난 낯선 이를 집에 들이지 않아." 밀러가 말했다. "난 당신 이름이 뭔지도 몰라."

"앤더슨 도스," 곰보 남자가 말했다. "외행성 연합의 세레스 연락책이야. 우리는 서로 도울 수 있다고 생각해. 이제 들어가도 되나?"

밀러가 뒤로 물러섰고 곰보 남자, 즉 자신을 도스라고 밝힌 남자가 안으로 들어갔다. 도스는 두 번 정도 느리게 숨을 쉴 시간 동안 구멍을 살피더니 오래된 맥주의 퀴퀴한 냄새와 병 따위는 언급할 거리가 안 된다는 듯이 말없이 의자에 앉았다. 밀러는 조용히 자신을 욕했고, 취기를 털어버리려 했었지만 잘 안 되는 걸 느끼며 도스 맞은편에 앉았다.

"부탁을 들어줬으면 해." 도스가 말했다. "기꺼이 값은 치르겠어. 물론 돈은 아니고. 정보로."

"뭘 원하는데?" 밀러가 물었다.

"줄리엣 마오 찾는 걸 그만둬."

"안 팔아."

"난 평화를 유지하려는 거야, 형사." 도스가 말했다. "당신은 내 말을 들어야 해."

밀러가 탁자에 팔꿈치를 대고 몸을 앞으로 기울였다. 평온함을 자랑하던 그 유술 선생이 OPA를 위해 일을 하는 건가? 도스가 찾아온 시간을 보면 그런 듯했다. 밀러는 그 가능성을 마음속에 새겼지만 아무 말도 하지 않았다.

"마오는 우리를 위해 일했어." 도스가 말했다. "하지만 당신도 그건 이미 추측했을 거야."

"어느 정도는. 그 아이가 어디에 있는지 알아?"

"몰라. 우리는 마오를 찾고 있어. 그리고 그 아이를 찾는 건 우리여야 해. 당신이 아니라."

밀러는 고개를 저었다. 책임감이 있었고, 적당히 둘러댈 말이 있었다. 밀러의 머릿속 어딘가에서 그 말들이 덜거덕거렸고, 만약 밀러가 그렇게 어질어질하지만 않았다면….

"당신은 '그자들' 가운데 한 명이야, 형사. 여기서 평생을 살았을지는 모르지만, 당신에게 급료를 주는 건 내행성 회사야. 아니, 기다려. 당신을 비난하는 건 아니야. 그게 어떤 식인지는 나도 알아. 그자들은 고용을 했고 당신은 일이 필요했지. 하지만… 우리는 굉장히 아슬아슬한 상황에 처해있어. 캔터베리 호 말이야. 소행성대의 비주류 분파들이 전쟁을 외치고 있어."

"포에베 스테이션."

"그래, 그자들은 그것 역시 우리 탓을 할 거야. 루나 회사의 막

나가는 딸까지 더하면….”

“당신은 그 아이에게 무슨 일이 일어났다고 생각하는군.”

“그 아이는 스코풀라이 호에 있었어.” 도스가 말했다. 그리고 밀러가 즉각 반응을 보이지 않자 덧붙여 말했다. “화성이 캔터베리 호를 파괴할 때 미끼로 쓴 수송선 말이야.”

밀러는 한참 동안 그 말을 생각하더니 낮게 휘파람을 불었다.

“우리는 무슨 일이 있었는지 몰라.” 도스가 말했다. “우리가 그걸 알아내기 전에 당신이 물을 흐리게 둘 수 없어. 이미 충분히 흙탕물이라고.”

“그러면 무슨 정보를 제공할 건데?” 밀러가 물었다. “이건 거래잖아. 맞지?”

“우리가 뭔가 알게 되면 그걸 알려줄게. 우리가 마오를 찾게 된 뒤에.” 도스가 말했다. 밀러가 킥킥거렸고, OPA 대원이 계속 말했다. “당신이 누구인지를 생각한다면 후한 조건이라고. 지구의 고용인이잖아. 화성인의 파트너고. 그 둘만으로도 당신을 적으로 삼기 충분하다고 생각하는 사람들이 있을걸.”

“하지만 당신은 아니고.” 밀러가 말했다.

“나는 우리, 즉 당신과 나의 기본 목표가 같다고 생각해. 안정 그리고 안전. 묘한 시기엔 묘한 연합이 생기는 법이지.”

“질문 두 개.”

도스가 환영한다는 표시로 두 팔을 벌렸다.

“누가 폭동 진압 장비를 가져갔지?” 밀러가 물었다.

“폭동 진압 장비?”

“캔터베리 호가 파괴되기 전에 누군가 우리의 폭동 진압 장비를 가져갔어. 어쩌면 그자들은 군중을 통제하기 위해 군인들을 무장시키고 싶었을지도 몰라. 어쩌면 우리가 군중을 통제하지 못하길 원했을 수도 있고. 누가 그걸 가져갔지? 왜?"

"우리가 한 게 아니야." 도스가 말했다.

"그건 답이 아니야. 그리고 다음 질문. 황금가지협회에 무슨 일이 일어났지?"

도스는 멍한 표정을 지었다.

"로카 그레이가?" 밀러가 물었다. "소히로?"

도스가 입을 열었다가 닫았다. 밀러는 맥주병을 재활용 처리기에 넣었다.

"개인적인 감정은 없어, 친구." 밀러가 말했다. "하지만 당신의 조사 기술은 내게 전혀 인상적이지가 않아. 대체 당신이 그 아이를 찾을 수 있다는 그 자신감은 뭐야?"

"이 질문은 공평하지 못해." 도스가 말했다. "며칠만 시간을 주면 당신에게 답을 주겠어."

"그럼 그때 가서 다시 말하자고. 당신이 일을 할 동안 나는 전면전에 불을 붙이지 않도록 최선을 다하겠지만 그렇다고 줄리를 그냥 잊을 수는 없어."

도스가 일어났다. 불쾌한 표정이었다.

"실수하는 거야." 도스가 말했다.

"처음도 아닌걸."

남자가 떠난 뒤, 밀러는 탁자 앞에 앉았다. 밀러는 멍청했다. 아니, 그보다 더 나빠서, 제멋대로였다. 일을 하는 대신, 줄리를 찾는 대신, 몸이 제대로 말을 안 들을 정도로 술을 마시다니. 하지만 이제 밀러는 좀 더 알았다. 스코폴라이 호. 캔터베리 호. 점들 사이에 선들이 더 생겼다.

밀러는 병들을 치우고 샤워를 하고 터미널을 켜고 줄리의 우주선에 대한 정보를 찾아보았다. 한 시간 뒤, 밀러는 새로운 생각이 떠올랐고, 그 생각을 곱씹을수록 조그맣던 공포는 점점 커져갔다. 자정 가까이 되었을 무렵, 밀러는 해브록의 구멍에 전화를 했다.

밀러의 파트너는 오롯이 2분이 지난 뒤에 답을 했다. 응답하는 해브록의 머리는 산발이었고 눈빛은 피곤으로 흐릿했다.

"밀러?"

"해브록. 휴가 좀 쌓아 놓은 거 있어?"

"약간요."

"병가는?"

"당연히 있죠." 해브록이 말했다.

"그걸 써." 밀러가 말했다. "지금 써. 스테이션을 떠나. 어딘가 안전한 곳을 찾아서 떠나. 만약 뭔가 잘못되어 사람들이 터무니없는 이유로 지구인들을 죽이지 않을 만한 어딘가로 떠나."

"무슨 말인지 모르겠군요. 무슨 말을 하는 겁니까?"

"오늘 저녁 OPA 요원이 나를 찾아왔어. 그리고 내가 맡은 납치 일을 관두라고 날 설득하려 했지… 내가 보기에, 그자는 초조해. 겁을 먹은 듯해."

잠에 취한 해브록의 머리가 그 말을 이해할 때까지 잠시 시간이 걸렸다.

"맙소사." 해브록이 말했다. "OPA를 겁줄 수 있다니, 그게 대체 뭐죠?"

13
홀던

홀던은 쉐드의 목에서 뿜어 나온 피가 마치 환풍기로 빨려 들어가는 연기처럼 소용돌이치는 모습을 지켜보며 완전히 얼어붙었다. 공기가 방에서 빨려 나가면서 전투 소리가 희미해지기 시작했다. 귀가 욱신거렸고, 이어서 마치 얼음송곳에 찔린 것처럼 아파져 왔다. 홀던은 소파 안전띠와 씨름하며 알렉스를 힐긋 보았다. 조종사는 뭔가에 대고 소리를 쳤지만 희박한 공기 속에서 그 소리는 전달되지 않았다. 나오미와 에이모스는 이미 소파를 빠져나왔고, 발을 굴러 몸을 띄우더니 방을 가로질러 두 개의 구멍이 있는 곳으로 날아갔다. 에이모스는 한 손에 저녁 식사가 담겨 나왔던 플라스틱 쟁반을 들고 있었다. 나오미는 하얀 3공 바인더를 들고 있었다. 홀던은 둘을 바라보다가 0.5초 뒤 둘이 뭘 하려는지 깨달았다. 세상이 좁아졌고, 홀던의 주변 시야는 온통 별과 어둠으로 가득해졌다.

홀던이 안전띠를 풀었을 무렵, 에이모스와 나오미는 이미 임시

마개로 구멍을 막은 뒤였다. 엉성하게 막은 구멍 틈으로 공기가 빠져나가며 날카로운 소리가 방을 가득 채웠다. 방안의 공기압이 높아지자 홀던의 시력이 돌아오기 시작했다. 홀던은 공기를 찾아 거친 숨을 몰아쉬었다. 누군가가 천천히 방의 음량 조절기를 돌린 것처럼, 구조를 외치는 나오미의 목소리가 들리기 시작했다.

"짐, 비상 로커를 열어요!" 나오미가 외쳤다.

나오미는 홀던의 충격 흡수 소파 근처 격벽에 있는 작은 주황색 패널을 가리키고 있었다. 오랜 선상 훈련 과정으로 무산소증과 감압증에 어느 정도 단련이 되어 있었기에 홀던은 얼른 로커 봉인 손잡이를 낚아채 뜯은 다음 문을 열었다. 안에는 고대 적십자 표시가 된 하얀 구급상자 하나, 산소마스크 여섯 개, 경화 플라스틱 원반들이 담긴 봉인된 가방 하나 그리고 거기에 부착된 본드총 하나가 있었다. 응급 봉합세트였다. 홀던은 그것을 낚아챘다.

"본드총만요." 나오미가 홀던을 향해 외쳤다. 홀던은 나오미의 목소리가 아련하게 들렸지만, 그게 희박한 공기 때문인지 아니면 압력이 떨어지면서 고막이 터졌기 때문인지는 알 수 없었다.

홀던은 봉합세트 가방에서 총을 낚아채 나오미에게 던졌다. 나오미는 3공 바인더 가장자리에 순간 접착제를 바르기 시작했다. 나오미는 총을 에이모스에게 던졌고, 에이모스는 백핸드 자세로 가볍게 총을 받아 쟁반 주위에 접착제를 발랐다. 날카로운 소리가 멈췄고, 그 빈자리를 공기 시스템이 압력을 정상으로 되돌리는 과정에서 내는 쉿쉿 하는 소리가 대신했다. 15초가 흘렀다.

모두가 쉐드를 바라보았다. 진공이 사라지자 쉐드에게서 뿜어 나온 피는, 마치 머리 대신 그려놓은 무시무시한 만화처럼, 목 바로 위에서 붉은 공이 되어 둥둥 떠 있었다.

"맙소사, 보스." 에이모스가 쉐드에게서 시선을 돌려 나오미를 보며 말했다. 에이모스는 모두에게 들릴 만큼 딱 소리가 나게 이를 다물었으며, 고개를 설레설레 저었다. "이 무슨…."

"가우스 탄환이야." 알렉스가 말했다. "그 우주선들에 레일 건이 있어."

"'레일' 건을 장착한 '소행성대' 소유의 우주선이라고?" 에이모스가 말했다. "그렇게 좆나 멋진 물건을 구했으면서 아무도 내게 말을 안 했단 말이야?"

"짐, 바깥 복도와 맞은편 선실 모두 진공상태입니다." 나오미가 말했다. "이 우주선은 심하게 손상되었습니다."

홀던이 대답을 하려는 순간, 나오미가 구멍에 접착제로 붙여놓은 바인더가 눈에 들어왔다. 하얀 표지에는 검은 글씨로 'MCRN 응급 처리 절차'라고 찍혀 있었다. 홀던은 터져 나오는 웃음을 참아야만 했다. 지금 웃으면 자칫 광적으로 웃게 될 확률이 높았다.

"짐." 나오미가 걱정스러운 목소리로 말했다.

"난 괜찮아, 나오미." 홀던이 대답했고, 깊이 숨을 들이켰다. "저 임시막이가 얼마나 버틸까?"

나오미는 두 손을 으쓱했고, 머리털을 뒤로 모아 빨간 고무줄로 묶었다.

"공기보다는 오래 버틸 겁니다. 만약 우리 주위가 전부 진공이라면 그건 선실은 비상용 공기로 운영된다는 뜻입니다. 재생이 안 되는 거죠. 방마다 얼마나 공기가 있는지는 모르지만, 기껏해야 몇 시간 정도일 겁니다."

"우리가 우주복을 입고 있었으면 좋았을 텐데요, 안 그렇습니까?" 에이모스가 물었다.

"소용없었을 거야." 알렉스가 말했다. "우주복을 입고 여기에 왔다 해도 놈들이 벗겼을걸."

"시도해 볼 수는 있었지." 에이모스가 말했다.

"글쎄. 시간을 거슬러 올라가 다시 해보고 싶다면, 말리지 않겠어, 파트너."

나오미가 날카롭게 말했다. "어이." 그렇지만 더는 말하지 않았다.

누구도 쉐드에 대해 말하지 않았다. 다들 시체를 보지 않으려 애썼다. 홀던은 모두의 시선을 모으기 위해 목청을 가다듬었고, 이윽고 모두의 주목을 받으며 쉐드의 소파로 둥둥 떠 갔다. 홀던은 모두가 목이 잘린 시체를 잘 볼 수 있도록 잠시 가만히 기다렸다가 이윽고 소파 아래 서랍에서 담요를 꺼내 쉐드의 몸에 덮고 소파 안전띠로 묶었다.

"쉐드는 죽었어. 우리는 커다란 위험에 빠졌고. 말다툼 해봤자 우리 목숨을 1초도 연장해주지 않아." 홀던이 자기 승무원들을 한 명씩 돌아보며 말했다. "어쩌면 좋겠어?"

아무도 말하지 않았다. 홀던은 제일 먼저 나오미에게 고개를 돌렸다.

"나오미, 우리가 좀 더 오래 살아남으려면 지금 당장 뭘 해야 하지?" 홀던이 물었다.

"비상 공기를 찾을 수 있는지 알아보겠습니다. 방은 6인용으로 설계되었고 여기에는 단지… 우리 네 명뿐입니다. 공급량을 줄여 좀 더 오래 쓰게 할 수 있을 겁니다."

"좋아. 고마워. 알렉스?"

"만약 우리 말고 다른 누군가가 있다면, 그 사람들은 생존자를 찾을 겁니다. 저는 격벽을 두드리겠습니다. 진공에서는 듣지 못하겠지만, 공기가 있는 선실에 있다면 금속을 타고 그곳까지 소리가 전달될 겁니다."

"좋은 계획이야. 이 우주선에 우리만 유일하게 남았다고는 생각하고 싶지 않아." 홀던이 말하고는 에이모스를 보았다. "에이모스?"

"통신 패널을 점검하겠습니다. 함교나 피해대책반이나… 제길, 아무 데고 여하튼 연결될 수도 있습니다." 에이모스가 대답했다.

"고마워. 나는 우리가 아직 여기에 있다는 걸 누군가에게 알렸으면 해." 홀던이 말했다.

사람들은 각자 할 일을 위해 움직였고, 홀던은 공기 중을 둥둥 떠서 쉐드 옆으로 갔다. 나오미는 격벽의 패널을 떼어내기 시작했다. 알렉스는 갑판에 눕더니 두 손을 소파에 대서 몸을 고정한 다음 부츠발로 격벽을 차기 시작했다. 쾅하고 찰 때마다 방이 살짝씩 진동했다. 에이모스는 주머니에서 다용도 도구를 꺼내 통신 패널을 떼어내기 시작했다.

모두가 바삐 움직이는 것을 확인한 홀던은 쉐드의 어깨, 즉 담요에 번지고 있는 빨간 얼룩의 바로 아랫부분에 한 손을 올렸다.

"미안해." 홀던은 시체에게 속삭였다. 두 눈이 화끈거렸고, 홀던은 엄지손가락 뒷부분으로 두 눈을 눌렀다.

통신장치가 격벽에서 떨어져 나와 전선에 매달려 대롱거리더
니 큰 소리로 한 번 울렸다. 에이모스는 비명을 지르며 벽을 세
게 밀었고, 그 바람에 몸이 방을 가로질러 날아갔다. 홀던은 120
킬로그램의 운동량을 가진 지구인 정비공을 멈춰 세우기 위해 에
이모스의 어깨를 잡아 돌렸다. 통신장치가 다시 울렸다. 홀던은
에이모스가 날아가게 두고 통신장치 쪽으로 떠갔다. 장치의 하얀
버튼 옆의 노란 LED가 밝게 빛났다. 홀던은 버튼을 눌렀다. 통신
회선이 타닥거리다가 살아나더니 켈리 대위의 목소리가 들렸다.

"해치에서 물러서십시오. 들어갑니다." 켈리가 말했다.

"각자 뭔가를 잡아!" 홀던이 승무원들에게 외쳤고, 소파 안전
띠를 움켜쥐고는 그걸 손과 팔뚝에 감았다.

해치가 열렸을 때, 홀던은 공기가 전부 다 빠져나가리라 예상
했지만, 우지끈하고 커다란 소리가 나면서 1초 정도 압력이 살짝
낮아졌을 뿐이었다. 방 밖 복도에는 두꺼운 플라스틱 판들로 벽
을 봉인해 임시 에어록이 만들어져 있었다. 새로 생긴 복도방의
벽들은 공기압 때문에 위험할 정도로 휘어져 있었지만 그래도 공
기압을 버텨내고 있었다. 새로이 생긴 에어록 안쪽에는 켈리 대
위와 부하 셋이 진공용 중장갑복 차림에, 소규모 전쟁 몇 개를 치
러도 될 정도의 무장을 하고 있었다.

해병들은 당장에라도 무기를 쏠 준비가 된 상태로 재빠르게 방
으로 들어오더니 뒤의 해치를 봉인했다. 해병 가운데 한 명이 커
다란 가방을 홀던에게 건넸다.

"우주복 다섯 벌. 입으십시오." 켈리가 말했다. 켈리의 시선이
피에 젖은 담요를 뒤집어쓴 쉐드 쪽으로 가더니 이윽고 임시로 막

아놓은 구멍 두 개 쪽으로 옮아갔다. "사상자는?"

"우리 의료요원인 쉐드 가비." 홀던이 대답했다.

"이게 다 무슨 일입니까?" 에이모스가 큰 소리로 말했다. "당신 네 예쁜 배에 대고 어떤 놈이 똥을 싸질러대는 겁니까?"

나오미와 알렉스는 아무 말 없이 가방에서 우주복을 꺼내 나눠주기 시작했다.

"모르겠습니다." 켈리가 말했다. "하지만 우리는 지금 바로 떠날 겁니다. 나는 여러분을 데리고 탈출선을 타고 이 우주선을 떠나라는 명령을 받았습니다. 우리는 10분 안에 격납고까지 가서 우주선의 물건을 가지고 이 전투 지역을 떠나야 합니다. 빨리 입으십시오."

홀던은 이렇게 서둘러 탈출하는 게 어떤 의미인지를 생각하며 우주복을 입었다.

"대위, 이 우주선이 파괴되고 있는 겁니까?" 홀던이 물었다.

"아직은 아닙니다. 하지만 적들이 이 우주선에 들어왔습니다."

"그런데 왜 떠나는 겁니까?"

"우리가 지고 있습니다."

켈리는 홀던 일행이 우주복을 입기를 기다리는 동안 발로 바닥을 툭툭 차지 않았다. 홀던은 켈리가 그러지 않은 건 단지 해병들이 부츠의 자석 기능을 켜놓았기 때문일 거라고 생각했다. 모두가 엄지손가락을 들어 보이자마자 켈리는 각 우주복의 무선 기능을 빠르게 확인한 뒤 복도로 나왔다. 여덟 명, 그 가운데 네 명은 강화 장갑복을 입은 상태라 임시로 만든 소형 에어록은 비좁았다. 켈리는 가슴의 칼집에서 묵직한 칼을 빼내더니 단번에 플라스틱 방벽을 갈랐다. 등 뒤에서 해치가 거칠게 닫혔고, 복도의 공기가 소리 없이 펄럭이는 플라스틱 사이로 빠져나갔다. 켈리는 복도를 따라 돌진했고, 홀던 일행은 서둘러 그 뒤를 따라갔다.

"우리는 용골 엘리베이터들이 있는 곳을 향해 전속력으로 이동합니다." 켈리가 무선 링크를 통해 말했다. "적의 침입 경보 때문에 그곳들은 잠겨 있지만 내가 그 문을 쉽게 열 수 있습니다. 우리는 그 통로를 타고 격납고까지 내려갑니다. 모든 행동을 신속하게 해야 합니다. 만약 돌격대원을 보게 되어도 멈추지 마십시오. 항상 움직여야 합니다. 적은 우리가 상대합니다. 알겠습니까?"

"알겠습니다, 대위." 홀던이 헐떡이며 말했다. "왜 놈들이 이곳에 돌격해오는 겁니까?"

"명령 정보 센터(Command Information Center) 때문입니다." 알렉스가 말했다. "그건 성배입니다. 암호, 군대 배치, 컴퓨터 핵심, 작업내용. 주함의 CIC를 획득하는 건 전략가의 몽정이라 할 수 있지요."

"잡담 금지." 켈리가 말했다. 홀던은 켈리를 무시했다.

"그 말은, 그걸 뺏기느니 주요부를 날려버리겠다는 거지?"

"넵." 알렉스가 대답했다. "적이 돌격해왔을 때의 표준 절차입니다. 해병은 함교, CIC, 엔진실을 끝까지 지킵니다. 만약 그 셋 가운데 하나가 무너지면 다른 두 쪽에서 스위치를 켭니다. 그리고 우주선은 몇 초 정도 별이 되지요."

"표준 절차입니다." 켈리가 으르렁거렸다. "군인에겐 생명과 같은 겁니다."

"미안합니다, 대위." 알렉스가 대답했다. "나는 밴돈 호에서 근무했습니다. 별거 아니라는 뜻은 아닙니다."

일행이 모퉁이를 돌자 엘리베이터 열이 시야에 들어왔다. 모두 여덟 대의 엘리베이터는 굳게 닫혀 있었다. 우주선에 구멍이 났을 때 육중한 가압문이 굳게 닫힌 것이다.

"고메즈, 우회회로를 작동시켜." 켈리가 말했다. "몰, 두키, 저기 복도를 지켜."

해병 둘이 흩어지며 총의 가늠자로 복도를 주시했다. 세 번째 해병은 엘리베이터 문 가운데 하나로 가서 조작판에 뭔가 복잡한 행동을 하기 시작했다. 홀던은 동료들에게 사선에서 벗어나 벽 쪽으로 붙으라는 몸짓을 했다. 홀던의 발밑 갑판이 가끔 진동을 했다. 적함은 자신들의 돌격대가 들어와 있기에 이제 포격을 멈췄다. 따라서 진동을 일으키는 건 소규모 화기와 소형 폭탄이리라. 하지만 완벽하게 고요한 진공 속에 서 있으니, 모든 게 저 멀리서 벌어지는 일 같고 초현실적이란 느낌이 들었다. 홀던은 머리가 빠릿빠릿하게 돌아가지 않는다는 것을 깨달았다. 정신적 충격에 따른 반응이었다. 캔터베리 호의 파괴, 에이드와 맥도웰의 죽음, 그리고 이제 누군가가 소파에 있던 쉐드를 죽였다. 그건 너무 과했다. 홀던은 그 모든 것을 제대로 받아들일 수가 없었다. 주위의 광경이 점점 더 멀어지는 느낌이 들었다.

홀던은 뒤에 있는 나오미와 알렉스와 에이모스를, 자신의 승무원들을 돌아보았다. 그들은 우주복 디스플레이가 내는 녹색 불빛 속에서 창백하고 으스스한 얼굴로 홀던을 바라보았다. 바깥 가압문이 열리며 엘리베이터 문이 나오자 고메즈가 의기양양하게 주먹을 힘차게 흔들었다. 켈리가 부하들에게 손짓을 보냈다.

켈리가 몰이라 불렀던 해병이 이쪽으로 와 엘리베이터 쪽으로 걸어가기 시작했을 때, 갑자기 몰이 쓴 헬멧의 장갑 유리가 조약돌 모양으로 부서지고 피가 함께 뿜어나오며 그의 얼굴이 산산조각났다. 장갑복을 입은 상체와 옆의 복도 격벽은 수백 개의 폭발과 연기로 흐릿해졌다. 자석 부츠로 바닥에 고정된 몰의 몸이 경련을 일으키며 흔들렸다.

아드레날린이 솟구치면서 홀던의 머릿속에서 비현실적인 느낌이 순식간에 사라졌다. 벽과 몰의 몸에 퍼부어지고 있는 포화는 고속 사격 무기에서 발사된 고성능 폭탄들이었다. 통신 회선이 해병들과 홀던의 승무원들이 지르는 비명으로 가득 찼다. 홀던의 왼쪽에서 고메즈가 장갑복의 강화된 힘을 이용해 엘리베이터 문을 확 열자 문 너머로 텅 빈 수직 통로가 나타났다.

"안으로!" 켈리가 외쳤다. "모두 안으로!"

홀던은 들어가지 않고 나오미를 먼저 밀어 넣고 그다음 알렉스를 밀어 넣었다. 마지막 해병, 켈리가 두키라 부르던 이가 홀던 쪽 모퉁이 너머의 어떤 목표물을 향해 소총으로 자동 발사를 했다. 탄약이 떨어지자 두키는 한쪽 무릎을 꿇으며 매끄러운 동작으로 탄창을 빼냈다. 그리고 홀던이 제대로 인지하기도 전에 두키는 장갑복에서 새로운 탄창을 꺼내 소총에 끼웠다. 두키는 탄약이 떨어지고 2초도 지나지 않아 다시 발사를 하고 있었다.

나오미가 홀던에게 엘리베이터 수직 통로에 들어오라고 소리쳤고, 그때 쇰쇠 같은 손이 홀던의 어깨를 잡더니 바닥을 붙잡고 있던 자력으로부터 홀던을 낚아채 열린 엘리베이터 문 안으로 던져넣었다.

"죽으려거든 내가 책임자가 아닐 때 그렇게 하십시오." 켈리 대위가 으르렁댔다.

일행은 엘리베이터 수직 통로 벽을 밀며 긴 터널을 따라 우주선의 고물 쪽으로 날아 내려갔다. 홀던은 계속 멀어져가는 열린 문을 자꾸만 돌아보았다.

"두키가 따라오지 않습니다." 홀던이 말했다.

"두키는 우리가 빠져나가도록 엄호 사격을 하고 있습니다." 켈리가 말했다.

"그러니 탈출하는 게 좋을 겁니다." 고메즈가 덧붙였다. "두키의 희생이 헛되지 않게 하십시오."

일행의 보스 격인 켈리가 수직 통로 벽의 가로대를 움켜잡으며 갑자기 멈췄다. 다른 모든 사람도 켈리를 따라 했다.

"여기가 우리 출구입니다. 고메즈, 밖을 확인해." 켈리가 말했다. "홀던, 계획은 이렇습니다. 우리는 격납고에 있는 코르벳함 가운데 하나를 탈 겁니다."

홀던은 이치에 맞는다고 생각했다. 코르벳함급은 경량 프리깃함이었다. 함대 호위용이었으며, 해군 우주선 가운데 엡스타인 드라이브가 장착된 가장 작은 우주선이었다. 태양계 내 어디로든 갈 수 있고 또한 대부분의 위협에서 도망칠 수 있을 만큼 빨랐다. 코르벳함의 두 번째 용도는 어뢰 발사였고, 따라서 물어뜯을 이빨도 있는 셈이었다. 홀던은 헬멧 안쪽에서 켈리를 향해 고개를 끄덕였고, 이윽고 계속 설명하라는 몸짓을 했다. 켈리는 고메즈가 엘리베이터 문을 다 열고 격납고 쪽으로 나갈 때까지 기다렸다.

"오케이. 내게 키카드와 활성화 암호가 있으니 우주선 안으로 들어가 작동을 시킬 수 있습니다. 나는 곧장 우주선으로 향할 거니까 모두 내 꽁무니를 바짝 따라와야 합니다. 부츠 자석이 꺼졌는지 확인하십시오. 우리는 벽을 밀면서 우주선을 향해 날아갈 거니까, 방향을 제대로 잡지 않으면 우주선을 타지 못할 겁니다. 모두 알아들었습니까?"

다들 알아들었다고 대답했다.

"좋아. 고메즈, 거기는 어때?"

"문제가 있습니다, 대위님. 적 여섯 명이 격납고에서 우주선들을 지키고 있습니다. 강화 장갑복, 무중력용 자세 제어 팩, 중화기로 무장했습니다. 싸울 준비가 단단히 되어 있습니다." 고메즈가 속삭여 대답했다. 사람들은 숨게 되면 늘 속삭였다. 우주복과 진공에 둘러싸여 있기에 설령 장갑복 안에서 불꽃놀이를 한대도 다른 사람들은 그 소리를 들을 수 없었지만 그럼에도 고메즈는 속삭였다.

"우리는 우주선을 향해 돌진한다." 켈리가 말했다. "고메즈, 난 10초 뒤에 민간인들을 데려간다. 너는 엄호를 해. 쏘고 이동해. 놈들이 너를 소대 병력쯤 된다고 여기게 해."

"저를 겨우 소대라고 부르는 겁니까, 대위님?" 고메즈가 말했다. "저기 여섯은 죽은 목숨입니다."

홀던, 에이모스, 알렉스, 나오미는 켈리 뒤를 따라 엘리베이터 수직 통로에서 나와 격납고로 들어갔고, 군용 녹색 상자들이 쌓인 곳 뒤에서 멈췄다. 홀던이 상자들 너머를 훔쳐보자 적들이 단번에 보였다. 적들은 세 명씩 두 그룹으로 모여 나이트 호 근처에 있었다. 한 그룹은 나이트 호 위를 걷고 있었고, 다른 그룹은 그 아래 갑판에 있었다. 그자들의 장갑복은 새까맸다. 홀던이 난생 처음 보는 디자인이었다.

켈리는 적들을 가리킨 뒤 홀던을 바라보았다. 홀던이 고개를 끄덕였다. 켈리는 격납고 저편에 웅크린 듯이 있는 검은색 프리 깃함을 가리켰다. 그 우주선은 나이트 호와 켈리 일행 중간쯤, 25미터 정도 떨어진 곳에 있었다. 켈리가 왼손을 들더니 손가락 으로 5부터 거꾸로 세기 시작했다. 2가 되었을 때, 실내는 디스 코텍처럼 섬광이 번쩍였다. 고메즈가 켈리 일행이 있는 곳에서 10미터쯤 떨어진 곳에서 발사를 했다. 처음 연발 사격에 나이트 호 위에 있는 적 두 명이 맞아 굴러떨어졌다. 한 박자 뒤, 홀던이 첫 번째 사격을 목격한 곳에서 5미터 떨어진 곳에서 두 번째 사격 이 시작되었다. 홀던은 사격을 하는 이가 한 명이 아니라 두 명이 라고 맹세라도 할 수 있을 것 같았다.

켈리가 마지막 손가락을 접었고, 두 발을 벽에 댔다가 박차며 코르벳함을 향해 몸을 밀었다. 홀던은 알렉스, 에이모스, 나오미 가 출발하기를 기다렸다가 마지막으로 그곳을 떠났다. 홀던이 움 직일 즈음, 고메즈는 새로운 장소에서 발사하고 있었다. 갑판에 있던 적 한 명이 커다란 무기의 총구를 고메즈의 총구 불꽃이 나 오는 곳을 향해 겨냥했다. 고메즈와 그가 몸을 숨겼던 상자가 불 꽃과 파편 속에서 사라졌다.

우주선까지 반쯤 왔을 때 홀던은 우주선까지 무사히 갈 수 있 겠다고 생각하기 시작했고, 그때 방을 가로질러 한 줄기 연기가 나타나며 켈리를 가로질렀다. 섬광과 함께 대위는 사라졌다.

14
밀러

싱룽 호는 터무니없게 파괴되었다. 후에, 모든 사람은 그 우주선이 소행성 여기저기를 다니는 수천 척의 싸구려 채광선 가운데 하나임을 알게 되었다. 소행성은 그러한 우주선들로 우글거렸다. 대여섯 가족이 돈을 모아 계약금을 지급해 우주선을 산 다음 공동 운영하는 종류였다. 그 일이 일어났을 때, 그들은 석 달째 할부금을 못 냈고, 은행(연합 홀딩스 앤드 인베스트먼츠)은 그 우주선의 저당권을 행사했다. 그래서 그들은, 많은 이들이 상식적으로 그러하듯이, 응답기를 꺼버렸다. 그들은 낡은 우주선으로 계속 비행하기 위해 나름대로 방법을 찾아내려 애쓴 정직한 사람들이었을 뿐이었다.

만약 누가 벨트인들의 꿈에 대한 포스터를 만든다면, 싱룽 호가 적격이었다.

초계 구축함인 스키피오 아프리카누스 호는 2년에 걸친 소행성대 임무를 마치고 화성으로 돌아갈 예정이었다. 그리고 싱룽 호와 스키피오 아프리카누스 호 둘 다 물을 보충하기 위해 키론에서 수십만 킬로미터 떨어진 곳에 잡아둔 혜성으로 향했다.

싱룽 호가 처음으로 레이더 범위 안에 들어왔을 때 스키피오 호가 알게 된 사실은, 어떤 우주선 한 척이 아무 신호도 보내지 않으면서 대략 이쪽 방향으로 빠르게 다가오고 있다는 점이었다. 화성의 공식 발표들은 한결같이, 스키피오 호는 그 우주선과 통신하려 거듭 애를 썼다고 했다. OPA 해적 방송들은 한결같이, 그건 터무니없는 주장이며 소행성대의 그 어떤 수신 스테이션에서도 그런 내용을 듣지 못했다고 했다. 그러나 스키피오 호가 국지 방어 대포를 개방해 그 채광선을 이글거리는 잿더미로 만들었다는 데는 모두가 동의했다.

반응은 기초 물리학만큼이나 빨랐다. 화성인들은 '질서 유지'를 돕기 위해 우주선 수십 척의 방향을 돌리고 있었다. OPA의 목청 높은 자들은 방송에 나와 전쟁을 주장했고, 이런 주장에 반대하는 민영 사이트와 방송들은 점차 그 수가 줄어갔다. 전쟁을 알리는 냉혹하고 거대한 시계의 바늘은 전쟁을 향해 한 걸음 더 나아갔다.

그리고 세레스의 누군가가 엔리케 돈 산토스라는 화성 출신 시민을 8시간에서 9시간 동안 고문을 했으며, 유해를 11구역의 물재생소 근처 벽에 못 박아 걸었다. 사람들은 바닥에 떨어진 터미널, 결혼반지, 은행 카드, 유로파가 발행한 3만 뉴엔이 든 얇은 인조 가죽 지갑을 통해 그 시체의 신원을 알아냈다. 죽은 화성인은 한쪽만 뾰족한 채광용 곡괭이로 벽에 고정되어 있었다. 5시간 뒤에도 공기 재생기는 여전히 시큼한 산 냄새를 없애기 위해 애를 썼다. 감식반은 이미 샘플을 채취해갔다. 그러니 이제는 곡괭이에 꿰인 그 불쌍한 사람을 내려 줄 때였다.

밀러는 죽은 사람들이 무척이나 평화롭게 보인다는 사실에 늘 놀랐다. 제아무리 상황이 끔찍할지라도, 마지막에 찾아온 활기 없는 평온함은 잠자는 것처럼 보였다. 밀러는 자신의 차례가 되었을 때도 실제로 마지막 휴식을 느낄 수 있을지 궁금했다.

"감시 카메라는?" 밀러가 물었다.

"사흘 동안 꺼져 있었습니다." 밀러의 새 파트너가 말했다. "애들이 부쉈습니다."

스타 헬릭스가 폭력 담당반을 좀 더 세분화된 전문 분야로 나누기 전, 옥타비아 머스는 원래 개인 상해 범죄 담당이었다. 그리고 세분화된 다음에는 강간 전담반에 있었다. 그리고 아동 범죄반에 두 달 정도 있었다. 혹시라도 이 여인에게 영혼이 있다면, 그 영혼은 반대쪽이 투명하게 비쳐 보일 정도로 납작하게 눌린 상태일 것이다. 머스의 두 눈은 그 무엇을 보더라도 크게 놀라는 적이 없었다.

"어떤 애들인지 우리가 아나?"

"위층의 불량배들입니다." 머스가 말했다. "고발되었고, 벌금을 낸 다음 풀려났죠."

"다시 불러들여야 할 거 같군." 밀러가 말했다. "하고 많은 카메라 중에 하필 바로 그 카메라를 부수라고 그 아이들에게 돈을 준 게 누군지 알고 싶군."

"그런 사람이 있을 것 같지는 않군요."

"그러면 그게 누구든 이 일을 한 자는 이 카메라들이 부서졌다

217

는 걸 미리 알고 있어야만 했어."

"유지보수팀의 누군가일까요?"

"아니면 경찰이거나."

머스는 입술을 핥고 어깨를 으쓱했다. 머스는 3대째 소행성대에서 살았다. 머스에게는 스키피오 호에 파괴된 것과 비슷한 우주선에 사는 가족이 있었다. 눈앞에 매달린 피부와 뼈와 연골을 보고도 머스는 전혀 놀라지 않았다. 추진 상태에서 해머를 떨어뜨리면 그 해머는 갑판에 떨어진다. 당신의 정부가 중국계 채광꾼 여섯 가족을 도살했으니 누군가가 당신을 길이 1미터짜리 티타늄 합금으로 세레스의 거주용 바위에 박아버렸다. 눈에는 눈, 이에는 이였다.

"이건 중대한 결과를 불러올 거야." 밀러가 말했다. '이건 시체가 아니야. 이건 광고판이야. 전쟁을 부르는 광고판이야'라는 뜻이었다.

"아닙니다." 머스가 말했다. '광고를 하든 안 하든 전쟁은 이미 이곳에 와 있습니다.'

"그래." 밀러가 말했다. "자네 말이 맞아. 이미 와 있지."

"가장 가까운 친척을 맡고 싶으십니까? 저는 외곽 비디오를 살펴보겠습니다. 범인은 피해자를 이곳에서 고문하지 않았고, 따라서 어딘가 다른 곳에서 피해자를 끌고 온 게 분명합니다."

"그래." 밀러가 말했다. "내게 위로 편지 양식이 있으니 그걸 보내면 돼. 아내인가?"

"모르겠습니다." 머스가 말했다. "확인하지 않았습니다."

경찰서로 돌아온 밀러는 자기 책상 앞에 홀로 앉았다. 머스는 이미 자기 책상을 가지고 있었다. 칸막이로 구획된 공간 두 개 떨어진 곳으로, 자신의 취향대로 꾸며놓았다. 해브록의 책상은 텅비었으며, 마치 소행성대의 훌륭한 의자에 지구인의 냄새가 배지 않기를 원한다는 듯이 관리실에서는 두 번이나 청소를 했다.

밀러는 죽은 남자의 파일을 불러냈고, 가장 가까운 친척을 찾았다. 준-이 도스 산토스, 가니메데에서 근무. 6년 전 결혼. 아이는 없음. 뭐, 다행인 부분이 없는 건 아니었다. 만약 죽게 된다면 적어도 흔적은 남기지 말아야 한다.

밀러는 위로 편지 양식을 찾아 새로 과부가 된 여인의 이름과 주소만을 더했다. '도스 산토스 부인에게, 아주 유감스럽게도 저는 어쩌고저쩌고. 당신의 [밀러는 메뉴를 골랐다] 남편은 세레스 사회의 귀중하고 존경받는 구성원이었으며, 저는 반드시 [밀러는 메뉴를 골라 클릭을 했다] 부군의 살해범 또는 일당을 붙잡아 엄중히 책임을 묻겠습니다….'

비인간적이었다. 냉정하고 차갑고 진공처럼 텅 빈 편지였다. 그 복도 벽에 매달려 있던 살덩어리는 다른 사람들과 마찬가지로 정열과 공포가 있던 진짜 사람이었다. 밀러는 자신이 그 사실을 그토록 쉽게 무시할 수 있다는 것이 무엇을 의미하는지 알고 싶었다. 하지만 사실인즉, 밀러는 이미 그 답을 알고 있었다. 밀러는 메시지를 보낸 뒤 그것이 일으킬 수 있는 고통에 대해 더는 생각하지 않기로 했다.

게시판은 빽빽했다. 사건이 평소보다 두 배나 많았다. '겉보기에는 이 정도로군.' 밀러가 생각했다. 폭동도 없고, 구멍마다 찾아다니는 군사 작전이나 복도를 메운 해병 따위는 없었다. 그냥 미결 살인 사건이 많을 뿐이었다.

이윽고 밀러는 생각을 바꿨다. '지금까지는 겉보기에 이 정도로군.'

하지만 그런다고 밀러의 다음 할 일이 더 쉬워지지는 않았다.

샤디드는 자기 사무실에 있었다.

"무슨 일이지?" 샤디드가 물었다.

"조사 요청서가 필요합니다." 밀러가 말했다. "하지만 그게 좀 변칙적인 것이라서요. 서장님을 통해 받는 게 나을 거라고 생각했습니다."

샤디드가 의자 깊숙이 앉았다.

"살펴보지." 샤디드가 말했다. "뭘 알아내려고?"

밀러는 고개를 끄덕였다. 마치 스스로에게 '네'라고 신호하면 샤디드도 '알았어'라고 말하게 만들 수 있을 거라고 생각하는 듯이 보였다.

"짐 홀던입니다. 캔터베리 호에 탔던 지구인요. 지금쯤이면 화성이 홀던 일행을 태웠을 거고, 따라서 조사 요청서가 필요합니다."

"캔터베리 호까지 거슬러 조사해야 할 만한 사건을 맡고 있던가?"

"네." 밀러가 말했다. "그런 거 같습니다."

"말해봐." 샤디드가 말했다. "지금 말해봐."

"그 가욋일입니다. 줄리 마오요. 그 일을 좀 살펴봤습니다…."

"자네 보고서를 봤어."

"그러면 그 아이가 OPA에 협조했다는 걸 아시겠군요. 제가 발견한 바에 따르면, 줄리는 OPA를 위해 심부름을 하는 화물선에 탔습니다."

"증거 있어?"

"OPA 요원에게서 그렇게 들었습니다."

"공식적으로?"

"아닙니다." 밀러가 말했다. "비공식이었습니다."

"그런데 그게 화성 해군이 캔터베리 호를 파괴한 사실과 어떻게 연결이 되지?"

"그 아이는 스코폴라이 호에 있었습니다." 밀러가 말했다. "그 우주선은 캔터베리 호를 멈추게 하기 위한 미끼로 쓰였고요. 중요한 건, 서장님도 홀던의 방송을 보면 아시겠지만, 홀던은 그 우주선에 화성 해군의 신호기만 있을 뿐 승무원은 없다고 했습니다."

"그리고 자넨 거기에 뭔가 단서가 될 만한 것이 있다고 생각하는 거고?"

"보기 전까지는 모릅니다." 밀러가 말했다. "하지만 만약 줄리가 그 화물선에 타지 않았다면 누군가가 줄리를 데려갔다는 뜻이 됩니다."

샤디드는 싱긋 웃었지만, 눈은 웃지 않았다.

"그리고 자네는 화성 해군에게, '홀던에게 무슨 정보를 알아냈는지 모르겠지만, 부디 제게도 그 정보를 넘겨주십시오'라고 청하고 싶다는 거고."

"만약 홀던이 그 우주선에서 뭔가를 보았다면, 줄리와 다른 사람들에게 무슨 일이 일어났는지 단서가 될 만한 뭔가를 보았다면…"

"기대 안 하는 게 좋을걸." 샤디드가 말했다. "화성 해군은 캔터베리 호를 파괴했어. 화성은 소행성대를 자극하고 반응하게 한 뒤 그걸 핑계 삼아 들이닥쳐 여길 정복하려고 그런 짓을 한 거야. 그자들이 생존자들에게서 '보고'를 듣는 건 오로지 다른 자들이 그 불쌍한 생존자들에게 먼저 접촉하지 못하게 하기 위해서야. 지금쯤 홀던과 그 승무원들은 죽었거나 아니면 화성 취조 전문가에게 정신의 핵심적인 부분을 도려내진 상태일 거야."

"그렇지 않을 수도 있습니다⋯."

"그리고 설사 그 생존자들이 손톱을 하나씩 뽑혀가며 말한 모든 내용을 우리가 얻을 수 있다 할지라도, 자네에게는 아무런 소용도 없어, 밀러. 화성 해군은 스코풀라이 호에 대해 묻지 않을 거야. 그자들은 그 우주선의 승무원들에게 무슨 일이 일어났는지 정확하고도 상세히 알고 있어. 놈들이 스코풀라이 호를 그렇게 만들었으니까."

"그게 스타 헬릭스의 공식 입장입니까?" 밀러가 물었다. 밀러는 그 말을 입 밖에 내자마자 자신이 실수했다는 사실을 깨달았다. 마치 불이 꺼진 것처럼 샤디드의 얼굴이 굳어졌다. 이제 밀러는 자기가 그 말로 샤디드를 은연중에 협박한 셈이 되었다는 사실을 깨달았다.

"나는 단지 정보의 신뢰성 문제를 말하는 거야." 샤디드가 말했다. "다음에 어디를 조사해야 할지를 용의자에게 가서 묻지는 않잖아. 그리고 줄리엣 마오의 신병 확보는 자네에게 최우선 임무가 아니야."

"최우선 임무라고 말하는 게 아닙니다." 밀러가 말했고, 자기가 방어적으로 말하고 있다는 사실이 분했다.

"저기 게시판에는 사건이 넘쳐나고 있어. 우리 최우선 임무는 사회를 안전하게 만들고 끊임없이 돌아가게 하는 거야. 만약 자네가 하는 일이 그 임무와 직접적인 연관이 없다면, 연관이 있는 일을 하라고."

"이 전쟁은…."

"우리 임무가 아니야." 샤디드가 말했다. "우리 임무는 세레스야. 줄리엣 마오에 대한 최종 보고서를 제출해. 나는 그걸 채널을 통해 보내겠어. 우리는 할 수 있는 데까지 했어."

"저는 그렇게 생각하지…."

"나는 그렇게 생각해." 샤디드가 말했다. "우리는 할 수 있는 데까지 했어. 이제 그만 징징거리고 일어나서 악당이나 잡아, 형사."

"네, 서장님." 밀러가 말했다.

밀러가 자기 자리에 돌아와 보니 머스가 진하게 우린 차인지 옅은 커피인지가 담긴 잔을 들고 밀러의 책상 앞에 앉아 있었다. 머스는 밀러 책상의 모니터를 향해 고개를 끄덕였다. 벨트인 셋이, 남자 둘과 여자 하나가 오렌지색 플라스틱 선적용 컨테이너를 들고 창고 문에서 나오고 있었다. 밀러가 두 눈썹을 치켰다.

"민영 가스 수송 회사에 고용되었더군요. 질소, 산소. 기본 대기 성분입니다. 특별한 건 없습니다. 저자들이 회사 창고 가운데 하나에서 그 불쌍한 사람을 해친 듯합니다. 확인을 위해 감식반을 보내 피가 튄 흔적이 있는지를 알아보게 했습니다."

"잘했어." 밀러가 말했다.

머스가 어깨를 으쓱했다. '못하진 않았죠.' 머스는 그렇게 말하는 듯했다.

"가해자들은 어디에 있지?" 밀러가 물었다.

"어제 우주선을 타고 떠났습니다." 머스가 말했다. "항해 기록을 보면 이오로 향했습니다."

"이오?"

"지구-화성 연합 중심이지요." 머스가 말했다. "놈들이 정말로 그곳에 나타날지 아닐지 내기하시렵니까?"

"물론이지." 밀러가 말했다. "나타나지 않는다는 쪽에 50을 걸지."

머스가 정말로 소리 내 웃었다.

"저는 경보 시스템에 그자들 정보를 입력해 두었습니다." 머스가 말했다. "그자들이 어디든 내리면 그 지역 경찰에게 경보가 가며 도스 산토스 건에 대한 추적 번호가 생성됩니다."

"그러면 사건 종결이군." 밀러가 말했다.

"착한 일을 한 건 더 했다고 표시가 된 거죠." 머스가 동의했다.

그날 나머지 시간은 정신없이 바빴다. 폭행 세 건이 있었는데, 그 가운데 두 건은 노골적으로 정치적인 문제였고, 나머지 하나는 가정 폭력이었다. 머스와 밀러는 근무 시간이 끝나기 전에 그 세 건을 게시판에서 지웠다. 내일은 더 많은 사건이 있을 터였다.

근무 시간이 끝난 뒤, 밀러는 튜브 정거장 근처 음식 카트에 들러 배양통에서 재배한 쌀과 테리야키 치킨을 흉내 낸 합성 단백질 한 사발을 샀다. 튜브에서 밀러 주위는 모두 평범한 세레스 시민이었으며, 뉴스피드를 읽거나 음악을 듣고 있었다. 밀러와 이삼 미터쯤 떨어진 곳에서 젊은 한 쌍이 서로 가까이 몸을 숙인 채 중얼거리고 킬킬거렸다. 둘은 열여섯 내지 열일곱 살 정도 되어 보였다. 소년의 손목이 뱀처럼 소녀의 셔츠 안으로 들어가는 게 밀러의 눈에 보였다. 소녀는 저항하지 않았다. 밀러의 정면으로 반대편에 있는 여자는 자고 있었다. 객차 벽에 기댄 여자의 머리는 좌우로 흔들렸고, 코 고는 소리는 거의 우아하기까지 했다.

"우리 일은 바로 이런 사람들을 위한 거야." 밀러가 혼잣말을 했다. 가혹한 진공에 둘러싸인 바위 돔 속에서 소소한 삶을 사는 평범한 사람들. 만약 스테이션이 폭동 지역으로 바뀌는 걸 그냥 두고 본다면, 질서가 무너지게 그냥 둔다면, 이 모든 사람의 삶은 고기 분쇄기 안의 새끼 고양이처럼 으깨질 수밖에 없었다. 그런 일이 일어나지 않게 하는 게 밀러, 머스, 심지어 샤디드와 같은 사람들이 할 일이었다.

'그렇다면,' 작은 목소리가 밀러의 마음 뒤편에서 말했다. '화성이 핵폭탄을 떨어뜨려 세레스를 달걀처럼 깨지 못하게 막는 게 왜 네 일이 아니라는 거야? 저기 서 있는 사람에게 더 큰 위협이 뭔데? 무허가 창녀 몇 명 그리고 화성과 전쟁 중인 소행성대, 어느 쪽이 더 큰 위협이 되는 건데?'

스코폴라이 호에서 무슨 일이 일어났는지 아는 게 무슨 해가 된다는 건가?

하지만 물론 밀러는 그 답을 알았다. 진실을 알 때까지는 그 진실이 얼마나 위험한지 판단할 수 없다. 그게 바로 계속 진실을 추구해야 하는 가장 훌륭한 이유다.

OPA 소속인 앤더슨 도스가 밀러의 구멍 밖에서 접이식 천 의자에 앉아 책을 읽고 있었다. 진짜 책이었고, 가죽 장정인 듯한 표지에 양파껍질 같은 페이지가 담겨 있었다. 밀러는 전에 책 사진을 본 적이 있었다. 당시 밀러는 1메가바이트짜리 데이터가 그렇게나 무거울 수 있다는 사실에 죽음처럼 강력한 충격을 받았다.

"형사 양반."

"도스."

"이야기 좀 했으면 해서."

도스와 함께 안으로 들어가며 밀러는 청소를 좀 해 둬 다행이라 생각했다. 맥주병은 모두 재활용 처리기에 보냈다. 탁자와 캐비닛은 먼지를 제거했다. 의자의 쿠션들은 수선하거나 바꾸었다. 도스가 자리에 앉는 동안 밀러는 자신이 지금 이 만남을 위해 집 안을 정돈해뒀다는 사실을 깨달았다. 지금까지는 그 사실을 깨닫지 못했다.

도스는 자기 책을 탁자 위에 올려놓더니 재킷 주머니에서 얇고 검은 필름드라이브를 꺼내 탁자 반대쪽으로 툭 쳤다. 밀러가 그걸 집었다.

"여기에 뭐가 있지?" 밀러가 물었다.

"모두가 당신이 기록에서 확인할 수 있는 것들이야." 도스가 대답했다.

"조작된 건가?"

"맞아." 도스가 말했다. 싱긋 웃는데도 외모는 조금도 나아 보이지 않았다. "하지만 우리가 한 건 아니야. 당신은 경찰의 폭동 진압 도구에 대해 물었지. 폴린 트리콜로스키 경사가 23 특수부로 옮기라고 서명했어."

"23 특수부?"

"그래." 도스가 말했다. "그런 건 존재하지 않아. 트리콜로스키 경사도 그렇고. 장비는 모두 꾸려졌고, 서명이 되어 항구로 배달되었어. 당시 정박해있던 화물선은 '코포라코 도 가토 프레토'에 등록되어 있었어."

"검은 고양이?"

"놈들을 알아?"

"수입-수출. 다른 회사들과 똑같지." 밀러가 어깨를 으쓱하며 말했다. "우리는 놈들이 로카 그레이가의 앞잡이일 수도 있다고 생각해 조사했어. 하지만 전혀 단서를 잡을 수 없었어."

"당신 생각이 옳았어."

"당신이 증명할 수 있어?"

"그건 내 일이 아니지." 도스가 말했다. "하지만 당신이 흥미로워할 이야기가 있어. 그 우주선이 여기를 떠나 가니메데에 도착했을 때의 자동 도킹 일지인데. 그 우주선은 3톤이 가벼워져 있었어. 반응 물질을 쓴 걸 고려하더라도 말이야. 그리고 이동 시간도 궤도 역학으로 예측한 것보다 길었고."

"누군가를 만난 거군." 밀러가 말했다. "그리고 다른 우주선에 그 장비를 옮겼어."

"이제 난 당신 질문에 답을 했어." 도스가 말했다. "두 가지 모두에. 폭동 진압 장비를 경찰서에서 빼간 건 이 지역 범죄 집단이야. 그걸 증명할 만한 기록은 없지만, 나는 놈들이 그걸 쓸 사람들도 함께 싣고 갔다고 가정하는 게 맞다고 생각해."

"어디로?"

도스가 두 손을 들어 보였다. 장비는 경찰서에 없었다. 사건은 종결되었다. 착한 일을 하나 더 해냈다.

젠장.

"나는 우리 거래에서 내 부분을 이행했어." 도스가 말했다. "당신은 정보를 요구했어. 나는 그걸 주었고. 이제 당신은 당신이 약속한 걸 지킬 건가?"

"마오 수사를 그만둬야 한다 이거지." 밀러가 말했다. 그건 질문이 아니었고, 도스 역시 그게 질문이라는 반응을 보이지 않았다. 밀러는 의자에 등을 기댔다.

줄리엣 안드로메다 마오. OPA 배달원이 된 내행성 갑부의 상속녀. 보트 경기 선수. 검은 띠를 목표로 하는 갈색 띠.

"물론이지. 안 될 게 뭐 있겠어." 밀러가 말했다. "설사 내가 발견한다 해도 집으로 돌려보내게 될 것 같지가 않거든."

"그래?"

밀러는 '못한다니까'라는 뜻의 손짓을 해 보였다.

"그 아이는 좋은 애야." 밀러가 말했다. "다 자랐는데 엄마가 귀를 잡아당기며 집으로 돌아오라고 하면 당신은 기분이 어떻겠어? 시작부터 말도 안 되는 일이었어."

도스가 다시 싱긋 웃었다. 이번에는 약간 인상이 나아 보였다.

"그렇게 말하니 기쁘군, 형사. 그리고 나는 우리가 합의한 나머지 부분도 잊지 않을 거야. 그 아이를 찾게 되면 당신에게 '꼭' 말하겠어. 믿어도 좋아."

"그렇게 해주면 고맙지." 밀러가 말했다.

잠깐 침묵이 흘렀다. 밀러는 이 침묵이 편안한지 어색한지 가늠할 수 없었다. 아마도 둘 다인 듯했다. 도스가 일어서더니 손을 내밀었다. 밀러가 그 손을 잡고 악수했다. 도스가 떠났다. 서로 다른 쪽을 위해 일하는 두 명의 경찰. 아마도 둘에게 뭔가 공통점이 있으리라.

그게 밀러가 그 남자에게 거짓말을 해서 불편했다는 뜻은 아니었다.

밀러는 터미널 암호 프로그램을 열고, 통신기에 연결한 뒤 카메라에 대고 말을 하기 시작했다.

"우리는 만난 적이 없습니다, 하지만 저는 당신이 몇 분 정도 시간을 내주셨으면 합니다. 저는 스타 헬릭스 치안대에서 일하는 밀러 형사입니다. 저는 세레스 치안대와 계약을 맺었고, 당신 딸을 찾는 임무를 맡았습니다. 몇 가지 질문하고 싶은 게 있습니다."

15
홀던

홀던이 나오미를 잡았다. 나는 걸 멈추기 위해 밀거나 잡을 게 아무것도 없어서 둘은 빙빙 돌며 격납고를 가로질렀고, 그동안 홀던은 자기 몸의 방향을 잡기 위해 안간힘을 썼다. 둘은 몸을 숨길 곳이 전혀 없는 실내 한가운데에 있었다.

폭발로 인해 켈리는 공중으로 5미터 정도 날아가더니 화물 상자 한쪽에 처박혔다가, 이제는 몸이 붕 떠 있었고, 자석 부츠 한쪽은 컨테이너 옆면에 부착되어 있었으며 다른 한쪽은 갑판에 닿으려고 애를 썼다. 에이모스는 날려가 바닥에 쓰러졌으며, 무릎 아래쪽은 불가능한 각도로 꺾여 있었다. 알렉스는 그 옆에서 웅크리고 있었다.

홀던이 고개를 내밀더니 자신들을 공격한 적을 살펴보았다. 켈리를 날려버린, 유탄 발사기를 든 적이 이쪽을 향해 최후의 일격을 가하기 위해 겨냥을 하고 있었다. '우리는 죽었군.' 홀던이 생각했다. 나오미가 불경한 손짓을 해 보였다.

그때 유탄 발사기를 든 자가 흔들리더니 조그만 폭발과 함께 피를 뿌리며 사라졌다.

"우주선으로!" 고메즈가 무선으로 외쳤다. 고통스러운 비명과 전투로 인한 흥분이 뒤섞여 목소리가 날카롭고 거칠었다.

홀던은 나오미의 우주복에 있는 줄을 잡아당겼다.

"뭐하는…?" 나오미가 입을 열었다.

"날 믿어." 홀던이 말하더니 자기 발을 나오미의 배에 대고 힘차게 밀었다. 나오미가 빙빙 돌며 천장으로 갔고, 그사이 홀던은 갑판에 닿았다. 홀던은 부츠의 자석을 켰고, 줄을 잡아당겨 나오미를 자기 쪽으로 끌어내렸다.

계속되는 자동 화기의 섬광으로 실내가 번쩍였다. 홀던이 말했다. "엎드려." 그리고 자석 부츠가 허용하는 한에서 최대한 빠르게 알렉스와 에이모스 쪽으로 달려갔다. 정비공은 사지를 약하게 움직였고, 따라서 아직 살아있다는 뜻이었다. 홀던은 자신이 아직도 나오미의 줄을 잡고 있다는 사실을 깨달았고, 그래서 그 줄을 자기 우주복의 고리에 끼웠다. 더는 떨어지는 일이 없을 터였다.

홀던은 에이모스를 갑판에서 들어 올린 뒤, 관성으로 더 이상 올라가지 않도록 꽉 붙들었다. 정비공이 투덜거리며 뭔가 욕설을 내뱉었다. 홀던은 에이모스의 줄 역시 자기 우주복에 끼웠다. 필요하다면 혼자서 모두를 끌고 갈 각오도 되어 있었다. 한마디 말도 없이, 알렉스는 자기 줄을 홀던에게 끼웠고, 힘없이 엄지손가락을 들어 보였다.

"그건… 제 말은, '씨발.'" 알렉스가 말했다.

"그렇지." 홀던이 말했다.

"짐." 나오미가 말했다. "보십시오!"

홀던이 나오미의 시선을 따라갔다. 켈리 대위가 비틀거리며 그들 쪽으로 왔다. 켈리의 장갑복은 상체 왼쪽이 눈에 띌 정도로 손상되어 있었고, 유압용 액체가 흘러 뒤쪽으로 방울방울 길게 이어졌지만, 켈리는 프리깃함을 향해 움직이고 있었다.

"오케이." 홀던이 말했다. "가자."

다섯 명은 한꺼번에 우주선으로 움직였고, 주변의 공기는 계속되는 전투로 박살 난 화물 상자 조각들로 가득 찼다. 홀던은 말벌에게 쏘였을 때처럼 팔이 따끔했고, 우주복의 헤드업 디스플레이(HUD)는 작은 균열을 봉합했음을 알렸다. 홀던은 뭔가 따뜻한 것이 이두박근에서 뚝뚝 떨어지는 것을 느꼈다.

고메즈는 마구 총을 쏘며 격납고의 가장자리를 향해 돌진했고, 무선으로 미친 사람처럼 외쳤다. 반격은 끊임없이 계속되었다. 홀던은 그 해병이 맞고 또 맞고, 작은 폭발들과 짙은 구름들이 장갑복에서 피어오르는 것을 보았다. 그 장갑복 안에 있는 이가 아직도 살아있다는 것이 믿기 어려울 지경이었다. 하지만 고메즈는 계속해 적의 주의를 끌었고, 홀던과 승무원들은 절룩거리며 반쯤 가려진 코르벳함의 에어록까지 갈 수 있었다.

켈리는 장갑복 주머니에서 작은 금속 카드를 꺼냈다. 카드를 넣고 긁으니 바깥 문이 열렸고, 홀던은 둥둥 떠 있는 에이모스를 안으로 잡아당겼다. 나오미, 알렉스, 부상당한 해병이 따라 들어왔고, 에어록이 닫히고 안쪽 문이 열리는 동안 충격과 불신이 가득한 눈으로 서로를 바라보았다.

"과연 우리가 빠져나갈 수…." 알렉스가 말하다 말고 목소리를 흐렸다.

"그 이야기는 나중에." 켈리가 딱딱거렸다. "알렉스 카말. 당신은 MCRN 우주선에서 근무한 적이 있습니다. 이걸 조종할 수 있겠습니까?"

"물론입니다, 대위." 알렉스가 대답하더니 눈에 띄게 몸을 꼿꼿이 폈다. "왜 나입니까?"

"원래의 우리 조종사가 밖에서 죽어가고 있으니까. 이걸 받으십시오." 켈리가 말하며 금속 카드를 건넸다. "나머지는 안전띠를 하십시오. 벌써 시간을 많이 허비했습니다."

가까이 있으니, 켈리의 장갑복이 입은 손상이 더욱 뚜렷이 보였다. 켈리는 가슴에 심한 부상을 입은 듯했다. 그리고 장갑복에서 흘러나오는 액체가 유압용 액체만은 아니었다. 분명 피도 함께 흘러나왔다.

"내가 좀 살펴보지요." 홀던이 켈리 쪽으로 손을 뻗으며 말했다.

"만지지 마십시오." 켈리가 화를 내며 말했고, 홀던은 그 반응에 깜짝 놀랐다. "당신은 안전띠를 하고 그 주둥이 닥치십시오. 어서."

홀던은 묵묵히 시키는 대로 했다. 홀던은 자기 우주복에서 줄들을 풀고 나오미가 에이모스를 충격 흡수 소파에 앉히는 걸 돕고 자신도 소파에 앉아 안전띠를 했다. 켈리는 갑판에 있었지만, 그의 목소리가 우주선의 통신 회선을 통해 들렸다.

"알렉스 카말, 발진 준비되었습니까?" 켈리가 말했다.

"네. 우리가 이곳에 도착했을 때 반응로는 이미 뜨거워져 있었습니다."

"다치 호는 출발 대기 상태였습니다. 우리가 다치 호에 온 것도 바로 그 때문입니다. 어서 출발하십시오. 격납고에 방해물이 사라지는 즉시 전속 발진하십시오."

"네." 알렉스가 말했다.

알렉스가 우주선을 갑판 위로 띄운 뒤 격납고 문을 향해 방향을 돌리자 중력이 잠시 이쪽저쪽으로 돌다가 제자리로 돌아왔다. 홀던은 안전띠를 마저 매고 나오미와 에이모스가 안전띠를 제대로 했는지 확인했다. 정비공은 신음을 토했고, 소파 가장자리를 꽉 움켜쥐고 있었다.

"정신이 들어 있는 거지, 에이모스?" 홀던이 말했다.

"좆나 끝내주는군요, 선장님."

"이런 젠장. 고메즈가 보입니다." 알렉스가 통신 회선으로 말했다. "고메즈가 쓰러졌습니다. 이런 씹새끼들! 놈들은 고메즈가 쓰러졌는데도 계속 쏴대고 있습니다. 개새끼들!"

우주선이 움직임을 멈추었고, 알렉스가 조용한 목소리로 말했다. "이거나 먹어라, 씹새끼들아."

우주선이 0.5초 정도 진동을 하다 멈추었고, 격납고 문을 향해 다시 움직였다.

"국지 방어 대포?" 홀던이 물었다.

"노상 즉결 처분입니다." 알렉스가 으르렁대며 대답했다.

테플론 코팅된 텅스텐 금속 탄환이 1초에 5천 발로 발사되어 인간을 맞히면 어떻게 될까 홀던이 상상을 하는 동안 알렉스가 전속 발진을 했고, 그러자 우주선을 가득 메운 한 무리의 코끼리들이 홀던의 가슴 정면으로 다이빙을 했다.

홀던은 무중력 상태에서 정신이 들었다. 안와와 고환이 아팠고, 이건 한동안 고속 추진을 했다는 뜻이었다. 홀던 옆의 벽 터미널은 거의 30분이 지났음을 알렸다. 나오미는 자기 소파에서 움직이고 있었지만, 에이모스는 의식이 없었고, 우주복에 난 구멍에서는 놀랄 만한 양의 피가 흐르고 있었다.

"나오미, 에이모스를 검사해 봐." 홀던이 간신히 말했다. 목이 아파 목소리가 잘 나오지 않았다. "알렉스, 보고해."

"도나저 호는 우리 뒤쪽으로 멀어지고 있습니다, 선장님. 해병이 버티지 못한 거 같습니다. 도나저 호는 끝났습니다." 알렉스가 가라앉은 목소리로 말했다.

"공격하던 여섯 척은?"

"폭발이 있었던 뒤로 그 우주선들의 흔적은 전혀 보이지 않았습니다. 전속력으로 빠져나간 듯합니다."

홀던이 이해했다는 듯이 고개를 끄덕였다. 정말로 노상 즉결 처분이었다. 우주선에 돌격해 들어가는 건 해군 전투에서 가장 위험한 행동이었다. 그것은 기본적으로 엔진실로 돌진해가는 공격군과 그리고 자폭 장치 위에 손가락을 올려놓은 집단의지가 벌이는 경주였다. 야오 함장을 본 건 단 한 번뿐이었지만, 그래도 홀던은 '그' 경주에서 누가 패할지를 단언할 수 있었다.

하지만, 누군가는 그게 위험을 감수할 만한 가치가 있다고 생각한 것이다.

홀던은 안전띠를 풀고 에이모스에게 날아갔다. 나오미는 구급

상자를 열고 묵직한 가위를 꺼내 그걸로 정비공의 우주복을 자르고 있었다. 12g의 가속으로 날았을 때 우주복이 에이모스의 몸을 눌러댔고, 그 과정에서 부러진 정강이뼈의 날카로운 끝이 우주복에 구멍을 뚫은 상태였다.

우주복을 잘라낸 나오미는 에이모스의 아랫다리에서 나오는 피와 끔찍한 모습에 얼굴이 창백해졌다.

"어쩌지?" 홀던이 물었다.

나오미는 그냥 물끄러미 홀던을 바라보더니 거친 소리로 웃어댔다.

"모르겠습니다." 나오미가 말했다.

"하지만 너는…." 홀던이 입을 열었다. 그때 나오미가 홀던의 말을 막으며 말했다.

"만약 에이모스가 금속으로 만들어졌다면 해머로 곧게 편 다음 모든 걸 제자리에 용접했겠죠." 나오미가 말했다.

"난…."

"하지만 에이모스는 우주선 부속으로 '만들어지지 않았습니다.'" 나오미가 거의 비명을 지르듯 목소리를 높여 말했다. "그런데 왜 '저'에게 어쩌면 좋을지를 묻는 겁니까?"

홀던은 두 손을 들어 진정하라는 손짓을 했다.

"오케이. 무슨 말인지 알아들었어. 우선은 지혈부터 하라고, 알았지?"

"만약 알렉스가 죽으면 저에게 우주선 조종을 하라고 명령할 겁니까?"

홀던은 대답을 하려 했지만, 생각을 바꾸었다. 나오미가 옳았다. 홀던은 뭘 해야 할지 모를 때마다 나오미에게 그 답을 미뤘다. 홀던은 오랜 세월 동안 그렇게 해왔다. 나오미는 똑똑했고, 능력 있었고, 대개의 경우 차분했다. 나오미는 버팀목이 되었지만, 나오미 역시 홀던이 겪은 모든 고통스러운 과정을 겪었다. 만약 홀던이 주의를 기울이지 않으면 나오미는 결국 무너질 수밖에 없으며, 그런 상황을 몰고 오지 않는 편이 좋았다.

"네 말이 맞아. 에이모스는 내가 살피겠어." 홀던이 말했다. "올라가서 켈리 대위를 확인해. 몇 분 뒤에 나도 가겠어."

나오미는 숨을 고르며 홀던을 물끄러미 바라보더니 이윽고 말했다. "알았습니다." 그리고 나오미는 승무원용 사다리로 향했다.

홀던은 응급상자에서 혈액 응고 촉진제를 꺼내 에이모스의 다리에 뿌린 뒤 거즈를 감았다. 그리고 벽 터미널에서 우주선의 데이터베이스를 불러내 복합 골절에 관한 내용을 찾아봤다. 홀던이 경악하며 그 내용을 읽고 있을 때 나오미가 연락했다.

"켈리는 죽었습니다." 나오미가 감정이 섞이지 않은 목소리로 말했다.

홀던은 가슴이 철렁했고, 세 번 호흡을 한 다음에야 목소리에서 공포의 기운을 없앨 수 있었다.

"알았어. 이 뼈를 제자리에 놓으려면 네 도움이 필요해. 여기로 돌아와. 알렉스? 우리가 에이모스를 치료하는 동안 추진을 해서 0.5g를 만들어 줘."

"특정 방향으로 주어야 합니까, 선장님?" 알렉스가 물었다.

"상관없어. 그냥 0.5g를 만들어주고, 내가 별도로 말할 때까지 무선을 꺼 둬."

중력이 생겼을 때 나오미가 사다리에서 내려왔다.

"켈리의 왼쪽 갈비뼈가 모두 부러진 것 같습니다." 나오미가 말했다. "추진하는 동안 내부 장기 모두가 꿰뚫린 듯합니다."

"켈리는 그리될 걸 알았을 거야." 홀던이 말했다.

"네."

해병이 듣지 않는 자리에서 해병을 놀리는 건 쉬웠다. 홀던이 해군에 있던 시절, 해병대원을 놀려먹는 건 욕을 하는 것만큼이나 자연스러운 행동이었다. 하지만 홀던을 도나저 호에서 빼내기 위해 해병 네 명이 죽었고, 그중 세 명은 자원해 그 죽음으로 뛰어들었다. 홀던은 앞으로 다시는 해병을 놀리지 않겠노라고 다짐했다. "뼈를 맞추기 전에 먼저 바르게 놓아야 해. 에이모스를 잡고 있어. 나는 발을 잡아당기겠어. 뼈가 몸으로 들어가 다시 일렬로 되면 알려줘."

나오미가 항의를 하려 했다. "네가 의사가 아니란 건 나도 알아. 그냥 이쯤이다 싶으면 알려줘." 홀던이 말했다.

그건 여태껏 홀던이 해온 가장 끔찍한 일 중 하나였다. 그 과정에서 에이모스는 깨어나 비명을 질렀다. 홀던은 다리를 두 번이나 잡아당겨야 했다. 첫 번째에는 뼈가 일렬로 되지 않아서 홀던이 다리를 놓았을 때 깔쭉깔쭉한 정강이뼈 끄트머리가 피를 뿌리며 구멍으로 다시 나왔기 때문이다. 다행히도, 그 뒤 에이모스는 기절했고, 둘은 비명이 없는 상태에서 두 번째 시도를 할 수 있었다. 이번엔 제대로 된 듯했다. 홀던은 상처에 소독제와 혈액 응고제를 뿌린 뒤 구멍을 철침으로 봉했으며 그 위에 성장촉진 붕대를 감은 뒤 급속 거품 깁스를 하고 정비공의 허벅지에 항생제 파스를 붙이는 걸로 치료를 마쳤다.

그리고 홀던은 갑판에 주저앉아 온몸을 떨었다. 나오미는 자기 소파로 기어 올라가 흐느꼈다. 홀던은 나오미가 우는 모습을 처음으로 보았다.

홀던, 알렉스, 나오미는 켈리 대위의 시체가 있는 충격 흡수 소파 주변에 대충 삼각형 모양으로 떠 있었다. 아래층에서는 에이모스가 마취제에 취해 깊은 잠에 빠져 있었다. 다치 호는 특정한 목적지 없이 우주를 유영했다. 따라오는 이가 아무도 없는 건 참으로 오랜만이었다.

홀던은 다른 둘이 자신을 기다리는 것을, 자기들을 어떻게 구해줄지 말해달라고 기다리는 것을 알았다. 둘은 기대에 찬 눈으로 홀던을 바라보았다. 홀던은 침착하고 생각에 잠긴 듯 보이려 애썼다. 하지만 속으로는 공포에 질려 있었다. 어디로 가야 할지 알 수 없었다. 무엇을 해야 할지 알 수 없었다. 스코폴라이 호를 발견한 이후, 안전하다고 생각했던 모든 곳이 죽음의 덫으로 바뀌었다. 캔터베리 호, 도나저 호. 홀던은 '그 어디든' 가는 것이 두려웠다. 그곳에 가면 얼마 뒤 그곳이 파괴되어버릴까 두려웠다.

'뭔가를 해.' 10년 전 스승 한 명은 젊은 장교들에게 말했다. '옳은 일이어야 할 필요는 없어. 그냥 뭔가이기만 하면 돼.'

"누군가가 도나저 호에 무슨 일이 일어났는지를 조사할 거야." 홀던이 말했다. "우리가 이야기하는 동안 화성 우주선들이 그 장소로 빠르게 가고 있어. 화성에서는 다치 호가 떠난 걸 이미 알 거야. 우리 응답기가 우리가 살아남은 걸 태양계 전역에 떠들어

대고 있으니까."

"아니요. 그렇지 않습니다." 알렉스가 말했다.

"무슨 뜻인지 설명해 봐, 알렉스 카말."

"이건 어뢰 발사함입니다. 적의 주력함에 다가가는데 자동응답기 신호를 보내 존재를 들키고 싶겠습니까? 아니죠. 조종실에 '자동응답기 끔'이라는 편리한 스위치가 있더군요. 저는 우주선을 출발하기 전에 그 스위치를 켰습니다. 우리는 움직이는 수백만 개의 돌덩어리 가운데 하나로 보입니다."

홀던은 길게 숨을 두 번 쉴 동안 조용히 있었다.

"알렉스, 그건 우주 역사상 인간이 한 최고로 훌륭한 행동일 거야."

"하지만 우리는 착륙을 할 수 없습니다, 짐." 나오미가 말했다. "첫째로, 근처에 있으면서도 응답기 신호를 보내지 않는 우주선에 착륙 허가를 내줄 항구는 그 어디에도 없습니다. 둘째로, 우리가 시야에 보이기 시작하면, 우리가 탄 우주선이 화성 소유라는 걸 숨기기는 무척 어려울 겁니다."

"네, 그게 안 좋은 점이죠." 알렉스가 동의했다.

"프레드 존슨." 홀던이 말했다. "프레드 존슨이 우리에게 자신에게 연락할 수 있는 네트워크 주소를 줬어. 내 생각에는 OPA라면 우리가 훔친 화성 전투선을 어딘가에 착륙하게 해줄 거 같아."

"훔친 게 아닙니다." 알렉스가 말했다. "파괴된 배에서 적법하게 구출해 낸 재화입니다."

"오호, 만약 MCRN이 우리를 잡으면 꼭 그렇게 주장해 봐. 하지만 그 전에 먼저 잡히지 않도록 애써보자고."

"그래서, 우리는 존슨 대령이 우리에게 응답할 때까지 여기서 기다리는 겁니까?" 알렉스가 물었다.

"아니, 기다리는 건 나 하나면 돼. 너희 둘은 켈리 대위의 장례식을 준비해. 너는 MCRN이었잖아. 전통을 알 거야. 최대한 예의를 갖춰서 진행하고 항해 일지에 기록해. 대위는 우리를 이 우주선에 태우기 위해 죽었고, 우리는 대위에게 최대한의 경의를 보여야 해. 어딘가에 착륙하는 즉시 모든 기록을 MCRN 사령부에 보내서 그쪽에서 공식적으로 장례식을 치를 수 있도록 할 거고."

알렉스가 고개를 끄덕였다. "제대로 하겠습니다, 선장님."

프레드 존슨이 너무나도 빨리 응답을 해왔기에 홀던은 그가 터미널 앞에 앉아 자신의 연락만 기다리고 있던 건 아닐까 하는 생각마저 들었다. 존슨의 메시지에는 좌표와 '좁은광선'이라는 단어만 들어 있었다. 홀던은 레이저 어레이를 그 위치(프레드가 첫 번째 메시지를 보냈을 때와 같은 위치였다)로 향한 뒤 마이크를 켜고 말했다. "프레드?"

프레드가 보낸 좌표는 11광분 이상 떨어진 곳이었다. 홀던은 답이 올 때까지 22분을 기다릴 준비를 했다. 그냥 뭔가 할 일만 있으면 됐기에, 홀던은 좌표를 조종석으로 보내고 알렉스에게 켈리 대위 장례식이 끝나면 곧장 그 방향으로 1g로 가속하며 날아가라고 말했다.

20분 뒤, 추진이 시작되었고, 나오미가 사다리를 올라왔다. 나오미는 우주복을 벗고 몸에 비해 15센티미터 정도 짧고 둘레가 세 배쯤 큰 붉은색 화성 점프슈트를 입고 있었다. 나오미의 머리털

241

과 얼굴은 깨끗해 보였다.

"이 우주선에는 샤워실이 딸린 화장실이 있습니다. 우리가 이 우주선을 계속 써도 됩니까?" 나오미가 말했다.

"그 일은 어떻게 됐지?"

"잘 진행했습니다. 엔진실 옆에 꽤 큰 화물실이 있더군요. 대위를 집으로 돌려보낼 방법을 찾을 때까지 거기에 넣어두었습니다. 그곳 환경 유지장치를 꺼놨으니 대위는 썩지 않고 멀쩡할 겁니다."

나오미가 손을 내밀더니 홀던의 무릎에 작고 검은 정육면체를 떨어뜨렸다.

"이건 대위 장갑복 안 주머니에 있던 겁니다." 나오미가 말했다.

홀던은 그걸 집어 들었다. 데이터 저장 장치처럼 보였다.

"이 안에 뭐가 들었는지 알아낼 수 있겠어?" 홀던이 물었다.

"물론이죠. 시간을 좀 주시면요."

"에이모스는?"

"혈압은 안정적입니다." 나오미가 말했다. "좋은 소식이죠."

통신 콘솔이 삑삑거렸고, 홀던은 재생을 시작했다. "짐, 도나저 호 소식이 방금 네트에 퍼지기 시작했습니다. 당신에게 연락을 받고 정말로 깜짝 놀랐다는 말을 해야겠군요." 프레드의 목소리가 말했다. "제가 어떻게 도우면 되겠습니까?"

홀던은 잠시 침묵하며 머릿속으로 대답할 말을 정리했다. 프레드가 의심하고 있다는 사실은 명백했고, 바로 그런 이유에서 프레드는 홀던에게 키워드를 보냈다.

"프레드. 우리 적은 '도처에' 있지만 친구 목록은 짧아지고 있습니다. 사실, 당신이 그 목록의 전부라 할 수 있지요. 저는 훔친…."

알렉스가 헛기침을 했다.

"…'구제한' MCRN 소형 포함에 있습니다." 홀던이 계속 말했다. "저는 그 사실을 숨길 방법이 필요합니다. 우리가 모습을 드러냈을 때 우리를 격추하지 않을 어딘가로 가야 할 필요가 있습니다. 그걸 도와주십시오."

답이 오기까지 반 시간이 걸렸다.

"서브채널에 데이터파일을 첨부합니다." 프레드가 말했다. "거기에는 당신의 새로운 응답기 코드와 그걸 설치하는 방법이 담겨 있습니다. 그 코드는 모든 항구의 선적 등록실에서 통과될 겁니다. 우리는 할 이야기가 많습니다."

"새로운 응답기 코드라고요?" 나오미가 말했다. "OPA가 어떻게 새 응답기 코드를 얻을 수 있죠?"

"지구-화성 연합 보안 프로토콜을 해킹했거나 아니면 선적 등록실에 첩자가 있는 모양이지." 홀던이 말했다. "어느 쪽이든 간에, 이제 우리는 큰물에서 놀게 됐어."

16
밀러

스테이션의 다른 모든 이들과 함께, 밀러는 화성이 보낸 피드를 지켜보았다. 강단에는 검은 천이 드리워져 있었고, 그건 안 좋은 신호였다. 배경으로는 별 하나와 줄 서른 개로 이루어진 화성 의회 공화국기가 하나도 아니라 여덟 개가 걸려 있었다. 그건 더 안 좋았다.

"이건 치밀한 계획 없이는 일어날 수 없는 일입니다." 화성 대통령이 말했다. "그자들이 훔치려 했던 정보는 화성 함대 보안을 뿌리까지 심각하게 흔들 수 있는 겁니다. 그자들은 실패했지만, 우리는 2,086명의 화성인 생명을 희생해야 했습니다. 이번 침략 행위는 소행성대가 적어도 몇 년에 걸쳐 계획한 일입니다."

소행성대. 밀러는 알아차렸다. OPA가 아니라 소행성대였다.

"그 공격에 대한 처음 뉴스가 있고 일주일 사이에, 팔라스 스테이션을 포함한 화성의 기지와 우주선들의 보안 반경 안쪽에 서른 번의 습격이 있었습니다. 만약 그 정제소들이 파괴되었다면 화성

경제는 돌이킬 수 없는 고통을 겪었을 겁니다. 조직화된 무장 게릴라에 직면한 지금, 우리는 소행성대의 스테이션 기지와 우주선들에 군 비상 경계선을 칠 수밖에 없습니다. 의회는 현재 연합군 작전 수행중이 아닌 모든 해군 조직에 새로운 명령을 내렸고, 지구의 우리 형제자매들이 최대한 빠른 속력으로 연합군 합동 작전을 폈으면 하는 것이 우리의 바람입니다.

화성 해군의 새 임무는 모든 성실한 시민의 안전을 확보하고 현재 소행성대에 숨어 있는 사악한 군사조직을 와해하고, 이 세 번의 공격에 책임 있는 자들에게 정의를 가져오는 것입니다. 저는 이제 기쁜 마음으로, 우리의 최초 행동이 비합법적인 전함 열여덟 척을 파괴했음을 알리며….”

밀러는 피드를 껐다. 결국 그렇게 되었다. 비밀리에 진행되던 전쟁이 드디어 그 모습을 드러냈다. 줄리를 여기서 빼내야 한다는 마오의 판단은 옳았지만, 이미 때는 늦었다. 마오의 사랑스러운 딸은 이제 다른 모두와 마찬가지로 자기 운명을 받아들여야만 했다.

최소한, 세레스 스테이션 전역에서는 불쾌한 통행금지 시간과 개인 정보 수집이 있으리라. 공식적으로 세레스 스테이션은 중립이었다. OPA는 세레스 스테이션이나 기타 어디도 소유하지 않았다. 그리고 스타 헬릭스는 지구 회사였으며, 화성에 계약상이나 조약상의 의무가 없었다. 기껏해야, 화성과 OPA는 스테이션 밖에서 전투를 벌이는 정도가 최악이었다. 최악의 경우, 세레스에서는 폭동이 더 많이 일어나고 더 많은 사망자가 생길 터였다.

아니, 그것은 사실이 아니었다. 최악의 경우, 화성이나 OPA는 세레스 스테이션에 바위나 핵탄두를 던짐으로 자신의 뜻을 밝힐 수도 있었다. 혹은 정박해있는 우주선의 융합 드라이브를 폭파할 수도 있었다. 만약 일이 걷잡을 수 없게 된다면, 그건 육칠백만 명의 사망자와 밀러가 지금까지 알아온 모든 것의 종말을 의미했다.

하지만 이상하게도 밀러는 그 사실에 거의 안도감까지 느꼈다.

몇 주 동안, 밀러는 알고 있었다. 모두가 알고 있었다. 하지만 전쟁은 아직 실제로 벌어지지 않은 상태였고, 그래서 그 어떤 대화나 농담, 우연한 만남, 튜브에서 잘 모르는 사람과 고개를 까닥하며 인사하고 예의 바르게 나누는 담소까지 모든 게 전쟁을 애써 외면하는 것처럼 느껴졌다. 밀러는 전쟁이라는 암을 치료할 수 없었고, 그 확산 속도를 늦출 수조차 없었지만, 적어도 전쟁이 일어날 거란 사실은 인정할 수 있었다. 밀러는 기지개를 켜고 균류를 응고시켜 만든 푸딩의 마지막 한입을 먹고 커피와 완전히 다르다고는 할 수 없는 뭔가의 찌꺼기를 마시고, 전시의 평화를 지키기 위해 밖으로 나갔다.

밀러가 경찰서에 들어오자 머스가 보일 듯 말 듯 고개를 끄덕이며 인사를 했다. 게시판은 조사하고 서류를 작성하고 처리해야 할 사건으로 가득했다. 전날보다 두 배나 많았다.

"끔찍한 밤이었어." 밀러가 말했다.

"더 끔찍할 수도 있었습니다." 머스가 말했다.

"그래?"

"스타 헬릭스가 화성 회사일 수도 있었습니다. 지구가 중립으로 있는 한 우리는 사실상 게쉬타포 역할을 할 필요가 없으니까요."

"그게 얼마나 계속될 거라고 보는데?"

"제가 알 리가 있겠습니까." 머스가 물었다. "하지만 이건 말씀드리죠. 그때가 되면 저는 핵 쪽으로 잠시 올라갔다 올 겁니다. 거기에는 제가 강간 조사반에 있을 때 제대로 처리하지 못한 자가 하나 있거든요."

"뭘 그때까지 기다려?" 밀러가 말했다. "우리가 가서 그자에게 총알을 박아준 뒤 점심시간까지 돌아올 수 있어."

"그렇죠. 하지만 아시잖습니까." 머스가 말했다. "전문가답게 행동하려 애써야죠. 어쨌거나 그러고 나면 그 일을 조사해야만 하는데, 현재 게시판에는 그걸 집어넣을 여백도 없고요."

밀러가 자기 책상 앞에 앉았다. 이건 그냥 일 이야기였다. 온종일 미성년 창녀 그리고 마약을 붙들고 씨름했을 때 지나치게 무표정한 얼굴로 있는 것과 같은 식의 반응이었다. 하지만 경찰서에는 여전히 긴장이 감돌았다. 사람들이 웃는 방식, 자신을 추스르는 방식에 긴장감이 배어 있었다. 평소보다 권총집이 더 많이 보였다. 마치 그걸 보이면 자신들이 더 안전하리라고 여기는 듯했다.

"그게 OPA라고 생각하십니까?" 머스가 물었다. 이제 머스의 목소리는 낮았다.

"도나저 호를 파괴한 자들을 말하는 거야? 달리 누가 그럴 수 있겠어? 게다가, OPA가 자신들이 했다고 주장하잖아."

"그자들 일부는 그렇게 주장하지요. 제가 들은 바로는, 요즘에는 OPA가 하나 이상 있습니다. 옛날에 조직된 자들은 이 사실에 대해 아무것도 모릅니다. 모두 오줌을 지릴 정도로 겁을 먹고는 자신들 소행이라고 주장하는 해적 방송들을 추적하려 애쓰고 있습니다."

"그래서 그자들이 뭘 할 수 있는데?" 밀러가 물었다. "소행성대에 있는 떠버리 방송국을 전부 닫아버릴 수도 있지만, 그래 봤자 아무것도 달라지지 않아."

"하지만 만약 OPA에 분열이 있다면…." 머스가 게시판을 바라보았다.

만약 OPA에 분열이 있다면, 지금 둘이 보고 있는 게시판은 아무것도 아니었다. 밀러는 갱들 간에 있었던 커다란 전쟁을 두 번 겪었다. 첫 번째는 로카 그레이가가 들어서며 아리안 플라이어스를 몰아냈을 때였고, 다음은 황금가지협회가 분열되었을 때였다. OPA는 이런 갱들보다 더 크고 더 야비하며 더 프로였다. OPA에 분열이 있다면 소행성대에 내전이 일어나리라.

"그런 일은 없을 거야." 밀러가 말했다.

샤디드가 자기 사무실에서 나오더니 경찰서를 훑어보았다. 대화 소리가 줄어들었다. 샤디드가 밀러의 눈을 보았다. 그녀는 날카롭게 손짓을 했다. '내 방으로 와.'

"일 났군요." 머스가 말했다.

샤디드의 방에 들어가 보니 앤더슨 도스가 의자에 편안한 자세로 앉아 있었다. 밀러는 그게 무슨 뜻인지 깨닫고는 경련이 이는 걸 느꼈다. 화성과 소행성대는 공개적으로 무장 대립 중이었다. OPA의 세레스 대표가 치안대 병력의 장과 함께 앉아 있었다.

'그렇게 돌아가는 거로군.' 밀러가 생각했다.

"자넨 마오 일을 하고 있지." 샤디드가 자기 자리에 앉으며 말했다. 밀러는 앉으라는 권유를 받지 않았고, 그래서 뒷짐을 지고

서 있었다.

"서장님이 제게 맡기신 일입니다." 밀러가 말했다.

"그리고 난 그 일이 중요하지 않다고 말했지." 서장이 말했다.

"전 동의하지 않았습니다." 밀러가 말했다.

도스가 싱긋 웃었다. 놀랄 만큼 따뜻한 웃음이었으며, 샤디드의 표정과 비교해서는 특히 더 그랬다.

"밀러 형사," 도스가 말했다. "당신은 지금 이곳의 상황을 이해하지 못해. 우리는 가압 우주선에 타고 있는데 당신은 계속해서 곡괭이를 휘두르는 거야. 당신은 그러지 말아야 해."

"자네는 마오 건에서 손 떼." 샤디드가 말했다. "무슨 말인지 알아들어? 난 지금 이 순간부터 공식적으로 자네를 그 조사에서 빼겠어. 자네가 그 사건을 더 파고든다면 난 자네를 임무 외 행동을 하고 스타 헬릭스의 자원을 부적절하게 사용한 거로 간주해서 징계를 내리겠어. 그 건에 대한 모든 자료를 내게 반납해. 자네의 개인장비에 있는 모든 데이터를 지우고. 오늘 근무 시간이 끝나기 전에 그렇게 해."

밀러의 머리가 핑핑 돌았지만, 얼굴에는 아무 표정도 짓지 않았다. 샤디드는 줄리를 빼앗아가고 있었다. 하지만 밀러는 줄리를 놓을 수 없었다. 그건 이미 주어진 것이었다. 하지만 최우선은 그게 아니었다.

"저는 몇 가지 질문을 보낸 상황…." 밀러가 입을 열었다.

"아니, 자네는 보내지 않았어." 샤디드가 말했다. "자네가 그 아이 부모에게 쓴 그 짤막한 편지는 정책 위반이야. 주주와의 접촉은 모두 나를 통해야만 해."

"지금 그 편지가 전달되지 않았다고 말씀하시는 거로군요." 밀러가 말했다. '저를 감시하고 있었군요'라는 뜻이었다.

"전달되지 않았어." 샤디드가 말했다. '그래, 감시했어. 그래서 어쩔 건데?'

그리고 밀러가 할 수 있는 일은 아무것도 없었다.

"그리고 제임스 홀던 조사 청구는요?" 밀러가 말했다. "그 청구는 도나저 호가⋯."

그 청구는 도나저 호가 스코풀라이 호의 유일한 목격자들을 싣고 태양계 전체를 전쟁으로 몰고 가다가 파괴되기 전에 전달되었습니까? 밀러는 그 질문이 넋두리처럼 들린다는 것을 알았다. 샤디드가 턱을 꽉 다물었다. 이 가는 소리가 들려도 전혀 이상할 것 같지 않았다. 도스가 침묵을 깼다.

"내 생각에는 우리가 이 일을 좀 더 쉽게 처리할 수 있을 듯해." 도스가 말했다. "밀러 형사, 만약 내가 제대로 들은 거라면, 당신은 우리가 이 일을 묻어버리려 한다고 생각하고 있어. 아니, 우리는 그렇지 않아. 하지만 당신이 찾는 답을 스타 헬릭스의 누군가가 찾는 건 그 누구에게도 도움이 되지 않아. 이걸 생각해 봐. 당신이 벨트인이기는 하지만 지구 회사를 위해 일하고 있어. 지금, 지구는 상황이 걷잡을 수 없이 치닫고 있는 때에 유일한 주요 권력이야. 모든 쪽과 협상을 할 수 있는 유일한 존재라고."

"그렇다면 왜 그자들은 진실을 알고 싶어 하지 않는 거지?" 밀러가 말했다.

"그건 문제가 아니야." 도스가 말했다. "문제는 스타 헬릭스와 지구가 어떤 식으로든 관련된 것처럼 보이면 안 된다는 거야. 둘

다 손이 깨끗해야 해. 그리고 이 사건은 당신 계약을 넘어선 경우야. 줄리엣 마오는 세레스에 없어. 예전이었다면 당신이 줄리가 있는 곳을 알아내 그곳으로 가 납치를 해올 수도 있었겠지. 그걸 납치라 부르든 본국 송환이라 부르든 추출이라 부르든 뭐 어쨌거나. 하지만 이젠 그럴 수 없어. 스타 헬릭스의 영역은 세레스와 가니메데의 일부와 창고용 소행성 몇십 개에 한정되어 있어. 스타 헬릭스를 벗어나는 순간, 당신은 적의 영역으로 들어가는 거라고."

"하지만 OPA는 그렇지 않고." 밀러가 말했다.

"우리에게는 이 일을 할 수 있는 자원이 있어." 도스가 고개를 끄덕이며 말했다. "마오는 우리 일원이야. 스코풀라이 호는 우리 거였고."

"그리고 스코풀라이 호는 캔터베리 호를 파괴하기 위한 미끼였어." 밀러가 말했다. "그리고 캔터베리 호는 도나저 호를 파괴하기 위한 미끼였고. 그렇다면 이 일들을 당신들이 벌였을 수도 있는데 오로지 당신들만이 조사 주체가 되고 다른 사람들은 손을 떼는 게 나은 이유가 대체 뭐지?"

"캔터베리 호에 핵폭탄을 발사한 게 우리라고 생각하는 거야?" 도스가 말했다. "OPA가 화성의 최신 전함들을 갖추고 그랬다고 생각하는 거야?"

"캔터베리 호 때문에 도나저 호는 공격을 당할 수 있는 위치로 이동하게 되었어. 함대와 함께 있는 한, 도나저 호는 파괴될 수 없었다고."

도스는 언짢은 표정을 지었다.

"음모 이론이야, 밀러." 도스가 말했다. "만약 우리가 비밀 화성 전함들을 가지고 있었다면 우리는 이렇게 밀리고 있지 않을 거야."

"당신들은 단 여섯 척만으로 도나저 호를 파괴했어."

"아니. 우리는 그러지 않았어. 우리가 도나저 호를 파괴하고 싶었다면 핵폭탄을 실은 채광선을 잔뜩 보내 자살 공격을 하게 했을 거야. 우리에게는 자원이 아주 아주 많으니까. 도나저 호에 일어난 일은 우리와 관련이 없어."

침묵을 깨는 건 공기 재생기 작동소리뿐이었다. 밀러가 팔짱을 꼈다.

"하지만… 이해 못 하겠군." 밀러가 말했다. "이게 OPA 짓이 아니라면 누가 그랬단 말이지?"

"줄리엣 마오와 스코폴라이 호가 그걸 알아낼 열쇠야." 샤디드가 말했다. "그 둘이 관련이 있어, 밀러. 누가, 왜 그리고 그걸 어떻게 막을 수 있는가 하는 것과 말이야."

"그런데도 서장님은 그자들이 누군지 알고 싶지 않고요?" 밀러가 말했다.

"난 그걸 알아내는 게 '자네'가 아니길 원하는 거지." 도스가 말했다. "다른 누군가가 더 잘할 수 있으니 말이야."

밀러는 고개를 저었다. 그건 너무 멀리까지 가는 거고, 밀러도 그걸 알았다. 하지만 한편으로 너무 멀리까지 간다는 건 뭔가를 알아낼 수 있다는 걸 의미하기도 했다.

"납득할 수 없군요." 밀러가 말했다.

"'납득할' 필요 없어." 샤디드가 말했다. "이건 협상이 아니야.

자네를 여기 불러온 건 부탁을 하기 위해서가 아니야. 난 자네 상관이야. 난 명령을 내리는 거야. 무슨 말인지 알아? '명령을 내리는 거라고.'"

"우리는 홀던을 데리고 있어." 도스가 말했다.

"뭐?" 밀러가 말했고 동시에 샤디드가 말했다. "그 말을 하면 안 되잖아."

도스는 샤디드를 향해 한쪽 팔을 들어 올렸다. 조용히 하라는 소행성대의 신체 언어였다. 샤디드가 그 말에 따랐고, 그래서 밀러는 깜짝 놀랐다.

"우리는 홀던을 데리고 있어. 홀던과 그 승무원들은 죽지 않았어. 그리고 이제 곧 OPA의 보호 아래로 들어올 거야. 내가 무슨 말을 하는지 알겠어, 밀러 형사? 내 요점을 알아듣겠어? 나는 자원이 있기 때문에 이 조사를 할 수 있어. '당신'은 자신의 폭동 진압 도구가 어찌 되었는지조차 알아낼 수 없잖아."

그건 뺨을 맞은 것과 같은 충격이었다. 밀러는 자기 신발을 바라보았다. 밀러는 사건에서 손을 떼겠다고 도스와 한 약속을 어겼으며, 지금까지 도스는 그 일을 입 밖에 꺼내지 않았다. 밀러는 그 점에 대해서는 OPA를 인정해줘야 했다. 그에 더해, 만약 도스가 정말로 제임스 홀던을 데리고 있다면 밀러가 조사를 위해 접근할 가능성은 없었다.

마침내 샤디드가 입을 열었고, 목소리는 놀랄 만큼 부드러웠다.

"어제 살인 사건이 세 건 있었어. 창고 여덟 개가 약탈당했고, 같은 무리의 소행으로 보여. 스테이션 여기저기의 병원에 입욕용 불량 유사헤로인으로 인해 신경이 분해된 환자 여섯 명이 입원해 있어. 스테이션 전역이 난리도 아니야." 샤디드가 말했다. "자네가 할 수 있는 일들이 많아, 밀러. 가서 악당을 잡아와."

"알겠습니다, 서장님." 밀러가 말했다. "말씀대로 하겠습니다."

머스는 밀러를 기다리며 그의 책상에 기대어 있었다. 팔짱을 끼고 있었고, 밀러를 보는 눈엔 도스 산토스가 복도 벽에 꿰어 있는 걸 볼 때처럼 지루한 기색이 깃들어 있었다.

"지랄 같은 상황이 새로 생겼나요?" 머스가 물었다.

"응."

"저절로 해결될 겁니다. 시간을 좀 두고 기다리세요. 살인 사건을 하나 맡아 왔습니다. 나오비-시어스에서 일하는 중간급 회계사가 술집 밖에서 머리가 날아갔습니다. 재미있어 보이네요."

밀러는 핸드터미널을 꺼내 기본 사항을 살펴보았다. 하지만 마음은 딴 데 가 있었다.

"어이, 머스," 밀러가 말했다. "질문이 하나 있어."

"하십시오."

"해결하고 싶지 않은 사건이 있으면 어떻게 하지?"

밀러의 새로운 파트너는 고개를 갸웃하며 얼굴을 찡그리더니 어깨를 으쓱했다.

"저는 그걸 지명수배자가 저지른 거로 처리합니다." 머스가 말했다. "전에 어떤 놈이 아동 범죄를 또다시 여러 건 저질렀습니다. 그런데 이놈이 우리 정보원으로 밝혀지면 우리는 늘 그 지명수배자를 범인으로 지목했습니다. 그러면 우리 쪽 사람들은 골치 아플 일이 없는 거죠."

"그랬군." 밀러가 말했다.

"말이 나왔으니 말인데, 지랄 같은 사람에게 파트너를 붙여줘야 할 때도 저는 같은 식으로 일 처리를 할 겁니다." 머스가 계속 말했다. "아시죠. 누구도 같이 일하고 싶어 하지 않는 사람 말입니다. 입 냄새가 난다거나 성격이 지랄 같다거나 뭐 그런 이유죠. 그런 사람도 파트너는 필요합니다. 파트너가 필요한 저는 선택을 했죠. 한때는 유능했지만, 이혼한 뒤 술을 마시기 시작한 사람을요. 아직도 자신이 유능한 줄 알고 유능한 것처럼 행동하는 그런 사람을요. 단지 그 사람은 사건 해결 수가 남들보다 많지 않을 뿐입니다. 그 사람에게 지랄 같은 사건들을 줍니다. 지랄 같은 파트너를 붙여주고요."

밀러는 두 눈을 감았다. 속이 안 좋았다.

"그래서 무슨 짓을 했던 건데?" 밀러가 물었다.

"어쩌다가 선배에게 배정받게 됐냐고요?" 머스가 말했다. "고참 가운데 한 명이 제게 반했고, 그래서 제가 한 방에 날려버렸습니다."

"그래서 이 꼴이 되었군."

"그런 셈이죠. 왜 이러십니까. 선배는 바보가 아니잖아요." 머스가 말했다. "이미 아셨어야죠."

밀러는 자신이 경찰서의 농담거리임을 알았어야 했다. 한때 유능했던 이. 이제는 그 장점을 잃은 이.

밀러는 정말로 그 사실을 몰랐었다. 그러나 이제 밀러는 눈을 떴다. 머스는 행복하다거나 슬프다거나 밀러의 고통에 즐거워한다거나 그 때문에 특별히 마음 아파하는 것 같아 보이지 않았다. 머스에게 이건 그냥 일이었다. 죽은 이, 죽을 이, 다친 이. 머스는 관심 없었다. 관심을 두지 않는 게 그녀가 하루를 헤쳐가는 방식이었다.

"어쩌면 그자를 거절하지 말았어야 했어." 밀러가 말했다.

"아, 선배는 그렇게 나쁘지 않아요." 머스가 말했다. "그리고 그자는 머리를 올백으로 넘겼죠. 저는 뒤로 넘긴 머리를 싫어합니다."

"그랬다니 다행이군." 밀러가 말했다. "자, 이제 정의를 실현하러 가자고."

"자네, 취했군." 씹새끼가 말했다.

"나 경찰이야." 밀러가 손가락으로 공중을 찌르며 말했다. "까불지 마."

"자네가 경찰인 거 알아. 지난 3년 동안 내 술집에 왔으니까. 나야. 하시니. 그리고 자네는 취했어, 친구. 정말 위험할 정도로 취했어."

밀러가 주위를 둘러보았다. 그는 정말로 '청개구리'에 와 있었다. 어떻게 왔는지는 기억나지 않지만, 여하튼 그곳에 와 있었다. 그리고 씹새끼라고 생각한 자는 알고 보니 하시니였다.

"난…." 밀러가 입을 열었지만, 생각이 자꾸만 끊겼다.

"정신 차려." 하시니가 한쪽 팔로 밀러를 감싸 안으며 말했다. "멀지 않아. 집까지 데려다주지."

"지금 몇 시지?" 밀러가 물었다.

"늦었어."

그 단어에는 깊이가 있었다. '늦었다'. 늦은 것이다. 상황을 바로잡을 수 있었던 모든 기회가 이래저래 밀러 손을 빠져나갔다. 태양계는 전쟁에 들어갔고, 왜 그렇게 되었는지 아는 이조차 한 명도 없었다. 밀러 자신도 내년 6월이면 50세가 되었다. 늦었다. 다시 시작하기에 늦었다. 틀린 길을 따라가느라 얼마나 오랜 세월을 보냈는지 깨닫기에 늦었다. 하시니는 이럴 때 종종 쓰려고 마련해둔 술집용 카트가 있는 곳으로 밀러를 데려갔다. 부엌에서 뜨거운 기름 냄새가 났다.

"잠깐." 밀러가 말했다.

"토하려고?" 하시니가 물었다.

밀러는 잠깐 생각을 했다. 아니, 토하기에는 너무 늦었다. 밀러는 비틀거리며 앞으로 나아갔다. 하시니가 카트에 밀러를 누이고 모터를 켰고, 둘은 윙 소리와 함께 복도로 들어섰다. 둘 위 높은 곳에 있는 조명은 침침했다. 둘이 교차로를 지날 때마다 카트가 진동했다. 아니, 진동하지 않았을지도 몰랐다. 어쩌면 진동하는 것은 다만 밀러의 몸인지도 몰랐다.

"난 내가 유능하다고 생각했어." 밀러가 말했다. "있잖아, 지금껏 나는 내가 최소한 유능하기는 하다고 생각했어."

"자넨 잘하고 있어." 하시니가 말했다. "그냥 자네 직업이 지랄인 거지."

"한때 내가 유능했던 직업이지."

"자네는 잘하고 있어." 하시니가 다시 말했다. 마치 그렇게 말하면 그 말이 진실이 되기라도 하는 것처럼.

밀러는 카트의 침대에 누웠다. 바퀴 홈의 단단한 플라스틱 아치가 옆구리를 파고들었다. 아팠지만 몸을 움직이는 게 너무 힘들었다. 생각하는 게 너무 힘들었다. 밀러는 머스와 함께 오늘 하루의 임무를 마쳤다. 줄리에 대한 데이터와 자료를 반납했다. 밀러는 자기 구멍으로 돌아갈 그 어떤 가치 있는 일도 하지 못했다. 하지만 달리 돌아갈 곳이 없었다.

밀러의 시야에 조명이 들어왔다가 나가길 반복했다. 밀러는 혹시 별을 보면 그런 느낌이 아닐까 생각했다. 밀러는 하늘을 올려다본 적이 한 번도 없었다. 생각만 해도 아찔했다. 무한대에 대한 공포감은 거의 즐겁기까지 했다.

"자네를 돌봐줄 사람이 있어?" 둘이 밀러의 구멍에 도착했을 때 하시니가 말했다.

"난 괜찮을 거야. 그냥… 오늘 일진이 나빴을 뿐이야."

"줄리." 하시니가 고개를 끄덕이며 말했다.

"자네가 줄리에 대해 어떻게 알지?" 밀러가 물었다.

"밤새 그 여자에 대해 말했으니까." 하시니가 말했다. "자네가 빠진 여자가 그 여자지? 맞지?"

밀러는 한 손으로 카트를 잡고 얼굴을 찡그렸다. 줄리. 밀러는 줄리에 대해 이야기했었다. 이 모든 난리가 그 때문이었다. 밀러의 일 때문이 아니었다. 평판 때문이 아니었다. 그자들은 줄리를 빼앗아갔다. 특별 사건. 중요한 그 사건.

"그 여자를 사랑하는군." 하시니가 말했다.

"그래, 그런 셈이지." 뭔가 뜻밖의 사실이 알코올의 기운을 뚫고 나왔다. "그런 거 같아."

"안됐군." 하시니가 말했다.

17
홀던

    다치 호의 주방은 시설이 완전히 갖춰져 있었으며 12명이 앉을 수 있는 식탁이 하나 있었다. 그리고 또한 우주선이 0g이든 5g로 추진을 하든 상관없이 5분 이내로 40잔 분량의 커피를 내릴 수 있는 표준 크기의 커피메이커도 있었다. 홀던은 비대해진 군 예산에 속으로 감사의 기도를 드리고 커피 버튼을 눌렀다. 커피메이커가 부드러운 소리를 내며 커피를 내리는 동안 홀던은 스테인리스스틸 커버를 톡톡 두드리고 싶은 마음을 참으려 무진 애를 써야 했다.

    커피 향이 공기를 채우며, 뭔진 몰라도 알렉스가 오븐에 넣은 것이 내는 빵 굽는 냄새와 경쟁을 하기 시작했다. 에이모스는 깁스를 한 발로 식탁 주위를 쿵쿵 걸으며 플라스틱 접시와 진짜 금속으로 된 숟가락, 포크, 나이프를 놓았다. 나오미는 질 좋은 허머스의 마늘 향이 나는 뭔가를 그릇에 넣고 섞고 있었다. 홀던은 승무원들이 이런 가사일을 하는 걸 지켜보며 마음속 깊이 평화로

움과 안도감을 느꼈고, 머리가 맑아졌다.

이들은 몇 주 전부터 도망 중이었고, 내내 이런저런 정체불명의 우주선들에 쫓겨 다녔다. 캔터베리 호가 파괴된 뒤 처음으로, 그들이 어디에 있는지를 아는 이가 아무도 없었다. 뭔가를 요구하는 이도 없었다. 태양계의 시점에서, 그들은 도나저 호에서 발생한 수천 명의 사망자 가운데 몇 명이었다. 무시무시한 마법처럼 쉐드의 머리가 사라진 장면 때문에 홀던은 자기 승무원 가운데 적어도 한 명은 그 사망자에 들어 있다는 사실을 상기했다. 하지만 그래도 다시 한 번 자기 운명의 주인이 된 기분은 좋았으며, 쉐드의 일로 인한 슬픔조차 그 기분을 완전히 뺏지는 못했다.

벨이 울리자 알렉스는 오븐팬 가득 구워진 얇은 플랫브레드를 꺼냈다. 알렉스는 빵을 잘랐고, 나오미는 그 위에 정말로 허머스처럼 보이는 뭔가를 두껍게 발랐다. 에이모스는 이 소스 바른 빵을 테이블에 놓인 접시들에 담았다. 홀던이 갓 내린 커피를 우주선의 이름이 옆면에 찍힌 머그에 따랐다. 홀던은 커피를 다른 이들에게 건넸다. 그리고 모두 꼼짝 않으며 잘 차려진 식탁을 바라보았다. 마치 이 완벽한 장면을 깨고 싶지 않다는 듯이 어색한 순간이었다.

에이모스는 말을 꺼내 어색한 분위기를 깼다. "좆나 뱃가죽이 등에 달라붙을 지경이네." 그리고 쿵 소리를 내며 앉았다. "누구 내게 후추 좀 주겠습니까?"

몇 분 동안 아무도 말하지 않았다. 그저 먹기만 했다. 맛없는 단백질바로 몇 주를 연명한 뒤라 플랫브레드를 약간 베어 물자 홀던은 그 강한 맛에 머리가 다 아찔해졌다. 이윽고 홀던은 지나칠 정도로 빠르게 음식을 입에 욱여넣었고, 침샘이 예리한 고통으로 화끈거렸다. 홀던은 당황해 식탁을 둘러 보았지만 모두가 마찬가지로 빠르게 음식을 먹고 있었고, 그래서 홀던은 예의는 포기하고 음식에만 집중했다. 접시에 담긴 마지막 부스러기까지 다 먹은 뒤, 홀던은 한숨을 쉬며 의자에 등을 기댔고 이 만족감이 가능한 한 오래 가기를 바랐다. 알렉스는 두 눈을 감고 커피를 홀짝였다. 에이모스는 숟가락으로 대접에 담긴 허머스의 마지막 찌꺼기까지 다 긁어먹었다. 나오미는 반쯤 감긴 눈으로 홀던을 보며 졸린 표정을 지었고, 홀던은 그 모습이 갑자기 무척이나 섹시하게 느껴졌다. 홀던은 그 생각을 떨쳐버리고 머그를 들어 올렸다.

"켈리의 해병대를 위해. 마지막까지 영웅이었던 그 사람들이 편히 잠들기를." 홀던이 말했다.

"해병대를 위해." 식탁 주위에 앉은 모든 이가 따라 말했고, 머그를 쨍그렁 부딪친 뒤 술을 마셨다.

알렉스가 머그를 들어 올리더니 말했다. "쉐드를 위해."

"그래, 쉐드를 위해, 그리고 쉐드를 죽인, 지옥에서 구워질 개새끼들을 위해." 에이모스가 조용히 말했다. "그리고 그 옆에서 같이 구워질, 캔터베리 호를 파괴한 씹새끼들을 위해."

식탁의 분위기가 무거워졌다. 홀던은 왔을 때만큼이나 빠르게 평화로운 순간이 사라지는 것을 느꼈다.

"자," 홀던이 말했다. "우리의 새 우주선에 대해 좀 말해봐, 알렉스."

"끝내줍니다, 선장님. 우리가 도나저 호를 탈출했을 때 30분간 12g로 비행을 했는데, 그 내내 마치 고양이처럼 가르랑거리더군요. 조종석도 편안하고요."

홀던이 고개를 끄덕였다.

"에이모스, 엔진실을 살펴볼 기회가 있었어?" 홀던이 물었다.

"넵. 아주 깔끔합니다. 저같이 윤활유 좋아하는 놈에게는 지루한 곳이 될 거 같습니다." 정비공이 대답했다.

"지루한 게 좋은 거야." 홀던이 말했다. "나오미? 네 생각은?"

나오미가 싱긋 웃었다. "아주 맘에 듭니다. 제가 본 이런 크기 우주선 중에서 가장 좋은 샤워 시설이 있습니다. 게다가, 뼈가 부러진 해병을 치료하는 법을 아는 컴퓨터 전문가 시스템이 설치된, 정말 끝내주는 병실도 있습니다. 우리가 에이모스를 치료하지 말고 거기를 찾아냈어야 했는데 말이죠."

에이모스가 한 손 관절로 깁스를 툭툭 쳤다.

"그래도 잘하셨는걸요, 보스."

홀던이 말끔한 승무원들을 둘러본 뒤 한 손으로 자기 머리를 쓸어 넘겼다. 몇 주 만에 처음으로 손에 기름이 묻어나지 않았다.

"그래, 샤워실과 부러진 다리를 고칠 수 있는 시설이 있다니 좋군. 다른 건?"

나오미가 고개를 뒤로 젖혔고, 뭐가 더 있나 생각하는 듯이 눈알을 굴렸다.

"물탱크에 물이 가득 담겨 있고, 펌프에는 약 30년 동안 반응로를 작동시킬 수 있는 연료봉이 있고, 주방에는 음식이 가득 있습니다. 해군에게 이걸 돌려주실 생각이라면 먼저 저를 밧줄로 묶으셔야 할 겁니다. 전 이 우주선이 정말 마음에 듭니다."

"아주 훌륭한 귀염둥이 우주선이지." 홀던이 싱긋 웃으며 말했다. "혹시 무기는 좀 살펴봤어?"

"튜브 2개 그리고 고성능 플라스마 탄두가 장착된 장거리 어뢰 스무 발이 있습니다." 나오미가 말했다. "적어도 선적 목록에는 그렇게 적혀 있습니다. 외부에 장착되어 있기 때문에 선체 밖으로 나가보기 전에는 직접 눈으로 확인할 수 없습니다."

"무기 패널을 봐도 그렇다고 나옵니다, 선장님." 알렉스가 말했다. "그리고 국지 방어 대포는 완전히 장전되어 있습니다. 단 하나 예외는…."

'단 하나 예외는 고메즈를 죽인 놈들을 향해 네가 발사를 한 곳이지.'

"아, 그리고, 선장님, 켈리 대위를 화물실에 넣던 중에 옆면에 MAP이라는 글자가 찍힌 커다란 상자를 발견했습니다. 선적 목록에 따르면 그건 '휴대용 살상 패키지(Mobile Assault Package)'의 약자였습니다. 총이 잔뜩 담긴 상자를 뜻하는 해군 용어인 듯합니다." 나오미가 말했다.

"네." 알렉스가 말했다. "해병 여덟 명을 완전 무장시킬 수 있는 양입니다."

"좋아." 홀던이 말했다. "그럼 해군 수준의 엡스타인이 있으니, 우리에게는 다리가 있는 거지. 그리고 만약 보고한 대로 무기가 장착되어 있다면 우리에게는 물어뜯을 이빨도 있는 거고. 다음 질문은 이걸로 우리가 무엇을 할 것인가야. 나는 존슨 대령의 피난처 제안을 받아들이자는 쪽이야. 어떻게 생각해?"

"저는 전적으로 찬성입니다, 선장님." 에이모스가 말했다. "저는 늘 벨트인이 손해 보는 쪽이었다고 생각했습니다. 이제 한동안은 좀 적극적으로 행동할까 합니다."

"지구인의 부담감인가, 에이모스?" 나오미가 씩 웃으며 물었다.

"대체 그건 또 무슨 의미입니까?"

"아무것도 아냐, 그냥 놀리는 거야." 나오미가 말했다. "네가 우리 쪽을 좋아하는 건 우리 여자를 훔치고 싶어서라는 걸 난 알거든."

그 농담에 갑자기 에이모스가 씩하고 웃었다.

"그게, 소행성대의 숙녀분들은 다리가 '정말로' 길고 늘씬하니까요." 에이모스가 말했다.

"오케이, 그만." 홀던이 손을 들어 보이며 말했다. "좋아, 그러면 프레드 쪽에 두 표. 다른 사람들은?"

나오미가 손을 들었다.

"저도 프레드 쪽입니다." 나오미가 말했다.

"알렉스? 네 생각은?" 홀던이 물었다.

화성인 조종사가 의자에 등을 기대더니 머리를 긁적였다.

"저는 특별히 갈 곳이 없으니 여러분과 함께할까 합니다." 알렉스가 말했다. "하지만 이번 결정으로 인해 다음에 무엇을 할지 또다시 의논하는 일은 없었으면 좋겠습니다."

"없을 거야." 홀던이 대답했다. "이제 내가 탄 우주선에는 무기가 장착되어 있고, 다음번에 누가 내게 무슨 짓을 하려 들면 난 그걸로 쏴 버릴 거니까."

저녁 식사 뒤, 홀던은 자신의 새로운 우주선을 천천히 거닐며 한참 동안 둘러보았다. 모든 문과 벽장을 열어보고 모든 패널을 ·

켜보았으며 모든 판독자료를 읽었다. 융합 반응로 옆의 엔진실에 서서 두 눈을 감고, 거의 잠재의식 영역에서 진동하는 엔진 소리에 익숙해졌다. 엔진에 뭔가 문제가 생겨도 경고음이 울리기 전에 먼저 뱃속에서 그걸 느끼고 싶었다. 잘 갖춰진 기계제작실에 들러 모든 공구를 만져보았으며, 개인 선실 갑판에 올라가 승무원용 선실을 둘러보았고, 맘에 드는 곳을 발견하고는 그 방에 임자가 있는 걸 알리기 위해 침대를 어지럽혔다. 홀던은 자기 몸에 맞을 듯한 점프슈트를 잔뜩 발견했고, 그걸 자기의 새 방 옷장으로 옮겼다. 그리고 두 번째로 샤워했고, 3주째 뭉쳐있던 등을 뜨거운 물로 마사지했다. 그리고 자기 선실로 돌아가는 길에 손가락들로 벽을 따라가며 방화 거품과 장갑 강철 격벽 위를 얇게 덮은 파편 방지 금속망의 부드러운 탄성을 느꼈다. 자기 선실에 도착한 홀던은 알렉스와 에이모스 역시 각자 선실을 정한 걸 알았다.

"나오미의 선실이 어디지?" 홀던이 물었다.

에이모스가 어깨를 으쓱했다. "아직 관제실에서 뭔가와 씨름하고 있습니다."

홀던은 잠은 잠시 미루기로 하고 용골 사다리 리프트('리프트가 있다니!')를 타고 관제실 갑판으로 갔다. 나오미는 바닥에 앉아 있었고, 앞에는 격벽 패널이 열려 있었으며, 백여 개쯤 되는 작은 부속과 전선들이 주위에 원래 배치대로 꼼꼼하게 놓여 있었다. 나오미는 열린 패널 안쪽의 뭔가를 물끄러미 바라보고 있었다.

"어이, 나오미. 너는 정말로 잠을 좀 자둬야 해. 무슨 일을 하고 있어?"

나오미가 열린 패널 쪽을 가리켰다.

"자동응답기입니다." 나오미가 말했다.

홀던이 나오미 옆 바닥에 앉았다.

"내가 뭘 도우면 되는지 말해줘."

나오미는 자기 핸드터미널을 홀던에게 넘겼다. 화면에는 프레드가 보낸 자동응답기 변환 방법이 떠 있었다.

"준비가 다 됐습니다. 프레드가 말한 대로 콘솔을 자동응답기 데이터 포트에 연결했습니다. 오버라이드를 실행할 컴퓨터 프로그램도 준비를 마쳤고요. 새로운 응답기 코드와 우주선 등록 정보도 입력할 준비가 되었습니다. 새로운 이름도 넣었습니다. 이름을 고른 게 프레드입니까?"

"아니. 그건 나야."

"아, 그럼 됐습니다. 하지만⋯." 나오미는 말꼬리를 흐렸고, 다시 응답기를 향해 손을 흔들었다.

"뭐가 문제인데?" 홀던이 물었다.

"짐, 이 부분은 원래 '건드리지 못하게' 되어 있습니다. 민간인용 응답기에는 퓨즈가 설치되어 있어 만약 변경하면 그냥 실리콘 덩어리가 되어버립니다. 군용에 어떤 안전장치가 되어 있는지 누가 알겠습니까? 반응로에 자석을 떨어뜨린다? 우리를 초신성으로 만들어버린다?"

나오미가 고개를 돌려 홀던을 바라보았다.

"준비는 다 됐지만, 이제 이 스위치를 켜는 게 잘하는 일인지 의심이 듭니다." 나오미가 말했다. "이게 실패하면 어떤 일이 벌어질지 모릅니다."

홀던이 바닥에서 일어나 컴퓨터 콘솔 쪽으로 갔다. 나오미가

'응답01'이라 이름 붙인 프로그램이 실행되길 기다리고 있었다. 홀던은 1초 정도 망설이다가 실행 버튼을 눌렀다. 우주선은 증발하지 않았다.

"프레드는 우리가 살아있기를 원하는 거 같은데." 홀던이 말했다.

나오미가 긴 한숨을 요란히 내쉬며 털썩 주저앉았다.

"보셨죠. 이래서 저는 명령을 내리는 위치에 있으면 절대로 안 된다니까요." 나오미가 말했다.

"불완전한 정보로 어려운 결정을 내리기 싫다?"

"자살을 감내할 정도로 무책임해지고 싶지 않다는 쪽이 더 맞는 표현이죠." 나오미가 대답하고는 자동응답기 케이스를 천천히 조립하기 시작했다.

홀던이 벽의 통신 시스템을 눌렀다. "자, 여러분, 가스 수송선인 로시난테 호에 탑승한 걸 환영한다."

"그런데 대체 그 이름이 무슨 뜻입니까?" 홀던이 통신 버튼에서 손을 뗐을 때 나오미가 말했다.

"우리가 풍차를 찾아 나서야 한다는 뜻이지." 홀던이 리프트를 향해 가며 어깨너머로 말했다.

타이코 제조 공학 회사는 소행성대로 이주한 최초의 대기업 가운데 하나였다. 인류 팽창 초기, 캔터베리 호 같은 우주선들이 토성의 고리에 있는 거의 무한한 들판으로부터 얼음을 가져오기 전, 타이코 공학자들과 우주선 함대는 작은 혜성을 잡아 그걸 안정된 궤도에 두고 물의 공급원으로 썼다. 인류가 그때까지 했던 가장 복잡하고 가장 어려운 거대 규모 공사였다. 그리고 타이코는 다시 그보다 더한 일을 해냈다.

앙코르 공연이라도 하듯이, 타이코는 세레스와 에로스의 바위에 거대한 융합 드라이브를 설치했고, 10년 동안 두 소행성에 회전하는 법을 가르쳤다. 타이코는 금성의 공중 부양 도시 네트워크 건설의 후보자 명단에 올랐지만, 개발권은 법정소송이라는 미궁에 빠져들었고, 이제 그 상태로 70년이 넘었다. 지구와 화성에서는 우주 엘리베이터 설치 논의가 있었지만, 아직까지 확실하게 정해진 것은 없었다. 만약 누군가에게 소행성대에서 이루어야만 하는, 하지만 도무지 실현 불가능해 보이는 공학 관련 작업이 있다면, 그리고 그 돈을 감당할 수만 있다면, 타이코에게 맡기면 됐다.

그 회사의 소행성대 본부인 타이코 스테이션은 직경 500미터의 구 주위에 만든 거대한 고리 스테이션으로, 내부에는 6천5백만 평방미터에 이르는 제조 공장과 저장 공간이 있었다. 서로 반대 방향으로 구를 도는 두 개의 거주 고리에는 1만5천 명의 노동자와 그들의 가족이 살기에 충분한 공간이 있었다. 제조시설인 구 맨 위에는 육중한 수송선이라도 반 토막 낼 수 있을 것처럼 보이는 거대한 건설용 기계팔 여섯 개가 장식처럼 자리 잡고 있었다. 구의 아래에는 직경 50미터인 둥그런 물체가 튀어나와 있었는데, 그곳에 설치된 주력함급 융합 반응로와 드라이브 시스템 덕분에 타이코 스테이션은 태양계에서 가장 커다란 이동식 건설 플랫폼이 될 수 있었다. 거대한 고리들 내부의 각 부분은 그 아래마다 선회 장치가 있어서, 고리가 회전을 멈추고 스테이션이 다음 작업장으로 날아가서 추진 중력이 달라질 때마다 실내의 방들은 방향을 다시 잡을 수 있었다.

홀던은 이 사실을 알고 있었지만, 그래도 타이코 스테이션을 처음 보자 놀라 숨이 막혔다. 단지 크기 때문은 아니었다. 그곳은 태양계에서 가장 똑똑한 사람들이 거의 의지력만으로 인간이 외행성에 진출하게 도우면서 4세대에 걸쳐 살고 작업해 온 구상의 결과물이었다.

에이모스가 말했다. "꼭 거대한 벌레처럼 보이는군요."

홀던은 반박하려 했지만, 사실 통통하고 둥그런 몸집에 다리는 머리 꼭대기에서 뻗쳐나온 모습을 보면, 스테이션은 꼭 거대한 거미를 닮았다.

알렉스가 말했다. "스테이션 말고 '저' 괴물 좀 보십시오."

알렉스가 가리킨 곳에서는 스테이션이 작아 보일 정도의 우주선이 건조 중이었다. 반사되어 온 레이저 레이더를 본 홀던은 그 우주선이 길이가 2킬로미터가 넘으며 폭은 500미터가 넘는다는 걸 알았다. 둥그렇고 땅딸막한 그 우주선은 강철로 만든 시가 꽁초 같아 보였다. 비계용 들보 사이로 보이는 내부와 기계들은 이런저런 단계로 설치가 진행 중이었지만, 엔진은 완성된 듯이 보였고, 선수 부분은 선체까지 완성되어 있었다. '노부'라는 이름이 굵고 하얀 글씨로 선체를 가로질러 칠해져 있었다.

"그러니까, 몰몬교도들은 저걸 타고 타우 세티까지 가려는 건가요?" 에이모스가 말하더니 길게 휘파람을 불었다. "겁이 없는 놈들일세. 100년을 여행한 뒤에 도착한 곳에 행성이 있다는 보장도 없는데 말이죠."

"그 사람들은 꽤 확신하는 듯해." 홀던이 대답했다. "그리고 멍청한 사람들이라면 저런 우주선을 만들 수 있을 정도로 돈을 벌지 못하지. 적어도 나는 그 사람들에게 행운이 따르길 빌어."

"그 사람들은 별에 도착할 거야." 나오미가 말했다. "그런데 어떻게 부러워하지 않을 수 있지?"

"자신들이 쓰지 못할 바위를 공전하다 굶어 죽지 않는다면 증증손주들이 '별'에 도착하겠죠." 에이모스가 말했다. "그러니 쓸데없는 걸 부러워하지 말자고요."

에이모스는 노부 호 옆구리에 인상적으로 툭 튀어나온 커다란 통신 어레이를 가리켰다.

"저게 우리 똥구멍 크기의 좁은광선 메시지를 쏜 거라는데 내기하시겠습니까?" 에이모스가 말했다.

알렉스가 고개를 끄덕였다. "몇 광년 떨어진 곳에서 집으로 개인 통신을 보내고 싶다면 광선 결맞춤을 아주 잘해야 할 필요가 있어. 아마도 우리에게 구멍을 뚫지 않게끔 세기를 아주 낮춰서 보냈을 거야."

홀던이 부조종석에서 일어나더니 에이모스를 밀고 지나갔다.

"알렉스, 저쪽에 우리를 착륙시킬 의사가 있는지 알아봐."

착륙은 놀랄 만큼 쉬웠다. 스테이션 컨트롤이 로시난테 호와 통신을 계속 연결한 채로 구의 옆면 도킹 항구로 이끌었고, 알렉스가 에어록 문을 도킹 튜브에 연결할 때까지 그침 없이 도와주었다. 관제탑은 로시난테 호가 수송선치고 무기가 너무 많다거나 압축가스를 운반하는 통이 없다는 사실을 지적하지 않았다. 관제탑 사람들은 로시난테 호가 도킹을 하게 했으며, 좋은 하루가 되라고 인사를 했다.

홀던은 우주복을 입고 화물칸에 잠깐 가서 커다란 더플백을 챙긴 다음, 로시난테 호의 안쪽 에어록 문에서 기다리는 다른 이들을 만났다.

"우주복들 입어. 그게 이제부터 어딘가 새로운 곳에 갈 때의 행동지침이야. 그리고 이걸 하나씩 챙기고." 홀던이 말하며 더플백에서 권총과 탄창들을 꺼냈다. "원하면 주머니나 가방에 숨겨도 되지만 나는 눈에 띄게끔 차고 있을 거야."

나오미가 홀던에게 얼굴을 찡그렸다.

"그건 좀… 과한 거 같습니다. 안 그런가요?"

"여기저기에서 채이고 다니는데 질렸거든." 홀던이 말했다. "로시난테 호는 독립을 향한 좋은 출발이고, 난 로시난테 호의 일부를 몸에 지니고 있는 거야. 그냥 행운의 부적쯤이라고 해두자고."

"좆나 맞는 말입니다." 에이모스가 말하고는 허벅지에 권총을 맸다.

알렉스는 비행복 주머니에 총을 쑤셔 넣었다. 나오미는 코를 찡그리더니 마지막 남은 총을 거부했다. 홀던은 그 총을 자기 더플백에 다시 넣었고, 승무원들을 로시난테 호의 에어록으로 데리고 들어간 다음 공기를 뺐다. 나이 들고 피부가 까맣고 덩치가 좋은 남자가 반대편 에어록에서 홀던 일행을 기다렸다. 홀던 일행이 그 안으로 들어가자 남자가 싱긋 웃었다.

"타이코 스테이션에 온 걸 환영합니다." 앤더슨 스테이션의 학살자가 말했다. "프레드라고 부르십시오."

271

18
밀러

도나저 호가 파괴됐다는 소식은 해머가 징을 치듯 세레스를 강타했다. 뉴스피드들은 고성능 망원경으로 촬영한 전투 장면들로 넘쳐흘렀다. 전부 또는 대부분이 조작된 것이었다. 벨트인들은 비밀 OPA 함대에 대한 추측들을 부산히 떠들어댔다. 화성 기함을 파괴한 여섯 척의 우주선은 영웅이자 순교자처럼 추앙받았다. 별로 상관없고 지루한 모임에서조차 '해냈다, 또 해낸다,' '바위를 던지자'와 같은 표어들이 나타났다.

캔터베리 호 사건은 소행성대의 평온함을 없애버렸지만, 도나저 호는 더 심각한 결과를 낳았다. 그 사건은 공포를 없애버렸다. 갑자기 벨트인들은 승리를 거두었다. 단호하지만 뜻밖의 승리였다. 모든 것이 가능해 보였고, 희망이 그들을 유혹했다.

밀러는 술에 취해 있어 그나마 이 사태에 대한 두려움이 덜했다.

밀러의 알람이 10분 전부터 계속 울리고 있었다. 오랫동안 듣고 있노라니 신경을 긁는 소리는 낮고 높은 음조를 띠었다. 계속 높아지는 소리와 그 아래로 불규칙하게 쿵쿵거리는 타악기 음이 들렸고, 요란한 나팔 소리 아래로는 심지어 부드러운 음악까지 깔려 있었다. 환영. 청각적 환상. 소용돌이의 목소리였다.

침대 옆 탁자에는 평소 있던 물 주전자 대신 전날 밤에 마신 균류 모조 버번 병이 놓여 있었다. 병 바닥에는 아직도 손가락 두 개 정도 높이의 술이 남았다. 밀러는 그 액체의 부드러운 갈색을, 혀에 닿을 때의 느낌을 머릿속에 떠올렸다.

밀러가 생각했다. '착각이 깨질 때의 좋은 점은, 더는 다른 인물인 척하고 꾸밀 필요가 없다는 거지.' 오랫동안, 밀러는 자신이 존경을 받고 있으며, 자기 일에 유능하고, 타당한 이유에서 희생을 해왔다고 여겼다. 그러나 갑자기 눈에서 허물이 벗겨지며, 밀러는 자신이 무감각하게 살기 위해 인생의 좋은 것들을 모두 버린 기능적 알코올 중독자란 사실을 명백하고 분명하게 깨달았다. 샤디드는 밀러가 하찮은 존재라고 생각했다. 머스는 밀러가 자신이 좋아하지 않는 누군가와 자지 않기 위해 치러야 할 대가라고 생각했다. 밀러에게 조금이라도 존경심을 가져준 이는 지구인인 해브록이 전부였다. 이것도 나름대로 평화로웠다. 밀러는 더는 능력 있는 형사인 척하지 않아도 되었다. 침대에 계속 누워 알람의 윙윙거리는 소리를 듣는다 해도, 그건 남들의 기대대로 사는 것일 뿐이었다. 전혀 부끄러워할 일이 아니었다.

하지만 아직 해야 할 일이 남았다. 밀러는 손을 뻗어 알람을 껐다. 알람이 꺼지기 직전, 밀러는 그 안에서 목소리를, 부드럽지만 끈덕진 목소리를 들었다. 여자의 목소리였다. 무슨 말을 하는지는 알 수 없었다. 하지만 그 여자는 밀러의 머릿속에 있었으며,

다음 기회를 노릴 터였다.

밀러는 침대에서 몸을 일으키고 진통제와 수분보충 젤리를 삼키고 샤워실로 걸어가 하루 반 분량의 뜨거운 물 배급량을 썼고, 두 다리가 분홍색으로 변해가는 모습을 지켜보며 그냥 서 있었다. 밀러는 마지막 남은 깨끗한 옷을 입었다. 아침 식사는 압축 이스트와 포도 감미료로 만든 에너지바였다. 밀러는 침대 옆 탁자에 있던 버번을 마저 마시지 않고 재활용 처리기에 넣었다. 단지 아직 자신이 그럴 수 있다는 사실을 증명하기 위해서였다.

머스가 책상에서 기다리고 있었다. 밀러가 앉자 그녀가 고개를 들었다.

"18구역에서 일어난 강간 사건에 대해 아직 감식반 결과를 기다리고 있습니다." 머스가 말했다. "점심시간까지는 보내줄 수 있다는군요."

"두고 봐야지." 밀러가 말했다.

"목격자일지도 모르는 사람을 찾아냈습니다. 그날 희생자와 초저녁에 함께 있던 여자입니다. 그 여자의 증언에 따르면, 자신은 아직 아무 일도 없었을 때 떠났다지만 감시 카메라에 찍힌 내용은 다릅니다."

"내가 취조를 하길 원해?" 밀러가 물었다.

"아직은 아니에요. 하지만 뭔가 연극이 필요하면 도움을 청하겠습니다."

"좋아."

밀러는 머스가 걸어나가는 모습을 지켜보지 않았다. 한참 동안 허공만 바라보던 밀러는 디스크 파티션을 열고 해야 할 일들을 확인한 다음 자기 자리를 청소하기 시작했다.

청소하는 동안, 밀러는 마음속으로 샤디드와 도스와의 치욕스러운 만남을 수없이, 천천히 되풀이했다. '우리는 홀던을 데리고 있어.' 도스가 말했다. '당신은 자신의 폭동 진압 도구가 어찌 되었는지조차 알아낼 수 없잖아.' 밀러는 빠진 이 사이로 혀를 밀어 넣듯이 그 단어를 찔러 보았다. 도스의 말은 진실이었다. 이번에도.

하지만 여전히 말도 안 되는 소리일 수 있었다. 단지 밀러의 기를 죽이기 위해 꾸며낸 말일 수도 있었다. 어쨌든 홀던과 그의 승무원들이 살아있다는 증거는 하나도 없었다. 어떤 증거가 있을 수 있단 말인가? 도나저 호는 파괴되었고, 그 일지도 함께 소실되었다. 어쩌면 탈출에 성공한 우주선이 있을 수도 있었다. 그렇다면 구조선이나 화성 호위함 가운데 하나일 것이었다. 하지만 빠져나온 우주선이 있는데도 지금처럼 뉴스피드나 해적 방송의 눈에 전혀 안 띌 수는 없었다. 그런 비밀이 이렇게까지 조금도 안 새어 나올 수는 없었다.

아니, 가능했다. 단지 쉽지 않을 뿐이었다. 밀러는 눈을 가늘게 뜨고 경찰서 안의 허공을 바라보았다. 나라면 살아남은 우주선을 '어떻게' 감출까?

밀러는 자신이 5년 전에 산 싸구려 항해 위치 표시기(예전에 밀수 사건을 맡았을 때 이동 시간을 계산하느라 썼던 것이었다)를 꺼내 도나저 호가 파괴되었을 때의 날짜와 위치를 찍어 넣었다. 엡스타인 드라이브 추진을 쓰는 우주선이 아닌 경우에는 아직 그곳에 있을 것이고, 그렇다면 화성 전투함들이 그것을 이미 회수했거나 아니면 폭파시켜 우주 배경 복사의 일부로 만들었을 터였다. 그러므로 만약 도스가 밀러를 단념시키기 위해 거짓말을 한 것이 아니라면, 그건 엡스타인 드라이브를 쓰는 우주선을 뜻했다. 밀러는 재빨리 계산을 몇 번 했다. 성능이 좋은 드라이브라면, 세레스까지 한 달 안쪽으로 올 수 있었다. 안전하게 3주라고 해보자.

밀러는 데이터를 10분 가까이 들여다보았지만, 다음 단계가 떠오르지 않았고, 그래서 그걸 치우고 커피를 마시고 자신과 머스가 벨트인 불만분자와 했던 인터뷰를 불러왔다. 그 남자의 얼굴은 길고 창백했으며 은근히 잔인해 보였다. 녹화기는 그 남자에게 초점을 제대로 맞추지 못했고, 그래서 화면은 계속해 흔들렸다. 머스는 남자에게 뭘 봤냐고 물었고, 밀러는 몸을 앞으로 숙이고 기록된 답을 읽으며 잘못 기록된 단어들을 확인했다. 30초 뒤, 불평꾼은 '개자식'이라고 말했지만 기록기는 '게자식'이라고 기록했고, 밀러는 그것을 바로잡았지만 머릿속으로는 계속 딴생각을 했다.

아마도 하루에 우주선이 팔구백 대는 세레스에 도착하리라. 안전하게 1천 대라고 하자. 3주째 되는 때의 앞뒤로 이틀씩 셈하면, 겨우 4천 대였다. 물론 쉽지는 않지만, 불가능하지도 않았다. 가니메데 역시 꽤 붐볐다. 가니메데는 농작물 때문에 하루에 수백 대가 왕래했다. 하지만 일이 두 배가 되지는 않을 듯했다. 에로스, 타이코, 팔라스. 팔라스에는 하루에 몇 대가 들어오더라?

밀러는 녹화 내용을 2분 가까이 따라잡지 못했다. 밀러는 이번에는 주의를 기울여야겠다고 생각하며 다시 시작했고, 30분 뒤, 포기했다.

파괴되던 도나저 호에서 출발한 엡스타인 드라이브 우주선이 도착할 거라 예상되는 때의 앞뒤로 총 나흘 동안 가장 바빴던 10개의 항구에는 대략 2만8천 개의 도착 기록이 있었다. 하지만 그 가운데 화성군이 운영하는, 전부 또는 대부분이 내행성 거주자들로 구성된 스테이션과 항구를 제외한다면, 그 수를 1만7천 개로 줄일 수 있었다. 그렇다면 밀러가 그 일을 감행할 정도로 멍청하다고 잠시 가정한 뒤, 모든 도착 기록을 수작업으로 확인하는데 걸리는 시간은 얼마나 될까? 118일이었다. 먹거나 자지 않는다면 말이다. 하루에 10시간씩 다른 일은 아무것도 안 하면 1년이 안 되어 모든 기록을 살필 수 있었다. 1년이 '약간' 안 되어서.

하지만 그럴 필요 없었다. 범위를 좁힐 수 있기 때문이다. 밀러는 엡스타인 드라이브 우주선들만 찾으면 됐다. 항구들을 오가는 우주선 대부분은 완행이었다. 채광선과 단거리 수송선은 토치 드라이브를 썼다. 우주여행의 경제학은 장기간 여행에는 상대적으로 큰 우주선이 옳다는 답을 냈고, 그러한 우주선은 많지 않았다. 따라서, 넉넉잡고 4분의 3을 줄이면 다시 4천 대 정도만 보면 되는 상황으로 돌아가게 된다. 여전히 수백 시간이 걸릴 일이었지만 용의자 수를 줄여나가듯이 그 수를 줄일 다른 필터를 생각할 수 있으리라. 예를 들어, 그 우주선은 도나저 호가 파괴되기 전에는 비행 기록을 등록할 수 없었을 것이다.

항구의 정박 기록을 요구하는 과정은 낡고 불편했으며, 에로스와 가니메데와 팔라스 모든 곳이 교묘하게 달랐다. 밀러는 일곱 개의 다른 사건에 대해 정보 요청을 했다. 그 가운데 하나는 한 달 전에 일어난 미해결 사건으로, 밀러는 단지 자문 역이었다. 항구 정박 기록은 공개 자료였기에, 밀러는 굳이 형사임을 내세우지 않고도 익명으로 자료에 접근할 수 있었다. 운이 따른다면, 샤디드는 밀러가 공개된 기록 같은 저급한 정보를 얻으려 하는 행동까지 낱낱이 감시하지는 않으리라. 설사 감시한다 할지라도, 샤디드가 눈치채기 전에 답을 얻을 수 있을 확률이 높았다.

일단 해보기 전에는 운이 다했는지 아닌지를 알 방법이 없었다. 게다가 크게 잃을 것도 없었다.

감식반으로부터 통신이 연결되었을 때, 밀러는 깜짝 놀라 하마터면 펄쩍 뛸 뻔했다. 연구원은 잿빛 머리의 여자로, 얼굴은 부자연스러울 정도로 젊었다.

"밀러? 머스가 함께 있습니까?"

"아니요." 밀러가 말했다. "머스는 취조 중입니다."

밀러는 머스가 그렇게 말했다고 확신했다. 연구원이 어깨를 으쓱했다.

"그게, 머스의 시스템이 응답을 하지 않습니다. 당신들이 보낸 강간 사건에 일치하는 자를 찾았다는 걸 알려드리고 싶었습니다. 그건 남자 친구가 아니었습니다. 그 여자의 상관이더군요."

밀러는 고개를 끄덕였다. "영장을 청구했나요?" 밀러가 물었다.

"네." 여자는 말했다. "이미 파일에 있습니다."

밀러는 영장을 불러왔다. '세레스 스테이션을 대표해 스타 헬릭스는 조사 중인 보안 사고 CCS-4949231을 위해 임마누엘 코르부스 도드의 구류를 허가한다.' 판사의 녹색 전자 서명이 보였다. 밀러는 자기도 모르게 천천히 웃음을 지었다.

"고마워요." 밀러가 말했다.

경찰서를 나오는데, 풍기 단속반 한 명이 밀러에게 어디로 가는지를 물었다. 밀러는 점심을 먹으러 간다고 말했다.

아란하 회계 그룹의 사무실들은 제7구역 정부 지구의 근사한 지역에 있었다. 그곳은 평소 밀러가 가지 않는 지역이었지만 영장은 스테이션 전체에 유효했다. 밀러는 접수대의 비서(잘생긴 벨트인으로, 조끼에는 별이 폭발하는 문양이 수 놓여 있었다)에게 갔고, 임마누엘 코르부스 도드와 이야기해야 할 필요성에 대해 설명했다. 비서의 짙은 갈색 피부가 잿빛으로 변했다. 밀러는 입구를 가리지 않고 물러서 있었지만, 입구에 가까이 있었다.

20분 뒤, 말쑥한 차림에 더 나이 든 남자가 정문으로 들어오더니 밀러 앞에 서서 그를 위아래로 살펴보았다.

"밀러 형사?" 남자가 말했다.

"도드의 변호사로군요." 밀러가 유쾌하게 말했다.

"네. 저는 당신과…."

"사실," 밀러가 말했다. "우리는 이걸 지금 당장 해야만 합니다."

사무실은 깨끗하고 넓었으며, 연한 푸른색 벽은 안쪽에서 조명이 나왔다. 도드는 탁자 앞에 앉아 있었다. 여전히 거만해 보일 정도로 젊었지만, 겁이란 걸 알만큼 나이가 들기도 했다. 충분히 나이 들었다. 밀러는 도드를 향해 고개를 끄덕였다.

"당신이 임마누엘 코르부스 도드입니까?" 밀러가 말했다.

"계속하시기 전에, 형사님," 변호사가 말했다. "제 의뢰인은 아주 고급 단계의 협상들을 진행 중이십니다. 이분의 고객 가운데는 전시에 가장 중요한 분들도 꽤 포함되어 있습니다. 기소하기 전에, 저는 당신이 하는 모든 행동을 정밀히 검토할 수 있고 또한 그렇게 할 것이며, 그 과정에서 사소한 실수라도 알게 되면 당신이 그 책임을 져야 한다는 것을 말씀드리고 싶습니다."

"도드 씨," 밀러가 말했다. "이제부터 제가 당신에게 하려는 일들은 제 개떡 같은 하루 중 말 그대로 유일하게 즐거운 일들이 될 겁니다. 그러니 부디 체포에 확실하게 저항해주시면 진심으로 감사드리겠습니다."

"해리?" 도드가 변호사를 보며 말했다. 그의 목소리가 약간 갈라졌다.

변호사가 고개를 저었다.

경찰 카트로 돌아온 밀러는 한참을 가만히 있었다. 모두가 걸어 다니며 볼 수 있는 곳에서 등 뒤로 수갑이 채워진 도드는 조용히 있었다. 밀러는 핸드터미널을 꺼내 체포 시간, 변호사의 이의 제기, 그리고 몇 가지 자질구레한 내용을 기록했다. 크림색 리넨 정장을 입은 여자가 회계사 건물 문앞에서 망설였다. 밀러는 그 여자가 누구인지 몰랐다. 그 여자는 강간 사건과 관련이 있는 이가 아니었다. 아니, 최소한 자신이 일하는 사건과는 관련이 없었다. 여자의 얼굴에는 투사의 무표정한 침착함이 배어 있었다. 밀러는 고개를 돌려 도드를 바라보았다. 도드는 부끄러워했고, 뒤를 돌아보지 않았다. 여자가 밀러에게로 시선을 옮겼다. 여자가 한 번 고개를 끄덕였다. '고맙습니다.'

밀러도 고개를 끄덕였다. '그냥 제가 맡은 일을 하는 겁니다.'

여자는 문을 빠져나갔다.

두 시간 뒤, 밀러는 남은 서류작업을 마쳤고 도드를 유치장으로 보냈다.

3시간 반 뒤, 밀러가 요구했던 첫 번째 도킹 일지가 도착했다.

다섯 시간 뒤, 세레스 정부는 붕괴했다.

경찰서는 사람들로 가득 차 있었지만 조용했다. 형사와 하급 수사관, 순찰대원, 행정업무원, 지위 고하를 막론하고 모두가 샤디드 앞에 모여 있었다. 샤디드는 연단 앞에 서 있었으며, 머리는 뒤로 넘겨 단단히 묶은 상태였다. 스타 헬릭스 제복 차림이었지만 계급장은 제거되어 있었다. 샤디드는 떨리는 목소리로 말했다.

"지금쯤이면 여러분 모두 이 소식을 들었으리라고 생각하지만, 지금부터는 공식적으로 얘기하는 거야. 화성의 요청에 따라 UN은 지금까지 관망하던 자세를 거두고 또한… 세레스 스테이션의 보호를 그만두기로 했어. 이는 평화로운 변화야. 쿠데타가 아니야. 다시 한 번 말하겠어. 이건 쿠데타가 아니야. 지구는 이곳에서 군대를 철수할 것이며, 우리가 강요한 게 아니야."

"그건 말도 안 됩니다, 서장님." 누군가가 외쳤다. 샤디드가 손을 들었다.

"이 일에 대해 여러 가지 위험한 소문들이 돌고 있어." 샤디드가 말했다. "그리고 난 여러분들에게서 그 소문을 듣고 싶은 마음은 없어. 다음 교대 시간이 시작될 때 총독이 공식 성명을 발표할 것이고, 그때가 되면 여러분은 더 자세한 내용을 듣게 될 거야. 스타 헬릭스의 계약에 관해선, 계약을 바꾼다는 통보가 있기 전까진 계속 유효해. 지역 상인과 조합 대표들로 구성된 임시 정부가 구성되고 있어. 여러분은 여전히 세레스의 법이며, 나는 여러분이 그 위치에 합당하게 행동하기를 바란다. 여러분은 각자의 근무 시간에 맞춰 일해야 해. 제시간에 출근하도록. 표준 절차의 범위 안에서 전문가답게 행동하고."

밀러는 머스를 슬쩍 보았다. 파트너의 머리는 아직도 자고 일어난 상태 그대로 헝클어져 있었다. 둘 모두에게는 한밤중에 가까운 시각이었다.

"질문 있나?" 샤디드는 질문 따위는 허용할 수 없다는 목소리로 말했다.

'누가 스타 헬릭스에게 돈을 주는 겁니까?' 밀러는 생각했다. '우리가 시행하는 법은 어떤 것입니까? 소행성대에서 가장 큰 항구에서 물러나는 게 현명한 태도인지를 지구가 어떻게 아는 겁니까?'

'이제 평화 조약은 누가 협상하는 겁니까?'

밀러의 시선을 본 머스가 싱긋 웃었다.

"우리가 물 먹은 거 같군." 밀러가 말했다.

"일어날 일이었습니다." 머스가 동의했다. "가야겠습니다. 들러야 할 곳이 있어요."

"핵으로 올라가려고?"

머스는 대답하지 않았다. 대답하지 않아도 되었기 때문이다. 세레스에는 법이 없었다. 경찰만 있었다. 밀러는 자기 구멍으로 향했다. 스테이션이 윙윙 소리를 냈고, 밀러의 발아래 돌은 끊임없는 도킹 죔쇠와 반응로 핵, 튜브, 재생기, 압축 공기를 이용하는 기계들로 떨렸다. 그 돌은 살아있었으며, 밀러는 그것을 증명하는 작은 신호들을 그간 잊고 살았다. 6백만 명이 이곳에, 이 공기 속에 살았다. 지구의 중간 규모 도시에 사는 인구보다 적은 인구였다. 밀러는 그 6백만 명이 전략상 희생시키는 소모품이 될지 궁금했다.

내행성들이 주요 스테이션을 기꺼이 버릴 정도로 사태가 심각해졌단 말인가? 만약 지구가 세레스를 포기했다면 심각한 상황이 맞을 듯했다. OPA는 원하든 원하지 않든 그 빈자리에 들어서게 될 터였다. 권력의 진공은 너무나 거대했다. 그러면 화성은 OPA가 쿠데타를 일으켰다고 할 것이고, 그러면… 그러면 뭐? 이곳에 쳐들어와 계엄령을 선포한다? 그럴듯한 답이었다. 핵폭탄을 떨어뜨려 가루로 만든다? 밀러는 그 가능성 역시 썩 믿고 싶지 않았다. 그러기에는 너무나 큰돈이 걸려 있었다. 도킹 요금만 해도 작은 국가 규모의 경제에 연료를 공급할 수 있을 정도였다. 그리고 비록 밀러는 인정하기가 무척이나 싫었지만, 샤디드와 도스가 옳았다. 세레스가 지구와 계약 관계로 묶여 있어야, 그나마 교섭을 통해 평화를 얻어낼 희망이 있었다.

평화를 원하지 '않는' 누군가가 지구에 있는 걸까? UN의 냉담한 관료주의를 행동하게 만들 수 있을 정도로 강력한 누군가, 또는 뭔가가?

"내가 뭘 보고 있는 걸까, 줄리?" 밀러가 허공에 대고 말했다. "넌 거기서 대체 뭘 보았기에 화성과 소행성대가 이렇게 서로 죽이려 드는 걸까?"

스테이션은 윙윙 소리를 냈다. 조용하고 끊임없는 그 소리가 너무나도 나직해 밀러는 그 안에 담긴 목소리들을 들을 수 없었다.

머스는 아침에 일하러 오지 않았지만, 밀러의 시스템에 늦을 거라는 메시지를 남겨두었다. 머스가 댄 이유는 '청소'라는 단어 하나였다.

얼핏 보기에, 경찰서는 아무것도 변하지 않았다. 같은 사람들이 같은 곳에 와서 같은 일을 했다. 하지만, 그건 진실이 아니었다. 에너지가 높았다. 사람들은 싱글벙글하고, 소리 내 웃고, 주위를 돌아다니며 쓸데없는 농담을 해댔다. 광기 어린 흥분 상태였다. 정상 상태라는 이름으로 위에 덮어놓은 성긴 천을 뚫고 공포가 밀려 나온 상태였다. 이런 상태가 계속되지는 않을 터였다.

세레스가 무정부 상태가 되지 않은 건 그들 덕분이었다. 그들은 법이었으며, 6백만 명이 생존하느냐 아니면 어떤 미친놈에게 모든 에어록이 강제로 열리거나 또는 재활용 기계에 독약이 풀리는 사태가 일어나느냐가 겨우 3만 명 정도의 손에 달려 있었다. 밀러와 같은 사람들 손에. 어쩌면 밀러 역시 다른 사람들과 마찬가지로 기운을 내 응급 상황에 대처해야 하는 게 맞았다. 그러나 실제로는 밀러는 그 생각만 해도 피곤해졌다.

샤디드가 거침없이 걸어오더니 밀러의 어깨를 살짝 쳤다. 밀러는 한숨을 쉬고 의자에서 일어나 서장을 따라갔다. 이번에도 도스가 샤디드의 사무실에 있었다. 심란하고 잠이 부족한 듯했다. 밀러는 도스에게 고개를 끄덕였다. 샤디드가 팔짱을 꼈고, 눈빛은 평소보다 비난의 기운이 덜했으며 훨씬 부드러웠다.

"힘겨운 상황이 될 거야." 샤디드가 말했다. "이제까지 우리가 처리해온 일 중 가장 힘든 일이 우릴 기다리고 있어. 나는 내 목숨을 걸고 믿을 수 있는 팀이 필요해. 아주 예외적인 상황이라고.

무슨 말인지 알겠어?"

"네." 밀러가 말했다. "알겠습니다. 술을 끊고, 정신을 차리겠습니다."

"밀러. 자네는 뼛속까지 나쁜 사람은 아니야. 한때는 아주 유능한 경찰이었지. 하지만 난 자네를 믿지 않아. 그리고 우리에게는 다시 시작할 시간이 없어." 샤디드는 지금껏 밀러가 들어본 가운데 가장 상냥하다 할 수 있는 목소리로 말했다. "자네는 해고야."

19
홀던

프레드는 혼자 서 있었고, 넙데데한 얼굴에 환한 웃음을 지
으며 손을 내밀었다. 그의 뒤로 소총을 든 경호원 따위는 보이
지 않았다. 홀던은 프레드와 악수를 한 뒤, 소리 내 웃기 시작했
다. 프레드는 싱긋 웃은 뒤 어리둥절한 표정을 지었지만, 홀던의
손을 놓지 않은 채 뭐가 그리 재미있는지 홀던이 설명해 주길 기
다렸다.

"미안합니다. 하지만 이게 얼마나 기쁜지 당신은 알지 못할 겁
니다." 홀던이 말했다. "'말 그대로', 제가 우주선에서 내렸을 때
그 우주선이 폭발하지 않은 게 한 달 만에 처음입니다."

이제 프레드 역시 홀던과 함께 웃었다. 뱃속 어딘가에서부터
우러나오는 듯한 솔직한 웃음이었다.

잠시 뒤 프레드가 말했다. "여기에 계시면 안전합니다. 이곳은
외행성계에서 가장 방어가 잘 되는 스테이션입니다."

"당신이 OPA이기 때문인가요?" 홀던이 물었다.

프레드는 고개를 저었다.

"아닙니다. 우리는 지구와 화성의 정치인들에게 힐튼이 부끄러워 얼굴을 붉힐 정도로 엄청난 선거 자금을 댑니다." 프레드가 말했다. "만약 누군가 우리를 날려버린다면 UN 의회의 절반 그리고 화성 의회의 모두는 피를 찾으며 부르짖을 겁니다. 정치란 그런 거죠. 한때의 적이 다시 동맹이 되기도 하지요. 그 반대의 경우도 있고요."

프레드는 등 뒤의 문을 가리킨 뒤 모두에게 따라오라고 손짓했다. 타고 가는 거리는 짧았지만, 반쯤 갔을 때 중력이 다시 나타나더니 갑자기 아무렇게나 방향을 바꿨다. 홀던이 비틀거렸다. 프레드는 안타까운 표정을 지었다.

"미안합니다. 미리 알려드렸어야 했는데. 중앙 허브는 무중력입니다. 고리의 회전 중력 속으로 들어가는 게 처음에는 좀 이상할 겁니다."

"전 괜찮습니다." 홀던이 말했다. 나오미가 살짝 웃었지만, 그건 아마도 홀던의 상상이리라.

잠시 뒤, 엘리베이터 문이 열리더니 바닥에는 카펫이 깔리고 벽은 연녹색인 넓은 복도가 나왔다. 공기 재생기와 신선한 카펫 접착제 냄새를 맡으니 마음이 놓였다. 홀던은 이들이 공기 중에 '갓 지은 스페이스 스테이션' 냄새를 주입했다 할지라도 놀라지 않았을 것이다. 복도에 난 문들은 인조목으로 되어 있었지만, 그걸 알 수 있었던 건 오로지 진짜 나무를 쓸 수 있을 정도로 돈이 많은 이는 존재하지 않는다는 사실 때문이었다. 홀던과 그의 동료 가운데, 진짜 목재 가구와 설비가 있는 집에서 자란 이는 홀던이 유일했다. 에이모스는 볼티모어에서 자랐다. 그리고 볼티모어에서는 1세기도 더 전에 나무가 사라졌다.

홀던이 헬멧을 벗고 자기 승무원들에게도 그렇게 하라고 말하려 몸을 돌렸다. 하지만 다들 이미 헬멧을 벗은 상태였다. 에이모스는 복도를 이리저리 살피며 휘파람을 불었다.

"멋진 곳이군요, 프레드." 홀던이 말했다.

"따라오시지요. 머무를 곳으로 안내해드리겠습니다." 프레드가 대답하고는 일행을 이끌고 복도를 걸어갔다. 프레드가 말했다. "어쩌면 이미 추측하셨겠지만, 타이코 스테이션은 지난 100년 넘는 기간 동안 상당 부분을 새로 지었습니다. 하지만 기본은 크게 달라지지 않았습니다. 처음부터 아주 훌륭한 설계였습니다. 말서스 타이코는 천재 공학자였습니다. 그리고 이제는 그 손자인 브레든이 회사를 운영하지요. 마침 지금 브레든은 스테이션에 없습니다. 다음 큰 건을 협상하기 위해 루나의 중력 우물로 내려갔습니다."

홀던이 말했다. "이미 일감을 잔뜩 맡아 놓은 것 같은데요. 밖에 세워둔 그 괴물도 그렇고요. 그리고 알다시피, 전쟁이 시작될 거고요."

다양한 색상의 점프슈트를 입은 한 무리가 활발하게 이야기하며 지나갔다. 복도는 아주 넓었기 때문에 누구도 길을 비켜줄 필요가 없었다. 프레드가 지나가는 이들에게 손짓하며 아는 척을 했다.

"첫 번째 근무 시간이 막 끝났기 때문에 지금은 러시아워입니다." 프레드가 말했다. "사실, 지금은 새로운 일감을 얻어야 할 때입니다. 노부 호는 거의 완성되었습니다. 6개월 뒤면 식민지 개

척자들을 태울 겁니다. 타이코는 늘 다음에 할 프로젝트를 준비해놓고 있어야만 합니다. 타이코는 운영을 위해 하루에 1천1백만 UN 달러를 씁니다. 우리가 그 날 그 돈을 벌어들이느냐 못하느냐와 상관없이 말입니다. 감당하기에 큰 액수이죠. 그리고 전쟁은… 음, 우리는 그게 일시적이길 바랍니다."

"그리고 이제 당신은 피난민을 받아들이고 있고요. 그건 도움이 안 될 겁니다."

프레드는 그냥 소리 내 웃더니 말했다. "인구 네 명이 더 늘어난다고 해서 이곳이 금방 가난해지거나 하지는 않을 겁니다."

홀던이 걸음을 멈추더니 동료들 역시 자기 바로 뒤에서 멈추게 했다. 프레드는 몇 걸음을 걸은 다음에야 그걸 눈치챘고, 어리둥절한 표정으로 돌아섰다.

"교묘히 둘러대시는군요." 홀던이 말했다. "우리가 훔친 수십억 달러짜리 화성 군함을 빼면 우리에게는 가치 있는 게 아무것도 없습니다. 모두 우리가 죽었다고 생각합니다. 우리가 우리 계좌에 접근하는 순간 우리가 살아있다는 사실이 공개될 것이며, 제가 사는 우주는 전쟁으로 돈벌이하는 분이 우리를 구원하시고 자비로운 마음에서 만사형통하게 해주는 그러한 곳이 아닙니다. 그러니 왜 우리를 받아들이는 위험을 감수하는지 그 이유를 말해주시거나 아니면 우리가 우주선으로 돌아가 해적이 되어보게 내버려 두셨으면 합니다.

"화성 무역 선단의 징벌자. 사람들은 우리는 그렇게 부를 겁니다." 홀던 뒤 어디에선가 에이모스가 으르렁거리듯 말했다. 즐거운 듯한 목소리였다.

프레드가 두 손을 들었다. 눈빛이 단호했지만 유쾌해 하고 있기도 했다.

"몰래 꾸미는 건 아무것도 없습니다. 약속합니다." 프레드가 말했다. "당신들은 무장했고, 스테이션 치안대는 당신들이 어디든 총을 가지고 다녀도 좋다고 허락할 겁니다. 그것만으로도 제가 그 어떤 못된 짓도 꾸미지 않는다는 증거가 될 겁니다. 하지만 더 대화를 나누기 전에 숙소부터 안내하기로 하지요. 괜찮겠죠?"

홀던은 움직이지 않았다. 일을 마치고 돌아오는 다른 무리가 복도를 지나면서 호기심 어린 눈으로 홀던 일행을 바라보았다. 무리 가운데 누군가가 외쳤다. "다 잘 돼가는 거죠, 프레드?"

프레드는 고개를 끄덕이더니 성급하게 손을 흔들었다. "최소한 복도는 빠져나가도록 합시다."

"뭔가 답을 듣기 전에는 짐을 풀지 않겠습니다." 홀던이 대답했다.

"좋습니다. 거의 다 왔습니다." 프레드가 말했고, 다소 빨라진 걸음으로 다시 일행을 안내했다. 복도를 따라가던 프레드는 문 두 개가 있는 벽 앞에 섰다. 카드를 긁어 문 하나를 연 프레드는 일행을 이끌고 넉넉한 거실과 앉을 곳이 많이 있는 커다란 스위트룸으로 들어갔다.

"욕실은 저기 뒤쪽의 왼쪽 문입니다. 침실은 오른쪽에 있습니다. 이쪽에 작은 부엌도 있고요." 프레드가 하나씩 가리키며 말했다.

홀던은 커다란 갈색 인조 가죽 리클라이너 소파에 앉아 소파 등받이를 뒤로 제쳤다. 팔걸이의 포켓에 리모콘이 있었다. 홀던은 그 리모콘이 벽 한쪽을 거의 다 차지한, 놀랄 만큼 커다란 화면용일 거라고 추측했다. 나오미와 에이모스는 홀던의 소파와 같은 색의 소파에 앉았고, 알렉스는 크림색이 대조적인 2인용 소파에 길게 누웠다.

"마음에 드십니까?" 프레드가 식당 쪽의 의자 여섯 개 가운데 하나를 끌고 와 홀던 맞은편에 앉으며 물었다.

"괜찮군요." 홀던이 경계하며 말했다. "제 우주선에는 아주 좋은 커피메이커가 있습니다."

"뇌물은 먹히지 않을 거라고 생각합니다. 하지만 모두 마음에 드시는 거죠? 우리는 여러분을 위해 스위트 룸 두 개를 마련해두었습니다. 다른 한 개는 방이 두 개지만 그 밖의 모든 기본 배치는 같습니다. 여러분이 어떻게들 주무시는지 확신이 안 가서…." 프레드가 불편하다는 듯이 말끝을 흐렸다.

"걱정 마십시오, 보스. 보스는 저와 같이 포개자면 됩니다." 에이모스가 나오미에게 윙크를 해 보이며 말했다.

나오미는 보일 듯 말 듯 하게 웃기만 했다.

"좋습니다, 프레드. 이제 길거리의 떠돌이 신세는 면했군요." 나오미가 말했다. "그럼 지금부턴 선장님의 질문에 답을 해주십시오."

프레드는 고개를 끄덕였고, 일어나 목청을 가다듬었다. 프레드는 뭔가를 머릿속에서 검토하는 듯이 보였다. 이윽고 입을 열자 편하게 대화하던 분위기는 사라지고 없었다. 목소리에는 단호한 권위가 배어 있었다.

"소행성대와 화성 간의 전쟁은 자살행위입니다. 소행성대의 모든 단거리 채광선들이 무장을 한다 해도 우리는 화성 해군과 상대가 되지 않습니다. 잔꾀를 쓰고 자살 특공대를 보내 몇 번 정도는 이길 수도 있습니다. 화성은 자신의 뜻을 보이기 위해 우리 스테이션 가운데 하나에 핵 공격을 하고 싶은 유혹을 느낄 겁니다. 하지만 우리는 화학 로켓에 이층침대 크기만 한 바위 수백 개를 묶어 화성의 돔 도시들에 아마겟돈의 비처럼 떨어뜨릴 수도 있습니다."

프레드는 마치 적절한 단어를 찾는 듯이 말을 멈추더니 자기 의자에 다시 앉았다.

"전쟁을 알리는 모든 북소리는 이 점을 무시하고 있지요. 모두가 잘 알면서도 애써 무시하는 사실입니다. 우주선에 살지 않는 모두가 구조적으로 취약합니다. 타이코, 에로스, 팔라스, 세레스. 이런 스테이션들은 다가오는 미사일을 피할 수 없습니다. 그리고 적의 시민들은 모두가 거대한 중력 우물의 밑바닥에 살기 때문에 우리는 특별히 겨냥을 할 필요조차 없습니다. 아인슈타인이 옳았습니다. 다음 전쟁에서 우리는 돌멩이를 가지고 싸울 겁니다. 하지만 소행성대에게는 화성 표면을 용암이 끓는 바다로 바꿀 수 있는 돌멩이들이 있지요.

지금은 모두가 착하게 굴고 있고, 단지 우주선에서 사격을 가할 뿐입니다. 아주 신사적으로요. 하지만 조만간, 어느 쪽이든 간에 뭔가 절박한 행동을 할 수밖에 없을 겁니다."

홀던이 몸을 앞으로 숙였고, 우주복의 매끄러운 표면이 가죽 질감의 소파에 미끄러지며 당황스러운 뺙뺙 소리를 냈다. 아무도 웃지 않았다.

"동의합니다. 하지만 그게 우리와 무슨 상관입니까?" 홀던이 물었다.

"이미 너무 많은 피를 흘렸습니다." 프레드가 말했다.

'쉐드'.

홀던은 뜻하지 않은 동음이의어*에 마음이 싸해지며 움찔했지만 아무 말도 하지 않았다.

"캔터베리 호," 프레드가 계속 말했다. "도나저 호. 사람들은 그 우주선들을, 그리고 거기에 탔던 수천 명을 그냥 잊어버리지 않을 겁니다."

"방금 두 가지 선택 사항을 지워버린 듯하군요, 대령님." 알렉스가 말했다. "전쟁도 안 된다. 평화도 안 된다."

"세 번째 대안이 있습니다. 문명화된 사회에는 그러한 일을 처리하는 다른 방법이 있습니다." 프레드가 말했다. "형사 재판이죠."

에이모스의 코웃음이 공기를 흔들었다. 홀던은 웃지 않으려 애써야만 했다.

"진심으로 떠드는 겁니까?" 에이모스가 물었다. "그리고 그 화성 스텔스 우주선을 어떻게 재판에 회부할 건데요? 스텔스 우주선마다 일일이 찾아다니며 어디에 있었는지 물은 다음 알리바이라도 확인하자는 겁니까?"

프레드가 한 손을 들어 올렸다.

* Shed는 '흘리다'라는 뜻의 영어 단어이면서, 도나저 호에서 죽은 홀던의 동료 이름이기도 하다.

"더 이상 캔터베리 호가 파괴된 일이 전쟁의 일부라고 생각하지 마십시오." 프레드가 말했다. "그건 범죄 행위였습니다. 지금은 사람들이 과민반응을 보이고 있지만, 일단 상황이 진정되면 머리가 식을 겁니다. 그럼 계속 이렇게 나갈 때의 결과를 양측 모두 생각해보고 다른 길을 찾게 될 겁니다. 좀 더 온전한 정신인 사람들이 조사를 하고, 관할권을 협상하고, 양측 모두가 동의할 수 있는 하나 혹은 여러 개의 단체를 찾아내 그 책임을 물을 가능성이 있습니다. 재판. 그것만이 수백만 명의 죽음과 인류의 기반을 파괴하지 않을 수 있는 유일한 결론입니다."

홀던은 어깨를 으쓱했다. 무거운 우주복 탓에 거의 티가 나지 않았다.

"그래서 재판으로 가야 한다는 거군요. 하지만 아직 제 질문에는 답을 하지 않으셨습니다."

프레드는 홀던을 가리켰고, 이윽고 승무원 한 명씩을 차례로 가리켰다.

"여러분은 비장의 카드입니다. 여러분 넷은 '두' 우주선이 파괴되는 걸 목격한 유일한 증인입니다. 재판이 열리면 저는 여러분과 여러분의 증언이 필요합니다. 영향력이라면 이미 정치적 인맥을 통해 발휘할 수 있지만, 여러분이 있어야 제가 협상 테이블까지 갈 수 있습니다. 그리고 그러면 소행성대와 내행성들 사이에 완전히 새로운 조약이 생겨날 것입니다. 우리가 힘을 합치면, 제가 지난 수십 년간 꿈꾸어온 일이 단 몇 달 만에 가능해집니다."

"그러니까, 목격자라는 우리의 가치를 적절히 이용해 협상 테이블까지 간 다음, 당신이 원하는 방향으로 조약이 이루어지게 하려는 거군요." 홀던이 말했다.

"그렇습니다. 그리고 그 목표만 이룰 수 있다면 저는 기꺼이 여러분을 보호하고 안식처를 제공하고 제 스테이션을 자유로이 이용할 수 있게 해드릴 겁니다."

홀던은 숨을 깊이 들이켜더니 일어나 우주복 여밈을 열기 시작했다.

"네, 알았습니다. 그런 이기주의에서 제안하는 거라면 제가 믿을 수 있지요." 홀던이 말했다. "우리 모두 여기에 머물도록 하겠습니다."

나오미는 가라오케 반주에 맞춰 노래를 부르고 있었다. 그 사실을 생각하는 것만으로도 홀던은 머리가 빙빙 돌았다. 나오미. 가라오케. 지난 한 달간 그들에게 일어난 그 모든 일을 고려해본다 할지라도, 나오미가 무대에 올라 한 손에 마이크를 잡고 다른 한 손에는 자홍색 마티니인가 뭔가를 들고 몰디 필터스의 격렬한 소행성대-펑크 축가를 고래고래 노래하는 건 지금까지 홀던이 봐온 가운데 가장 낯선 장면이었다. 나오미는 여기저기서 간간이 들려오는 박수 그리고 몇 명의 야유와 함께 노래를 마치더니 비틀거리며 무대를 내려와 부스 안에 있는 홀던의 맞은편에 털썩 주저앉았다.

나오미는 자기 음료를 들어 올렸고, 들어 올리다 탁자에 쏟고 남은 나머지 절반을 단숨에 들이켰다.

"어땠슴까?" 나오미가 바텐더에게 한 잔 더 달라고 손짓을 하며 물었다.

"끔찍했어." 홀던이 대답했다.

"아니, 정말로요."

"내가 지금까지 들어본 가장 끔찍한 노래들 가운데 하나를 가장 끔찍하게 불렀어."

나오미는 고개를 흔들며 홀던을 향해 과장된 입방구를 뀌었다. 나오미의 밤색 머리카락이 얼굴을 가로질러 흘러내려 와 있었고, 바텐더가 화려한 색깔의 두 번째 마티니를 가져왔을 때, 나오미는 그 머리카락 때문에 도저히 술을 마실 수가 없었다. 결국 나오미는 머리카락을 움켜잡아 머리 위로 들어 올린 자세로 술을 마셨다.

"이해를 못 하시네." 나오미가 말했다. "그건 '원래' 끔찍한 게 정상입니다. 그게 중요한 거다 이겁니다."

"그렇다면 그 노래는 지금까지 내가 들어본 가운데 최고 잘 부른 거야." 홀던이 말했다.

"이젠 너무 솔직하시다." 나오미가 바 주변을 둘러보았다. "에이모스와 알렉스는 어디에 있습니까?"

"에이모스는 내가 본 가운데 가장 비싼 게 분명한 창녀를 찾아냈어. 알렉스는 뒤에서 다트 놀이를 하고 있고. 다트만큼은 화성인이 최고라고 주장했거든. 아마도 상대팀이 알렉스를 죽여서 에어록 밖으로 던져버릴 거 같아."

두 번째 가수가 무대에 오르더니 베트남 파워 발라드 비슷한 것을 나직하고 감상적으로 노래했다. 나오미는 한동안 술을 홀짝이며 가수를 지켜보더니 말했다. "어쩌면 우리가 가서 구해줘야 할지도 모릅니다."

"어느 쪽을?"

"알렉스요. 에이모스가 뭣 때문에 구원이 필요하겠습니까?"

"왜냐면 에이모스는 자기가 프레드의 판공비를 쓸 수 있다고 그 비싼 창녀에게 말했을 게 분명하니까."

"구출 작전을 펼치기로 하죠. 우리는 둘 다를 구할 수 있습니다." 나오미가 말하더니 남은 칵테일을 마저 마셨다. "하지만 작전을 펼치기 전에 연료가 더 필요합니다."

나오미는 바텐더에게 손짓하기 시작했지만, 홀던이 손을 뻗더니 나오미의 손을 잡아 탁자에 내렸다.

"그 대신에 바깥 공기를 쐬며 한숨 돌리는 게 더 나을지도 몰라." 홀던이 말했다.

아주 강렬하고 짧은 분노가 나오미의 얼굴에 확 피어올랐다. 나오미는 손을 빼냈다.

"바깥 공기는 선장님이 쐬십시오. 저는 제 눈앞에서 우주선 두 대와 많은 친구를 잃었고, 여기까지 날아오기 위해 3주 동안이나 죽어라고 고생했습니다. 그러니, 싫습니다. 저는 한 잔 더 마시고 다시 노래할 겁니다. 관객들이 절 사랑한단 말입니다." 나오미가 말했다.

"우리 구출 작전은 어쩌고?"

"가망 없습니다. 에이모스는 우주 창녀에게 살해되겠지만 적어도 자기 방식대로 살다가 죽는 거니 억울하지는 않겠죠."

나오미는 탁자를 밀며 일어나더니 바에 가서 마티니를 받은 다음 가라오케 무대로 향했다. 홀던은 나오미가 가는 모습을 지켜보다가 지난 2시간 동안 홀짝거리던 스카치를 다 마신 뒤 일어섰다.

아주 잠깐, 홀던은 둘이 비틀거리며 방으로 가 침대에 쓰러지는 환상을 보았다. 아침이 되면 홀던은 나오미가 술에 취한 틈을 이용했다고 자신을 혐오스러워하겠지만, 그래도 여전히 같이 잤단 사실은 변함이 없을 것이다. 나오미는 무대에서 홀던을 바라보고 있었고, 홀던은 자신이 나오미를 주시하고 있던 걸 깨달았다. 홀던은 가볍게 손을 흔들어 보이고는 오직 유령들만을, 에이드, 맥도웰 선장, 고메즈, 켈리, 쉐드를 벗 삼아 문을 열고 밖으로 나갔다.

스위트 룸은 편안하고 아주 크고 우울했다. 홀던은 침대에 누운 지 5분도 채 안 되어 다시 일어나 문밖으로 나갔다. 홀던은 복도를 30분 정도 서성였고, 고리의 다른 부분으로 연결되는 커다란 교차로들을 찾아냈다. 전자제품 상점과 찻집을 하나씩 보았고, 면밀히 살펴본 결과 아주 고급 창녀집인 곳을 발견했다. 홀던은 점원이 내미는 비디오 메뉴를 거절했고, 에이모스가 안쪽 어딘가에 있는 게 아닐까 생각하며 어슬렁거렸다.

홀던이 처음 보는 복도를 반쯤 걸었을 때 십 대 소녀들로 된 작은 무리가 지나갔다. 아이들 얼굴은 기껏해야 열네 살 정도로 보였지만, 키는 이미 홀던 만큼이나 컸다. 홀던이 지나가자 아이들은 조용해졌지만 홀던이 아이들을 뒤로하고 걸어가자 아이들은 다시 웃음을 터트리며 서둘러 갔다. 타이코는 도시였고, 홀던은 갑자기 자신이 외국인처럼 느껴졌으며, 어디에 가서 무엇을 해야 할지 알 수 없었다.

그렇게 정처 없이 걷다 보니 어느새 도킹 구역으로 가는 엘리베이터 앞이었다. 홀던은 놀라지 않았다. 홀던은 버튼을 누르고 안으로 들어갔고, 중력이 옆으로 뒤틀리고 사라지기 직전에 부츠의 자석을 켜 발이 공중에 뜨는 일을 막았다.

로시난테 호를 소유한 지 3주밖에 되지 않았지만, 홀던은 그 우주선으로 돌아가는 게 집으로 가는 것만 같았다. 홀던은 용골 사다리를 가볍게 짚으며 조종실로 올라갔다. 조종석 소파에 앉아 안전띠를 매고 두 눈을 감았다.

우주선은 조용했다. 반응로가 꺼져 있고, 혼자뿐이고, 움직이는 건 아무것도 없었다. 로시난테 호와 스테이션을 연결한 유연한 도킹 튜브는 우주선에 아주 미약한 진동만을 전달해주었다. 홀던은 두 눈을 감고 안전띠를 한 채 주위의 모든 것과 분리되어 둥둥 떠 있었다.

예전 같으면 평화롭기 그지없는 순간이었을 것이다. 하지만 지난 한 달 동안은 눈을 감을 때마다 의미 없어야 할 희미한 잔상이 에이드의 모습으로 나타나 윙크한 뒤 먼지처럼 날아가 버렸다. 머릿속에는 마지막 순간까지도 자기 우주선을 살리려 애쓰는 맥도웰 선장의 목소리가 울렸다. 홀던은 앞으로 평생 고요한 순간마다 에이드와 맥도웰 선장이 나타나 자신을 괴롭힐지도 모르겠다고 생각했다.

홀던은 해군 복무 시절의 옛 친구들을 떠올렸다. 머리가 희끗희끗한 그 직업 군인들은 불과 몇 미터 떨어진 곳에서 동료들이 요란스레 포커 게임을 하거나 소리를 있는 대로 틀어놓고 비디오를 봐도 상관 않고 잘 잤다. 당시 홀던은 그게 단지 익숙해져서 그런 거라고, 제대로 잘 시간이 없는 환경에서 충분한 휴식을 취하기 위해 몸이 적응했다고 생각했다. 하지만 이제 홀던은 그 노장들이 끊임없이 들리는 소음을 좋아했던 건 아닐까 하는 생각이 들었다. 잃어버린 전우 생각을 떨치기 위해. 노장들은 약정한 기한을 채우고 집으로 돌아갔을 테지만 다시는 잠을 이루지 못했으리라. 홀던은 눈을 떴고, 조종석 콘솔에서 작게 깜박이는 녹색 불빛을 살펴보았다.

이 불빛이 실내의 유일한 조명이었고, 아무것도 밝히지 못했다. 하지만 천천히 밝아졌다가 어두워지는 모습이 왠지 모르게 마음을 편하게 했다. 우주선의 심장이 조용히 뛰는 것처럼 느껴졌다.

홀던은 프레드 말이 옳다고 혼잣말했다. 재판으로 방향을 잡는 게 맞았다. 하지만 홀던은 알렉스의 사격 조준기에 그 스텔스 우주선이 걸리기를 원했다. 홀던은 모든 대책이 헛수고로 돌아가고 어뢰가 매 순간 다가오지만, 그 무엇도 그 어뢰를 막을 수 없는 무시무시한 순간을 정체불명의 그 승무원들도 경험하길 원했다.

홀던은 자신이 에이드의 마이크를 통해 들었던 공포에 찬 최후의 숨소리를 놈들도 똑같이 내뱉게 하고 싶었다.

잠시, 홀던은 격렬한 복수의 환상 덕분에 유령들을 물리칠 수 있었다. 유령이 사라졌을 때, 홀던은 개인용 간판으로 둥둥 떠내려가 침상에 몸을 묶고 잠을 청했다. 로시난테 호는 공기 재생기 소리와 침묵으로 된 자장가를 홀던에게 불러주었다.

20
밀러

밀러는 머리 위로 터널이 훤히 드러난 노천카페에 앉아 있었다. 공공 구역에는 황록색 풀들이 높게 자라 있었고, 천장은 하얀 빛으로 밝게 빛났다. 이제 세레스 스테이션은 정처 없는 신세가 되었다. 겉으로 보면 궤도 역학과 관성 덕분에 세레스는 늘 같은 곳에 있었지만, 정치적 위치는 완전히 달라졌다. 국지 방어 시스템은 같았다. 항구 폭파 방지용 문들의 장력 강도도 같았다. 그들이 잃은 건 정치적 지위라는 덧없는 방어막에 지나지 않았지만, 사실상 세레스에게는 그게 전부나 다름없었다.

밀러는 앞으로 몸을 숙이고 커피를 홀짝였다.

공공 구역에서 아이들이 놀고 있었다. 밀러는 그들이 아이라고 생각했지만, 자신이 그 나이 때는 자신을 어른이라고 생각했던 기억이 났다. 열다섯이나 열여섯 살 정도였다. 팔에는 OPA 완장을 하고 있었다. 남자아이들은 크고 화난 목소리로 폭정과 자유에 대해 이야기했다. 여자아이들은 남자아이들이 뽐내며 걷는 모습을 지켜보았다. 가혹한 진공에 둘러싸인 회전하는 바위이든 아니면 지구의 코딱지만 한 침팬지 보호구역이든 상관없이, 고대부터 동물들은 늘 같은 식의 행동을 보여왔다. 심지어 소행성대에서도 젊음은 자신이 무적이며 불사이고, 자신에게는 모든 게 다를 거라는 흔들리지 않는 확신을 품게 했다. 물리법칙이 자신에게는 통용되지 않을 것이며, 미사일은 절대로 명중될 리 없고, 공기는 절대로 쉿쉿 소리를 내며 진공으로 빠져나가지 않으리라는 믿음. 다른 사람들, 즉 OPA의 누더기 전투선, 물 수송선, 화성 전함, 스코풀라이 호, 캔터베리 호, 도나저 호 등 태양계가 전장이 된 이래 작은 전투에서 파괴된 수백 대의 우주선들은 어떨지 몰라도 자신만은 안전하리라는 믿음. 그리고 젊으면 낙천주의가 사라진 뒤에도 다시 희망을 품을 수 있지만, 밀러에게 남은 것은 약간의 두려움, 약간의 부러움, 그리고 삶이 언제라도 무너져 내릴 수 있다는 무시무시한 느낌뿐이었다. 하지만 밀러에게는 석 달 치 봉급에 해당하는 통장 잔고와 많은 자유 시간이 있었고, 커피도 나쁘지 않았다.

"더 필요한 거 있으십니까, 손님?" 웨이터가 물었다. 웨이터는 풀밭의 아이들 또래로 보였다. 밀러는 고개를 저었다.

스타 헬릭스가 계약을 파기하고 닷새가 지났다. 세레스 총독은 자취를 감추더니, 소식이 퍼지기 전에 몰래 출국했다. 외행성 연합은 세레스를 공식 점령지로 선포했으며, 다른 반론은 없었다. 밀러는 실직 첫날을 취해서 보냈지만, 술 취해 떠드는 건 묘하게도 형식적인 느낌이 들었다. 밀러는 술독에 빠져들었다. 그것이 친숙하기 때문에, 그리고 자신을 정의해준 직장을 잃었을 때 하는 일이 그런 것이기 때문이었다.

이틀째 되는 날, 밀러는 숙취에서 벗어났다. 사흘째 되는 날, 밀러는 지루해졌다. 스테이션 전체에서 치안 병력은 밀러가 예상했던 대로 필요 이상으로 평화유지에 힘썼다. 몇 개의 정치 집회와 시위가 신속하고 거칠게 진압되었고, 세레스 시민들은 별로 관심을 두지 않았다. 그들의 눈은 모니터에, 전쟁에 쏠려 있었다. 혐의 없이 머리가 깨져 감옥에 들어간 몇 명 따위는 관심 밖이었다. 그리고 밀러는 개인적으로 그 어느 일에도 책임이 없었다.

나흘째 되는 날, 밀러는 자기 터미널을 확인했고, 샤디드가 정보 접근을 차단하기 전에 자신이 요구했던 도킹 기록 정보의 80%가 이미 들어와 있는 걸 알게 되었다. 1천 개가 넘는 기록이었으며, 그 가운데 어느 것이든 줄리 마오로 이끄는 유일한 단서가 될수 있었다. 지금까지, 세레스를 박살 내기 위한 화성의 핵폭탄은 발사되지 않았다. 항복 요구도 없었다. 돌격대도 없었다. 그 모든 것이 한순간에 바뀔 수 있었지만, 그래도 밀러는 아직은 커피를 마시며 15분에 한 대꼴로 우주선 도킹 기록을 확인했다. 밀러는 만약 홀던이 탄 우주선이 기록의 마지막에 있다면 약 6주 뒤에 그걸 알 수 있을 거라는 계산을 했다.

3세대 채광선인 '아드리아노폴 호'는 도착 예상 시간대에 팔라스에 도킹했다. 밀러는 공공 등록 정보를 확인했고, 공공 등록 정보가 보안 데이터베이스에 든 정보에 비해 터무니없이 적다는 점에 좌절했다. 스트레고 앤서니 아브라모비츠 소유. 유지보수 상태가 안전기준에 미달하는 경우가 여덟 건이나 발견됐기 때문에 항구에 위험이 될 수 있어 에로스와 세레스에서 입항을 금지당함.

바보이자 사고가 나길 기다리는 우주선이었지만, 비행 일정은 적법해 보였으며, 우주선 기록이 충분한 거로 보아 새로 만든 것 같지 않았다. 밀러는 그 항목을 삭제했다.

'싸가지없는 니미씨발 호'. 루나, 가니메데, 소행성대의 삼각형을 오가는 수송선. 루나에서 온 MYOFB* 회사 소유. 가니메데의 공공 기록에 따르면 기록된 시간에 그곳 항구를 떠났고 비행 기록 따위는 제출하지 않았다. 밀러는 손톱으로 화면을 톡톡 쳤다. 이 우주선은 어떻게 레이더에 걸리지 않고 비행할지가 문제가 아니었다. 그럴 권한이 있는 사람의 눈에 뜨이기만 하면 곧바로 체포되고도 남을 만한 우주선이었다.

밀러는 그 항목을 삭제했다.

밀러의 터미널이 울렸다. 메시지가 하나 와 있었다. 밀러는 메시지를 열어보았다. 공공 구역에 있던 여자아이 한 명이 비명을 지르자 다른 아이들이 소리 내 웃었다. 재생기가 계속해 만드는 바람 속에서 참새 한 마리가 날개를 파드득거리며 날아갔다.

해브록은 세레스에 있었을 때보다 더 좋아 보였다. 행복해 보였다. 눈의 다크서클은 사라졌고, 마치 소행성대에 있을 때는 자신의 가치를 증명해야 해서 뼈가 변형되어 있었지만 이젠 원래 모습으로 돌아갔다는 듯이 얼굴 모양이 살짝 부드러워져 있었다.

"밀러 선배!" 녹화 영상이 말했다. "선배 메시지를 받기 직전에 지구가 세레스를 잘라냈다는 소식을 들었습니다. 불운이죠. 그리고 샤디드가 선배를 해고했다는 소식을 듣게 되어 유감입니

---

*   Mind you own fucking business의 약자. '네 일이나 신경 써'라는 뜻이다.

다. 우리끼리 하는 말이지만, 그 여자는 자기가 잘난 줄 아는 바보입니다. 제가 들은 소문에 따르면, 지구는 전쟁에서 빠지기 위해 할 수 있는 모든 노력을 다 기울일 거랍니다. 전쟁에 연관될 것 같은 스테이션들을 포기해서라도요. 무슨 뜻인지 알 겁니다. 지금 선배 한쪽에는 핏불이, 다른 한쪽에는 로트웨일러가 있습니다. 그러니 한시바삐 들고 있는 스테이크부터 떨어뜨리십시오.*"

밀러가 킥킥거렸다.

"저는 프로토젠 치안대와 계약을 했습니다. 커다란 회사가 운영하는 사설 부대죠. 하지만 봉급이 꽤 괜찮아서 그자들의 잘난 척쯤은 참아줄 수 있습니다. 계약은 가니메데에서 일하는 거로 되어 있지만 지금 같은 난장판에서 실제로 어떻게 될지 누가 알겠습니까? 그런데 알고 보니 프로토젠에는 소행성대에 훈련 기지가 있더군요. 그런 곳이 있다는 말을 전에는 들은 적이 없었으니 아주 조용하게 유지하는 모양입니다. 지금 그쪽에서 사람을 구하고 있으니까 원하시면 제가 기꺼이 추천을 하겠습니다. 알려만 주십시오. 그러면 제가 리크루터와 만나게 해서 그 빌어먹을 바위에서 빠져나오게 해드리겠습니다."

해브록이 싱긋 웃었다.

"건강 챙기십시오, 파트너." 지구인이 말했다. "계속 연락을 주고받자고요."

프로토젠. 핑크워터. 알 아비크. 궤도를 오가는 커다란 회사들은 필요에 따라 소규모 치안 병력을 빌려 사설 무장부대 겸 용병

---

* 핏불과 로트웨일러 모두 사나운 사냥개이다.

으로 썼다. 아난섹은 팔라스와 치안 계약을 했고, 오랫동안 그 계약을 유지해왔지만, 그곳은 화성에 기지를 두고 있었다. OPA는 아마도 사람을 뽑고 있겠지만 밀러를 뽑지는 않으리라.

마지막으로 직장을 구하려 애써본 기억이 까마득했다. 밀러는 이제 특별한 어려움은 다 지났으며 앞으론 평생 세레스 스테이션에서 계약직 치안요원으로 일하다 죽을 거라고 생각해 왔다. 하지만 이제 상황은 변했으며, 모든 것이 이상하게 둥둥 떠 있는 느낌이었다. 총에 맞았지만 고통을 느끼기 전의 순간과 비슷했다. 밀러는 다른 직장을 찾아야 했다. 옛날 파트너들에게 한두 번 연락을 하는 것 이상의 노력이 필요했다. 직업소개소들이 있었다. 또한 세레스에는 전직 경찰을 경비원으로 고용하는 술집들도 있었다. 회색시장에서는 자기들을 합법적으로 보이게 해 줄 사람이면 누구든 고용했다.

이런 상황에서 공원의 여자아이들을 곁눈질하면서 애초부터 별로 조사할 마음도 없던 사건의 단서를 추적하는 건 정말로 멍청한 짓이었다.

'다곤 호'는 도착 예상 시간대보다 조금 앞서 세레스에 도착했다. 글래피언 콜렉티브 소유라고 되어 있었으며, 밀러는 그게 OPA의 위장 회사라고 꽤 강하게 확신했다. 그렇다면 좋은 후보였다. 다만 도나저 호가 파괴되고 겨우 몇 시간 뒤에 비행 일정을 제출했으며, 이오에서 출발한 시간도 꽤 정확해 보인다는 게 문제였다. 밀러는 그 기록을 나중에 다시 살펴볼 우주선들을 모아 놓은 파일에 옮겼다.

루나의 쎌렁씨유 쿠랑 홀딩스가 소유한 '로시난테 호'는 가스 수송선으로, 도착 예상 시간대가 끝나기 몇 시간 전에 타이코에 착륙했다. 씰렁씨유 쿠랑은 중간 크기의 회사로, OPA와 뚜렷한 연계가 없으며 팔라스에서 시작한 비행 기록은 그럴듯했다. 밀러는 삭제 키에 손가락을 올렸다가 멈칫했다. 밀러는 등을 기대고 앉았다.

왜 가스 수송선이 팔라스와 타이코를 오가는 걸까? 두 스테이션 모두 가스를 '소비'하는 곳이었다. 중간에 공급원을 들리지 않고 소비자에서 소비자 사이를 날아다니기만 하면 도킹 요금을 벌 수가 없다. 밀러는 로시난테 호가 팔라스에 오기 전에 어디에 들렀는지에 대한 비행 일정을 요청한 다음 느긋이 앉아 기다렸다. 만약 세레스 서버에 그 기록이 캐시로 남아 있다면 일이 분 안쪽으로 요청한 기록이 도착해야 정상이었다. 기록이 올 때까지 한시간 반이 걸릴 거라는 알림 신호가 떴고, 그건 밀러의 요청이 팔라스의 도킹 시스템으로 전송되었다는 뜻이었다. 로시난테 호의 정보는 지역 백업 시스템에 있지 않았다.

밀러는 턱 끝을 톡톡 쳤다. 닷새 동안 자란 짧은 털들은 이제 거의 턱수염에 가까워졌다. 밀러는 자기도 모르게 싱긋 웃었다. 밀러는 '로시난테 호'의 정의를 찾아보았다. 사전적 의미는 '일을 할 수 없는 말'이었으며, 처음 쓰인 건 돈키호테의 말 이름으로였다.

"그런 거야, 홀던?" 밀러는 화면을 보며 말했다. "풍차에 창을 겨누며 나온 거야?"

"손님?" 웨이터가 말했지만 밀러는 손을 흔들어 웨이터를 쫓아버렸다.

아직도 살펴야 할 항목이 수백 개는 있었고, 다시 살펴볼 항목을 담아 놓은 폴더에도 적어도 수십 개는 들어 있었다. 밀러는 그것을 무시하고 타이코에서 보내온 그 우주선 자료만 물끄러미 바라보았다. 마치 의지력만으로 화면에서 정보를 더 뽑아낼 수 있다는 듯한 표정이었다. 이윽고 천천히 밀러는 해브록의 메시지를 불러내더니 답장 키를 누르고 터미널 카메라의 작고 검은 조리개를 바라보았다.

"어이, 파트너," 밀러가 말했다. "제안 고마워. 아마도 자네 제안을 받아들일 거 같지만 여기를 떠나기 전에 먼저 할 일이 있어. 뭔지는 자네도 알 거야. 혹시 내 부탁을 들어줄 수 있다면…, 우주선 한 대의 기록을 추적해야 하는데 지금 난 공공 데이터베이스에만 접근할 수 있어. 게다가 세레스는 지금 화성과 전쟁 중이라고 봐도 되고. 무슨 일이 있을지 누가 알겠어? 어쨌든, 혹시 자네가 이 우주선에 1급 감시를 붙일 수 있다면, 그리고 만약 뭔가 알아낸다면 내게 알려줘… 내가 나중에 한잔 사지."

밀러는 말을 멈추었다. 뭔가 더 해야 할 말이 있었다.

"몸조심하고, 파트너."

밀러는 메시지를 살펴보았다. 화면에 보이는 밀러의 모습은 피곤했고, 웃음은 약간 거짓스러웠으며 목소리는 머릿속에서 들리는 것보다 좀 더 높았다. 하지만 필요한 말은 다 하고 있었다. 밀러는 그 메시지를 보냈다.

이게 현재 밀러의 처지였다. 정보 접근이 안 되었고, (비록 자기 구멍에 총알 몇 발이 있기는 했지만) 총도 압류되었으며, 돈도 떨어져 갔다. 그리고 전에 아무렇지 않게 하던 일을 하려면 이제는 온갖 방법을 강구하고 도움을 요청해야 했으며, 시스템의 허점을 노리려 머리를 짜내야 했다. 그는 한때 경찰이었지만, 이제는 한 마리 쥐에 불과했다. 밀러는 의자에 등을 기대어 앉으며 생각했다. '하지만 쥐치고는 꽤 일을 잘했지.'

회전 방향에서 폭발 소리가 들렸고, 이윽고 분노에 찬 목소리들이 높아갔다. 공공 구역에 있던 아이들은 '서로 건드리기 게임'을 멈추고 소리 난 쪽을 물끄러미 바라보았다. 밀러가 일어섰다. 연기가 일었지만, 불길은 보이지 않았다. 스테이션 공기 재생기가 미립자를 빨아들이는 속도를 높임에 따라 바람이 세졌고, 이는 바람 때문에 화재가 커질 위험은 없다고 센서가 판단했다는 뜻이었다. 빠르게 연달아 총소리가 세 번 들렸고, 목소리들이 합쳐져 거친 합창을 했다. 밀러는 무슨 말인지 알아들을 수 없었지만, 리듬만 들어도 그 내용을 알 수 있었다. 재난도 아니고, 화재도 아니고, 균열이 생긴 것도 아니었다. 그냥 폭동이었다.

아이들은 소동이 일어난 곳으로 걸어가고 있었다. 밀러는 한 명의 팔꿈치를 잡았다. 여자아이는 기껏해야 열여섯 살 정도로 보였으며 눈동자는 거의 까만색이었고 얼굴은 완벽한 달걀 모양이었다.

"저기로 가지 말렴." 밀러가 말했다. "친구들을 데리고 다른 길로 가."

여자아이는 밀러를, 자기 팔을 잡은 그의 손을, 멀리서 일어난 소동을 보았다.

"넌 도울 수 없어." 밀러가 말했다.

여자아이는 팔을 빼냈다.

"시도는 해야지 않아요?" 여자아이가 말했다. "쁘드리아 인뗀 따르.(당신도 할 수 있어요.)"

"방금 했어." 밀러가 자기 터미널을 케이스에 넣으며 말하곤 그곳을 떠났다. 등 뒤로 폭동의 소리가 점점 커졌다. 하지만 밀러는 경찰이 알아서 할 수 있다고 생각했다.

그 뒤 14시간 동안, 시스템 네트워크는 스테이션에 다섯 건의 폭동이 일어났으며, 그 가운데 한 건은 사소한 구조적 피해를 줬다고 보고했다. 밀러가 처음 듣는 이름의 누군가가 3단계 통행금지를 선언했다. 근무 시간 전후 2시간을 넘어서 자기 구멍 밖에 있는 사람들은 체포한다고 했다. 이제 이곳의 상황을 통제하는 자가 누군지는 모르겠지만, 그자는 6백만 명을 가둬두면 안정과 평화가 오리라고 생각하는 듯했다. 밀러는 샤디드가 이 일을 어떻게 생각할지 궁금했다.

세레스 밖에서는 상황이 더욱더 나빠지고 있었다. 트리톤에 있는 심우주 관측소는 OPA에 동조하는 채굴꾼 무리에 의해 점령되었다. 그들은 어레이를 태양계 안쪽으로 향했고, 태양계 안에 있는 모든 화성 우주선들의 위치, 그리고 반나체로 일광욕을 즐기는 이부터 돔 공원까지 화성 표면의 고해상도 이미지를 방송했다. 소문에는 핵폭탄들이 그 관측 스테이션을 향해 빗발치고 있으며, 일주일 안에 어레이는 먼지가 되어 밝게 빛날 것이라고 했다. 달팽이처럼 꾸물거리던 지구는, 지구 또는 루나에 기반을 둔 회사들이 중력 우물 안으로 철수하자 갑자기 속도를 높이기 시작했다. 모든 회사가 철수한 건 아니었고, 절반도 안 되었지만, 지구인의 메시지를 알리는 데는 그걸로 충분했다. '우리는 빠진다.' 화성은 단결을 요구했다. 소행성대는 정의를 요구했지만, 그보다는 인류의 탄생지가 망해버리라고 말하는 경우가 더 잦았다.

아직 통제 불능은 아니었지만, 상황은 이미 그쪽으로 치닫고 있었다. 몇 가지 사건이 더 있었으며 사건들이 어떻게 시작되었는지는 중요치 않았다. 이해관계가 무엇이었는지도 중요하지 않았다. 화성은 소행성대가 이길 수 없다는 사실을 알았고, 소행성대는 자신들이 잃을 게 없다는 사실을 알았다. 이는 죽음을 향한 길이었으며, 이제껏 인류가 한 번도 겪은 적이 없는 규모였다.

그리고, 세레스와 마찬가지로, 밀러 역시 이 상황에 대해 할 수 있는 일이 별로 없었다. 하지만 밀러는 제임스 홀던을 찾을 수 있었고, 스코풀라이 호에서 무슨 일이 벌어졌는지를 찾을 수 있었고, 줄리 마오로 연결되는 단서를 따라갈 수 있었다. 밀러는 형사였다. 그 일이 밀러가 하는 일이었다.

밀러는 자기 구멍에서 짐을 꾸리며 수십 년간 더께처럼 쌓여온 잡동사니들을 버렸고, 줄리에게 말을 했다. 왜 자신이 줄리를 찾기 위해 모든 것을 포기했는지 설명하려 애썼다. 로시난테 호를 발견한 뒤로 밀러는 걸핏하면 '돈키호테 같은'이라는 말을 썼다.

밀러의 상상 속 줄리는 소리 내 웃거나 감동을 하였다. 줄리는 밀러를 슬프고 가엾고 연약한 남자라고 생각했다. 그에게 있어 삶의 목적에 가장 가까운 것이 단지 자신을 추적하는 것뿐이기 때문이었다. 밀러가 자기 부모의 도구로 휘둘린다며 책망했다. 줄리는 흐느꼈고 밀러의 어깨에 팔을 둘렀다. 실제로 본 적이 없으니 상상하는 것조차 힘들었지만, 그럼에도 둘은 상상 속의 전망

대 라운지에 함께 앉아 별들을 지켜보았다.

밀러는 자신이 가진 모든 것을 숄더백 하나에 다 넣었다. 갈아입을 옷 두 벌, 서류, 핸드터미널. 좋았던 시절에 찍은 캔디스 사진 한 장. 줄리의 사진 세 장을 포함해, 샤디드가 그의 파티션을 정리해버리기 전에 미리 출력해둔 줄리 사건에 대한 모든 자료. 밀러는 자신이 헤쳐온 인생을 생각하면 뭔가 더 가방에 넣을 것이 있어야 한다고 생각했지만, 곧 마음을 바꿔 먹었다. 이 정도면 적당할 듯했다.

밀러는 마지막 날에 통행금지를 무시하고 스테이션을 다니며 자신이 그리워하거나 자신을 그리워할 거라고 생각되는 몇 명에게 작별 인사를 했다. 놀랍게도, 긴장과 불안함이 감도는 경찰 술집에서 만난 머스는 정말로 눈물을 흘리며 갈비뼈가 아플 정도로 밀러를 힘껏 껴안아 주었다.

밀러는 타이코로 가는 표를 예약했다. 그 표를 위해 밀러는 남은 잔고의 4분의 1을 써야 했다. 이 일로 인해, 밀러는 줄리를 정말로 빠르게 찾아내든지 아니면 조사를 계속할 돈을 벌기 위해 직장을 잡아야 한다는 생각을 다시 한 번 했다. 하지만 아직 그 일은 일어나지 않았고, 우주는 장기 계획을 세울 수 있을 정도로 안정된 상황이 아니었다. 현 상황에서 장기 계획이란 헛소리에 불과했다.

마치 그 점을 증명하기라도 하는 듯, 밀러가 탑승열에 서 있을 때 그의 터미널이 울렸다.

"어이, 파트너," 해브록이 말했다. "말했던 부탁 있잖습니까? 조금 알아냈습니다. 선배가 물었던 우주선이 방금 에로스로 향한다고 비행 일정을 제출했습니다. 공공 접근 가능 데이터를 첨부합니다. 좀 더 좋은 걸 주고 싶지만, 여기 프로토젠 사람들은 빡빡하게 구네요. 리크루터에게 선배 이름을 말해 두었고, 그 여자는 관심이 있는 듯합니다. 그러니 어떻게 생각하시는지 알려주십시오, 알겠죠? 곧 다시 이야기하지요."

'에로스.'

'좋아.'

밀러는 자기 뒤에 있던 여자에게 고개를 끄덕이고는 줄에서 나와 간이 판매소로 걸어갔다. 판매소의 화면이 열렸을 때, 타이코행 승선을 재촉하는 마지막 방송이 나왔다. 밀러는 표를 무르고 아주 적은 돈을 돌려받았고, 계좌에 아직까지 남은 돈의 3분의 1을 써서 에로스로 가는 표를 샀다. 하지만 그나마 다행이었다. 우주선에 타고 출발한 다음에 해브록에게서 소식을 들었을 수도 있었으니까. 밀러는 이게 불운이 아니라 행운이라고 생각해야 했다.

트라이앵글을 가볍게 때리는 듯한 소리가 나며 일정 확인을 알렸다.

"이게 제대로 하는 거면 좋겠는데." 밀러가 줄리에게 말했다. "만약 홀던이 거기 없으면 난 꽤 바보가 된 기분이 들 거야."

밀러의 마음속에서 줄리가 슬퍼 보이는 웃음을 지었다.

'삶이란 게 원래 위험 그 자체잖아요.' 줄리가 말했다.

21
홀던

    우주선들은 작았다. 공간은 언제나 부족했으며, 심지어 도나저 호처럼 거대한 우주선조차 복도와 격실은 비좁고 불편했다. 로시난테 호에서 홀던이 두 팔을 벌렸을 때 양쪽 벽에 손이 닿지 않는 곳은 주방과 화물칸뿐이었다. 우주 비행을 직업으로 삼는 누구도 폐소공포증은 없었지만 가장 강인하다고 소문난 소행성대의 채굴꾼조차도 우주선에만 갇혀있으면 긴장이 높아졌다. 고대로부터 덫에 걸린 동물들이 겪는 스트레스 반응이었고, 지금 서 있는 곳에서 몸을 완전히 숨길 곳이 말 그대로 전혀 없다는 사실로 인한 무의식적인 반응이었다. 항구에 도착해 우주선에서 내리면 갑작스레 긴장이 풀렸고, 어떤 때는 그 속도가 너무 빨라 머리가 어찔할 정도였다.

    그리고 그렇게 긴장이 풀어진 결과 미친 듯이 술을 퍼마시는 경우도 종종 있었다.

    선원을 직업으로 삼은 모든 이들이 그러하듯, 홀던 역시 긴 비행을 끝낸 뒤 곤드레가 되도록 술을 마시는 경우가 가끔 있었다. 창녀굴로 어슬렁거리며 들어가 거기에 죽치고 있다가 가랑이가 쓰라리고 전립선은 사하라 사막처럼 마른 상태로 잔고가 바닥나 끌려 나온 경우도 몇 번 있었다. 그래서 스테이션에 도착하고 사흘 뒤에 에이모스가 비틀거리며 자기 방으로 들어왔을 때, 홀던은 그 덩치 큰 정비공이 어떤 느낌인지 정확히 알았다.

홀던과 알렉스는 소파에 같이 앉아 뉴스피드를 보고 있었다. 화면에서는 두 명이 나와 '범죄, 테러리스트, 사보타지'와 같은 단어들을 섞어 쓰며 벨트인의 행동에 관해 토론하고 있었다. 화성인들은 '평화유지자'였다. 화성 뉴스 채널이었다. 에이모스는 코웃음을 치더니 무너지듯 소파에 앉았다. 홀던이 화면의 소리를 껐다.

"휴가는 즐거웠나, 선원?" 홀던이 씩 웃으며 물었다.

"다시는 술을 안 마실 겁니다." 에이모스가 신음하듯 내뱉었다.

"나오미가 그 스시 집에 갔으니 뭔가 먹을 걸 가져올 거야." 알렉스가 말했다. "가짜 해초에 싼 맛있는 날생선을."

에이모스가 다시 신음을 내뱉었다.

"짓궂군, 알렉스." 홀던이 말했다. "저 친구의 간이 평화로이 망가지게 두자고."

스위트룸의 문이 다시 옆으로 미끄러지며 열리더니 나오미가 높이 쌓인 하얀 상자들을 가지고 들어왔다.

"식사 왔습니다." 나오미가 말했다.

알렉스가 상자를 모두 열었고, 작은 일회용 접시들을 나눠주기 시작했다.

"네가 음식을 사러 가면 늘 연어 초밥이야. 상상력이 부족하잖아." 자기 접시에 음식을 담기 시작하며 홀던이 말했다.

"전 연어가 좋습니다." 나오미가 대답했다.

사람들이 식사하면서 방은 조용해졌다. 들리는 소리라고는 플라스틱 젓가락이 달가닥거리는 소리와 음식을 와사비 간장에 찍을 때 나는 소리뿐이었다. 음식을 다 먹자 코가 화끈거리다 못해 눈물까지 났고, 홀던은 흐르는 눈물을 닦아낸 뒤 다시 의자 깊숙이 등을 기대어 앉았다. 에이모스는 젓가락 한 짝을 다리 깁스에 넣고 다리를 긁적였다.

"이거, 꽤 처리를 잘했더군요." 에이모스가 말했다. "지금은 여기가 제 몸 가운데 가장 덜 아픈 곳입니다."

나오미가 홀던의 팔걸이에서 리모컨을 잡아 다시 소리를 키웠다. 나오미는 다른 피드로 채널을 바꾸기 시작했다. 알렉스는 두 눈을 감고 2인용 소파에 비스듬히 누워 배 위에 깍지를 끼고 만족한 듯이 한숨을 쉬었다. 갑자기 홀던은 자기 승무원들이 이토록 편안히 있는 게 터무니없이 짜증이 났다.

"모두 프레드의 젖꼭지를 양껏 빨았어?" 홀던이 말했다. "나는 그래."

"무슨 말을 하는 겁니까?" 에이모스가 고개를 저으며 말했다. "전 이제 시작했을 뿐인데요."

"내 말은," 홀던이 말했다. "프레드의 판공비로 우리가 얼마나 오랫동안 타이코에서 어슬렁거리며 퍼마시고 스시를 먹고 창녀를 만나고 다닐 것이냐 이거야."

"할 수 있는 한 오래?" 알렉스가 말했다.

"그럼 더 나은 계획이 있겠군요." 나오미가 말했다.

"계획은 없지만, 게임으로 돌아가고 싶어. 우리는 여기에 도착했을 때 정당한 분노와 복수의 꿈으로 가득했는데 이제는 마치 아무런 일도 없었다는 듯이 오랄 섹스를 즐기고 숙취에 시달릴 뿐이야."

"에, 복수라는 건 누군가 상대가 필요하잖습니까, 선장님." 알렉스가 말했다. "혹시 모를까 하는 말인데, 우리에게는 그 부분이 모자라요."

"그 우주선은 저기 어딘가에 아직 있어. 발사 명령을 내린 자들 역시도." 홀던이 말했다.

"그래서," 알렉스가 천천히 대답했다. "여기를 떠나서 그 우주선과 우연히 마주칠 때까지 여기저기 마구잡이로 날아다니자는 겁니까?"

나오미가 소리 내 웃더니 간장 봉지를 알렉스에게 던졌다.

"우리가 뭘 어떻게 해야 할지는 모르겠어." 홀던이 말했다. "하지만 우리가 여기에 죽치고 있는 동안 우리 우주선을 파괴한 놈들은 하던 짓을 계속하고 있다니, 분통이 치밀어 참을 수가 없어."

"우리는 여기에 사흘을 있었습니다." 나오미가 말했다. "우리는 편안한 침대와 맛있는 음식, 그리고 머리에서 김을 뺄 기회를 누릴 자격이 있습니다. 그걸 누리는 걸 죄책감이 들게 하지 마십시오."

"게다가, 프레드는 놈들을 법정에 세우자고 했습니다." 에이모스가 말했다.

"만약 재판이 있다면 말이지." 홀던이 답했다. "'만약'이란 말이야. 재판은 몇 달 혹은 몇 년이 지나도 열리지 않을 수도 있어. 그리고 설사 재판이 열린다 쳐도, 프레드는 그 조약을 바라고 있어. 사면 역시 또 다른 거래용 칩이 될 수 있단 말이야. 안 그래?"

"프레드가 그 제안을 했을 때는 재빨리 받아들였잖습니까, 짐." 나오미가 말했다. "마음이 바뀐 건가요?"

"만약 우리가 여기에 짐을 풀고 쉬는 대가로 증언을 원한다면 그 대가는 싼 거야. 그리고 재판이 모든 걸 해결해준다는 뜻이 아니고, 재판이 있을 때까지 물러서 방관자가 되겠다는 뜻도 아니야."

홀던은 인조 가죽 소파와 주위의 거대한 벽 화면을 가리켰다.

"게다가, 이건 감옥이 될 수도 있어. 좋기는 하지만 프레드가 돈줄을 움켜쥐고 있는 한, 우리는 프레드의 소유물이야. 판단 잘해야 해."

나오미가 이마를 찡그렸다. 눈빛이 진지해졌다.

"선택할 수 있는 게 뭡니까, 선장님?" 나오미가 물었다. "떠난다?"

홀던은 팔짱을 꼈고, 자신이 한 말을 마치 처음 듣는다는 듯이 모든 면에서 곰곰이 생각해보았다. 사실, 큰 소리로 말을 하고 나니 좀 더 명확해졌다.

"일거리를 찾아볼까 해." 홀던이 말했다. "우리에게는 좋은 우주선이 있어. 더 중요한 건, 이 우주선의 정체가 숨겨져 있다는 거야. 그리고 빨라. 또 필요하다면 응답기 없이도 운항할 수 있고. 전쟁이 일어났으니 여기저기로 물건을 옮겨야 할 사람들이 많을 거야. 프레드가 재판을 준비하는 동안 뭔가 일을 해서 돈을 벌자고. 그래서 그냥 방관자 역할에서 벗어나자고. 그리고 여기저기로 날아다니는 동안 눈과 귀를 활짝 열어놓는 거야. 무슨 소식을 듣게 될지 누가 알겠어? 그리고 진심으로 하는 말인데, 대체 스테이션에 갇혀서 쥐처럼 사는 걸 며칠이나 더 할 수 있겠어?"

한순간 정적이 감돌았다.

"스테이션 쥐 노릇은… 기껏해야 일주일 정도 더?" 에이모스가 말했다.

"나쁜 생각은 아니군요, 선장님." 알렉스가 고개를 끄덕이며 말했다.

"결정은 선장이 하는 겁니다." 나오미가 말했다. "저는 선장님 말에 따르겠습니다. 그리고 내 손으로 돈을 번다는 생각이 맘에 듭니다. 하지만 서두르지 않았으면 좋겠습니다. 며칠 정도는 더 쉬면 좋겠습니다."

홀던이 손뼉을 치더니 벌떡 일어났다.

"당연하지." 홀던이 말했다. "이제 계획이 섰으니 모든 게 달라질 거야. 휴가라는 건 끝이 있다는 걸 알아야 더 즐거운 법이고."

알렉스와 에이모스가 일어나 문으로 향했다. 알렉스는 다트 게임으로 몇 달러 정도를 벌었고, 이제 에이모스와 함께 카드 테이블에서 그 돈을 더 큰돈으로 바꾸는 중이었다.

"기다리지 마십시오, 보스." 에이모스가 나오미에게 말했다. "오늘은 운이 좋은 듯하니까요."

둘이 떠났고, 홀던은 커피를 내리기 위해 작은 부엌 모퉁이로 갔다. 나오미가 따라왔다.

"하나 더요." 나오미가 말했다.

홀던이 커피 패킷을 열자 강한 커피 향이 방안에 감돌았다.

"말해봐." 홀던이 말했다.

"프레드는 켈리의 시체에 대해 모든 절차를 맡았습니다. 프레드는 우리가 살아있는 걸 사람들 앞에 알릴 수 있을 때까지 시체를 보관하기로 했습니다. 그리고 때가 되면 화성으로 돌려보낼 겁니다."

홀던은 수도에서 물을 받아 커피메이커를 채우고 시작 버튼을 눌렀다. 부드럽게 그르르 하는 소리가 났다.

"좋아. 켈리 대위는 우리가 보낼 수 있는 최대한의 존경과 존중을 받을 권리가 있어."

"그리고 말이 나온 김에 덧붙이자면, 켈리가 가지고 있던 데이터 큐브 있잖습니까, 아직 그걸 열어보지 못했습니다. 군사용 위버 암호로 잠겨 있는 거 같은데, 풀 생각만 해도 머리가 지끈거립니다. 그래서…."

"빙빙 돌리지 말고 말해." 홀던이 인상을 쓰며 말했다.

"전 그걸 프레드에게 주고 싶습니다. 위험하다는 건 압니다. 그게 무엇인지 모르는 데다가, 아무리 프레드가 매력이 넘치고 상냥하다고 해도 결국은 OPA니까요. 하지만 프레드는 UN군의 고위직에 있었습니다. 그리고 여기 스테이션에 머리가 잘 도는 사람들을 데리고 있고요. 프레드라면 아마 그걸 열 수 있을 겁니다."

홀던은 잠깐 생각해보더니 고개를 끄덕였다.

"좋아. 내가 이야기해 볼게. 야오가 그 우주선에서 없애려 했던 게 뭔지 나도 알고 싶어. 하지만…."

"네."

커피가 준비되는 동안 둘은 편안한 침묵을 공유했다. 커피가 준비되자 홀던은 머그 두 개에 커피를 따라 한 잔을 나오미에게 내밀었다.

"선장님." 나오미가 말하더니 망설였다. "짐, 저는 지금까지 골칫덩어리 부선장이었습니다. 근무 시간의 80%는 스트레스에 짓눌리고 겁에 질려 있었습니다."

"그 사실을 아주 잘 숨겼잖아." 홀던이 대답했다.

나오미는 칭찬으로 받아들인다는 듯이 고개를 끄덕였다.

"어쨌든, 저는 몇 가지 일을 제대로 처리하지 못했습니다."

"큰 문제는 아니었어."

"알았습니다. 말을 마저 하게 해주십시오." 나오미가 말했다. "전 선장님이 일을 아주 잘해낸 덕에 우리가 모두 지금까지 살아 있다고 생각하며, 제가 그렇게 생각한다는 걸 선장님이 알았으면 좋겠습니다. 선장님은 우리가 우리 처지를 비참하다고 생각하게 하는 대신 우리가 해결할 수 있는 문제들에 집중하게 해줍니다. 우리가 모두 선장님을 중심으로 단단히 뭉쳐있게 해줍니다. 이건 누구나 할 수 있는 일이 아닙니다. 저는 그렇게 할 수 없습니다. 그리고 우리에게는 그러한 안정성이 필요했습니다."

홀던은 자부심으로 가슴이 뿌듯해지는 걸 느꼈다. 홀던은 그런 말을 기대하지 않았고, 믿지도 않았지만, 그런데도 기분이 좋았다.

"고마워." 홀던이 말했다.

"에이모스와 알렉스까지 제가 대표해 말할 수는 없지만, 저는 계속 그렇게 생각할 겁니다. 짐, 당신은 맥도웰이 죽었다는 이유만으로 선장이 아닙니다. 저에게 있어 선장님은 '우리'의 선장님입니다. 알고 계시라고요."

나오미는 시선을 내렸고, 마치 방금 뭔가를 고백한 사람처럼 얼굴을 붉혔다. 아마도 뭔가를 고백한 것이 맞으리라.

"그 기대를 저버리지 않도록 하지." 홀던이 말했다.

"그래 주시면 감사하겠습니다, 선장님."

프레드 존슨의 사무실은 그 주인과 비슷했다. 즉 크고, 상대를 기죽이며, 처리해야 할 일들로 넘쳐났다. 방은 2.5평방미터는 족히 되었고, 로시난테 호의 그 어떤 격실보다도 컸다. 프레드의 책상은 진짜 나무로 만들어졌으며, 적어도 1백 년은 된 듯해 보였고, 레몬 오일 냄새가 났다. 홀던은 프레드가 앉은 의자보다 아주 약간 낮은 의자에 앉았고, 평평한 곳마다 빼곡하게 쌓인 파일 폴더와 서류 더미를 바라보았다.

프레드는 홀던에게 자기 사무실로 와달라고 했지만, 홀던이 도착하고도 10분 동안은 전화 통화를 했다. 무슨 내용인지는 몰라도 전문적으로 들리는 통화였다. 홀던은 그게 바깥의 거대한 세대 우주선에 관한 이야기라고 생각했다. 몇 분 정도 무시당하는 건 아무 상관이 없었다. 프레드 뒤쪽 벽은 창문을 흉내 낸 초고해상도 화면으로 완전히 덮여 있었기 때문이다. 그 화면은 스테이션이 회전함에 따라 움직이는 노부 호의 웅장한 모습을 보여주고 있었다. 프레드가 전화를 끊으며 홀던의 경치 감상을 방해했다.

"미안합니다." 프레드가 말했다. "대기(大氣) 프로세스 시스템은 테스트 첫날부터 아주 악몽이었습니다. 처음 가져간 공기만으로 백수십 년을 살아야 한다면 상실 허용치는… 평소의 경우보다 엄격하죠. 어떤 경우에는 하도급자들에게 상세한 부분이 얼마나 중요한지를 확실히 머리에 박히게 알려주는 게 어려운 때가 있습니다."

"저는 경치를 즐기고 있었습니다." 홀던이 화면을 가리키며 말했다.

"저는 과연 우리가 일정대로 저걸 완성할 수 있을지 의문이 들기 시작했습니다."

"왜요?"

프레드가 한숨을 쉬더니 삐걱 소리를 내며 의자 등에 몸을 기댔다.

"화성과 소행성대의 전쟁 때문입니다."

"전쟁으로 자재가 부족해져서요?"

"단지 그 때문만이 아닙니다. OPA를 대변한다고 주장하는 해적 방송들이 미친 듯이 날뛰고 있습니다. 소행성대의 채광업자들은 자체 제작한 어뢰를 화성 전함들에 발사하고 있습니다. 화성 측이 그자들을 쓸어버리고 있지만, 지금도 계속 여기저기서 그러한 어뢰들이 명중해 몇몇 화성인을 죽이고 있습니다."

"그건 화성이 먼저 쏘기 시작했다는 뜻이군요."

프레드는 고개를 끄덕이더니 일어나 방을 서성이기 시작했다.

"그리고 심지어 합법적으로 일하는 정직한 시민들조차 집에서 나가는 걸 두려워하게 되었습니다." 프레드가 말했다. "이번 달, 발송이 늦은 경우가 십여 번이 넘었고, 이러다간 단지 지연 정도로 그치지 않고 결국은 계약 취소로까지 이어질까 걱정이 됩니다.”

“있잖습니까, 저도 같은 생각을 했습니다.” 홀던이 말했다.

프레드는 마치 아무 말도 듣지 못한 척했다.

“저는 전에도 이런 상황을 겪은 적이 있습니다.” 프레드가 말했다. “정체불명의 우주선이 다가오고, 결정을 해야 하는 상황이었죠. 누구도 버튼을 누르고 싶어 하지 않습니다. 저는 방아쇠에 손가락을 댄 채 스코프 안의 우주선이 점점 더 커지는 모습을 지켜보았습니다. 저는 상대방에게 제발 멈춰달라고 애원했습니다.”

홀던은 아무 말도 하지 않았다. 홀던 역시 같은 경우를 겪었다. 아무 말도 할 수가 없었다. 프레드는 한동안 침묵을 지키다가 고개를 저으며 몸을 곧게 폈다.

“부탁할 게 있습니다.” 프레드가 말했다.

“언제든 부탁하십시오, 프레드. 저희 때문에 꽤 많이 쓰셨으니까요.” 홀던이 대답했다.

“당신 우주선을 빌리고 싶습니다.”

“로시난테 호를요?” 홀던이 말했다. “왜요?”

“다른 곳에서 뭔가를 여기로 가져와야 하는데, 조용하면서도 필요한 경우에는 화성 초계기처럼 빠르게 움직일 수 있는 우주선이 필요합니다.”

“로시난테 호가 딱 맞겠군요. 하지만 제 질문에 답을 하지 않으셨습니다. 왜요?”

프레드는 홀던에게서 등을 돌리고 화면을 바라보았다. 노부 호의 선수가 시야에서 막 사라지고 있었다. 풍경은 밋밋하고 별들이 점점이 박힌 영원한 검은색이 되었다.

"에로스에 있는 누군가를 데려와야 합니다." 프레드가 말했다. "중요한 인물입니다. 그걸 해줄 수 있는 사람들은 있지만, 우리에게 있는 우주선은 경량급 화물선들과 작은 셔틀 몇 대가 전부입니다. 문제가 발생하면 재빨리 도망쳐 그곳을 빠져나올 가능성이 있는 우주선은 없습니다."

"그 사람에게 이름이 있나요? 제 말은, 당신은 싸우고 싶지 않다고 계속해 말하지만, 제 우주선의 또 다른 유일한 점은 이곳에서 무장한 유일한 우주선이라는 겁니다. OPA 측은 날려버리고 싶은 것들을 아예 목록으로 만들어 놨을 거고요."

"절 믿지 않는군요."

"못 믿지요."

프레드가 몸을 돌리더니 자기 의자 등받이를 움켜쥐었다. 프레드의 손가락 관절이 하얘졌다. 홀던은 자신이 너무 몰아붙인 건 아닌가 하고 생각했다.

"있잖습니까," 홀던이 말했다. "당신은 평화와 재판과 기타 등등에 대해 좋은 이야기를 합니다. 당신은 해적 방송국들과의 관계를 부인합니다. 당신에게는 멋진 사람들로 가득한 멋진 스테이션이 있습니다. 저는 당신이 자신에 대해 말하는 모든 것을 믿어야 마땅하지요. 하지만 우리가 이곳에 온 지 사흘째인데 당신은 처음으로 당신 계획에 대해 말하면서 내용을 밝히지 않으려는 비밀 임무를 위해 우주선을 빌려달라고 요청하는군요. 미안합니다만, 만약 제가 이 계획에 동참하는 거라면 저는 내용을 완전히 알길 원합니다. 비밀은 사양합니다. 설사 당신에게 선의뿐이라는 걸 안다 해도 저는 음모에는 낄 수 없습니다. 그리고 저는 당신이 정말로 선의뿐인지도 모르겠습니다."

프레드는 홀던을 몇 초 정도 물끄러미 바라보더니 의자를 돌려 앉았다. 홀던은 자신도 모르게 손가락으로 허벅지를 초조하게 두드리고 있었다는 사실을 깨달았고, 그 행동을 멈추려 안간힘을 써야만 했다. 프레드의 두 눈이 홀던의 손을 힐긋 보더니 다시 시선을 돌렸다. 프레드는 계속해 홀던을 응시했다.

홀던은 목청을 가다듬었다.

"보십시오, 당신은 여기에서 대장입니다. 설사 당신이 누구였는지 제가 몰랐다고 해도, 당신은 제게 충분히 겁나는 존재입니다. 그러니 괜히 그걸 증명할 필요는 없습니다. 하지만 아무리 겁이 난다 할지라도, 이 문제에 대해서만큼은 물러서지 않을 겁니다."

프레드는 너털웃음을 웃으려 했지만, 뜻대로 되지 않았다. 홀던은 티 내지 않고 침을 삼키려 애썼다.

"당신이랑 같이 비행을 한 모든 선장이 당신을 골칫덩이로 여겼다는 데 걸겠습니다." 마침내 프레드가 말했다.

"제 기록을 보면 그게 반영되어 있을 거라고 생각합니다." 안도하는 기색을 숨기려 애쓰며 홀던이 말했다.

"에로스로 가서 라이오넬 폴란스키라는 사람을 찾아 타이코로 데려와야 합니다."

"만약 서두른다면 일주일이면 가능합니다." 홀던이 머릿속으로 계산하며 말했다.

"하지만 라이오넬이 실제로는 존재하지 않는다는 점이 이 임무를 복잡하게 하지요."

"아, 그렇군요. 이제는 무슨 말인지 잘 모르겠습니다." 홀던이 동의했다.

"한패에 끼고 싶다고 하셨죠?" 프레드는 나직하면서도 맹렬한 어조로 말했다. "이제 한 패입니다. 라이오넬 폴란스키는 서류상으로만 존재하는 인물이며 타이코가 소유하고 싶어 하지 않는 물건들을 소유하고 있습니다. '스코폴라이'라 불리는 수송선을 포함해서요."

홀던은 긴장한 얼굴로 의자에서 몸을 앞으로 기울였다.

"계속 말씀하시죠." 홀던이 말했다.

"스코폴라이 호의 존재하지 않는 소유자가 에로스의 우범지대 싸구려 호텔에 들었습니다. 우리는 그냥 메시지를 받았을 뿐입니다. 우리는 그 방에 든 자가 누구든 간에 우리 작전의 본질을 알고 있고 도움이 필요하지만, 공개적으로 그 도움을 요청하지는 못할 거라는 가정하에 작전을 펴야만 합니다."

"한 시간 뒤에 떠날 수 있습니다." 홀던이 숨도 쉬지 않고 말했다.

프레드가 두 손을 들어 올리는 행동을 취했다. 지구인이 그런 행동을 취하다니, 벨트인의 눈으로 본다면 놀라운 광경이었다.

프레드가 물었다. "언제 이 주제가 '당신들'이 떠나는 거로 바뀌었죠?"

"저는 제 우주선을 빌려주지 않을 겁니다. 하지만 돈을 받고 일을 해줄 수는 있습니다. 사실, 제 승무원들과 저는 일거리를 찾는 이야기를 했습니다. 우리를 고용하십시오. 우리가 그 일을 하면 얼마를 받게 되든, 거기에서 당신이 이미 쓴 돈을 제하고 주십시오."

"안됩니다." 프레드가 말했다. "저는 '당신들'이 필요합니다."

"아니요." 홀던이 대답했다. "당신에게 필요한 건 우리의 증언입니다. 하지만 우린 여기서 치미는 분노를 참고 마음을 달래려 애쓰며 1년이고 2년이고 마냥 기다리고만 있을 수는 없습니다. 우리는 비디오 앞에서 증언한 뒤 그 신빙성을 위해 당신이 원하는 어느 선서 진술서에든 서명하겠습니다. 하지만 어쨌든 우리는 일감을 찾아 떠날 겁니다. 당신도 원하시면 저희를 쓰시면 되고요."

"안됩니다." 프레드가 말했다. "당신들은 목숨을 걸고 일하기에는 너무나도 값진 존재입니다."

"만약 도나저 호의 함장이 구하려 애쓴 데이터 큐브를 드리면 어떻겠습니까?"

다시 침묵이 돌아왔지만, 이번에는 다른 느낌이었다.

"보십시오." 홀던이 압박을 늦추지 않고 말했다. "당신에게는 로시난테 호와 같은 우주선이 필요합니다. 저에게 그런 우주선이 있습니다. 당신에게는 그 우주선을 조종할 승무원이 필요합니다. 저에게는 그런 승무원 또한 있습니다. 그리고 당신은 저와 마찬가지로 그 큐브에 뭐가 담겨 있는지 궁금해 미칠 지경입니다."

"저는 위험을 무릅쓰고 싶지 않습니다."

"당신이 선택할 수 있는 다른 방법은 우리를 가두고 우주선을 징발하는 겁니다. 하지만 거기에도 어느 정도의 위험은 있지요."

프레드가 소리 내 웃었다. 홀던은 긴장이 풀리는 걸 느꼈다.

"당신이 여기로 와야 했던 까닭인 문제가 아직도 해결되지 않았습니다." 프레드가 말했다. "응답기가 뭐라고 하든 간에, 당신 우주선은 무장선처럼 보입니다."

홀던이 벌떡 일어나더니 프레드의 책상에 있는 종이 한 장을 집었다. 그리고 멋지게 장식된 펜 통에서 펜을 꺼내 종이에 뭔가를 쓰기 시작했다.

"그 점에 대해 생각을 해봤습니다. 당신은 여기에 제작 시설을 갖추고 있습니다. 그리고 우리는 경량급 가스 화물선으로 등록되어 있습니다. 그러니," 홀던은 우주선의 외형을 대충 그리며 말했다. "우리는 선체 주위로 텅 빈 압축가스 저장 탱크를 두 줄로 주렁주렁 연결할 겁니다. 그러면 튜브도 숨길 수 있습니다. 그리고 전체를 다시 도색할 거고요. 탱크 몇 개를 용접해 붙이면 외양이 감춰지면서 우주선 인식 소프트웨어가 기능을 하지 못할 겁니다. 공기역학적인 면에서 보자면 아주 끔찍한 모습으로 보이겠지만, 어쨌든 가까운 시간 안에 대기권 근처로 갈 일은 없을 겁니다. 딱 원하는 대로 보이겠죠. 시간에 쫓기는 벨트인들이 단체로 달라붙어 서둘러 만든 뭔가로 말입니다."

홀던은 종이를 프레드에게 건넸다. 프레드는 솔직한 표정으로 소리 내 웃기 시작했다. 엉망인 그림 때문이거나 아니면 계획 전체가 터무니없기 때문인 듯했다.

"당신, 해적들 뺨을 치고도 남겠군요." 프레드가 말했다. "만약 제가 당신에게 이 일을 맡기면, 당신과 당신 승무원들은 이 일을 맡긴 게 저이며 이번 에로스 건과 같은 일들에 독립 하청업자로 고용되었음을 기록해둘 것이고, 또한 평화 협상이 시작되면 저와 같은 편으로 보이겠군요."

"맞습니다."

"저 말고 다른 사람이 당신을 고용하려 할 경우 제가 더 비싼 값으로 입찰할 수 있는 권한을 원합니다. 제 재입찰이 없이 다른 사람과 계약을 할 수 없습니다."

홀던이 손을 내밀었고, 프레드가 그 손을 잡고 악수했다.

"당신과 거래하게 되어 기쁩니다, 프레드."

홀던이 사무실을 나올 때, 프레드는 이미 통신 회선을 통해 기계제작실 사람들과 통화를 하고 있었다. 홀던은 핸드터미널을 꺼내 나오미를 호출했다.

"네." 나오미가 말했다.

"짐들 꾸리게 해. 우리는 에로스로 갈 거야."

22
밀러

에로스로 가는 수송선은 작고 싸구려에 사람들로 붐볐다. 공기
재생기에서는 내구성 있는 공업용 모델 특유의 플라스틱과 송진
냄새가 났다. 밀러에게는 창고 그리고 연료 창고와 연관된 냄새
였다. 조명은 분홍빛이 살짝 도는 싸구려 LED로, 원래는 안색을
살아나게 해야 했으나 대신 모두를 익히다 만 쇠고기처럼 보이게
할 뿐이었다. 개인 선실은 없었으며 줄줄이 늘어선 폼 합판 좌석
그리고 딱히 자리가 정해지지 않은 5층 침대들이 늘어선 벽 두 개
가 있을 뿐이었다. 밀러는 싸구려 수송선을 타본 게 처음이었지
만, 어떤 식으로 돌아가는지는 알았다. 만약 싸움이 일어나면 승
무원들은 폭동 진압 가스를 선실에 뿜어 모두를 기절시킨 뒤 드
잡이에 참여했던 자들을 구속할 터였다. 아주 엄격한 시스템이었
지만, 덕분에 승객들은 얌전히 행동하는 경향이 있었다. 술집은
늘 열려 있었고, 술값은 쌌다. 평소라면 밀러는 얼마 지나지 않아
그곳에 유혹을 느꼈으리라.

하지만 그러는 대신 밀러는 긴 의자 가운데 하나에 앉아서 핸드터미널을 보고 있었다. 밀러가 재구성한 줄리의 사건 파일이 밀러 앞에서 환히 빛나고 있었다. 줄리가 고래 호 앞에서 자랑스러워하면서 웃는 사진, 날짜, 기록, 유술 훈련 등의 내용이었다. 이 여자가 밀러의 삶에서 얼마나 중요해졌는가를 생각해보면 이런 내용은 아주 사소한 부분들처럼 느껴졌다.

터미널의 왼쪽에서는 작은 뉴스피드가 슬금슬금 기어 내려오고 있었다. 화성과 소행성대 사이의 전쟁이 고조되고, 연이어 사건사고가 일어났지만, 세레스 스테이션의 분리가 단연 톱 뉴스였다. 화성 아나운서는 지구가 동료 내행성과 연합하지 않는다고, 적어도 세레스의 치안대 계약을 화성에 넘겼어야 했다며 비난했다. 소행성대는 지구의 영향력이 그 중력 우물로 다시 떨어지는 걸 보고 기뻐하는 모습을 비롯해 세레스의 중립성 상실로 생겨난 거의 공포에 가까운 날카로운 긴장감, 지구가 자신의 목적을 위해 전쟁을 조장하고 있다는 음모 이론까지 온갖 반응을 다 보였다.

밀러는 판단을 보류했다.

"저는 늘 신도석을 떠올립니다."

밀러가 고개를 들었다. 옆에 앉은 남자는 밀러와 비슷한 연배였다. 머리 가장자리는 희끗희끗했고, 배가 나왔다. 남자의 웃음으로부터 밀러는 그 남자가 영혼들을 구원하기 위해 진공에 나온 선교사라는 걸 알았다. 또는 어쩌면 이름표와 성경책 때문에 알게 된 걸 수도 있었다.

"좌석들 말입니다." 선교사가 말했다. "저것들을 보면 교회에 가면 줄줄이 있는 신도석이 늘 떠오릅니다. 설교단 대신 5단 침대가 있지만 말입니다."

"'떠들지 않고 숙녀처럼 곤히 자며 가는 우주선'이라는 뜻이겠
죠." 밀러가 말했다. 밀러는 어느새 자기도 모르게 대화에 빨려든
걸 알면서도 자제가 안 됐다. 선교사가 소리 내 웃었다.

"뭐 그런 거죠." 선교사가 말했다. "교회에 다니십니까?"

"안 간 지 오래되었습니다." 밀러가 말했다. "교인 비슷했을
때는 감리교도였습니다. 선생은 어떤 종류를 파시는 분입니까?"

선교사는 두 손을 들어 홍적세의 아프리카 평원까지 거슬러 올
라가는 손짓을 해 보였다. '내게는 무기가 없다. 나는 싸우고 싶
지 않다.'

"저는 루나에 있던 콘퍼런스에 갔다가 에로스로 돌아가는 것
뿐입니다." 선교사가 말했다. "제가 사람들을 개종시키려 애쓰던
시기는 이미 옛날에 지났습니다."

"그 시기가 끝날 수 있다고는 생각도 못 했군요." 밀러가 말했다.

"끝나지 않았습니다. 공식적으로는요. 하지만 수십 년이 흐르
면 노력을 하는 것과 노력을 하지 않는 것이 별로 다를 바가 없다
는 사실을 깨닫게 되지요. 저는 여전히 여행을 합니다. 여전히 사
람들에게 이야기를 합니다. 가끔은 예수 그리스도에 대해 이야기
를 나눕니다. 가끔 요리에 대해 이야기합니다. 만약 누군가가 예
수를 받아들일 준비가 되었다면 그런 사람들을 돕기 위해 제가
그리 큰 노력을 기울이지 않아도 됩니다. 만약 준비되지 않았다
면 제가 아무리 열심히 노력해도 아무 소용이 없습니다. 그러니
뭐하러 애를 씁니까?"

"사람들이 전쟁에 관해 이야기하나요?" 밀러가 물었다.

"종종요." 선교사가 말했다.

"말이 되는 소리를 하는 사람도 있었나요?"

"아니요. 말이 되는 전쟁이란 건 한 번도 존재한 적이 없을 겁니다. 전쟁이란 우리 본성에 박힌 광기입니다. 가끔 재발하죠. 가끔은 진정되고요."

"병처럼 들리는군요."

"인류라는 종에 박힌 단순 포진이랄까요?" 선교사가 소리 내 웃으며 말했다. "더 나쁘게 생각하는 방법들도 있을 겁니다. 안타깝게도, 우리가 인간인 한 전쟁 역시 우리와 함께할 겁니다."

밀러는 넙데데하고 달처럼 둥근 얼굴을 바라보았다.

"우리가 인간인 한?" 밀러가 말했다.

"어떤 사람들은 우리가 결국은 천사가 될 거라고 믿지요." 선교사가 말했다.

"감리교도들은 아닙니다."

"그 사람들도 결국에는 될 겁니다, 결국에는요." 선교사가 말했다. "하지만 그 사람들이 처음은 아닐 겁니다. 그런데 '떠들지 않고 숙녀처럼 곤히 자며 가는 우주선'에는 무슨 일이십니까?"

밀러는 한숨을 쉬고 단단한 의자 등받이에 몸을 기댔다. 두 줄 아래에서 젊은 여자가 의자에서 마구 뛰는 소년 두 명에게 소리를 질러댔지만, 아이들은 그 여자를 무시했다. 그 뒤의 남자가 콜록거리며 기침을 했다. 밀러는 길게 숨을 들이쉬었다가 천천히 내뱉었다.

"저는 세레스의 경찰이었습니다." 밀러가 말했다.

"아, 계약이 바뀌었군요."

"네." 밀러가 말했다.

"그러면 에로스에서 직장을 구하신 겁니까?"

"옛친구를 찾아가는 쪽이 더 맞지요." 밀러가 말했다. 이윽고, 밀러는 계속 말을 했고, 그러는 자신에게 놀랐다. "저는 세레스에서 태어났습니다. 평생을 거기서 살았죠. 이게… 다섯 번째인가? 네. 스테이션을 떠난 게 다섯 번째입니다."

"돌아갈 계획이 있으십니까?"

"아니요." 밀러가 말했다. 말이 생각보다 더 단호하게 나왔다. "아니요. 제 삶에서 그 부분은 이제 끝났다고 생각합니다."

"고통스러우시겠군요." 선교사가 말했다.

밀러는 말없이 그 말의 의미를 되새겼다. 이 남자가 옳았다. 고통스러워야 마땅했다. 밀러가 가졌던 모든 것이 사라졌다. 직장, 교제 관계. 비록 탁송한 화물에 권총이 있기는 했지만 이제 더는 경찰조차 아니었다. 이제 다시는 9구역 가장자리에 있는 이스트 인디언 노점에서 음식을 먹을 수 없을 것이다. 이제는 밀러가 자기 책상으로 가도 경찰서의 접수계원이 고개를 끄덕이며 인사하는 일은 두 번 다시 없으리라. 이제 다른 경찰들과 술집에서 밤을 보내는 일도 더는 없고, 현장을 급습했다가 일이 이상하게 돌아간 경우에 대한 음탕한 이야기도 더는 없으며, 높은 터널에서 연을 날리는 아이들을 볼 일도 없었다. 그 때문에 마음이 아픈가? 상실감이 드나?

그렇지 않았다. 단지 현기증이 들 정도로 너무나 완전한 안도감이 들 뿐이었다.

"죄송합니다." 선교사가 어리둥절한 표정으로 말했다. "제가 뭔가 웃기는 말을 한 건가요?"

에로스는 인구가 150만 명으로, 평소에 세레스를 방문하는 사람들 수보다 조금 더 많았다. 대충 감자 모양을 닮은 에로스는 회전을 시키기가 훨씬 더 어려웠고, 같은 내부 g를 얻기 위한 표면 속도가 세레스보다 훨씬 더 컸다. 그 소행성에는 낡은 조선소들이 튀어나와 있었고, 강철과 탄소를 엮어 만든 거대한 망에는 다른 우주선들이 너무 가까이 오지 못하도록 경고등과 센서 어레이들이 박혀 있었다. 에로스의 내부 동굴은 소행성대의 탄생지였다. 이곳의 광석은 용광로로, 다시 담금질대로 향했다가 물 수송선과 가스 채굴선과 채광선의 뼈대가 되었다. 인류 팽창의 첫 세대에게 에로스는 기항지였다. 그곳에서 태양은 단지 수십억 개의 밝은 별 가운데 하나에 지나지 않았다.

소행성대의 경제는 이동했다. 세레스 스테이션이 새로운 항구로 떠올랐고, 더 많은 산업 설비와 사람들이 그쪽으로 몰렸다. 에로스는 제조와 수리의 중심지로 남았지만, 해운 상권은 세레스로 이동했다. 그 결과는 물리학처럼 예측이 가능했다. 세레스에서 부두에 오래 머문다는 건 돈을 잃는다는 뜻이었고, 정박비 구조는 그것을 반영했다. 에로스에서는 교통의 흐름을 방해하지 않고도 몇 주 또는 몇 달 동안 우주선이 대기하고 있을 수 있었다. 만약 선원들이 긴장을 풀고 기지개를 켜고 잠시 다른 곳으로 나다니고 싶다면 에로스가 그 기항지로 딱 맞았다. 그리고 에로스는 적은 정박비를 미끼 삼아 방문객들로부터 돈을 빨아들일 다른 방법들을 찾아냈다. 카지노, 매음굴, 사격장 같은 것들이었다. 모든 형태의 풍속 산업은 에로스로 몰려들었고, 그 지역 경제는 벨트인들의 욕망을 먹고 자라는 균류처럼 번영했다.

궤도 역학의 고마운 우연 덕분에, 밀러는 로시난테 호보다 반나절 먼저 에로스에 도착했다. 밀러는 싸구려 카지노, 합성 마약집, 섹스 클럽, 관객들의 즐거움을 위해 남녀가 상대를 마구 두드려 패는 시늉을 하는 싸움쇼 지역들을 걸어 다녔다. 밀러는 줄리가 자신과 함께 걷는 상상을 했다. 밀러는 거대한 동영상 디스플레이에 나온 내용을 읽으며 슬쩍 웃었고, 그 웃음은 줄리의 은은한 웃음과 어울렸다. '랜돌프 맥, 소행성대 격투기 6년 연속 챔피언인 랜돌프 맥이 화성인인 키브린 카마이클과 죽음의 결투를 벌입니다!'

'고칠 수 없는 병이 맞네요.' 줄리가 밀러의 마음속에서 냉담하게 말했다.

'어느 쪽이 이길지 궁금하군.' 밀러가 생각했고, 줄리의 웃음소리를 상상했다.

밀러는 국수 노점상 앞에 들러 2뉴엔을 내고 원뿔 모양 그릇에 담긴, 김이 모락모락 나는 검은 소스를 끼얹은 달걀 국수를 샀다. 그때 누군가의 손이 밀러의 어깨를 잡았다.

"밀러 형사." 귀에 익은 목소리가 말했다. "자네 관할 구역을 벗어난 거 같은데."

"어이, 세마팀바 형사." 밀러가 말했다. "이건 원, 놀랄 노자로군. 그렇게 살금살금 다니면 여자들이 놀라 달아난다고."

세마팀바가 소리 내 웃었다. 그는 벨트인치고도 키가 큰 편이었으며, 밀러가 본 사람 가운데 가장 피부가 검었다. 오래전, 세마팀바와 밀러는 아주 추악한 사건을 해결하기 위해 협력한 적이 있었다. 최고급 환각제 화물을 가지고 있던 밀수꾼이 공급책과 사이가 틀어졌다. 총격전이 벌어졌고, 세레스에서 세 명이 잡혔으며, 밀수꾼은 에로스로 도망쳤다. 그리고 각 스테이션의 경찰 병력은 전통적인 경쟁심과 편협성 때문에 하마터면 범인을 놓칠 뻔했다. 단지 밀러와 세마팀바 만이 공식 협력 채널 밖에서 기꺼이 협력해 일을 해결하려 했다.

"어쩐 일이야?" 세마팀바가 가느다란 강철 난간에 기대어 터널을 가리키며 말했다. "소행성대의 중심이자 영광과 권력인 이 에로스까지 말이야."

"단서를 따라왔지." 밀러가 말했다.

"여기에 좋은 건 아무것도 없어." 세마팀마가 말했다. "프로토 젠이 물러선 뒤 모든 게 악화 일로를 걷고 있어."

밀러가 국수를 빨아들였다.

"새로운 계약자는 누구야?" 밀러가 물었다.

"CPM." 세마팀바가 말했다.

"처음 들어보는걸."

"까르네 뽀르 라 마치나(Carne Por la Machina, 분쇄용 고기)." 세마팀바가 말하며 언짢은 표정을 지었고, 허풍이 잔뜩 들어간 남성미가 뚝뚝 흘러내렸다. 세마팀바는 엄지손가락으로 자기 가슴을 쿡쿡 찌르며 으르렁대더니, 곧 흉내 내기를 관두고 고개를 저었다. "루나의 새로운 회사야. 대부분 여기 벨트인들이고. 나름대로 열심히 훈련을 시킨 모양이지만 대부분은 아마추어들이야. 배짱은 없으면서 소리만 질러대는 놈들이지. 프로토젠은 내행성

소속이고, 그게 문제였지만 일은 정말 진지하게 했어. 머리통을 깨뜨리는 때도 있었지만, 평화를 유지시켰지. 새로 온 놈들? 내가 늘 다루어오던 놈들 중에 가장 흉악한 무리야. 내가 볼 때, 놈들과 계약 기간이 끝나면 총독 위원회에서는 계약을 갱신하지 않을 거야. 대놓고 말하긴 그렇지만, 그래도 사실은 사실이야."

"내 전 파트너가 프로토젠과 계약을 했어." 밀러가 말했다.

"프로토젠은 나쁘지 않아." 세마팀바가 말했다. "계약이 끝나고 갈라섰을 때 그쪽으로 갈 걸 그랬다는 생각마저 든다니까."

"왜 안 그랬지?" 밀러가 물었다.

"알잖아. 난 여기 출신이야."

"그렇지." 밀러가 말했다.

"그러니까, 자네는 놀이터를 누가 운영하는지 몰랐다는 거네? 그럼 여기에 직장을 구하러 온 게 아니로군."

"맞아." 밀러가 말했다. "난 쉬는 중이야. 요즘은 그냥 여행 중이야."

"그럴 만한 돈이 있어?"

"아니. 하지만 싸게 다니는 것도 괜찮아. 한동안은 말이야. 혹시 줄리엣 마오에 대해 뭔가 들은 거 있어? 줄리라는 이름으로 통하는 여자에 대해 알아?"

세마팀바가 고개를 저었다.

"마오-크비코프스키 무역." 밀러가 말했다. "중력 우물에서 나와서 반대편에 붙었지. OPA였어. 납치해달라는 사건이었고."

"…이었다?"

밀러가 뒤로 몸을 기댔다. 밀러는 줄리가 눈썹을 치키는 상상을 했다.

"그 사건을 맡은 뒤로 상황이 약간 달라졌어." 밀러가 말했다.
"아마 뭔가 커다란 일과 연관이 된 듯해."

"크다니, 얼마나 큰 건데?" 세마팀바가 말했다. 그의 표정에서
익살끼가 완전히 사라졌다. 이제 세마팀바는 오롯이 경찰이었다.
밀러가 아닌 다른 사람이었다면 이 남자의 무표정하면서도 거의
화난 듯한 얼굴에 겁을 먹었으리라.

"전쟁." 밀러가 말했다. 세마팀바가 팔짱을 끼었다.

"농담하지 말고." 세마팀마가 말했다.

"농담 아니야."

"난 우리가 친구라고 생각해." 세마팀바가 말했다. "하지만 이
근처에서 뭔가 소란이 일어나는 걸 원치 않아. 지금도 충분히 골
치 아프거든."

"얌전히 있도록 노력할게."

세마팀바가 고개를 끄덕였다. 터널 저쪽에서 알람이 울렸다.
경찰용일 뿐, 환경이 위험해졌음을 알리는 귀를 찢는 듯한 알람은
아니었다. 세마팀바가 마치 사람들과 자전거와 음식 노점들 너머
를 꿰뚫어 볼 수 있다는 듯이 눈을 가늘게 뜨고 터널 쪽을 보았다.

"가봐야 할 듯해." 세마팀바가 아쉬운 듯이 말했다. "아마도 치
안 유지를 맡은 동료 나리 누군가께서 장난삼아 유리창을 깬 모
양이야."

"그게 그런 팀의 일원이 되었을 때의 좋은 점이지." 밀러가 말
했다.

"그걸 자네가 어떻게 알아?" 세마팀바가 웃으며 말했다. "만약

뭔가 필요하면….”

“자네도.” 밀러가 말하고는 사람들이 몰려있는 곳으로 성큼성큼 걸어가는 경찰을 지켜보았다. 그는 덩치가 컸지만 울려 퍼지는 알람 속을 지나는 사람들이 늘 보이는 무관심 속의 무언가 때문에 작아 보였다. ‘바닷속 돌멩이 하나’라는 표현이 떠올랐다. 수백만 개의 별 가운데 하나.

밀러는 시간을 확인했고, 공공 도킹 기록을 불러왔다. 로시난테 호는 일정대로 나타났다. 도킹 장소가 나와 있었다. 밀러는 마지막 남은 국수를 빨아 삼키고 검은 소스가 배인 거품 원뿔을 공공 재생기에 던져넣고는 가까운 화장실에 가서 볼일을 보고 카지노 레벨로 빠르게 걸어갔다.

에로스의 구조는 처음 만들어졌을 때와는 달라졌다. 한때는 현재 세레스 같은 구조, 즉 거미줄 같은 터널들이 가장 넓은 교차로로 통하는 구조였지만, 돈이 유입되면서 에로스는 교훈을 얻었다. 현재 에로스의 모든 길은 카지노 레벨로 이어졌다. 만약 다른 곳으로 가고 싶다면 조명과 화면들로 가득한 거대한 고래 뱃속을 가로질러 가야 했다. 포커, 블랙잭, 룰렛, 게임에 이기면 상품으로 바로 잡아 손질해주는 송어들이 담긴 높다란 수조들, 기계형 슬롯머신, 전자형 슬롯머신, 귀뚜라미 경주, 주사위 도박, 기술을 겨루는 복합 시합. 조명이 번쩍이고, 네온 어릿광대가 춤추고, 비디오 화면의 광고가 눈을 어지럽혔다. 시끄러운 거짓 웃음과 즐거운 휘파람, 종소리가 사람들에게 지금이 인생에서 가장 즐거운 때라는 착각이 들게 했다. 하지만 동시에, 너무나 좁은 장소에 빽빽이 들어찬 수천 명에게서 나는 냄새와 노점상이 복도를 다니며 소리쳐 파는, 향신료를 강하게 넣은 인공 배양 고기 냄새가 서로 뒤섞여 코를 찔렀다. 탐욕과 카지노 설계로 인해 에로스는 건축학적으로 가축 방목장으로 변해 버렸다.

이게 바로 정확히 밀러에게 필요한 것이었다.

항구에서 도착하는 튜브 정거장에는 넓은 문이 여섯 개 있었고, 카지노 레벨에서 사람들을 내려놓았다. 밀러는 T팬티를 입고 가슴을 거의 드러낸 여자가 피곤한 표정으로 주는 음료를 받아들었고, 여섯 개 문 모두를 보여주는 화면 앞에 섰다. 로시난테 호의 승무원들은 저 가운데 하나에서 나올 수밖에 없었다. 밀러는 핸드터미널을 확인했다. 도킹 기록에 따르면 로시난테 호는 10분 전에 도착했다. 밀러는 받아든 음료를 홀짝이는 척하며 차분히 기다렸다.

23
홀던

에로스의 카지노 레벨은 감각을 맹렬히 자극했다. 홀던은 그게 싫었다.

"여기, 맘에 쏙 드는데요." 에이모스가 씩 웃으며 말했다.

홀던은 술 취해 웃고 소리치는 중년 도박꾼들을 밀고 분당 요금이 선불인 벽 터미널들이 일렬로 있는 곳 근처의 자그마한 열린 공간으로 갔다.

"에이모스," 홀던이 말했다. "우리는 여행하러 온 게 아니야. 그러니 뒤를 조심해. 우리가 찾는 싸구려 호텔은 거친 동네에 있으니까."

에이모스가 고개를 끄덕였다. "알겠습니다, 선장님."

나오미, 알렉스, 에이모스에 가려있는 사이, 홀던은 뒤로 손을 뻗어 허리띠에 불편하게 매달려 있던 권총을 고쳐 찼다. 에로스의 경찰은 사람들이 총을 소지하는 것에 대해 꽤 엄격했지만, '라이오넬 폴란스키'를 무장해제시킬 다른 방법이 없었다. 에이모스와 알렉스 역시 총을 가지고 있었지만, 에이모스는 자기 것을 재 킷 오른쪽 주머니에 넣고 있었고, 그 주머니에서 절대로 손을 빼 지 않았다. 오직 나오미만이 총기 휴대를 거부했다.

홀던은 일행을 이끌고 가장 가까운 에스컬레이터로 갔고, 에이 모스는 맨 뒤에서 가끔 뒤를 힐긋거렸다. 에로스의 카지노는 끝 이 없어 보이는 레벨 세 개에 걸쳐 있었으며, 홀던 일행이 최대한 빨리 움직였음에도 소음과 사람들로부터 빠져나오기까지는 30분 이 걸렸다. 위쪽의 첫 번째 레벨은 거주 구역이었으며, 카지노의 혼란과 소음을 겪고 나니 이상할 정도로 조용하고 깔끔하게 느껴 졌다. 홀던은 양치식물들이 깔끔하게 정렬되어 심긴 화단 가장자 리에 앉아 숨을 가다듬었다.

"선장님 말에 동의합니다. 여기에서 5분밖에 안 있었는데 머리 가 지끈거리네요." 나오미가 말하며 홀던 옆에 앉았다.

"지금 농담하십니까?" 에이모스가 말했다. "전 우리에게 시간 이 더 있으면 좋겠습니다. 타이코에서 알렉스와 저는 카드로 호 구들에게서 거의 1천을 땄습니다. 우리는 아마도 여기서 백만장 자가 되어 걸어나갈지도 모릅니다."

"내 말이." 알렉스가 말하더니 덩치 큰 정비공의 어깨를 툭 쳤다.

"만약 폴란스키 일이 무위로 돌아가면 카드 테이블에 가서 백 만 달러를 벌어와도 좋아. 정식으로 허락하지. 난 우주선에서 너 를 기다리겠어." 홀던이 말했다.

튜브 시스템은 첫 번째 카지노 레벨에서 끝났고, 거기서 에스 컬레이터를 타고 지금 있는 레벨까지 와야만 다시 출발했다. 여 행객이 카지노에서 돈을 쓰지 않을 수는 있지만 그렇게 할 경우

쾌씸죄로 벌을 단단히 주는 것이다. 홀던 일행이 객차에 타 라이오넬 호텔로 출발하자 에이모스는 홀던 옆에 앉았다.

"누군가가 우리를 따라옵니다, 선장님." 에이모스가 아무렇지 않은 말투로 말했다. "아까까진 확신이 없었는데 이제 그자가 다음다음 객차에 탔습니다. 카지노에서도 내내 우리를 따라다녔습니다."

홀던은 한숨을 쉬더니 두 손으로 얼굴을 감쌌다.

"그래. 어떻게 생겼지?" 홀던이 말했다.

"벨트인. 50대, 또는 고생을 많이 한 40대. 흰색 셔츠에 검은 바지. 우스꽝스러운 모자."

"경찰?"

"네. 하지만 권총집은 보이지 않았습니다." 에이모스가 말했다.

"좋아. 계속 그자를 지켜봐. 하지만 너무 걱정할 필요는 없어. 여기에서 우리가 하는 일 가운데 불법인 건 없으니까." 홀던이 말했다.

"우리가 훔친 화성 우주선을 타고 여기에 도착한 건 빼고, 라는 뜻인 겁니까, 선장님?" 나오미가 물었다.

"혹시 모든 서류와 등록 자료가 '완벽하게 합법적'이라고 말하고 있는 우리의 '완벽하게 합법적인' 가스 수송선을 말하는 건가?" 홀던이 옅은 웃음을 지으며 대답했다. "만약 우리 서류의 정체를 알아차렸다면 부두에서 우리를 세웠지, 이렇게 뒤를 따라다니지는 않았을 거야."

벽의 광고 화면은 번쩍이는 번개와 함께 잔잔히 흔들리는 오색 구름의 숨 막히게 멋진 광경을 보여주면서 타이탄의 놀라운 돔 리

조트로 여행을 오라고 홀던을 유혹했다. 홀던은 타이탄에 가본 적이 없었다. 갑자기 홀던은 무척이나 타이탄에 가고 싶어졌다. 몇 주 동안 늦잠을 자고, 좋은 식당에서 음식을 먹고, 해먹에 누워 타이탄의 다채로운 대기 폭풍을 지켜볼 생각을 하니 천국이 따로 없을 듯했다. 홀던은 그런 환상에 빠져 있으면서 또한 나오미가 두 손에 과일 음료를 들고 홀던의 해먹으로 다가오는 모습을 그려보았다.

나오미가 말을 하며 그 환상을 깼다.

"여기에서 내려야 합니다."

"에이모스, 우리 친구를 잘 지켜봐. 우리와 함께 튜브에서 내리는지." 홀던이 일어서며 말했고, 문으로 향했다.

홀던 일행이 내려서 복도를 따라 십여 걸음 정도 갔을 때 에이모스가 홀던의 등 뒤에서 속삭였다. "따라오네요." '젠장.' 뭐, 분명히 꼬리가 붙은 거였지만, 그렇다고 라이오넬에 대해 확인하러 가지 말아야 할 이유도 없었다. 프레드는 스코풀라이 호의 소유주인 척하는 자를 어떤 식으로 데려와야 하는가에 대해서 시시콜콜히 말하지 않았다. 문을 똑똑 두드렸다는 이유만으로 체포당하진 않는다. 홀던은 걸으면서 크고 경쾌하게 휘파람을 불었다. 동료와 정체불명의 추적자에게 자신은 아무것도 걱정하지 않는다는 걸 알리기 위해서였다.

홀던은 목적지인 싸구려 호텔을 보자 걸음을 멈추었다.

그곳은 어두침침하고 초라하며 사람들이 노상강도 또는 더 심한 일을 당하기에 딱 좋은 장소였다. 깨진 조명 때문에 구석은 어두웠고, 관광객들은 보이지 않았다. 홀던은 고개를 돌려 알렉스와 에이모스에게 의미심장한 표정을 지었고, 에이모스는 주머니에 넣은 손을 움직였다. 알렉스는 외투 안으로 손을 넣었다.

로비는 대부분 텅 비었고, 한쪽 끝의 잡지로 뒤덮인 탁자 옆에 소파 한 쌍이 있었다. 졸려 보이는 나이 든 여인이 잡지를 읽고 있었다. 엘리베이터는 저쪽 끝 벽, '계단'이라고 표시된 문 옆의 움푹 들어간 곳에 있었다. 중앙에는 접수대가 있었고, 그곳에는 인간 대신 터치스크린 터미널이 투숙객들에게서 객실료를 받았다.

홀던은 접수대 옆에 멈추더니 주위를 둘러보았고, 소파에 앉은 여자를 살펴보았다. 머리는 하얗게 세었지만 준수한 용모에 체격이 단단했다. 이런 싸구려 호텔에 있다는 건 창녀의 막바지 단계에 도달했다는 뜻이었다. 여자는 홀던의 시선을 단호하게 무시했다.

"아직도 꼬리가 붙어 있어?" 홀던이 조용한 목소리로 물었다.

"바깥 어딘가에서 멈춰있습니다. 아마도 지금은 그냥 문 안을 들여다보고 있을 겁니다." 에이모스가 대답했다.

홀던은 고개를 끄덕이고는 접수 화면의 질문 버튼을 눌렀다. 라이오넬 폴란스키의 방으로 메시지를 보내겠냐는 간단한 메뉴가 떴지만, 홀던은 시스템을 나왔다. 이제 라이오넬이 여전히 투숙 중이라는 것을 확인했고, 프레드가 이미 방 번호를 알려주었다. 만약 이게 누군가 장난을 치고 있는 거라면, 홀던이 문을 두드리기 전에 그자에게 준비할 시간을 줄 이유가 없었다.

"좋아, 그자는 아직 여기에 있어. 그러니…." 홀던이 말을 하다가 소파에 앉아 있던 여자가 알렉스 바로 뒤에 서 있는 것을 보고 말을 멈췄다. 홀던은 그 여자가 일어나는 소리를 듣거나 모습을 보지 못했다.

"당신들은 나와 함께 가줘야겠어." 여자가 차가운 목소리로 말했다. "계단통으로 천천히 걸어가. 내 앞에서 적어도 3미터 거리를 유지하면서. 지금 당장."

"당신, 경찰이야?" 홀던이 움직이지 않으며 물었다.

"난 총이 있는 사람이지." 여자가 말했고, 작은 무기가 마법처럼 그 여자의 오른손에 나타났다. 여자는 그걸로 알렉스의 머리를 겨냥했다. "그러니 시키는 대로 해."

여자의 무기는 작았고 플라스틱제였으며, 배터리 같은 것을 달고 있었다. 에이모스는 자신의 육중한 금속탄 발사기를 꺼내 여자의 얼굴을 겨냥했다.

"내 게 더 큰걸." 에이모스가 말했다.

"에이모스, 그러지…." 나오미가 채 말을 마치기도 전에 계단통 문이 벌컥 열리고 소형 자동 화기를 든 남녀 대여섯 명이 안으로 들어오며 총을 내려놓으라고 외쳤다.

홀던이 두 손을 들어 올리는데 그자들 가운데 한 명이 총을 쏘았다. 무기는 탄알을 너무나도 빠르게 토해냈기에 마치 누군가가 두꺼운 공작지를 찢는 듯한 소리가 났다. 개별 발사음을 듣는 건 불가능했다. 에이모스는 바닥으로 몸을 날렸다. 마비총을 들고 있던 여자의 가슴에 일렬로 총알구멍이 났고, 여자는 나지막이 마지막 소리를 토해내며 자빠졌다.

홀던은 나오미를 한 손으로 잡아 접수대 뒤쪽으로 끌어당겼다. 다른 그룹의 누군가가 외쳤다. "사격 중지! 사격 중지!" 하지만 에이모스는 이미 바닥에 엎드린 자세로 반격하고 있었다. 고통에 차

욕하는 소리가 들렸고, 그로부터 홀던은 에이모스가 누군가를 맞췄다는 사실을 알았다. 에이모스는 몸을 옆으로 굴려 접수대 쪽으로 왔고, 그러자마자 좀 전까지 있던 곳에 탄환이 쏟아지며 바닥과 벽을 갈기갈기 찢어발겼고, 접수대까지 흔들렸다.

홀던은 자기 총에 손을 뻗었지만, 가늠자가 허리띠에 걸렸다. 홀던은 속옷이 찢어지는 것도 아랑곳하지 않고 총을 낚아채 빼냈고, 무릎으로 기어 접수대 가장자리까지 간 다음 밖을 살펴보았다. 알렉스는 소파 저쪽 바닥에서 총을 빼 들고 창백한 표정으로 누워 있었다. 홀던이 보고 있는 동안 총탄들이 소파를 때리며 충전재들을 공중으로 날렸고, 알렉스 머리 위로 20센티미터도 떨어지지 않은 소파 등에는 일렬로 구멍들이 났다. 조종사는 권총을 소파 가장자리 너머로 내밀더니 고함을 지르며 마구잡이로 여섯 발 정도를 쐈다.

"씹새끼들!" 에이모스가 소리치며 몸을 굴려 밖으로 나가 총을 몇 번 쏜 다음 반격이 들어오기 전에 다시 몸을 굴려 접수대 안쪽으로 들어왔다.

"놈들은 어딨지?" 홀던이 에이모스에게 소리쳐 물었다.

"둘은 아래쪽, 나머지는 계단통!" 에이모스가 반격하는 소리 너머로 외쳤다.

어디선가 발사된 총탄들이 바닥에 튕기어 홀던의 무릎을 스치고 지나갔다. "젠장. 누군가 측면에서 공격해오고 있어!" 에이모스가 외치더니 총탄을 피해 접수대 뒤쪽 더 깊이 몸을 숨겼다.

홀던은 접수대 앞쪽으로 기어가 밖을 훔쳐봤다. 누군가가 낮은 자세로 호텔 입구를 향해 빠르게 움직였다. 홀던은 밖으로 몸을 내밀고 그자를 향해 두 발을 쐈지만 계단통 문 쪽에서 세 명이 총을 쏘아대는 바람에 홀던은 접수대 뒤로 몸을 숨겨야만 했다.

"알렉스, 누군가 입구 쪽으로 움직이고 있어!" 홀던은 있는 힘 껏 소리쳤다. 십자포화에 자신들이 난도질당하기 전에 알렉스가 한 발 쏴주길 바라고 있었다.

권총이 입구를 향해 세 번 짖어댔다. 홀던은 위험을 무릅쓰고 밖을 보았다. 웃기는 모자를 쓰고 미행을 해왔던 자가 문가에 웅 크리고 있었으며, 손에는 총을 들고 있었다. 자동 화기로 측면에 서 공격해오던 자는 그자의 발밑에 쓰러져 꼼짝도 하지 않고 있 었다. 그자는 홀던 일행을 보는 대신 총으로 계단통을 겨냥했다.

"모자 쓴 자는 쏘지 마!" 홀던이 외치면서 접수대 가장자리로 물러섰다.

에이모스는 접수대에 등을 기대고 총에서 빈 탄창을 빼냈다. 그리고 다른 탄창을 찾아 주머니를 뒤지며 말했다. "경찰인 모양 이네요."

"경찰이면 더욱더 쏘지 말아야지." 홀던이 말했고, 계단통 문 을 향해 몇 발을 쏘았다.

총격전 내내 바닥에서 두 팔로 머리를 감싸고 있던 나오미가 말했다. "어쩌면 모두가 경찰일지도 모릅니다."

홀던은 몇 발을 더 쏘았고 고개를 저었다.

"경찰들은 작고 숨기기 쉬운 자동 화기를 가지고 다니면서 계 단통에 매복하지 않아. 저건 암살대야." 홀던이 말했지만 그가 내 뱉은 단어 대부분은 계단통에서 쏟아져 나오는 사격 소리에 묻혀 버렸다. 이윽고 몇 초 정도 정적이 흘렀다.

홀던이 몸을 기울여 밖을 보는 순간 계단통 문이 닫혔다.

"놈들이 후퇴하는 거 같아." 홀던이 여전히 문을 겨냥하면서 말했다. "어딘가에 다른 출구가 있는 게 분명해. 에이모스, 저 문에서 눈을 떼지 마. 만약 열리면 바로 쏘기 시작해." 홀던은 나오미의 어깨를 두드렸다. "가만히 있어."

홀던은 이제 엉망이 된 간이 접수대 뒤에서 일어났다. 접수대 정면은 갈라지고 쪼개졌으며, 그 안의 돌이 보였다. 홀던은 총을 치켜들고 두 손을 펼쳐 보였다. 모자 쓴 남자가 일어났고, 발치의 시체를 잠깐 보더니 자신에게 다가오는 홀던을 바라보았다.

"고마워. 내 이름은 짐 홀던. 당신은?"

상대는 1초 정도 아무 말도 하지 않았다. 그러다 이윽고 침착한 목소리로 입을 열었다. 거의 지친 듯한 목소리였다. "곧 경찰이 올 거야. 난 전화를 해야 해. 안 그러면 우리 모두 철창행이야."

"당신, 경찰 아니었어?" 홀던이 물었다.

상대방이 소리 내 웃었다. 씁쓸하고 짧은 웃음이었지만 그 뒤에는 약간의 진짜 웃음이 담겨 있었다. 아마 홀던이 뭔가 재미있는 말을 한 모양이었다.

"아니. 내 이름은 밀러."

24
밀러

밀러는 죽은 남자를, 방금 자신이 죽인 남자를 보며 뭔가를 느끼려 애써보았다. 아직도 아드레날린이 분비되며 심장박동을 빠르게 하고 있었다. 뜻하지 않게 총격전에 낀 탓에 놀라기도 했다. 하지만 놀람이 가시고 나자, 이미 밀러는 오랜 습관대로 분석을 하고 있었다. 로비에 남은 건 화분 하나뿐이었고, 따라서 홀던 일행은 크게 위협을 느끼지 않을 듯했다. 계단통에서 여자를 지원하기 위해 총질을 해대던 자들. 그자들은 완전히 사라지고 없었다.

무모한 작전이었다. 매복 공격을 했던 자들은 초짜였거나 또는 제대로 할 시간과 수단이 없었던 게 분명했다. 이처럼 허술한 작전이 아니었다면, 홀던과 그의 동료 셋은 잡히거나 죽었을 것이다. 그리고 밀러 자신도 같은 운명이었으리라.

캔터베리 호의 생존자 네 명은 마치 총격전을 처음 치른 신출내기처럼 총격전의 잔해 속에 서 있었다. 밀러는 특정한 대상 없이 전체를 살펴보며 마음을 정리했다. 홀던은 밀러가 비디오 피드를 보며 예상했던 것보다 키가 작았다. 지구인이니 놀랄 일은 아니었다. 홀던은 표정관리가 서툰 부류였다.

"고마워. 내 이름은 짐 홀던. 당신은?"

밀러는 대답할 말을 대여섯 가지쯤 떠올렸다가 모두 머리에서 밀어냈다. 그들 가운데 한 명, 몸집이 크고 단단하고 머리털이 없는 이가 실내를 성큼성큼 걸었고, 그 남자 역시 밀러와 마찬가지로 특별한 곳에 초점을 두고 있지 않았다. 홀던 일행 네 명 가운데 그 남자만이 이전에 제대로 된 총격전을 겪은 경험이 있었다.

"곧 경찰이 올 거야." 밀러가 말했다. "난 전화를 해야 해. 안 그러면 우리 모두 철창행이야."

마지막 남자, 즉 마르고 키가 크고 외모로 보아 동인도인 같은 남자는 총격전 때 소파 뒤에 숨어 있었다. 그 남자는 이제 겁먹은 두 눈을 휘둥그레 뜨고 소파에 앉아 있었다. 홀던 역시 어느 정도는 비슷한 표정이었지만, 자신을 더 잘 억누르고 있었다. 밀러는 그게 지휘자로서 느끼는 부담감 때문이라고 생각했다.

"당신, 경찰 아니었어?"

밀러가 소리 내 웃었다.

"아니." 밀러가 말했다. "내 이름은 밀러."

"오케이." 여자가 말했다. "저 사람들은 방금 우리를 죽이려 했어. 왜 그런 거지?"

홀던은 여자 쪽으로 고개를 돌리기도 전에 먼저 반걸음을 다가갔다. 여자의 얼굴은 벌겠으며, 꽉 다문 입술은 얇고 창백했다. 여자의 용모는 인종의 도가니탕이라 할 수 있는 소행성대에서마저도 보기 드문 여러 인종의 혼혈임을 보여주었다. 여자의 손은 떨리지 않았다. 덩치 큰 남자가 가장 경험이 많았지만, 가장 본능이 발달한 밀러가 여자를 진정시켰다.

"그래." 밀러가 말했다. "나도 알아차렸어."

밀러는 핸드터미널을 꺼내 세마팀바에게 연결을 했다. 몇 초 뒤 경찰이 연결을 받아들였다.

"세미." 밀러가 말했다. "정말 미안한데, 내가 조용히 있으려고 한 거 알지?"

"그래서…?" 단어를 길게 늘이며 지역 경찰이 말했다.

"제대로 되지 않았어. 친구를 만나러 가는 길이었는데…."

"친구를 만나러 가는 길이었는데…." 세미가 따라 말했다. 밀러는 화면에 보이지는 않았지만, 상대방이 팔짱을 낀 모습을 상상할 수 있었다.

"그리고 어쩌다 보니 관광객 무리가 엉뚱한 시간대에 엉뚱한 장소에 와 있는 걸 발견했어. 어쩔 수가 없었어."

"지금 어디야?" 세마팀바가 물었다. 밀러는 스테이션 레벨과 주소를 알려주었다. 세마팀바가 한때 밀러가 쓰던 것과 비슷한 내부 통신 소프트웨어로 조회하는 동안 긴 정적이 흘렀다. 세마팀바가 크게 한숨을 내쉬었다. "아무것도 안 보이는걸. 총격전이 있었어?"

밀러는 혼돈과 잔해로 가득한 주위를 둘러보았다. 처음 사격이 있었을 때 이미 경보가 천 개 정도는 울렸어야 마땅했다. 경찰이 이미 들이닥쳐야 마땅했다.

"약간." 밀러가 말했다.

"묘하군." 세마팀바가 말했다. "거기 있어. 내가 가지."

"알았어." 밀러가 말하고는 연결을 끊었다.

"오케이." 홀던이 말했다. "누구였지?"

"진짜 경찰." 밀러가 말했다. "경찰이 곧 여기에 올 거야. 괜찮을 거야."

'내 생각에는 괜찮을 거야.' 그러다가 밀러는 자신이 이 상황을 여전히 내부의 시각으로, 경찰의 시각으로 다룬다는 사실을 깨달았다. 밀러는 더 이상 경찰이 아니었고, 그러니 계속 경찰인 척하면 나중에 감당할 수 없는 결과가 생길 수도 있었다.

"저자는 우리를 미행했습니다." 여자가 홀던에게 말했다. 이윽고 여자는 밀러에게 말했다. "당신은 우리를 미행했어."

"그랬지." 밀러가 말했다. 밀러는 자신의 말이 슬프게 들린다고 생각하지 않았지만, 덩치 큰 남자는 고개를 설레설레 저었다.

"모자 때문이야." 덩치 큰 남자가 말했다. "눈에 잘 뜨이더라고."

밀러는 중절모를 벗어들고 잠시 바라보며 생각했다. 물론, 자신을 알아본 건 그 덩치 큰 남자였을 듯했다. 다른 세 명은 유능하지만 아마추어였고, 밀러는 홀던이 UN 해군에서 한동안 복무했다는 걸 알았다. 하지만 밀러는 덩치 큰 남자의 배경을 조사하면 흥미진진한 내용이 가장 많으리라는 데 돈보다 더한 것도 걸수 있었다.

"왜 우리를 미행했지?" 홀던이 물었다. "내 말은, 우리를 향해 총질하던 자들에게 총을 쏴 준 건 고맙지만, 여전히 첫 번째 부분에 대해서는 알고 싶다 이거지."

"당신과 이야기하고 싶었어." 밀러가 말했다. "찾는 사람이 있거든."

침묵이 흘렀다. 홀던이 싱긋 웃었다.

"그게 누구지?" 홀던이 물었다.

"스코풀라이 호의 승무원." 밀러가 말했다.

"스코풀라이?" 홀던이 말했다. 홀던은 여자를 힐긋 보고는 말을 멈췄다. 뭔가가 있었다. 홀던에게 스코풀라이라는 단어는 밀러가 뉴스에서 보았던 것 말고 뭔가 다른 걸 의미하는 게 분명했다.

"우리가 그곳에 갔을 때는 아무도 없었어." 여자가 말했다.

"씨발." 소파 뒤에서 떨던 남자가 말했다. 총격전이 끝나고 그 남자가 처음으로 한 말이었으며, 그 남자는 그 단어를 빠르게 연속으로 대여섯 번 정도 말했다.

"당신은 무슨 일이지?" 밀러가 물었다. "도나저 호는 당신을 타이코로 보냈고, 이제는 여기에 있어. 여기에는 무슨 일이야?"

"그 사실을 어떻게 알아냈지?" 홀던이 말했다.

"그게 내 직업이야." 밀러가 말했다. "음, 직업이었지."

그 대답은 지구인을 만족시키지 못했다. 덩치 큰 남자는 홀던 뒤로 와서 서 있었고, 얼굴엔 낯익은 암호가 떠 있었다. '문제를 일으키지 않는 한, 별 탈 없을 거야. 하지만 혹시라도 문제를 일으켰다가는 제대로 호된 맛을 볼 줄 알아'라는 뜻이었다. 밀러가 반쯤은 덩치 큰 자를 향해, 그리고 반은 자신을 향해 고개를 끄덕였다.

"OPA에 연줄이 있는데, 그자가 당신들이 도나저 호에서 죽지 않았다고 말해줬어." 밀러가 말했다.

"그걸 그냥 '말해줬다'고?" 분노를 삼킨 목소리로 여자가 말했다.

"당시에는 그냥 말해주는 거라고 주장하더군." 밀러가 말했다. "어쨌든, 그자가 말을 해줬고, 나는 거기서부터 시작했어. 그리고 지금부터 10분 뒤, 나는 에로스 경찰이 당신들과 나를 감방에 처넣지 않도록 애를 쓸 거야. 그러니 만약 당신들 모두 뭔가 내게 하고 싶은 말이 있다면, 가령 여기서 무엇을 하고 있었는지 이런 것들에 대해 말하고 싶다면 지금이 딱 좋을 때야."

침묵이 이어졌고, 그 침묵을 깨는 건 총격전으로 인한 연기와 미립자 먼지를 빨아들이느라 애쓰는 공기 재생기 소리뿐이었다. 떨던 자가 일어났다. 움직이는 태도가 어딘가 군인 같았다. 밀러는 그 남자가 한때 군에 있었던 듯하지만, 보병은 아니었을 것 같다고 생각했다. 아마도 해군, 특히 해병이었을 듯했다. 그 남자의 목소리에는 해병들 일부에게서 찾아볼 수 있는 콧소리가 있었다.

"아, 씨발, 선장." 덩치 큰 남자가 말했다. "저자는 우리를 측면에서 공격하던 자를 해치웠습니다. 저자가 재수 없는 밥맛일 수도 있지만, 저는 괜찮습니다."

"고마워, 에이모스." 홀던이 말했다. 밀러는 그 정보를 분류했다. 덩치 큰 자의 이름은 에이모스였다. 홀던은 두 손을 등 뒤로 돌려 총을 허리띠에 넣었다.

"우리는 여기에 누군가를 찾으러 왔어." 홀던이 말했다. "아마도 스코폴라이 호에서 온 사람 같아. 우리가 방을 다시 한 번 확인하자 갑자기 모두가 우리를 향해 총을 쏘기로 맘을 먹었더군."

"여기에?" 밀러가 말했다. 그의 혈관에서 뭔가 감정 같은 게 흘러나왔다. 희망이 아니라 불안이었다. "스코폴라이 호의 누군가가 지금 여기 싸구려 호텔에 있다는 거야?"

"그렇다고 생각해." 홀던이 말했다.

밀러는 싸구려 호텔 로비의 정문을 바라보았다. 호기심에 찬 사람들이 조금씩 터널에 모이기 시작했다. 사람들이 팔짱을 끼고 불안한 표정으로 안을 힐금거렸다. 밀러는 그 사람들이 어떤 마음일지를 알았다. 세마팀바와 동료들은 오는 중이었다. 홀던 일행을 공격했던 자들은 다시 공격하지는 않았지만, 그렇다고 그자들이 여기를 떠났다는 뜻은 아니었다. 또다시 공격해 올 수도 있었다. 후퇴해서 더 좋은 위치를 차지하고서 홀던이 움직이기를 기다리고 있을 수도 있었다.

하지만 만약 줄리가 지금 여기에 있다면? 여기까지 왔는데 로비에서 그만둔다는 게 말이 되나? 밀러는 자신이 아직 총을 들고 있다는 사실에 깜짝 놀랐다. 아마추어 같은 행동이었다. 벌써 총집에 넣어야 했다. 다른 이들 가운데 아직 총을 들고 있는 이는 화성인뿐이었다. 밀러는 고개를 저었다. 칠칠찮은 행동이었다. 더는 이렇게 굴어선 안 됐다.

하지만, 아직도 밀러의 총 탄창에는 탄알이 반 넘게 남아 있었다.

"어느 방이지?" 밀러가 물었다.

호텔 복도는 좁디좁았다. 벽에는 창고형 마트에서 사 온 그림들이 천하게 번쩍였고, 바닥은 돌보다도 천천히 닳는, 탄화규소실로 짠 카펫이 깔렸다. 밀러와 홀던이 앞서갔고, 뒤를 여자와 화성인(이름은 각각 나오미와 알렉스였다)이 따랐고, 에이모스가 등 뒤를 힐긋거리며 맨 뒤에서 따라왔다. 밀러는 자신과 에이모스를 제외한 다른 이들이 일행을 안전하게 지키는 방법을 숙지하고 있을지 의문이 들었다. 홀던 역시 그 점을 알고 있는 듯했고, 그 때문에 초조한 듯했다. 홀던은 계속해 한발 앞서 있었다.

객실 문은 모두가 유리섬유 합판으로 되어 있었고, 이 정도 얇기면 순식간에 수천 개도 생산할 수 있을 듯했다. 밀러는 지금까지 경찰로 일하면서 이런 문을 수백 번도 더 차고 들어갔다. 장기투숙객들이 장식해 놓은 문들도 여기저기 보였다. 도저히 있음 직하지 않은 빨간 꽃, 펜은 어디론가 사라지고 끈만 남은 화이트보드, 흐릿한 화면에 펀치라인을 끝없이 반복해 보여주는, 외설적인 만화의 싸구려 복제품 따위였다.

전술적으로 볼 때, 이건 악몽이나 다름없었다. 만약 매복 병력이 이들 앞과 뒤의 문에서 튀어나온다면, 다섯 명 모두는 순식간에 죽은 목숨이었다. 하지만 공격은 없었고, 유일하게 열린 문에서는 눈에 총기가 없고 입술이 축 처지고 수염이 긴 수척한 남자한 명이 나왔을 뿐이었다. 밀러는 그 남자를 지나며 고개를 끄덕였고, 그 남자 역시 밀러에게 고개를 끄덕였다. 아마도 자신의 존재에 총을 빼 들지 않고 아는 체를 해준 것에 대해 놀란 듯했다. 홀던이 걸음을 멈췄다.

"여기야." 홀던이 중얼거렸다. "이 방이야."

밀러가 고개를 끄덕였다. 일행 모두가 한 곳에 모여 섰고, 에이모스는 당연하다는 듯이 살짝 뒤에서 멈추더니 자신들이 지나온 복도를 지켜보았다. 밀러는 문을 살펴보았다. 발로 차면 쉽게 들어갈 수 있을 듯했다. 걸쇠 바로 위쪽을 세게 한 번 찬 다음, 자신은 왼쪽 아래부터, 에이모스는 오른쪽 위부터 맡아 들어가면 될 듯했다. 밀러는 해브록이 여기에 없는 게 아쉬웠다. 함께 훈련을 받은 사람들끼리 있으면 작전을 펴기가 더 쉬웠다. 밀러는 에이모스에게 가까이 다가오라는 시늉을 해 보였다.

홀던이 문을 두드렸다.

"무슨 짓을…?" 밀러가 격렬하게 속삭였지만, 홀던은 그 말을 무시했다.

"계십니까?" 홀던이 외쳤다. "안에 누구 없습니까?"

밀러는 긴장했다. 아무 일도 일어나지 않았다. 아무 목소리도 들리지 않았고, 사격도 없었다. 아무것도 없었다. 홀던은 자신이 방금 위험을 무릅쓴 게 아무렇지도 않은 듯이 보였다. 나오미의 표정으로부터, 밀러는 홀던이 이런 식으로 행동한 게 처음이 아니라는 걸 알았다.

"저 문을 열고 싶은 겁니까?" 에이모스가 말했다.

"그런 셈이지." 밀러가 말했고, 그와 동시에 홀던도 말했다. "그래. 차서 열어 버려."

에이모스는 둘을 차례로 바라보았지만 홀던이 고개를 끄덕일 때까지 움직이지 않았다. 이윽고 에이모스는 둘을 지나치더니 단번에 발로 문을 차서 열고, 욕을 내뱉으며 비틀비틀 뒤로 물러섰다.

"괜찮아?" 밀러가 말했다.

덩치 큰 남자는 고통으로 얼굴이 창백해졌지만, 고개를 한 번 끄덕였다.

"응. 얼마 전에 다리가 부러졌었거든. 깁스를 푼 지 얼마 안 되었어. 계속 그걸 까먹네." 에이모스가 말했다.

밀러는 방 쪽으로 주의를 돌렸다. 안은 동굴처럼 캄캄했다. 조명은 없었다. 심지어 모니터나 센서가 내는 침침한 불빛조차 없었다. 밀러는 권총을 뽑아 들고 안으로 들어갔다. 홀던이 그 뒤를 바짝 따랐다. 둘의 발아래 바닥은 자갈 밟히는 소리를 냈고, 공기 중의 묘한 아스트린젠트 냄새에 밀러는 왠지 부서진 화면을 머릿속에 떠올렸다. 그 너머로는 훨씬 불쾌한 냄새가 났다. 밀러는 그 냄새가 뭔지 생각하지 않기로 했다.

"계십니까?" 밀러가 말했다. "아무도 없습니까?"

"불을 켜십시오." 나오미가 그들 뒤에서 말했다. 밀러는 홀던이 벽 패널을 건드리는 소리를 들었지만, 불은 켜지지 않았다.

"작동을 안 해." 홀던이 말했다.

복도에서 흘러들어오는 흐릿한 불빛은 거의 아무런 도움도 되지 않았다. 밀러는 오른손으로 권총을 단단히 들고 만약 어둠 속에서 누군가가 사격을 해오면 그쪽으로 총구를 돌려 탄창이 빌 때까지 총을 쏠 준비를 했다. 그런 다음 왼손으로 핸드터미널을 꺼내 백라이트를 켜고 흰색의 텅 빈 메모장을 켰다. 방이 단색으로 밝혀졌다. 밀러 옆에서 홀던도 같은 행동을 했다.

얇은 침대가 벽 한쪽에 바짝 붙어 있었고, 그 옆에 길쭉한 쟁반이 있었다. 침구는 침대 주인이 잠 못 이루고 밤새워 뒤척인 듯이 엉망으로 어지럽혀져 있었다. 옷장은 열려 있었고, 텅 비어 있었다. 바닥에는 속이 텅 빈 우주복이 머리를 잃은 마네킹처럼 보기 흉하게 놓여 있었다. 간이침대 맞은편 벽에는 낡은 오락 콘솔이 있었고, 그 화면은 대여섯 발의 총격에 깨져 있었다. LED 화면을 빗맞힌 총알들 때문에 벽은 여기저기 옴폭 패여 있었다. 다른 핸드터미널이 빛을 냈고, 또 다른 터미널이 빛을 냈다. 방의 색깔이 적당히 보이기 시작했다. 벽은 싸구려 황금색이었고, 이

불과 시트는 녹색이었다. 간이침대 아래에서 뭔가가 어렴풋이 빛났다. 구식 핸드터미널이었다. 밀러는 쪼그려 앉았고, 그동안 다른 이들이 방안으로 들어왔다.

"제길." 에이모스가 말했다.

"좋아." 홀던이 말했다. "아무도 아무것도 만지지 마. 진짜로. 아무것도." 지금까지 밀러가 들어본 이 남자의 말 가운데 가장 일리 있는 말이었다.

"누군가 아주 드잡이질을 했군요." 에이모스가 중얼거렸다.

"아니야." 밀러가 말했다. 파괴행위라고 할 수는 있었다. 하지만 싸운 것은 아니었다. 밀러는 주머니에서 얇은 필름으로 된 증거물 수집 봉투를 꺼내 뒤집더니 장갑처럼 손에 끼고는 터미널을 집었고, 봉투를 다시 뒤집어 터미널을 안에 넣은 뒤 봉투의 봉인 전원을 켰다.

"저거… 피?" 나오미가 싸구려 폼 매트리스를 가리키며 말했다. 시트와 베개에 축축한 자국이 배어 있었다. 손가락 굵기 정도였으며 진한 색이었다. 피라고 하기에는 너무나 진한 색이었다.

"아니." 터미널을 주머니에 쑤셔 넣으며 밀러가 말했다.

액체의 흔적은 욕실 쪽으로 가늘게 이어졌다. 밀러는 한 손을 들어 올리고 다른 사람들을 밀치며 반쯤 열린 문으로 살금살금 다가갔다. 욕실 안에서는 역겨운 냄새가 훨씬 더 강하게 진동했다. 뭔가 짙고 유기질에서 나는 익숙한 냄새였다. 온실의 거름, 또는 섹스 뒤의 체액, 또는 도살장에서 맡을 수 있는 냄새. 그 모든 게 합쳐진 냄새였다. 변기는 무광 처리된 철제 제품으로, 감옥에서 쓰는 것과 같은 모델이었다. 싱크대 역시 마찬가지였다. 그 위쪽과 천창에 설치된 LED는 모두 부서져 있었다. 밀러의 터미널이 촛불처럼 욕실을 밝히고 있는 가운데, 샤워실 안에서 검은 촉수들이 뻗어 나왔고, 마치 잎맥처럼 굽어지고 가지를 치면서 망가진 조명 쪽으로 향했다.

샤워실에는 줄리엣 안드로메다 마오가 죽은 채 누워 있었다.

줄리는 두 눈을 감고 있었고, 이 점은 그나마 다행이었다. 밀러가 사진에서 보았을 때와 헤어스타일이 바뀌어 얼굴 모양이 달라 보였지만 줄리인 것은 틀림없었다. 줄리는 실오라기 하나 걸치지 않았으며, 간신히 인간의 형태를 유지하고 있었다. 복잡하게 얽힌 코일들이 줄리의 입과 귀와 외음부에서 뻗어 나와 있었다. 갈비뼈와 등뼈에는 칼날 같은 며느리발톱들이 자라나 줄리의 창백한 피부를 팽팽히 잡아 늘였고, 당장에라도 줄리의 몸에서 떨어져 나올 것만 같았다. 등과 목에서 뻗어 나온 튜브들은 줄리 뒤쪽의 벽을 기어 올라가 있었다. 몸에서 흘러나온 짙은 갈색 곤죽은 샤워실 바닥을 거의 3센티미터 높이로 채웠다. 밀러는 자신의 앞에 펼쳐진 장면이 진실이 아니길 바라며, 꿈에서 깨어나려 애쓰며 조용히 앉았다.

'놈들이 네게 무슨 짓을 한 거니?' 밀러가 생각했다. '오, 얘야. 놈들이 네게 무슨 짓을 한 거야?'

"맙소사." 나오미가 밀러 뒤에서 말했다.

"아무것도 만지지 마." 밀러가 말했다. "여기서 나가. 복도로 가. 당장."

핸드터미널들이 밖으로 나가면서 옆 방의 조명이 흐려졌다. 꿈틀거리는 그림자들 때문에 순간적으로 줄리의 몸이 움직이는 듯한 착각이 들었다. 밀러는 기다렸지만 구부러진 흉곽은 움직이지 않았다. 눈꺼풀도 움직이지 않았다. 아무것도 움직이지 않았다. 밀러는 일어나 자기 소매와 신발을 꼼꼼하게 살피곤 복도로 걸어 나왔다.

모두가 그것을 보았다. 밀러는 모두의 표정으로부터 다들 그것을 봤다는 걸 알았다. 그리고 밀러와 마찬가지로, 그게 무엇인지 누구도 알지 못했다. 밀러는 부서진 문을 조심스레 닫고 세마팀바를 기다렸다. 얼마 걸리지 않았다.

폭동 진압 장비를 갖추고 산탄총을 든 경찰 다섯 명이 복도를 걸어왔다. 밀러는 이들을 맞이하기 위해 앞으로 걸어갔다. 그의 자세는 경찰 배지를 보이는 것보다도 훨씬 더 효과가 있었다. 경찰들이 긴장을 푸는 게 보였다. 세마팀바가 뒤에서 앞으로 나왔다.

"밀러?" 세마팀바가 말했다. "이게 다 뭐야? 어디 가지 않겠다고 말한 거로 기억하는데."

"떠나지 않았잖아." 밀러가 말했다. "저기 뒤쪽에 있는 사람들은 민간인이야. 아래층에서 죽은 자들이 로비에서 저 사람들을 공격했어."

"왜?" 세마팀바가 캐물었다.

"알게 뭐야?" 밀러가 말했다. "쓸모없는 인원을 없애려 했나 보지. 중요한 건 그게 아니야."

세마팀바가 눈썹을 치켰다. "저 아래층에 내가 처리해야 할 시체가 네 구가 있는데, 중요한 게 아니라고?"

밀러가 복도 쪽으로 고개를 끄덕였다.

"여기에 다섯 번째 시체가 있어." 밀러가 말했다. "내가 찾던 여자야."

세마팀바의 표정이 누그러졌다. "유감이야." 그가 말했다.

"아니야." 밀러가 말했다. 밀러는 동정을 받아들일 수가 없었다. 위로를 받아들일 수가 없었다. 부드러운 손길은 밀러를 산산조각낼 터였고, 그래서 밀러는 단호한 태도를 유지하기로 했다. "하지만 이 시체에는 검시관이 필요할 거야."

"그 정도로 엉망이야?"

"자넨 상상도 못 할걸." 밀러가 말했다. "있잖아, 세미. 난 여기 일이 이해가 안 가. 정말로. 저 아래층에서 총격전을 벌인 자들? 만약 그자들이 자네 치안대와 연관이 없었다면 처음 사격이 시작되자마자 경보가 울렸을 거야. 이게 모두 사전에 치밀하게 준비가 된 거라는 걸 자네도 알 거야. 아래층의 그자들은 여기 네 명을 기다리고 있었어. 그리고 저기 검은 머리의 땅딸막한 사내 보이지? 바로 제임스 홀던이야. 모두가 죽었다고 생각하는 바로 그 사람이란 말이야."

"전쟁이 일어나게 한 그 홀던?" 세마팀바가 말했다.

"그 홀던." 밀러가 말했다. "이건 깊어. 모든 걸 삼킬 만큼 깊어. 그리고 물에 빠진 사람을 구하러 들어갔다가 무슨 일을 당하는지 들어본 적이 있을 거야, 그렇지?"

세마팀바는 복도를 바라보았다. 그리고 고개를 끄덕였다.

"나도 돕게 해 줘." 세마팀바가 말했지만 밀러는 고개를 저었다.

"나는 너무 깊이 들어왔어. 날 잊어. 자네는 그냥 전화를 받은 거야. 그리고 이곳을 발견한 거야. 자네는 날 모르고, 저 사람들도 모르고, 무슨 일이 일어났는지에 대해 아무런 단서도 없는 거야. 아니면 자네도 동참해서 나와 함께 깊이 빠지든가. 자네가 골라."

"내게 아무 연락 없이 스테이션을 떠나지는 않을 거지?"

"그래." 밀러가 말했다.

"이건 내가 감당할 수 있어." 세마팀바가 말했다. 이윽고 잠시 뒤에 말했다. "저 사람이 진짜 그 홀던이야?"

"검시관을 불러." 밀러가 말했다. "날 믿어."

25
홀던

밀러는 홀던에게 손짓을 해 보이더니 따라오는지 확인하지도 않고 엘리베이터로 향했다. 그런 밀러의 행동에 홀던은 발끈했지만 어쨌든 그 뒤를 따라갔다.

"그래서," 홀던이 말했다. "우리는 조금 전까지 총격전 현장에 있었고, 우리가 적어도 세 명을 죽였는데 그냥 이렇게 가면 된다는 건가? 신문을 받거나 진술서를 쓰지도 않고? 어떻게 그게 가능해?"

"직업에 따른 예우랄까." 밀러가 말했고, 홀던은 그게 농담인지 아닌지 알 수가 없었다.

둔탁한 땅 소리와 함께 엘리베이터 문이 열렸고, 홀던과 그 동료들은 밀러를 따라 안으로 들어갔다. 패널에 가장 가까운 나오미가 로비 버튼을 눌렀지만, 손이 너무나도 심하게 떨려 동작을 멈추고 주먹을 꽉 쥐어야만 했다. 심호흡을 한 번 한 뒤, 나오미는 이제 떨리지 않는 손가락으로 버튼을 눌렀다.

"이건 말도 안 돼. 전직 경찰이 뭐 대수라고 총격전 현장에서 그냥 가게 해준다는 거야." 홀던이 밀러의 등에 대고 말했다.

밀러는 움직이지 않았지만 약간 위축된 듯해 보였다. 밀러가 자신도 모르게 무거운 한숨을 내쉬었다. 그의 피부는 전보다 더 잿빛으로 보였다.

"세마팀바는 진상을 알아. 그 친구가 하는 일의 절반은 언제 다른 쪽을 보아야 하는가를 아는 거니까. 게다가 난 우리가 스테이션을 뜨게 되면 꼭 그 친구에게 미리 알려주겠다고 약속을 했어."

"좆까네." 에이모스가 말했다. "당신이 뭔데 우리를 대표해 약속을 하는 거야."

엘리베이터가 멈추더니 유혈 낭자한 총격전 현장을 향해 문을 열었다. 실내에는 경찰 십여 명이 있었다. 밀러는 그 사람들을 향해 고개를 끄덕였고, 그 사람들도 밀러를 향해 고개를 끄덕였다. 밀러는 홀던 일행을 이끌고 로비에서 복도로 나오더니 몸을 돌렸다.

"그 문제는 나중에 상의하지." 밀러가 말했다. "지금 당장은 어딘가 이야기할 수 있는 곳으로 가자고."

홀던이 어깨를 으쓱하며 동의했다. "좋아. 하지만 당신이 내는 거야."

밀러는 복도를 따라 튜브 정거장으로 갔다.

홀던 일행이 그 뒤를 따르는 동안, 나오미는 홀던의 팔을 잡더니 살짝 뒤로 당겨 밀러가 앞장서게 했다. 밀러가 충분히 앞서 나가자 나오미가 말했다. "저 사람은 그 여자를 압니다."

"누가 누굴 알아?"

"저 사람요." 나오미가 밀러를 향해 고갯짓하며 말했다. "그 여자를 압니다." 나오미는 뒤에 두고 온 범죄 현장을 향해 고갯짓했다.

"네가 어떻게 알아?" 홀던이 말했다.

"저자는 그 여자를 그곳에서 발견하리라 예상하지 못했지만, 그래도 그 여자가 누구인지는 알았습니다. 그 여자를 보는 표정이 충격으로 가득했습니다."

"흠, 나는 몰랐는걸. 내 눈에는 계속 냉철함 그 자체던데."

"아니요. 둘은 친구였거나 뭐 그런 관계였습니다. 저 사람은 그 때문에 충격에 휩싸여 있습니다. 그러니 너무 세게 몰아붙이지는 마십시오." 나오미가 말했다. "아마도 우리는 저 사람이 필요할 겁니다."

밀러가 얻은 호텔방은 시체를 발견한 방보다 아주 약간 더 나을 뿐이었다. 알렉스는 즉시 욕실로 가더니 문을 잠갔다. 세면대에서 물 흐르는 소리가 들렸지만, 조종사의 구역질 소리를 가릴 만큼 크지는 않았다.

홀던은 작은 침대의 칙칙한 이불 위에 털썩 앉으며 밀러에게는 방에 하나 있는 불편해 보이는 의자에 앉게 했다. 나오미는 홀던 옆으로 침대에 앉았지만, 에이모스는 앉지 않고 불안한 동물처럼 방을 서성거렸다.

"자, 말을 해봐." 홀던이 밀러에게 말했다.

"저 친구가 마저 끝내고 나올 때까지 기다리지." 밀러가 욕실을 향해 고개를 끄덕이며 대답했다.

잠시 뒤 알렉스가 창백하지만 막 세수를 한 얼굴로 나왔다.

"괜찮은 거야, 알렉스?" 나오미가 부드러운 목소리로 물었다.

"반반입니다. 부선장님." 알렉스가 말하더니 바닥에 앉아 두 손으로 머리를 감쌌다.

홀던은 밀러를 물끄러미 바라보며 기다렸다. 밀러는 의자에 앉아 잠시 모자를 만지작거리더니 벽에 외팔보로 버티고 있는 싸구려 플라스틱 책상 위로 던졌다.

"당신은 그 방에 줄리가 있는 걸 알았어. 어떻게 알았지?" 밀러가 말했다.

"우리는 그 여자 이름이 줄리인 것조차 몰랐어." 홀던이 대답했다. "우리는 단지 그 여자가 스코풀라이 호에 있던 누군가라는 것만 알았어."

"어떻게 그 사실을 알았는지 말을 해줘야겠어." 밀러가 무시무시한 눈빛으로 말했다.

홀던은 잠시 가만히 있었다. 밀러는 자신들을 죽이려던 자를 죽였으며, 그 행동은 밀러가 친구라고 결론을 내리기에 도움이 되기는 했지만, 그렇다고 단지 그러한 직감만으로 프레드와 그 일행을 팔아넘길 수는 없었다. 홀던은 망설였고, 반만 진실을 밝혔다.

"스코풀라이 호의 가상의 소유주가 그 싸구려 호텔에 체크인을 했어." 홀던이 말했다. "우리는 스코풀라이 호의 승무원 누군가가 주목을 끌려 한다고 생각했어."

밀러가 고개를 끄덕였다. "누구에게 들었는데?" 밀러가 말했다.

"그 부분은 얘기하고 싶지 않아. 하지만 우리는 그 정보가 정확하다고 믿었어." 홀던이 대답했다. "누군가가 캔터베리 호를 파괴하기 위해 스코풀라이 호를 미끼로 썼어. 우리는 스코풀라이 호에 있던 사람이라면 왜 모두가 우리를 죽이려 애쓰는지 알지도 모른다고 생각했어."

밀러가 말했다. "제길." 그리고 의자에 몸을 기대고 천장을 물끄러미 바라보았다.

"당신은 줄리를 찾아다녔어. 그리고 당신은 우리 역시 그 여자를 찾아다녔기를 바랐지. 우리가 뭔가를 알고 있기를 바라며 말이야." 나오미가 말했다. 질문이 아니었다.

"그래." 밀러가 말했다.

이제 왜 줄리를 찾아다녔는지 홀던이 밀러에게 질문할 차례였다.

"줄리의 부모가 세레스에 연락을 해서 줄리를 찾아 집으로 돌려보내 달라고 했어. 내가 맡은 사건이었지." 밀러가 말했다.

"그래서 당신은 세레스 치안대에서 일하나?"

"이제는 아니야."

"그럼 지금 여기서 뭘 하는 거야?" 홀던이 물었다.

"줄리의 가족은 뭔가와 관련이 있어." 밀러가 대답했다. "나는 그냥 본능적으로 미스터리를 싫어하는 거야."

"단순한 실종 사건이 아니라는 근거가 뭔데?"

밀러에게 말하는 건 고무끌로 화강암을 파내려는 것 같은 느낌이 들었다. 밀러는 마른 웃음을 씩 웃었다.

"내가 너무 열심히 그 일을 파고든다는 이유로 날 해고했거든."

홀던은 밀러의 대답 회피에 화를 내지 말자고 마음을 다잡았다. "그러면 호텔의 암살대에 관해 이야기해 보자고."

"그래. 진짜, 씨발, 그거 뭐야?" 에이모스가 마침내 서성거리는 걸 멈추고 말했다. 알렉스는 두 손에서 고개를 들고 처음으로 흥미를 보였다. 심지어 나오미마저 침대 가장자리 쪽으로 몸을 기울였다.

"모르겠어." 밀러가 대답했다. "하지만 당신들이 여기에 온다는 걸 누군가는 알고 있었어."

"하, 예리한 경찰의 추리에 감탄이 절로 나오는군." 에이모스가 코웃음 치며 말했다. "당신이 아니었으면 우리는 그 사실을 절대로 알아내지 못했을 텐데 말이지."

홀던은 그런 에이모스를 무시했다. "하지만 그자들은 우리가 여기 오는 이유는 알지 못했어. 아니었다면 이미 줄리의 방으로 가서 자신들이 원하는 것을 차지했을 테니까."

"프레드가 공모를 했다는 뜻일까요?" 나오미가 말했다.

"프레드?" 밀러가 물었다.

"또는 어쩌면 다른 누군가도 폴란스키 일을 알게 된 거지. 하지만 방 번호는 알지 못했고." 홀던이 말했다.

"하지만 왜 그렇게 총을 쏴댄 걸까요?" 에이모스가 말했다. "우리에게 총을 쏘다니, 말이 안 되잖습니까."

"'그건' 실수였어." 밀러가 말했다. "나는 일이 어떻게 벌어졌는지 봤어. 여기 에이모스가 총을 들고 있었지. 누군가가 과잉 반응을 한 거야. 그자들이 사격을 중지하라고 외쳐대는데 당신들이 반격을 했어."

홀던이 엄지손가락으로 다른 손가락 끝을 하나하나 짚어가며 자기 생각을 말하기 시작했다.

"그러니까, 우리가 에로스로 향하는 것과, 그리고 그게 스코풀라이 호와 관계가 있다는 걸 누군가가 알아냈다는 거로군. 그리고 호텔은 알아냈지만, 방 번호까지는 알지 못했고."

"그리고 숙박자가 라이오넬 폴란스키인지도 알지 못했습니다." 나오미가 말했다. "만약 알았다면 접수대에서 방을 찾아봤을 테니까요."

"맞아. 그러니 놈들은 우리가 나타나면 총으로 우리를 위협해서 데려가려고 기다렸던 거지. 하지만 그 계획이 틀어졌고, 결국 로비에서 총격전이 벌어졌어. 놈들은 당신이 오는 건 '전혀' 알지 못했어. 형사, 그러니 놈들이 전지전능한 존재는 아닌 거야."

"맞아." 밀러가 말했다. "일이 갑자기 진행된 거야. 그래서 당신들을 붙잡아 당신들이 뭘 찾는지를 알아내려 한 거지. 만약 시간이 더 있었다면 그냥 호텔을 샅샅이 뒤졌을 거야. 이삼일 걸렸겠지만 가능은 했어. 하지만 그렇게 하지 않았어. 그건 당신들을 잡는 게 더 쉬웠다는 뜻이지."

홀던이 고개를 끄덕였다. "그래." 홀던이 말했다. "하지만 그건 놈들이 이미 여기에 자기네 패거리를 보냈다는 뜻이야. 여기 토박이 같아 보이지 않더라고."

밀러가 말을 멈추더니 당황한 표정을 지었다.

"지금 당신 말을 듣고 나니 그런 것 같군." 밀러가 동의했다.

"그러니 그게 누가 되었든 간에, 놈들은 이미 에로스에 총잡이 무리를 보냈고, 따라서 지금 당장에라도 다시 우리를 잡으러 올 수 있다는 거지." 홀던이 말했다.

"그리고 총격전을 벌여도 아무도 오지 않을 정도로 경찰 내부

373

에 끄나풀이 충분히 있고." 밀러가 말했다. "우리가 연락하기 전까지 경찰은 아무것도 알지 못했어."

홀던이 고개를 한쪽으로 갸웃하더니 이윽고 말했다. "제길. 우리는 정말로 여기서 빠져나가야만 해."

"잠깐만요." 알렉스가 큰 소리로 말했다. "잠깐만. 그 방에서 본 끔찍한 장면에 대해서는 왜 아무 말들도 없는 거죠? 저만 그걸 본 겁니까?"

"아, 맞아. 맙소사, 그건 대체 뭐야?" 에이모스가 조용히 말했다.

밀러가 외투 주머니에 손을 넣더니 줄리의 핸드터미널이 든 증거물 봉투를 꺼냈다.

"당신들 가운데 전기전자 전문가 없어?" 밀러가 물었다. "어쩌면 우리가 알아낼 수 있을지도 몰라."

"아마도 내가 살펴볼 수 있을 거야." 나오미가 말했다. "하지만 그 여자를 그렇게 만든 게 뭔지, 그리고 그게 전염되지 않는다는 걸 확실히 알기 전에는 절대로 그 물건을 건드리지 않을 거야. 그 여자가 만진 걸 건드리는 행동 따위로 내 운을 시험하고 싶지 않아."

"건드리지 않아도 돼. 비닐백을 닫아둔 채 그냥 비닐 위로 쓰면 돼. 그래도 터치스크린이 작동할 거야."

나오미가 잠깐 망설이더니 손을 뻗어 비닐백을 받아들었다.

"알았어. 잠시만 시간을 줘." 나오미가 말하고 핸드터미널을 조작하기 시작했다.

밀러가 도로 의자에 등을 기대고는 다시 한 번 무거운 한숨을 내쉬었다.

"그래서," 홀던이 말했다. "당신은 이 줄리라는 사람을 전부터 알고 있던 거야? 나오미가 생각하기에, 그 여자가 죽은 걸 알자 당신은 한동안 완전히 넋이 나가 있었다던데."

밀러는 천천히 고개를 저었다. "이런 사건을 맡게 되면 그 대상이 누구든 간에 그 사람을 철저히 조사하게 되지. 개인사를 말이야. 이메일을 읽고, 그 사람이 아는 사람들과 이야기하게 돼. 그러면서 상대를 파악하고 나름대로 그리게 되지."

밀러는 말을 멈추고 엄지손가락들로 두 눈을 문질렀다. 홀던은 재촉하지 않았지만 어쨌든 밀러는 다시 이야기를 시작했다.

"줄리는 착한 아이였어." 밀러가 마치 뭔가를 고백하듯이 말했다. "줄리는 훌륭한 경주선을 몰았지. 난 다만… 나는 그 아이가 살아있기를 원했어."

"암호가 걸려 있어." 나오미가 말하더니 터미널을 집어 들었다. "하드웨어를 해킹할 수는 있지만 그러려면 케이스를 열어야 해."

밀러가 손을 뻗으며 말했다. "내가 한번 해보지."

나오미가 터미널을 밀러에게 주었고, 밀러는 화면에 문자 몇 개를 찍어 넣더니 다시 나오미에게 터미널을 건넸다.

"'고래'." 나오미가 말했다. "그게 뭐지?"

"그 아이의 썰매." 밀러가 대답했다.

"저 사람이 지금 우리에게 말하는 겁니까?" 에이모스가 턱 끝으로 밀러를 가리키며 말했다. "왜냐하면 지금 여기에는 우리뿐이니 우리에게 말한 거 같긴 한데 전 절반도 못 알아듣겠거든요."

"미안." 밀러가 말했다. "나는 다소 혼자서 일하는 편이라서.

나쁜 버릇이 들었어."

나오미는 어깨를 으쓱하더니 홀던과 함께 다시 작업을 계속했고, 밀러는 그녀의 어깨너머로 그 과정을 지켜보았다.

"여기에 잔뜩 넣어놓았네." 나오미가 말했다. "어디부터 시작하면 좋지?"

밀러가 터미널 바탕화면에 단순하게 '노트'라고 제목을 붙인 텍스트 파일을 가리켰다.

"여기부터 시작하지." 밀러가 말했다. "그 아이는 정리정돈에 아주 뛰어나. 만약 뭔가를 바탕화면에 두었다면 그 파일을 어느 폴더에 넣어야 할지 확신하지 못했다는 뜻이야."

나오미는 문서 파일을 톡 두드려 열었다. 파일이 적당히 구성된 문자들 모음으로 확장되었다. 마치 누군가의 일기 같아 보였다.

우선, 정신을 차려. 공황상태에 빠지는 건 도움이 안 돼. 절대로 도움이 안 돼. 심호흡을 하고 상황을 파악하고 제대로 행동해. 공포는 마음을 죽이니까. 하. 이 얼간이.

셔틀의 장점:
반응로 없음. 배터리뿐. 아주 낮은 방사능.
8인용 보급품
반응물질 많음.

셔틀의 단점:

376

엡스타인 없음. 토치 드라이브 없음.

통신 회선은 단지 차단된 정도가 아니라 물리적으로 제거되었음.

(누설에 대해 살짝 편집증이 있으신가?)

가장 가까운 곳은 에로스. 우리가 가려던 곳이 저기인가? 아니면 어딘가 다른 곳으로 갈까? 이건 날아다니는 주전자니까 아주 느린 항해가 될 거다. 다른 곳은 7주 더 걸린다. 그렇다면 에로스다.

나는 포에베 버그에 감염됐다. 피할 방법이 없었다. 어떻게 그랬는지는 확신이 안가지만 갈색 오물이 사방에 있었다. 그건 혐기성이니 어딘가에서 접촉을 했음이 분명하다. 어떻게인지는 중요하지 않다. 단지 문제를 해결하자.

나는 '3주' 동안 잠을 잤다. 오줌을 누러 일어나지조차 않았다. 어찌 된 일이지?

난 완전히 끝장났다.

기억해야 할 사항:

* BA834024112
* 방사능은 치명적이다. 이 셔틀에 반응로는 없지만 불을 계속 꺼두자. 우주복을 계속 입고 있자. 비디오 도우미에 따르면 이 녀석은 방사능을 먹는단다. 놈에게 먹이를 주지 말자.
* 구조 신호를 보내자. 도움을 얻자. 난 태양계에서 가장 똑똑한 사람들을 위해 일하고 있어. 그 사람들이 뭔가 방법을 알아낼 거야.

* 사람들로부터 떨어져 있자. 병을 확산시키지 말자. 아직 기침을 하며 갈색 점액질을 토해내지는 않는다. 언제 시작할지는 모르겠다.

* 나쁜 자들로부터 멀리 떨어져 있자. 만약에 그자들이 누군지 알 수 있다면 말이지만. 좋아. 모두에게서 떨어져 있자. 내 이름을 숨기자. 흠, 폴란스키라고 할까?

젠장. 느낄 수 있다. 계속 몸이 뜨겁고 굶주려 있다. 먹지 말자. 놈에게 먹이를 주지 말자. 감기는 잘 먹어야 낫고 독감은 굶어야 낫는댔나? 그 반대였나? 에로스는 하루 떨어져 있으니 곧 도움을 얻을 수 있으리라. 계속 싸워야 한다.

에로스에 안전하게 도착. 구조 요청함. 본부에서 지켜보길 기대함. 머리가 아프다. 등에 무슨 일인가가 벌어지고 있다. 신장 위로 덩어리가 느껴진다. 대런 선장은 쩐득쩐득한 액체로 변해 버렸다. 나는 우주복 속의 젤리로 변하게 될까?

이제 아프다. 등에서 나온 것들과 몸에서 흘러나온 갈색 점액질이 사방에 깔렸다. 우주복을 벗어야 한다. 만약 당신이 이 글을 읽는다면 그 누구도 절대로 갈색 물질을 만지게 하지 말 것. 나를 태워 버리길. 나는 지금 타고 있다.

나오미가 터미널을 내려놓았고, 한동안 아무도 말을 하지 않았다. 마침내 홀던이 말했다. "포에베 버그. 그게 뭔지 아는 사람?"

"포에베에는 과학 스테이션이 있었어." 밀러가 말했다. "내행성이 운영하는 곳이라 벨트인은 출입금지였지. 그러다가 공격을 당했고. 많은 사람이 죽었어. 하지만….”

“줄리는 셔틀에 탔다고 말했습니다.” 나오미가 말했다. “하지만 스코풀라이 호에는 셔틀이 하나도 없었습니다.”

“다른 우주선이었을 겁니다.” 알렉스가 말했다. “아마도 거기에서 셔틀을 타고 떠났을 겁니다.”

“맞아.” 홀던이 말했다. “다른 우주선이 있었고, 그 우주선 사람들은 포에베 버그에 감염되었고, 나머지 승무원들은… 모르겠어. 죽었다?”

“줄리는 자신이 감염된 줄 모르는 채 셔틀에 타고 그곳을 빠져나왔습니다.” 나오미가 계속했다. “그리고 여기에 왔고, 프레드에게 구조 요청을 했고, 감염된 상태로 그 호텔 방에서 죽은 거고요.”

“아니, 점액질로 바뀐 거지.” 홀던이 말했다. “아주 정말로 끔찍한… 모르겠어. 그 튜브와 뼈에서 솟은 며느리발톱이라니. 대체 무슨 병이 사람을 그렇게 만들지?”

그 질문은 잠시 공중에 걸려있다가 사라졌다. 다시 한 번, 아무도 말하지 않았다. 홀던은 모두가 같은 생각을 하는 것을 알았다. 그들은 그 싸구려 호텔 방에서 아무것도 건드리지 않았다. 하지만 그게 그것으로부터 안전하다는 뜻일까? 아니면 모두가 그 정체불명의 포에베 버그란 것에 감염되었을까? 하지만 줄리 말에 따르면 그것은 혐기성이었다. 호흡을 통해서는 감염되지 않는다는 뜻이라고 홀던은 꽤 확신했다. ‘꽤’ 확신을 하긴 하지만….

“이제 어디로 가야 하지요, 짐?” 나오미가 물었다.

"금성은 어때?" 홀던이 말했다. 생각보다 훨씬 더 높고 더 여유 없는 목소리가 흘러나왔다. "금성에서는 흥미로운 일이 벌어지는 적이 없으니까."

"좀 진지해지십시오." 나오미가 말했다.

"알았어. 진지하게 말하는데, 저기 밀러가 자기 동료 경찰에게 진상을 알리게 하고, 우리는 여기 바위를 빠져나가면 어때. 그건 생체 무기가 분명해, 안 그래? 누군가가 그걸 화성 과학 실험실에서 훔쳤고, 이곳 돔에 퍼지게 했으니 한 달 뒤에는 이 도시에 있는 모든 인간이 죽고 말 거야."

에이모스가 투덜거리며 끼어들었다.

"아귀가 안 맞는 부분들이 있습니다, 선장님." 에이모스가 말했다. "가령 그게 캔터베리 호와 도나저 호를 파괴한 것과 대체 무슨 관계가 있다는 겁니까?"

홀던이 나오미의 눈을 보며 말했다. "이제 우리가 살펴봐야 할 곳이 있지 않아?"

"네, 그렇습니다." 나오미가 말했다. "BA834024112. 그건 바위 이름입니다."

"거기에 뭐가 있다고 생각하는 겁니까?" 알렉스가 물었다.

"이게 내기였다면 난 줄리가 셔틀을 훔쳐낸 우주선이 거기 있을 거라고 했을걸." 홀던이 대답했다.

"말되는군요." 나오미가 말했다. "소행성대의 모든 바위는 지도에 담겨 있습니다. 숨기고 싶은 게 있을 때 바위 옆의 안정된 궤도에 그것을 두면 나중에 언제든 원할 때 다시 찾을 수 있지요."

밀러가 홀던 쪽으로 돌아섰다. 밀러의 얼굴은 더욱더 굳어 있었다.

"만약 당신들이 거기에 간다면, 나도 끼고 싶어." 밀러가 말했다.

"왜?" 홀던이 물었다. "기분 나쁘게 하려는 뜻은 없지만, 당신은 원하던 여자를 찾았어. 당신 일은 끝났어. 안 그런가?"

밀러는 홀던을 바라보았다. 밀러의 입술이 가느다란 선을 그렸다.

"다른 사건이야." 밀러가 말했다. "이제는 누가 줄리를 죽였는가에 대한 거야."

26
밀러

"당신의 경찰 친구가 내 우주선을 잠가놓으라는 명령을 내렸군." 홀던이 말했다. 격분한 듯한 목소리였다.

그들이 있는 호텔 레스토랑은 사람들로 붐볐다. 분홍빛 조명이 달린 싸구려 뷔페에서는 지난번 근무 시간대의 창녀들이 다음 번 시간대의 관광객들, 그리고 상인들과 뒤섞여 있었다. 조종사와 덩치 큰 이, 즉 알렉스와 에이모스는 마지막 베이글을 두고 다투는 중이었다. 나오미는 홀던 곁에 팔짱을 끼고 앉아 있었으며, 그 앞에는 잔에 담긴 싸구려 커피가 식어가고 있었다.

"우리는 살인을 했으니까." 밀러가 부드럽게 말했다.

"나는 당신이 그 비밀경찰 악수를 통해 우리를 빼준 줄 알았는데." 홀던이 말했다. "그런데 왜 내 우주선이 잠긴 거야?"

"세마팀바가 자신에게 알리지 않고 스테이션을 떠나면 안 된다고 말한 거 기억나?" 밀러가 말했다.

"당신이 그 비슷한 협상을 한 기억은 나." 홀던이 말했다. "내가 그 말에 동의한 기억은 없지만."

"이봐, 세마팀바는 우리를 그냥 가게 놔뒀다는 이유로 해고당하지 않으리라는 확신이 들 때까지 우리를 여기에 두려는 거야. 일단 자신이 안전하다고 생각하면 잠금도 풀릴 거야. 그러니 내가 당신 우주선에 타는 것에 대한 부분을 이야기하자고."

짐 홀던과 부선장은 눈빛을 주고받았다. 말로 주고받을 수 있는 것보다 훨씬 더 많은 정보를 전달하는, 인간들의 순간적인 정보교환법이었다. 밀러는 그 눈빛을 해석할 수 있을 정도로 그 둘을 잘 알지 못했지만 둘이 회의적이라고 짐작했다.

둘에게는 그럴 만한 이유가 있었다. 밀러는 둘에게 연락하기 전에 자신의 은행 잔액을 확인했다. 호텔에서 하룻밤을 더 보내거나 근사한 저녁 식사를 한 번 더 할 만한 돈은 되었지만 둘 다를 할 수는 없었다. 밀러는 홀던과 그의 선원들이 필요로 하지 않는, 그리고 즐기지도 않을 듯한 싸구려 아침 식사를 순전히 호의에서 사느라 그 돈을 썼다.

"난 당신이 무슨 말을 하는지 아주 아주 확실히 이해할 필요가 있어." 홀던이 말했고, 그때 덩치 큰 이, 즉 에이모스가 몸을 돌리더니 베이글을 들고 홀던의 맞은 편에 앉았다. "내가 당신을 내 우주선에 태우지 않으면 당신 친구가 우리를 여기에서 떠나지 못하게 할 거라는 거야? 왜냐하면 그건 협박이거든."

"강요입니다." 에이모스가 말했다.

"뭐?" 홀던이 말했다.

"그건 협박이 아닙니다." 나오미가 말했다. "만약 이 사람이 우리가 알리고 싶지 않은 정보를 폭로하겠다고 위협하면 그건 협박입니다. 만약 단지 위협할 뿐이면 강요입니다."

"그리고 내가 말하는 건 그게 아니야." 밀러가 말했다. "수사가 진행되는 동안 스테이션을 자유로이 다닌다? 그건 문제가 아니야. 하지만 관할 구역을 떠나는 건 문제가 달라. 나는 당신들을 여기에서 떠나게 할 수 없는 것과 마찬가지로 당신들을 여기에 붙잡아 둘 수 없어. 나는 그냥 당신들이 여기를 떠날 때 좀 얻어타자는 것뿐이야."

"왜?" 홀던이 말했다.

"왜냐하면 당신들은 줄리의 소행성으로 갈 거니까." 밀러가 말했다.

"거기에는 항구가 없다는 데 기꺼이 걸겠어." 홀던이 말했다. "거기 이후로 어딘가에 갈 계획이 있던 거야?"

"당장은 딱히 이렇다 할 계획은 없어. 계획을 세워 그대로 실행이 됐던 적도 없고."

"무슨 의미인지 알아." 에이모스가 말했다. "이 일에 말려든 뒤로 우리도 아주 가지가지로 고생을 했거든."

홀던은 탁자 위에 두 손을 깍지꼈고, 한 손가락으로 나무 질감의 콘크리트 상판을 복잡한 리듬으로 두드려댔다. 좋은 신호가 아니었다.

"당신은… 음, 사실 당신은 아주 심술궂고 화가 가득한 사람으로 보여. 하지만 나는 지난 5년간 물 수송선에서 일을 해왔지. 당신 같은 사람이라면 수도 없이 봐와서 아무렇지도 않아."

"하지만?" 밀러는 거기까지만 말하고 홀던이 말하길 기다렸다.

"하지만 최근에 나는 총격 사건에 아주 많이 휩쓸렸고, 어제 기관총은 내가 다뤄야 했던 치명적인 사고들 가운데 그 정도가 가장 약한 거였어." 홀던이 말했다. "나는 내가 목숨을 맡길 수 있을 정도의 사람이 아니라면 내 우주선에 태우지 않을 거야. 그리고 사실 난 당신에 대해서 아는 게 없어."

"돈이라면 구할 수 있어." 밀러가 배를 푹 꺼뜨리며 말했다. "만약 돈 때문이라면 그건 구할 수 있어."

"지금 값을 흥정하자는 게 아니야." 홀던이 말했다.

"돈을 구할 수 있다고?" 나오미가 눈을 가늘게 뜨고 말했다. "'돈이라면 구할 수 있어'라니, 그렇다면 지금은 돈이 없다는 거야?"

"좀 부족해." 밀러가 말했다. "일시적인 거야."

"수입은 있어?" 나오미가 말했다.

"계획이 있다고 해야 하겠지." 밀러가 말했다. "부두에는 불법 도박단이 있지. 어느 항구에나 있어. 부업이지. 격투기. 뭐 그런 종류야. 그리고 그런 도박단 대부분에서는 짜고 하는 경기를 열어. 경찰에게 진짜로 뇌물을 주지 않으면서 경찰에게 뇌물을 주는 방법이랄까."

"그게 당신 계획이야?" 홀던이 의심이 담긴 목소리로 말했다. "경찰 뇌물을 받아 챙기겠다?"

레스토랑 저쪽에서 빨간 나이트가운을 입은 창녀가 요란하게 하품을 해댔다. 그 여자와 식탁을 마주하고 앉은 손님이 얼굴을 찡그렸다.

"아니." 밀러가 마지못해 말했다. "나는 사람들과 내기를 할 거야. 경찰이 들어가면 경찰이 이기는 쪽에 거는 거지. 나는 누가 경찰인지 대부분 알아. 하우스도 누가 경찰인지 알지. 왜냐면 경찰에게 뇌물을 주니까. 그러니 이런 내기는 이렇게 무허가 도박을 해서 짜릿함을 느끼고 싶어 하는 지명수배자들과 해."

밀러는 말하면서도 자기가 얼마나 말도 안 되는 소리를 하고 있는지를 알았다. 조종사인 알렉스가 오더니 밀러 옆에 앉았다. 알렉스의 커피에서는 가볍고 시큼한 향이 났다.

"거래가 되었습니까?" 알렉스가 물었다.

"그런 거 없어." 홀던이 말했다. "전에도 없었고 지금도 없어."

"그건 당신이 생각하는 것보다 더 잘 먹혀들어." 밀러가 굴하지 않고 말했고, 그때 핸드터미널 네 개가 동시에 울렸다. 홀던과 나오미가 다시 한 번, 이번에는 은밀함이 덜한 시선을 교환하더니 각자의 터미널을 꺼냈다. 에이모스와 알렉스는 이미 자신의 것을 보고 있었다. 밀러의 눈에 빨간색과 녹색 경계가 보였다. 즉 긴급 메시지이거나 때 이른 크리스마스 카드라는 뜻이었다. 그들이 뭔가를 읽는 동안 잠시 정적이 흘렀다. 이윽고 에이모스가 낮게 휘파람을 불었다.

"3단계?" 나오미가 말했다.

"별로 좋게 들리지는 않는걸." 알렉스가 말했다.

"뭔지 물어도 되나?" 밀러가 말했다.

홀던이 식탁을 가로질러 자기 터미널을 밀었다. 메시지는 평범한 문자였으며 타이코에서 보낸 것이었다.

'타이코 통신 스테이션에서 첩자를 잡았음. 당신의 존재와 목적지는 에로스의 누군가에게 알려졌음. 조심할 것.'

"좀 늦은 감이 있군." 밀러가 말했다.

"계속 읽어 봐." 홀던이 말했다.

'5시간 전에 첩자의 암호문을 에로스의 서브시그널 방송국에서 가로챘음.'

'가로챈 메시지는 다음과 같음: 홀던이 탈출했지만 탑재용 샘플은 되찾았음. 반복한다: 샘플을 되찾았음. 3단계로 진행함.'

"이게 무슨 뜻인지 알겠어?" 홀던이 물었다.

"아니." 밀러가 터미널을 다시 밀며 말했다. "다만… 탑재용 샘플이란 건 줄리의 시체일지도 몰라."

"그 정도는 우리도 예측할 수 있는 거고." 홀던이 말했다.

밀러는 이런저런 가능성을 생각하며 자신도 모르게 홀던이 하던 리듬을 따라 손가락 끝으로 식탁 상판을 두드렸다.

"그건," 밀러가 말했다. "생체 무기이거나 뭐 그런 걸 거야. 놈들은 그걸 여기로 싣고 왔어. 그리고 이제 여기 있어. 좋아. 에로스를 차지해야 할 아무런 이유도 없어. 세레스나 가니메데, 칼리스토의 조선소와 비교해보면 이곳은 전쟁에서 특별히 중요한 곳도 아니야. 그리고 만약 에로스가 파괴되길 원한다면 더 쉬운 방법들도 있어. 커다란 융합 폭탄을 표면에 떨어뜨리면 에로스는 달걀처럼 깨질걸."

"에로스가 군사 기지는 아니지만, 선적 작업의 중심이야." 나오미가 말했다. "그리고 세레스와 달리, 이곳은 OPA 통제 아래 있지 않아."

"그러면 놈들은 줄리를 여기서 다른 곳으로 보내려는 걸 거야." 홀던이 말했다. "어딘지는 모르겠지만, 놈들은 샘플을 자신들이 원래 목표했던 곳으로 보내 그곳을 감염시키려는 거야. 그리고 일단 놈들이 이 스테이션을 뜨고 나면 우리는 놈들을 막을 방법이 없어."

밀러는 고개를 저었다. 논리의 연결 고리 어딘가가 틀린 느낌이 들었다. 뭔가를 빠뜨리고 있었다. 밀러의 상상 속 줄리가 방을 가로질러 나타났다. 하지만 줄리의 눈은 어두웠고, 뺨을 따라서는 검은 필라멘트 같은 것들이 눈물처럼 흘러내렸다.

'난 여기서 뭘 보고 있는 걸까, 줄리?' 밀러가 생각했다. '난 여기서 뭔가를 보고 있지만 그게 무엇인지 모르겠어.'

진동은 약하고 작았다. 이동용 튜브가 브레이크를 잡을 때보다도 작았다. 접시 몇 장이 달그락거렸다. 나오미의 컵에 담긴 커피가 동심원을 연달아 그리며 춤췄다. 자신들이 얼마나 위태로운 곳에 사는지를 수천 명이 동시에 느꼈고, 그 돌연한 공포 속에서 호텔의 모두가 조용해졌다.

"어랍쇼?" 에이모스가 말했다. "이건 또 뭐야?" 그리고 비상사태를 알리는 경적이 우렁차게 울리기 시작했다.

"어쩌면 3단계라는 게 뭔가 다른 걸 의미할지도 모르겠군." 소음 속에서 밀러가 말했다.

으레 그러하듯, 공공 스피커에서 나오는 소리는 뭉개져 있었다. 모든 콘솔과 스피커에서 같은 목소리가 말을 했고, 콘솔과 스피커들은 가장 가깝게는 1미터밖에 안 떨어졌으며, 멀어봤자 서로 들릴 거리에 있었다. 그래서 모든 단어가 되울리며 가짜 메아리를 만들었다. 그리고 그 때문에 응급 방송 시스템 목소리는 아주 주의 깊게 단어 하나하나를 또렷하게 발음했다.

"주목해 주십시오. 에로스 스테이션은 비상 감금 상태입니다.

방사능 대피소가 있는 카지노 레벨로 모두 신속히 이동해 주십시오. 모든 비상 요원들에게 협력하십시오. 주목해 주십시오. 에로스 스테이션은 비상 감금 상태입니다….”

만약 오버라이드 코드를 넣지 않으면 그 방송은 스테이션의 남녀노소, 동물, 곤충을 가리지 않고 모든 게 먼지와 습기로 변할 때까지도 계속되리라. 끔찍한 시나리오였고, 가압 바위에서 평생을 살아온 밀러는 훈련받은 대로 행동했다. 밀러는 식탁 앞에서 일어나 복도로 나가 더 넓은 통로로 향했다. 그곳은 이미 사람들로 꽉 차 있었다. 홀던과 그 동료들이 밀러 뒤를 따랐다.

“폭발이 있었습니다.” 알렉스가 말했다. “최소한 우주선 드라이브 급입니다. 어쩌면 핵폭탄일 수도 있고요.”

“놈들이 스테이션을 파괴하려는 거야.” 홀던이 말했다. 목소리에는 경외감이 배어 있었다. “내가 탄 우주선을 놈들이 날려버리는 일쯤은 당연시해 주려 했더니, 이제는 아예 스테이션이로군.”

“이곳을 쪼개지는 않았어.” 밀러가 말했다.

“그거 확실해?” 나오미가 물었다.

“당신이 하는 말을 들을 수 있어.” 밀러가 말했다. “그러니까 여기에는 공기가 있다는 거지.”

“에어록들이 있어.” 홀던이 말했다. “만약 스테이션에 구멍이 뚫렸고 에어록이 닫혔다면….”

어떤 여자가 밀러의 어깨를 세게 밀치며 지나갔다. 만약 조심하지 않으면 서로 앞다투어 도망치는 대혼란의 사태가 발생할 판이었다. 공포는 너무나 컸고 공간은 너무나 작았다. 아직 일어나지는 않았지만, 사람들의 초조한 움직임이, 마치 끓기 직전 물 분자처럼 진동하는 기운이 밀러를 아주 불편하게 했다.

"이건 우주선이 아니야." 밀러가 말했다. "이건 스테이션이야. 우리가 있는 곳은 바위라고. 공기가 있는 스테이션의 일부에 구멍을 뚫을 수 있을 정도의 무기라면 이곳을 달걀처럼 깨뜨려버릴 거야. 거대한 가압 달걀을 말이야."

군중이 멈췄다. 터널이 사람들로 가득 찼다. 군중을 통제할 필요가 있었고, 빨리 그래야만 했다. 밀러는 세레스를 떠난 뒤 처음으로 경찰 배지가 있으면 좋겠다고 생각했다. 누군가가 에이모스의 옆구리를 밀었고, 에이모스가 으르렁거리자 그 사람은 밀려드는 군중 속으로 물러섰다.

"게다가," 밀러가 말했다. "이건 방사능 오염이야. 스테이션에 있는 모든 사람을 죽이기 위해 공기를 없앨 필요는 없어. 그냥 밀폐된 공간에서 중성자를 잔뜩 태우면 산소 공급장치에는 아무 문제가 없다고."

"좆나 안심이 되는 소리군." 에이모스가 말했다.

"사람들이 바위 안에 스테이션을 짓는 건 다 이유가 있어." 나오미가 말했다. "방사능이 바위 몇 미터 안쪽까지 뚫고 들어오기는 쉽지 않으니까."

"전 방사능 대피소에서 한 달을 산 적이 있습니다." 홀던 일행이 늘어가는 군중을 밀치며 나갈 때 알렉스가 말했다. "제가 탄 우주선의 자기장 구속 장치가 고장 났습니다. 자동 차단 장치가 작동하지 않았고, 반응로는 거의 1초 가까이 작동을 계속했습니다. 엔진실이 녹아내렸죠. 위층 갑판에 있던 다섯 명은 우리에게 뭔가 문제가 있다는 사실을 알아차리기도 전에 죽었고, 장례식을 위해 녹아내린 갑판에서 시체를 파내는 데 사흘이 걸렸습니다. 남은 우리 열여덟 명은 구조선이 우리를 데리러 올 때까지 36일 동안 대피소에 있었습니다."

"멋지게 들리는군." 홀던이 말했다.

"그리고 끝입니다. 그 가운데 여섯 명이 결혼을 했고, 우리 나머지는 서로 다시는 이야기하지 않는 사이가 되었습니다." 알렉스가 말했다.

그들 앞으로 누군가가 소리쳤다. 경고 심지어 분노의 목소리조차 아니었다. 당혹. 공포. 밀러가 딱 듣고 싶지 않은 바로 그런 감정의 목소리였다.

"우리에게 진짜 중대한 문제는 이게 아닐 수도 있어." 밀러가 말했지만, 그게 무슨 뜻인지 미처 설명하기도 전에 응급 사태를 알리는 무한반복 메시지에서 새로운 목소리가 끼어들었다.

"전원 집중! 우리는 에로스 치안대다. '꿰 노?(뭐, 아니라고?)'. 현재는 비상사태고 따라서 우리가 시키는 대로 하면 아무도 다치지 않는다."

'이제 시작이로군.' 밀러가 생각했다.

"자, 규칙은 이렇다." 새로운 목소리가 말했다. "다음번에 누군가를 미는 놈이 있으면 그놈을 쏴 버릴 거다. 질서를 지키며 움직여라. 최우선 순위는 질서다. 두 번째 우선순위는 '움직이는 거다!' 움직여, 움직여, 움직여!"

처음에는 아무 일도 일어나지 않았다. 치안요원들은 무척이나 고압적으로 군중을 통제했지만, 사람들은 너무나 빽빽하게 몰려 있었기에 재빨리 움직일 수가 없었다. 하지만 1분쯤 뒤, 밀러는 터널 저 앞쪽 멀리에 있는 머리가 움직이기 시작하더니 멀어지는 것을 보았다. 터널 안의 공기가 답답해졌고 공기 재생기에 과부하가 걸려 뜨거운 플라스틱 냄새가 나기 시작했을 때야 체증이 사라졌다. 밀러는 숨쉬기가 한결 편해졌다.

"방사능 대피소가 있을까?" 그들 뒤의 여자가 자기 동행에게 물었고, 이윽고 인파에 휩쓸려 사라졌다. 나오미가 밀러의 소매를 잡았다.

"있을까?" 나오미가 물었다.

"있어야지. 있어." 밀러가 말했다. "아마도 25만 명 정도는 수용할 수 있을 거고 주요 인물과 의료진이 먼저 그곳에 들어갈 거야."

"그리고 나머지는?" 에이모스가 물었다.

"만약 다른 사람들도 이 일에서 살아남는다면," 홀던이 말했다. "스테이션 인원들이 최대한 많은 사람을 구하겠지."

"아." 에이모스가 말했다. "뭐, 알게 뭐야. 우리는 로시난테 호로 가는 거잖습니까?"

"제길, 그렇지." 홀던이 말했다.

그들 앞에서 터널을 빠르게 걷던 군중이 아래 레벨에서 온 사람들과 합쳐졌다. 목이 두껍고 폭동 진압 장비를 입은 사람 다섯 명이 군중을 향해 손을 흔들어댔다. 그 가운데 둘은 사람들을 향해 총을 겨누고 있었다. 밀러는 그 멍청이들에게 가서 뺨을 때려주고 싶은 마음을 꾹 눌러 참았다. 공황상태를 피하려고 사람들에게 총을 겨누는 건 별 소용이 없는 방법이었다. 치안요원 한 명은 장비에 비해 너무 살이 쪘고, 배 부분의 벨크로 여미개는 작별의 순간을 맞은 연인들처럼 서로를 향해 손을 뻗고 있었다.

밀러는 바닥을 바라보면서 걸음을 늦췄고, 돌연 머리 한쪽이 핑핑 돌아가기 시작했다. 경찰 가운데 한 명이 군중 위로 총을 휘둘러댔다. 뚱뚱한 다른 한 명은 소리 내 웃으며 한국어로 뭔가를 말했다.

세마팀바가 새 치안대에 대해 뭐라고 했더라? 모두가 허세만 요란한 겁쟁이라고 했었다. 루나의 새로운 회사. 현장 사람들은 벨트인. 부패.

이름. 이름이 있는데. CPM. '까르네 뽀르 라 마치나'. '분쇄용 고기'라는 뜻이었다. 총을 휘두르던 경찰 가운데 한 명이 무기를 내리더니 헬멧을 벗고는 귀 뒤쪽을 격렬하게 긁어댔다. 그자는 머리털이 붉었고, 목에 문신이 있었으며 한쪽 눈꺼풀에서 거의 턱관절에 이르기까지 흉터가 나 있었다.

밀러는 그자를 알았다. 1년 반 전, 밀러는 그자를 폭력 및 갈취 혐의로 체포했었다. 그리고 장비들, 장갑복, 몽둥이, 진압용 총 역시 놀랄 만치 눈에 익었다. 도스의 생각이 틀렸다. 밀러는 결국 자신이 잃어버린 장비들을 찾아냈다.

사태의 진상이 무엇이든, 이 일은 캔터베리 호가 스코풀라이 호의 조난 신호를 받기 오래전부터 진행된 것이었다. 줄리가 사라지기 오래전에 계획된 일이었다. 그리고 세레스 스테이션의 깡패들에게 에로스의 치안을 맡기고 세레스 스테이션에서 훔친 장비들로 에로스의 군중을 통솔하게 하는 것 역시 그 계획의 일부였다. 제3단계였다.

'아하.' 밀러가 생각했다. '어쨌든, 좋은 일일 리가 없어.'

밀러는 옆으로 미끄러지듯 비켜서며 자신과 경찰처럼 갖춰 입은 총잡이 사이를 많은 사람이 가로막게 했다.

"카지노 레벨로 내려가." 총잡이 한 명이 군중에게 소리쳤다. "거기에서 너희들을 방사능 대피소로 데려갈 거야. 하지만 먼저 카지노 레벨로 내려가야 해!"

홀던과 그의 동료들은 그 어떤 이상한 점도 눈치채지 못했다. 그들은 자신들끼리 이야기하면서 어떻게 자신들의 우주선으로 갈 수 있을지, 우주선에 도착하면 어떻게 할지 계획을 짰고, 누가 스테이션을 공격했으며 감염되어 기묘하게 변한 줄리 마오의 시체는 어디로 보내질지에 대해 추측을 해댔다. 밀러는 그들의 대화에 끼어들고 싶은 마음을 꾹 참았다. 밀러는 침착함을 유지해야 했으며, 사태를 속속들이 고찰해야만 했다. 다른 이들의 시선을 끌 수는 없었다. 적절한 시기를 기다려야 했다.

복도가 꺾어지며 넓어졌다. 사람들의 밀치는 힘이 약간 줄어들었다. 밀러는 군중 통제 사각 지역에 이르길, 가짜 치안요원들이 밀러 일행을 볼 수 없는 공간에 도달하길 기다렸다. 그리고 홀던의 팔꿈치를 잡았다.

"가지 마." 밀러가 말했다.

27
홀던

"가지 말라니, 무슨 뜻이야?" 홀던이 밀러의 손을 뿌리치며 말했다. "방금 누군가가 스테이션에 핵 공격을 했어. 이건 우리가 감당할 수 있는 범위 밖의 일이 되었다고. 만약 우리가 로시난테호로 갈 수 없다면 그렇게 할 수 있을 때까지는 저자들이 시키는 대로 해야만 해."

밀러는 한 걸음 물러서더니 두 손을 들어 올렸다. 밀러는 위협적으로 보이지 않으려 최선을 다하고 있었지만, 홀던은 그런 밀러의 모습에 더욱 화가 났다. 밀러 뒤에서는 폭동 진압반이 사람들에게 카지노로 향하는 복도로 움직이라고 재촉하고 있었다. 주위는 경찰들이 군중에게 내리는 명령이 전기 장치에 의해 확성된 소리, 그리고 초조해하는 시민들의 웅성거리는 소리로 가득했다. 그리고 그 모든 소리를 누르며 공공 스피커는 모두 침착해야 하며 응급요원들의 지시에 따르라고 우렁차게 말했다.

"저기 경찰 폭동 진압 장비를 갖춘 건장한 남자 보여?" 밀러가 말했다. "저자의 이름은 가비 스몰스야. 세레스에서 황금가지 소속 깡패들을 꽤 여럿 관리했지. 그리고 자기 밑으로도 작은 조직을 운영했고. 그리고 내 짐작에 저 자식이 에어록 밖으로 던져버린 사람이 한둘이 아니야."

홀던이 그자를 바라보았다. 넓은 어깨, 불룩 나온 배. 이제 밀러가 가리키고 나자 그자는 어딘가 경찰처럼 보이지 않았다.

"무슨 말인지 모르겠어." 홀던이 말했다.

"몇 달 전, 당신이 화성이 당신의 물 수송선을 날려버렸다고 말하면서 온갖 소요를 일으키기 시작했을 때, 우리는…."

"나는 그런 말을 한 적이…."

"우리는 세레스의 폭동 진압 장비가 대부분 사라진 걸 발견했어. 그 몇 달 전, 우리 지하 세계의 어깨들이 사라졌고. 그리고 나는 방금 그 둘 모두의 행방을 알아냈어."

밀러는 폭동 진압 장비를 갖춘 가비 스몰스를 가리켰다.

"나는 저자가 사람들을 보내는 곳으로 가지 않을 거야." 밀러가 말했다. "절대로 가지 않을 거야."

가느다란 사람들 흐름이 홀던 일행에게 부딪치며 지나갔다.

"그러면 어디로?" 나오미가 물었다.

"그래, 방사능과 깡패 가운데 골라야 한다면 나는 깡패를 고르겠어." 알렉스가 나오미 쪽으로 단호히 고개를 끄덕이며 말했다.

밀러가 핸드터미널을 꺼내더니 모두가 화면을 볼 수 있게 들어 올렸다.

"여기에는 방사능 경고가 없어." 밀러가 말했다. "밖에서 무슨 일이 일어났는지는 모르겠지만, 이 레벨은 위험하지 않아. 지금 당장은 그래. 그러니 마음을 가라앉히고 현명하게 행동하자고."

홀던은 밀러에게 등을 돌리고 나오미에게 손짓을 했다. 홀던은 나오미를 옆으로 데려가 조용한 목소리로 말했다. "나는 아직도 우리가 우주선으로 돌아가 여기를 빠져나가야 한다고 생각해. 저 깡패들을 지나가는 방향으로 하자고."

"만약 방사능 위험이 없다면, 전 찬성입니다." 나오미가 고개를 끄덕이며 말했다.

"난 반대야." 밀러는 엿듣지 않은 척조차 하지 않으며 말했다. "그러려면 우리는 폭동 진압 장비를 갖춘 깡패들로 가득한 카지노 레벨 세 개를 통과해야 해. 놈들은 안전을 위한다며 카지노로 들어가라고 할 거야. 우리가 그 말을 듣지 않으면 정신을 잃을 때까지 우리를 두들겨 팬 다음 어쨌든 카지노로 넣을 거야. 우리의 안전을 위한다는 명목으로 말이야."

옆쪽 복도에서 다른 사람들이 밀려들어 오더니, 경찰의 존재와 밝은 카지노 불빛에 안도하며 그쪽으로 나아갔다. 홀던은 사람들에 휩쓸려 가지 않으려 애를 써야만 했다. 커다란 슈트케이스를 가진 남자가 나오미와 부딪혔고, 그 때문에 나오미는 하마터면 넘어질 뻔했다. 홀던이 나오미의 손을 잡았다.

"대안은 뭐지?" 홀던이 밀러에게 물었다.

밀러가 복도 양편을 힐긋 보았다. 사람들이 얼마나 되는지 가늠하는 눈치였다. 밀러는 작은 정비용 복도 쪽에 있는 노란색과 검은색 줄무늬가 그려진 해치를 향해 고개를 끄덕였다.

"저거." 밀러가 말했다. "'고압 전류'라고 표시가 되어 있으니 낙오자들을 데리러 오는 자들도 저기는 관심을 두지 않을 거야.

평범한 시민들이 숨을 만한 장소는 아니니까."

"저 문을 재빨리 열 수 있겠어?" 홀던이 에이모스를 보며 말했다.

"부숴도 됩니까?"

"필요하다면."

"그러면 쉽죠." 에이모스가 말하더니 사람들을 헤치고 정비용 해치 쪽으로 갔다. 문에 도착한 에이모스는 다용도 도구를 꺼내더니 카드 판독기의 싸구려 껍데기를 벗겨냈다. 그리고 전선 두어 개를 비틀자 쉬익 하는 유압 펌프 소리와 함께 해치가 옆으로 열렸다.

"짜잔." 에이모스가 말했다. "판독기가 더는 작동하지 않을 겁니다. 그러니 누구든 원하는 이는 들어올 수 있습니다."

"그건 나중에 걱정하도록 하지." 밀러가 대답하더니 일행을 데리고 조명이 침침한 안으로 들어갔다.

정비용 복도는 플라스틱 끈으로 묶인 전선들로 가득했다. 복도는 침침한 조명 속에서 15미터 정도 뻗어 있었고, 그 뒤로는 어둠에 잠겨 있었다. 조명으로 빛을 내는 LED들은 벽에 튀어나온 금속 받침대들에 설치되어 있었다. 이 받침대들은 케이블을 잡아두기 위해 1.5미터마다 설치한 것이었다. 나오미는 안으로 들어가기 위해 몸을 숙여야 했다. 천장보다 키가 4센티미터 정도 더 컸기 때문이다. 나오미는 등을 벽에 붙이더니 미끄러지듯 엉덩이를 깔고 앉았다.

"소행성의 정비용 복도면 벨트인들이 일할 수 있을 정도로 천장이 높아야 하는 거 아닙니까?" 나오미가 짜증을 내며 말했다.

홀던은 거의 경외심에 사로잡힌 듯이 벽을 만졌고, 벽에 새겨진 복도 식별 번호를 더듬었다.

"이곳을 지은 벨트인들은 크지 않았어." 홀던이 말했다. "이건 주동력의 일부야. 이 터널은 1세대 소행성대 식민지 시대에 지어진 거야. 이곳을 판 사람들은 중력의 영향을 받으며 컸지."

밀러 역시 터널 안에서 고개를 숙여야 했으며, 투덜거리며 바닥에 앉았다. 밀러의 무릎에서 우두둑 소리가 났다.

"역사 수업은 나중에." 밀러가 말했다. "우선 이 바위를 빠져나갈 방법을 찾아보자고."

케이블 다발을 열심히 살펴보던 에이모스가 어깨너머로 말했다. "전선이 드러난 곳이 있으면 건드리지 마십시오. 여기에는 몇백만 볼트 전류가 흐릅니다. 만지는 순간 그냥 녹아버릴 겁니다."

알렉스가 나오미 옆에 앉았고, 차가운 돌 바닥의 느낌이 엉덩이에 전해지자 인상을 찡그렸다.

"있잖습니까," 알렉스가 말했다. "만약 놈들이 스테이션을 봉인하기로 결정한다면 여기 정비용 복도에서 공기를 완전히 빼낼 겁니다."

"무슨 말인지 알아들었어." 홀던이 큰 소리로 말했다. "숨어 있기에는 불편한 곳이야. 그러니 이제 그만 투덜거리고 입 닥치고 있어도 된다고 허락을 해주지."

홀던은 밀러 맞은편에 쪼그리고 앉아서 말했다. "좋아, 형사. 이제는 어쩌면 좋지?"

"이제," 밀러가 말했다. "우리는 사람들이 다 지나가길 기다렸다가 여기를 나가 부두로 가는 거야. 대피소에 있는 사람들 눈은 쉽게 피할 수 있어. 대피소들은 깊숙한 곳에 있으니까. 문제는 카지노 레벨을 어떻게 통과하는가야."

"그냥 이 정비용 복도를 따라서 움직이면 안 되는 건가?" 알렉스가 물었다.

에이모스가 고개를 저었다. "지도 없이는 안 돼. 길을 잃을 거야. 그러면 큰일이라고." 에이모스가 말했다.

그 둘을 무시하고 홀던이 말했다. "좋아. 그러면 우리는 모두가 방사능 대피소로 이동할 때까지 기다렸다가 여기서 나가자고."

밀러가 홀던을 향해 고개를 끄덕였고, 둘은 잠시 서로를 물끄러미 바라보았다. 둘 사이 공기가 짙어지는 듯했고, 침묵은 그 자체로 의미를 전달했다. 밀러가 마치 재킷 때문에 가렵다는 듯이 어깨를 으쓱했다.

"실제로는 방사능 위험이 없는데 왜 세레스의 깡패들이 모두를 방사능 대피소로 이동시킨다고 생각해?" 마침내 홀던이 말했다. "그리고 왜 에로스의 경찰들은 그렇게 하게 내버려두고?"

"좋은 질문이야." 밀러가 말했다.

"만약 놈들이 이 깡패들을 이용했다면, 왜 호텔을 습격할 때 그렇게 엉망진창이었는지도 설명이 되는군. 놈들은 프로처럼 보이지 않아."

"맞아." 밀러가 말했다. "그건 깡패들의 전문 분야가 아니지."

"둘 다 좀 조용히 있으면 좋겠습니다만." 나오미가 말했다.

거의 1분 정도, 둘은 조용히 있었다.

"만약," 홀던이 말했다. "일이 어떻게 되는지 보기 위해 밖으로 나간다면 정말 멍청한 짓이겠지?"

"그렇지. 대피소에서 무슨 일이 있든 간에, 경비원과 순찰대원들이 거기를 지키고 있다는 건 알잖아."

"맞아." 홀던이 말했다.

"선장님." 나오미가 경고하는 목소리로 말했다.

"하지만," 홀던이 밀러에게 말했다. "당신은 미스터리를 싫어하잖아."

"싫어하지." 밀러가 고개를 끄덕이고 슬쩍 웃으며 말했다. "그리고 당신도 가만히 있으면 좀이 쑤시는 사람이고."

"그렇다고들 하더군."

"젠장." 나오미가 조용하게 말했다.

"무슨 일입니까, 보스?" 에이모스가 물었다.

"여기 둘이 우리 계획을 망치려고 하잖아." 나오미가 대답했다. 이윽고 나오미가 홀던에게 말했다. "둘은 서로를 망치는 것도 모자라 우리까지 망치려고 하고 있습니다."

"아니야." 홀던이 대답했다. "우리 둘만 갈 거야. 너희 셋은 여기에 있어. 우리에게…." 홀던이 자기 터미널을 보았다. "3시간만 주면 정찰을 하고 돌아올게. 만약 우리가 여기에 돌아오지 않으면…."

"우리 셋은 두 사람을 깡패들에게 맡기고 타이코로 돌아가 직장을 얻고 남은 평생을 행복하게 살 겁니다."

"그래." 홀던이 씩 웃으며 말했다. "괜히 영웅 놀이를 하지 말라고."

"그럴 생각조차 안 해볼 겁니다. 선장님."

정비용 해치 밖의 어둠 속에 쪼그리고 앉은 홀던은 세레스의 깡패들이 경찰용 폭동 진압 복장을 하고 에로스 시민들로 구성된 작은 무리들을 이끌고 가는 모습을 지켜보았다. 공공 스피커는 계속해 방사능 위험의 가능성을 경고해댔고, 시민들과 에로스 방문객들에게 비상사태 요원들의 말을 따르라고 강력히 권고했다. 홀던이 따라갈 무리를 정한 뒤 행동을 취하려 할 때 밀러가 홀던의 어깨에 손을 올렸다.

"기다려." 밀러가 말했다. "전화를 하고 싶어."

밀러는 핸드터미널로 재빨리 전화를 걸었고, 잠시 뒤 회색으로 '전화 사용 불가'라는 메시지가 떴다.

"전화가 안 돼?" 홀던이 물었다.

"나라도 맨 처음에 통신부터 끊었을 거야." 밀러가 대답했다.

"그렇지." 미처 그런 생각을 하지 못했으면서도 홀던은 그렇게 말했다.

"음, 여기에는 당신과 나 둘뿐인 듯하군." 밀러가 말하더니 총에서 탄창을 꺼내고 외투 주머니에서는 탄약통을 꺼내 장전을 하기 시작했다.

홀던은 이미 평생 치의 총싸움을 다 겪었지만, 그래도 자기 총을 꺼내 탄창을 확인했다. 홀던은 호텔에서 총격전이 있었던 뒤에 탄창을 바꾸었고, 지금은 꽉 차 있었다. 홀던은 탄창을 끼운 뒤 총을 바지 허리춤의 권총집에 다시 넣었다. 홀던은 밀러가 총을 꺼내 쥐고 있지만 허벅지 가까이에 들고 있어서 외투에 대부분이 가려진다는 것을 알아차렸다.

스테이션을 가로질러 방사능 대피소들이 있는 안쪽 구역을 향해 다른 무리들을 뒤따라 가는 건 어렵지 않았다. 둘이 군중과 같은 방향으로 움직이는 한, 그 누구도 둘에게 신경 쓰지 않았다. 홀던은 폭동 진압 장비를 갖춘 자들이 있는 많은 교차로를 하나하나 머릿속에 새겼다. 다시 돌아오기는 생각보다 훨씬 더 힘들 듯했다.

둘이 따라가던 그룹이 고대의 방사능 표시가 된 커다란 금속 문밖에서 멈추자 홀던과 밀러는 옆으로 비켜서 양치류와 왜소한 나무 두 그루가 있는 커다란 화분 뒤로 몸을 숨겼다. 홀던은 가짜 경찰이 모두에게 대피소로 들어가라고 명령한 뒤 카드를 긁어 문을 잠그는 모습을 지켜보았다. 한 명만 문밖에서 경비를 서고 나머지 경찰은 모두 떠났다.

밀러가 속삭였다. "저자에게 우리를 들여보내라고 요구해보자고."

"내가 앞장서지." 홀던이 대답하더니 일어서서 경비를 향해 걸어가기 시작했다.

"어이, 꼴통, 넌 대피소나 카지노에 가 있어야 하는 거야. 그러니 어서 네 무리 꽁무니를 따라가." 경비가 말하며 허리춤에 찬 총에 손을 가져갔다.

홀던은 달래듯이 두 손을 들어 보이며 웃음을 머금고 계속 걸어갔다. "그게, 난 내 일행을 잃어버렸습니다. 어쩌다 보니 길도 잃었고. 여기 사는 사람이 아니라서 말이죠." 홀던이 말했다.

경비는 왼손에 든 전기 충격봉으로 복도 끝을 가리켰다.

"아래로 내려가는 경사로가 나올 때까지 저 길을 쭉 따라가." 경비가 말했다.

조명이 어둑한 복도에서 밀러가 갑자기 나타났다. 밀러는 이미 총을 빼 들고 있었으며 그 총으로 경비의 머리를 겨냥했다. 그리고 찰칵 하는 소리가 들리게끔 엄지손가락으로 안전장치를 풀었다.

"이미 안에 있는 그룹에 합류하는 건 어떨까?" 밀러가 말했다. "문을 열어."

경비는 머리는 전혀 돌리지 않고 곁눈질로 밀러를 보았다. 경비는 두 손을 들었고 전기 충격봉을 떨어뜨렸다.

"그러고 싶지 않을걸." 가짜 경찰이 말했다.

"저 친구는 그러고 싶어 한다고 생각하는데." 홀던이 말했다. "시키는 대로 하는 게 좋을 거야. 저 친구, 성격이 지랄이거든."

밀러는 총신으로 경비의 머리를 밀며 말했다. "경찰서에서 '골빈 놈'이라는 표현을 언제 쓰는지 알아? 총알이 정말로 누군가의 두개골 속 뇌를 완전히 날려버렸을 때 그렇게 말해. 그리고 보통 지금처럼 희생자의 머리에 총이 딱 붙어 있을 때 그런 일이 벌어지지. 가스가 달리 빠져나갈 곳이 없거든. 반대쪽 총구멍으로 뇌를 콱 밀어버리는 거야."

"닫고 나면 다시는 열지 말라고 했어." 경비가 말했고, 너무나 빠르게 말했기 때문에 모든 단어가 하나로 뭉뚱그려 나오는 듯했다. "그 문제에 대해서 아주 진지했다고."

"마지막으로 요구하는 거야." 밀러가 말했다. "다음번에는 그냥 네 시체에서 카드를 꺼내서 내가 직접 열 거야."

홀던은 경비를 돌려 문 쪽을 향하게 한 뒤 남자의 혁대 권총집에서 권총을 꺼냈다. 홀던은 밀러의 위협이 단지 위협이기를 바랐다. 하지만 아무래도 그렇지 않을 것 같다는 생각이 들었다.

"문을 열면 널 놔주겠어. 약속해." 홀던이 경비에게 말했다.

경비가 고개를 끄덕이더니 문 쪽으로 움직였고, 인식장치에 카드를 긁은 다음 키패드의 번호를 눌렀다. 폭발에도 견딜 수 있는 육중한 문이 옆으로 열렸다. 그 너머로 보이는 방은 바깥쪽 복도보다도 더 어두웠다. 비상용 LED 몇 개만이 음침한 붉은 색으로 이글거렸다. 희미한 조명 아래, 홀던은 수십 명… 수백 명의 시체가 꼼짝도 하지 않고 바닥 여기저기에 쓰러진 모습을 보았다.

"죽은 거야?" 홀던이 물었다.

"난 이 일에 대해 아무것도 몰…." 경비가 말했지만 밀러가 말을 가로챘다.

"네가 먼저 들어가." 밀러가 말하고는 경비를 앞으로 밀었다.

"잠깐." 홀던이 말했다. "여기에 그냥 들어가는 건 별로 좋은 생각 같지가 않아."

세 가지 일이 동시에 일어났다. 경비가 앞으로 네 걸음을 걷더니 바닥에 쓰러졌다. 밀러는 요란하게 재채기를 한 번 하더니 술에 취한 듯이 비틀거렸다. 그리고 홀던과 밀러 둘의 핸드터미널이 화난 듯이 전기음을 내기 시작했다.

밀러가 뒤로 비틀거리며 말했다. "문…."

홀던이 버튼을 누르자 문이 다시 닫혔다.

"가스." 밀러가 말하고는 콜록였다. "저 안에 가스가 있어."

전직 경찰이 복도 벽에 기대 기침을 하는 동안, 홀던은 경보음을 끄기 위해 터미널을 꺼냈다. 하지만 화면에서 번쩍이는 경보신호는 공기 오염 경고가 아니었다. 그것은 쐐기 모양 세 개가 안쪽으로 향한 유서 깊은 심볼이었다. 방사능이었다. 홀던이 지켜보는 동안, 원래 흰색이어야 할 그 심볼은 화난 듯한 오렌지색을 거쳐 짙은 붉은색으로 바뀌었다.

밀러 역시 자기 터미널을 보고 있었지만, 속내를 알 수 없는 표정이었다.

"우리 둘 다 피폭됐군." 홀던이 말했다.

"감지기가 활성화된 걸 보긴 처음이야." 밀러가 말했다. 발작적으로 기침을 한 뒤라 목소리가 거칠고 희미했다. "이게 붉은색이면 무슨 의미야?"

"6시간 뒤면 항문으로 피를 흘릴 거라는 뜻이지." 홀던이 말했다. "우주선으로 가야만 해. 거기의 의료장치가 우리를 치료할 수 있어."

"대체 무슨," 밀러가 말했다. "'좆'… 같은 일이 일어나고 있는 거야?"

홀던은 밀러의 팔을 잡고 경사로 쪽으로 끌고 갔다. 피부가 따뜻하고 간질거렸다. 홀던은 이 느낌이 방사능 화상 때문인지 아니면 착각인지 확신이 가지 않았다. 방금 피폭당한 방사능의 양을 생각해볼 때, 정자를 몬타나와 유로파에 저장해놓길 잘했다는 생각이 들었다.

그 생각을 하니 고환이 간지러웠다.

"놈들이 스테이션에 핵 공격을 했어." 홀던이 말했다. "젠장. 어쩌면 그냥 핵 공격을 한 '척' 했을 거야. 그리고 모두를 여기로 끌고 와 방사능 대피소에 들어가게 한 거지. 유일하게 방사능이 있는 곳에 말이야. 그리고 소란을 가라앉히기 위해 가스를 주입했고."

"사람들을 죽이려면 더 쉬운 방법들도 많아." 둘이 복도를 뛰어가는 탓에 밀러는 거친 숨을 몰아쉬며 말했다.

"그렇다면 뭔가 다른 이유가 있다는 거군." 홀던이 말했다. "버그, 맞지? 그 여자를 죽인 거 말이야. 그건… 방사능을 먹이로 삼는댔잖아."

"인큐베이터로군." 밀러가 동의한다는 의미로 고개를 끄덕이며 말했다.

둘은 아래 레벨로 가는 경사로에 도착했지만, 가짜 경찰 둘이 이끄는 민간인 무리가 그곳으로 올라오고 있었다. 홀던은 밀러를 잡아 옆으로 끌고 가 문 닫은 국수 가게의 그늘 안에 숨었다.

"그러니까 놈들이 사람들을 감염시킨 거지?" 홀던은 사람들이 지나가길 기다리며 속삭였다. "어쩌면 가짜 방사능 치료약에 버그가 포함되어 있을지도 몰라. 어쩌면 그 갈색 점액질이 그냥 바닥으로 퍼지는 걸 수도 있고. 그리고 그 여자, 줄리에게 있던 게 뭐가 되었든 간에…."

홀던은 말을 멈추었다. 밀러가 그늘에서 나가더니 방금 경사로를 올라온 무리에게 곧장 다가갔던 것이다.

"경찰관." 밀러가 가짜 경찰 하나에게 말을 했다.

경찰들은 걸음을 멈추었고, 그 가운데 한 명이 말했다. "넌 방사능 대피소로 가 있…."

밀러는 그자의 목을, 헬멧 면갑 바로 아래를 쏘았다. 이윽고 밀러는 매끄럽게 몸을 돌려 다른 경비의 허벅지 안쪽, 낭심 바로 아래를 쏘았다. 경비가 고통에 겨워 비명을 지르며 쓰러지자, 밀러는 걸어가 그자를 다시 쏘았다. 이번에는 목이었다.

민간인 둘이 비명을 지르기 시작했다. 밀러는 총으로 그 둘을 겨냥했고, 그 둘은 조용해졌다.

"한두 레벨 아래로 내려가서 숨을 곳을 찾으십시오." 밀러가 말했다. "이 자식들에게 협력하지 마십시오. 경찰처럼 입었다고 할지라도 말입니다. 놈들은 당신들을 위해 일하지 않습니다. 가요."

민간인들은 망설이다가 이윽고 달아났다. 밀러는 주머니에서 총알을 몇 개 꺼내 자신이 쏜 세 발을 채워 넣기 시작했다. 홀던이 말을 시작했지만 밀러가 그 말을 가로막았다.

"가능하면 목을 쏴. 면갑과 가슴막이를 했더라도 그곳은 가리지 않는 경우가 대부분이거든. 그리고 목이 가려져 있으면 허벅지 안쪽을 쏴. 그곳은 장갑이 아주 얇아. 이동의 편리성 때문이지. 한 발이면 대부분이 쓰러져."

홀던은 마치 모든 게 말이 된다는 듯이 고개를 끄덕였다.

"알았어." 홀던이 말했다. "우리가 피를 흘리며 죽기 전에 우주선으로 돌아가자고. 할 수 있다면 더는 사람들에게 총을 쏘지 말고." 홀던의 목소리는 속마음보다 더 침착하게 나왔다.

밀러가 탄창을 총에 다시 넣고 약실에 탄환을 넣었다.

"이 일이 끝나기 전에 아주 많은 사람이 더 총에 맞아야 할 거 같은데." 밀러가 말했다. "하지만, 맞아. 중요한 일을 먼저 해야지."

28
밀러

밀러가 처음으로 사람을 죽인 건 치안요원 3년차일 때였다. 22살이었고, 갓 결혼했으며, 아이를 갖는 이야기를 하고 있을 때였다. 막 계약을 한 신입이었기에 밀러는 잡일을 담당했다. 순찰하는 레벨은 너무나 높아 코리올리 힘 때문에 멀미가 났고, 가정불화 문제를 담당하다 보니 창고만큼이나 비좁은 구멍들에 불려 다녔고, 주정뱅이 유치장 앞에서 보초를 서며 누군가가 의식 잃은 사람을 강간하지 못하도록 했다. 평범한 수준의 고통이었다. 밀러는 자신이 그런 일을 하리라는 것을 알고 있었다. 그리고 버텨낼 수 있다고 생각했다.

연락은 거의 질량 중심에 있는 불법 식당에서 왔다. 10분의 1g보다도 작은 중력은 그냥 중력이 존재한다는 느낌 정도만 주었고, 회전 변화 때문에 밀러의 내이는 혼동과 통증을 겪었다. 밀러는 지금도 그 생각을 하면 너무 빠르면서 동시에 발음이 늘어져 무슨 말인지 알아듣기 힘들게 말하던 높은 목소리들이 떠올랐다. 불법 제조한 치즈 냄새. 싸구려 전기 프라이팬에서 가늘게 피어오르는 연기.

그 일은 순식간에 벌어졌다. 한 손에 총을 든 악당이 다른 한 손으로는 여자의 머리털을 움켜쥐고 질질 끌며 구멍에서 나왔다. 밀러의 파트너이자 10년차 베테랑인 카슨은 경고 사격을 했다. 악당은 몸을 돌리더니 비디오의 스턴트맨처럼 총을 든 손을 쭉 뻗었다.

훈련 시절 내내, 강사는 내가 어떤 행동을 할지는 그 순간이 와 봐야 안다고 말했다. 다른 사람을 죽이는 건 어려운 일이었다. 어떤 사람은 할 수 없는 일이었다. 악당의 총이 빙그르르 돌았다. 총을 든 자가 여자를 놓고 비명을 질렀다. 결국, 적어도 밀러에게만큼은 그 일이 그렇게 어렵지 않다는 사실이 밝혀졌다.

그 뒤, 밀러는 의무적으로 상담을 받았다. 밀러는 울었다. 악몽에 시달렸으며 온몸을 사시나무처럼 떨었으며, 모든 경찰이 조용히 고통받으면서 아무에게도 이야기하지 않는 모든 일로 고통스러워했다. 하지만 그런데도, 그 일은 아주 멀리서 일어난 듯, 마치 술에 잔뜩 취해 자신이 토하는 모습을 보는 것 같은 느낌을 주었다. 단지 신체 반응일 뿐이었다. 시간이 흐르면 아물 상처였다.

중요한 점은, 밀러는 그 질문에 대한 답을 알았다는 것이다. 그랬다. 만약 필요하다면, 밀러는 다른 이의 목숨을 뺏을 수 있었다.

이전과 달리, 이제 밀러는 에로스의 복도를 걸어가면서 그러한 사실에 기뻐했다. 심지어 처음 총격전에서 악당을 쓰러뜨렸을 때도 그건 과정상 필요한 가슴 아픈 일처럼 느꼈었다. 줄리의 모습을 본 뒤에야 처음으로 살인에서 희열을 느꼈고, 그 희열도 고통이 잠시 멈추는 정도 이상의 희열은 아니었다.

밀러는 총을 내렸다. 홀던은 경사로를 내려가기 시작했고, 밀러는 지구인을 앞장세운 채 그 뒤를 따랐다. 홀던은 중력이 폭넓게 변하는 곳에서 산 사람들이 말없이 보여주는 운동력을 과시하며 밀러보다 빠르게 걸었다. 밀러는 자신이 홀던을 초조하게 만들었다고 느꼈으며, 살짝 후회가 되었다. 그럴 의도가 없었으며 줄리의 비밀을 알아내기 위해서는 정말로 홀던의 우주선에 타야만 했기 때문이다.

하지만 그 문제를 논하려면 일단은 앞으로 몇 시간 안에 방사능 피폭으로 인해 죽지 않아야 했다. 그건 중요한 문제였지만 그런데도 지금은 사소하게 느껴졌다.

"오케이." 홀던이 경사로의 아래쪽 끝에서 말했다. "우리는 돌아가야 해. 그리고 우리와 나오미 사이에는 경비들이 많이 있고, 두 명이 길을 거꾸로 가면 아주 이상하게 생각할 거야."

"그게 문제지." 밀러가 동의했다.

"무슨 방법이라도?"

밀러는 얼굴을 찡그리며 바닥을 바라보았다. 에로스의 바닥은 세레스의 바닥과 달랐다. 금빛 반점들이 들어간 라미네이트였다.

"튜브는 운행하지 않을 거야." 밀러가 말했다. "만약 운행한다 해도 강제 운행 모드라서 카지노의 감금소에서만 멈출 거야. 그러니 튜브는 제외."

"다시 정비용 복도로?"

"만약 우리가 레벨들 사이로 가는 길을 찾을 수 있다면." 밀러가 말했다. "좀 어렵겠지만 장갑복을 입은 꼴통들 수십 명과 총격전을 벌이며 길을 헤치고 가는 것보다는 나아 보여. 당신 동료들이 출발하기까지 얼마나 남았지?"

홀던이 자기 핸드터미널을 보았다. 방사능 경보는 여전히 짙은 붉은색이었다. 밀러는 그게 처음 상태로 복원되려면 얼마나 걸릴지 궁금했다.

"2시간 조금 더 남았어." 홀던이 말했다. "문제없어."

"우리 능력을 한 번 시험해 보도록 하지." 밀러가 말했다.

방사능 대피소, 죽음의 덫, 인큐베이터에서 가장 가까운 복도는 텅 비어 있었다. 넓은 복도는 원래 에로스에 사람들의 거주 공간을 팔 고대 건축 장비들을 수용하기 위한 것이었고, 이제는 홀던과 밀러의 걸음 소리, 그리고 공기 재생기가 윙윙거리는 소리뿐이었다. 밀러는 긴급 경보가 언제 멈췄는지 기억하지 못했지만, 경보가 없는 지금은 아주 불길해 보였다.

세레스였다면 밀러는 어디로 가야 할지, 모든 길이 어디로 통하는지, 한 곳에서 다른 곳으로 깔끔하게 이동하려면 어떻게 해야 하는지 등을 알았다. 에로스에서는 경험에 의한 짐작에 의존할 수 있을 뿐이었다. 그게 그리 나쁜 것만은 아니었다.

하지만 밀러는 그 방법이 너무 오래 걸린다는 사실을 알았다. 그보다 더 나쁜 것은 (둘은 그 점에 관해 이야기하지 않았다. 둘 가운데 누구도 입을 열지 않았다) 둘이 평소보다 더 천천히 걷는다는 점이었다. 의식할 정도의 수준은 아니었지만, 밀러는 둘의 신체 모두 방사능 피해를 느끼기 시작했다는 것을 알았다. 그리고 그 상황은 시간이 흐르며 더 악화되면 되었지 나아지지는 않으리라.

"오케이." 홀던이 말했다. "여기 어딘가에 정비용 엘리베이터가 있을 거야."

"튜브 정거장도 시도해볼 수 있어." 밀러가 말했다. "객차를 탈 수는 없겠지만, 튜브와 평행한 정비용 터널들도 좀 있을지 몰라."

"사람들을 모두 가두는 계획 일부로 그것 역시 닫아버렸을 거라고 생각 안 해?"

"그럴지도." 밀러가 말했다.

"어이! 거기 둘! 너희들 거기서 지금 뭐하는 거야?"

밀러는 어깨너머를 돌아보았다. 폭동 진압 장비를 갖춘 두 명이 밀러와 홀던을 향해 위협하듯이 손을 흔들어댔다. 홀던은 숨을 내뱉으며 뭔가 날카롭게 말했다. 밀러는 두 눈을 가늘게 떴다.

중요한 건, 그자들이 아마추어란 거였다. 둘이 다가오는 모습을 보자 밀러는 어떻게 하면 좋을지가 생각나기 시작했다. 둘을 죽이고 장비를 빼앗는 방법은 성공할 수 없었다. 그을린 자국과 피만큼이나 무슨 일이 일어났음을 확실히 알려주는 것은 없었다. 하지만….

"밀러." 홀던이 경고하는 목소리로 말했다.

"그래." 밀러가 말했다. "나도 알아."

"씨발, 너희 둘 여기서 뭐 하는 거냐고 묻잖아!" 치안대 가운데 한 명이 말했다. "스테이션은 봉쇄됐어. 모두 카지노 레벨로 내려가 방사능 대피소로 가야 한다고."

"우리는 지금… 카지노 레벨로 내려가는 길을 찾는 중이었습니다." 홀던이 말을 했고, 위협적이지 않은 태도를 보이며 싱긋 웃었다. "여기 출신이 아니라서…."

경비 둘 가운데 더 가까이 있던 자가 개머리판으로 홀던의 허벅지를 찍었다. 지구인이 비틀거렸고, 밀러는 그 경비의 면갑 바로 아래를 쏘았고, 아직 서 있는 자를 향해 돌아섰다. 그자는 놀라 입을 떡 벌리고 있었다.

"너, 미키 맞지?" 밀러가 말했다.

그 남자의 얼굴은 더욱 창백해졌지만 고개를 끄덕였다. 홀던이 신음을 토하며 일어섰다.

"밀러 형사다." 밀러가 말했다. "4년쯤 전에 세레스에서 널 체포했지. 네가 술집에서 적당히 즐거운 시간을 보냈잖아. 내 기억이 맞는다면 그 술집 이름이 타판이었지? 넌 당구 큐대로 여자를 때렸고."

"아. 안녕하쇼." 남자가 겁먹은 웃음을 지으며 말했다. "맞아. 당신 기억나. 어찌 지내셨수?"

"그럭저럭." 밀러가 말했다. "사는 게 다 그렇잖아. 네 총을 지구인에게 줘."

미키는 밀러에게서 시선을 떼어 홀던을 보았다가 다시 밀러를 보았고, 입술을 핥으며 기회를 엿보았다. 밀러가 고개를 저었다.

"농담 아니야." 밀러가 말했다. "저 사람에게 총을 줘."

"알았수다, 알았어. 주면 되잖수."

'이런 놈들이 줄리를 죽인 거야.' 밀러가 생각했다. '멍청한 놈들. 근시안적인 놈들. 영혼을 대신해서 호시탐탐 기회만 노리는 근성을 가지고 태어난 놈들이.' 밀러의 마음속에서 줄리가 역겨움과 슬픔에 찬 표정으로 고개를 흔들었고, 밀러는 줄리가 지금 자기 총을 홀던에게 건네는 깡패를 보고 그러는 건지 아니면 자신을 보고 그러는 것인지 궁금해졌다. 아마도 둘 다이리라.

"여기는 무슨 일로 왔지, 미키?" 밀러가 물었다.

"무슨 말이슈?" 경비원이 취조실에서 심문을 받을 때처럼 멍청한 척하며 말했다. 시간을 끄는 것이었다. 지금과 같은 상황에서도 둘은 여전히 경찰과 범죄자 특유의 대사를 읊고 있었다. 마치 아무것도 변하지 않았다는 것처럼. 밀러는 자기 목이 팽팽히 긴장한 것을 깨닫고 깜짝 놀랐다. 왜인지 이유는 알 수 없었다.

"무슨 일." 밀러가 말했다. "무슨 일로 온 거지?"

"무슨 말인지 당췌…."

"어이." 밀러가 부드럽게 말했다. "내가 방금 네 동료를 죽였다는 걸 명심해."

"그리고 죽은 네 동료가 오늘 저 친구가 죽인 세 번째야." 홀던이 말했다. "내가 봤어."

밀러는 경비의 두 눈에서 교활함, 계산, 서둘러 전략을 바꾸는 눈빛을 보았다. 오래되고 익숙한 광경이었고, 물 흐르듯 빤한 일이었다.

"이보슈." 미키가 말했다. "이건 그냥 일이야. 그 사람들이 1년 전쯤 대이동을 하면 어떻겠냐고 물어왔다 이거야. 하지만 그게 뭔지는 아무도 몰라. 그리고 몇 달 전에 그쪽에서 사람들을 이곳으로 이주시키기 시작했수다. 우리가 경찰인 것처럼 훈련을 시키고. 알겠수?"

"누가 너희들을 훈련시켰지?" 밀러가 말했다.

"마지막 놈들. 우리 전에 계약을 맡아 일했던 자들." 미키가 말했다.

"프로토젠?"

"그 비슷한 거였수. 그래." 미키가 말했다. "그리고 놈들은 떠났고, 우리가 뒤를 맡았지. 치안 부분만 말이야. 그리고 밀수도 좀 하고."

"뭘 밀수했는데?"

"온갖 것들." 미키가 말했다. 태도나 말하는 투를 보아 미키는 자신이 안전하다고 느끼기 시작한 듯했다. "감시 장비, 통신 어레이, 그자들의 젤 소프트웨어가 이미 설치되어 있는 좆나게 심각한 서버들. 과학 장비들도. 물과 공기와 온갖 쓰레기들을 검사하기 위한 물건들. 그리고 진공 터널을 조사할 때 쓰는, 리모컨으로 조종하는 구닥다리 로봇들. 온갖 잡것들을 밀수해왔수다."

"그건 어디에 있지?" 홀던이 물었다.

"여기." 미키가 공기와 돌과 스테이션을 가리키며 말했다. "사방에 있지. 여기 전부에 설치하느라 몇 달이 걸렸어. 그리고 몇 주 동안은 아무 일도 없었수."

"무슨 말이야, 아무 일도 없었다니?" 밀러가 물었다.

"아무 일도 없으니 아무 일도 없는 거지. 설치가 끝난 뒤 우리는 둘러앉아 엉덩이나 긁고 있었다 이 말이유."

밀러는 생각했다. 뭔가 잘못되었던 거로군. 포에베 버그는 이곳에 오지 못했어. 그러다가 줄리가 왔고, 다시 게임이 시작된 거야. 밀러는 줄리의 아파트에 돌아온 듯이 다시 줄리를 생생하게 볼 수 있었다. 그게 뭔지는 모르겠지만 길게 뻗은 촉수, 피부를 뚫고 나올 것 같던 골질 며느리발톱, 눈에서 흘러나온 검은색 가느다란 필라멘트 거품.

"하지만 급료는 짭짤했지." 미키가 체념한 듯이 말했다. "그리고 잠시 이런 식으로 쉬는 것도 좋았고."

밀러는 동의한다는 듯이 고개를 끄덕였고, 몸을 가까이 숙이더니 총구를 미키의 복부 장갑복 틈에 대고는 방아쇠를 당겼다.

"이런 씨발!" 밀러가 권총을 재킷 호주머니에 넣을 때 홀던이 말했다.

"그럼 어떻게 될 거라고 생각한 건데?" 밀러는 배에 총상을 입은 남자 옆에 쪼그리고 앉으며 말했다. "우리가 그냥 가게 보고 있을 것만 같지 않았어."

"알았어. 오케이." 홀던이 말했다. "하지만…."

"이 자를 일으키는 것 좀 도와줘." 밀러가 말하고는 한쪽 팔로 미키의 어깨를 획 감았다. 밀러가 미키를 일으켜 세우자 미키는 비명을 질렀다.

"뭐하는 거야?"

"저쪽에서 같이 부축해." 밀러가 말했다. "이 자는 병원 치료가 필요한 상황이야. 알았지?"

"음. 알았어." 홀던이 말했다.

"그러면 반대편을 잡아."

방사능 대피소는 밀러가 생각했던 것처럼 멀지 않았고, 그것은 일장일단이 있었다. 좋은 점은, 미키가 아직 살아있으면서 비명을 지른다는 것이었다. 반면, 밀러의 의도와 달리 미키의 정신이 계속 명료할 가능성도 더 컸다. 하지만 이들이 첫 번째 경비원 무리에게 가까이 다가가는 동안 미키의 중얼대는 소리가 다행히도 점점 띄엄띄엄해졌다.

"어이!" 밀러가 외쳤다. "누가 여기 좀 도와줘!"

경사로 앞쪽에 있던 경비원 네 명이 서로를 바라보더니 밀러 일행 쪽으로 다가오기 시작했다. 기본 수칙을 지켜야 한다는 생각보다 호기심이 더 컸다. 홀던은 거친 숨을 몰아쉬었다. 밀러 역시 그랬다. 미키는 그리 무겁지 않았다. 나쁜 징조였다.

"무슨 일이야?" 경비원 한 명이 말했다.

"저기에 사람들이 숨어 있어." 밀러가 말했다. "저항하는 자들이 있어. 난 너희들이 저 레벨을 검사했을 줄 알았는데 말이야."

"그건 우리 임무가 아니었어." 경비가 말했다. "우리 임무는 카지노에 있는 그룹들을 대피소로 들어가게 하는 거였어."

"흠, 여하튼 누군가가 일을 게을리했어." 밀러가 딱딱거렸다. "이동수단 있어?"

경비원들은 다시금 서로를 바라보았다.

"연락해서 부를 수 있어." 뒤쪽에 있는 남자가 말했다.

"됐어." 밀러가 말했다. "너희들은 가서 총 쏜 놈들이나 잡아."

"잠깐만." 첫 번째 남자가 말했다. "그런데 대체 너희들은 누구야?"

"프로토젠에서 나온 설치 기술자야." 홀던이 말했다. "우리는 고장 난 센서들을 교체 중이야. 이 친구는 우리를 도울 예정이었고."

"그런 소식 못 들었어." 지휘자가 말했다.

밀러는 미키의 장갑복 안쪽에 손가락을 넣고 꾹 눌렀다. 미키가 비명을 지르며 밀러에게서 벗어나려 몸부림을 쳤다.

"그건 네 상관에게 따지고." 밀러가 말했다. "좀 봐 줘. 이 친구를 치료받게 하자고."

"잠깐." 첫 번째 경비원이 말했고, 밀러가 한숨을 쉬었다. 상대는 네 명이었다. 만약 밀러가 미키를 내려놓고 몸을 숨길 곳을 찾는다면… 하지만 그럴 만한 곳이 별로 없었다. 그리고 홀던이 어찌할지 누가 안단 말인가?

"총 쏜 놈들은 어딨어?" 경비원이 물었다. 밀러는 좋아서 웃음이 나려는 것을 간신히 참았다.

"회전 반대 방향으로 4분의 1클릭쯤 가면 구멍이 하나 있어." 밀러가 말했다. "시체 한 구는 여전히 거기에 있어. 금방 눈에 띌거야."

밀러가 경사로를 내려갔다. 그 뒤에서 경비들은 자기들끼리 무엇을 해야 할지, 누구에게 연락을 해야 할지, 누구를 보내야 할지에 대해 이야기를 나누고 있었다.

"당신, 완전히 미쳤군." 반쯤 의식을 잃고 훌쩍이는 미키의 신음 속에서 홀던이 말했다.

아마도 홀던의 의견이 맞을 것이다.

밀러는 궁금했다. '사람은 언제 사람이길 그만두는 걸까?' 어떤 순간이, 그 이전에는 인간이지만 그 이후에는 뭔가 다른 존재가 되는 어떤 결정의 순간이 있어야만 했다. 에로스의 레벨들을 걸어 내려가면서, 자신과 홀던 사이에서 축 늘어진 미키의 피 흘리는 몸을 보며 밀러는 생각에 잠겼다. 밀러는 아마도 방사능 피폭으로 죽어가고 있을 터였다. 밀러는 거짓말을 해 여섯 명을 통과했다. 밀러가 통과할 수 있었던 건, 일반인들은 그런 자들에게 겁을 먹는 데 반해 밀러는 그러지 않았기 때문이었다. 지난 두 시간 사이에 밀러는 세 명을 죽였다. 미키까지 포함하면 네 명이었다. 그렇다면 아마도 네 명이라고 치는 것이 더 확실할 듯했다.

밀러의 마음 한구석에서는 오랫동안 훈련되어 온 분석 심리가 작고 차분한 목소리로 밀러 자신의 행동을 지켜보고 모든 결정을 되풀이해 보았다. 밀러가 한 모든 행동은 그 상황에서 완벽하게 이치에 맞았다. 미키를 쏜 행동. 다른 세 명을 쏜 행동. 사람들을 대피시킨 이유를 조사하기 위해 승무원들이 숨어 있던 안전한 곳을 떠난 행동. 감정적으로, 당시에는 그 모든 것이 명확했다. 하지만 시간이 지나 객관적으로 생각하니 위험해 보였다. 만약 누군가 다른 사람이 그러는 것을 보았다면, 머스나 해브록이나 세마 팀바가 그런 행동을 했다면 밀러는 그 사람이 도를 넘어선 위험한 행동을 한다는 것을 단박에 알았으리라. 하지만 자신이 하는 행동이었기에 알아차리는 데 더 오래 걸렸다. 하지만 홀던이 옳았다. 어느 시점에서 밀러는 자제력을 잃은 것이다.

밀러는 그게 줄리에게 무슨 일이 생겼는지 알았기 때문이라고, 줄리의 시체가 어떻게 되었는지 보았기 때문이라고, 자신이 줄리를 구할 수 없다는 것을 알았기 때문이라고 생각하고 싶었다. 하지만 그건 단지 그 순간들에 울컥하는 감정을 느꼈기 때문이었다. 진실은, 밀러는 이미 그 전에 결심을 했다는 거였다. 줄리를 찾아 세레스를 떠난 일, 지나친 음주로 직장에서 쫓겨난 일, 까마득한 옛날에 사람을 처음으로 죽이고도 계속해 경찰로 남아 있던 일. 객관적으로 볼 때 이 중 말이 되는 행동은 한 가지도 없었다. 밀러는 한때 사랑했던 이와 이루었던 결혼 생활이 파탄 났다. 개

차반으로 살았다. 자신이 다른 사람을 죽일 수 있다는 사실을 직접 경험을 통해 배웠다. 그리고 살아오는 내내 단 한 번도 밀러는 그 일이 일어났던 순간 자신이 정상이고 제대로 된 사람이었다고 말할 수가 없었으며, 이후로 계속 비정상이자 온전치 못한 인간으로 살았다.

어쩌면 그것은 담배를 피우는 것처럼 누적되는 과정일지도 몰랐다. 한 번으로는 큰 효과가 없는 행동. 다섯 번도 큰 효과가 없는 행동이었다. 닫아버린 모든 감정, 거절한 모든 인간관계, 외면한 모든 사랑과 우정 그리고 연민의 순간들이 밀러를 아주 조금씩 원래의 그에게서 멀어지게 한 것이다. 지금까지 밀러는 사람을 죽여도 벌을 받지 않았다. 죽음이 임박해도 항상 그 순간을 부정하며 살았고, 그래서 계획을 짜고 행동을 취할 수 있었다.

밀러의 마음속에서 줄리 마오가 고개를 갸웃하며 밀러의 생각을 들었다. 밀러의 마음속에서, 줄리가 밀러를 잡았으며, 에로틱하다기보다는 편안한 방식으로 밀러의 몸에 자신을 기대었다. 위로. 용서.

밀러가 줄리를 찾아다닌 건 바로 이 때문이었다. 줄리는 밀러의 일부가 되었고, 인간의 감정을 느낄 수 있게 해주었다. 지금 이처럼 되지 않았다면 될 수 있었을 모습에 대한 상징이었다. 밀러의 상상 속 줄리가 진짜 그 여인과 어떤 공통점을 가져야 할 이유는 전혀 없었다. 줄리를 만나는 건 둘 모두에게 실망스러운 일이었으리라.

밀러는 그렇게 믿어야만 했다. 예전에 그런 식으로 모든 걸 믿으며 자신을 사랑으로부터 도려냈듯이.

홀던이 걸음을 멈추었고, (이제는 시체가 된) 미키의 몸무게 때문에 밀러는 퍼뜩 현실로 돌아왔다.

"왜 그래?" 밀러가 말했다.

홀던이 둘 앞에 있는 작업용 패널을 향해 고개를 끄덕였다. 밀러가 의아해하며 그것을 보았고, 이윽고 그 의미를 알았다. 해낸 것이다. 둘은 은신처로 돌아왔다.

"괜찮아?" 홀던이 말했다.

"응." 밀러가 말했다. "그냥 생각에 좀 잠겼을 뿐이야. 미안."

밀러가 미키를 내려놓자, 깡패의 시체는 음울하고 둔탁한 소리를 내며 바닥으로 미끄러져 내렸다. 밀러의 팔이 저렸다. 팔을 흔들어보았지만 저린 느낌은 가시지 않았다. 현기증과 욕지기가 갑자기 밀려왔다. '증상이 시작되는 거군.' 밀러가 생각했다.

"시간 안에 온 건가?" 밀러가 물었다.

"데드라인을 조금 넘었어. 5분. 괜찮을 거야." 홀던이 말하고 문을 열었다.

문 너머 공간, 나오미와 알렉스와 에이모스가 있던 곳은 텅 비어 있었다.

"좆됐군." 홀던이 말했다.

〈2권 계속〉

422

옮긴이 **최용준**

대전에서 태어나 서울대학교 천문학과를 졸업했으며 미국 미시간 대학교에서 이온추진 엔진에 대한 연구로 비(飛)천문학 박사학위를 받았다. 저온 플라스마를 연구한다. 옮긴 책으로는 《히페리온》, 《앰버 연대기》, 《타이거, 타이거》, 《바람의 열두 방향》, 《화재감시원》(공역) 등이 있다. 《이 세상을 다시 만들자》로 제17회 과학기술 도서상 번역 부문을 수상했다. 시공사의 '그리폰 북스', 열린책들의 '경계 소설선', 샘터사의 '외국 소설선'을 기획했다.

익스팬스:깨어난 괴물 1

초판 1쇄 인쇄	2016년 7월 10일
초판 1쇄 발행	2016년 7월 15일
지은이	제임스 S. A. 코리
옮긴이	최용준
펴낸이	박은주
기획	김창규, 최세진
디자인	김선예, 장혜지
마케팅	박동준, 정준호
발행처	아작
등록	2015년 9월 9일(제300-2015-140호)
주소	03174 서울시 종로구 사직로 8길 24 1618호 (내수동, 경희궁의 아침 2단지 오피스텔)
대표전화	02.324.3945 **팩스** 02.324.3947
이메일	decomma@gmail.com
홈페이지	www.arzak.co.kr
ISBN	979-11-87206-15-6 04840
	979-11-87206-14-9 04840 (세트)

책 값은 표지 뒤쪽에 있습니다.

아작은 디자인콤마의 문학 브랜드입니다.

이 도서의 국립중앙도서관 출판예정도서목록(CIP)은 서지정보유통지원시스템 홈페이지 (http://seoji.nl.go.kr)와 국가자료공동목록시스템(http://www.nl.go.kr/kolisnet)에서 이용하실 수 있습니다. (CIP제어번호: CIP2016016195)